Martin Kleen

# Intensivstation

Kriminalroman

LEDA

Für Viktor Maxim-ilian --- er weiß, warum.

Und für Gregor, den Gitarristen, Cellisten,
Auswanderer, Informatiker sowie besten aller Söhne.

Carsten Borcherts sah zu, wie die Edelstahltüren des Aufzugs zur Seite glitten und warf einen Blick in den trüben Flur im zweiten Untergeschoss des San-Giberto-Krankenhauses in Leer. Wo die hellgrüne Ölfarbe des Bodens abgewetzt war, enthüllte sie blaue, graue und braune Schichten alter Anstriche. Er trat einen Schritt vor in die Lichtschranke und horchte. Es waren keine Schritte zu hören. Niemand da, dachte Borcherts, warum auch, um diese Zeit? Er holte Luft, nahm die Schultern zurück und ging in einer zu groß geratenen Kurve nach rechts, in einen der vielen Flure im Kellergeschoss unter dem achtstöckigen Klinkerbau.

Er warf den schwarzen Leinenrucksack über die rechte Schulter und drehte nach links, wo er zwei Abzweigungen weiter sein Ziel wusste. Das Klappern einiger Ampullen in der Tasche erschreckte ihn. Er sah über seine Schulter, die zwanzig Meter Flur hinab, die von der funktionierenden Hälfte der nackten Leuchtstoffröhren erleuchtet wurden. Niemand war zu sehen.

Auch die Querflure, die er passierte, waren menschenleer. War das normal?, dachte er und richtete sich im Gehen auf, als er merkte, dass er die Schultern hängen ließ. Arbeitete hier jemand? Warum gab es überhaupt dieses Stockwerk? Nur für diesen Netzwerk-Administrator? Er blickte noch ein paarmal nach rechts, links und über die Schultern, bis er die blau gestrichene Metalltür erreichte, die weder Türklinke noch Schlüsselloch aufwies. In Brusthöhe war im Türsturz eine Zahlentastatur angebracht. Es gab keine Klingel, also klopfte Borcherts zweimal hart mit den Knöcheln gegen das Metall.

Nichts geschah. Er ließ den Rucksack von der Schulter gleiten und setzte ihn langsam vor sich auf die Schwelle der Tür zum Computerraum. Die rechte Schulter war verspannt, er glaubte, zwanzig Kilo getragen zu haben, obwohl es nur ein paar hundert Gramm sein konnten. Er hatte den Rucksack auf der Intensivstation gepackt, während die Schwestern mit einem beatmeten Patienten beschäftigt waren. Er wartete einige Sekunden, klopfte noch einmal und sah sich um. Ob Viktor Maxim ihn versetzen würde? Er bückte sich und griff nach dem Riemen des Rucksacks. Hatte man ihm eine Falle gestellt? Es war das erste Mal, dass er dies dachte, aber jetzt schien es ihm wahrscheinlich, ja notwendigerweise wahr. Er zog den Rucksack empor. Weg hier, der Gedanke blitzte auf. War dies ein Trick von Maxim, so würde Bleekers Sicherheitsdienst zur vereinbarten Zeit hier auftauchen. Sein Blick streifte die *IWC Schaffhausen* an seinem Handgelenk. Fünf vor halb elf abends. Fünf Minuten vor der Zeit.

Er zögerte. Ein Klopfen war durch die Tür zu hören. Jetzt wieder. Es wurde lauter, zum rhythmischen Schlagen. Borcherts trat einen Schritt zurück. Er wollte wegrennen. Er konnte den Rucksack liegen lassen. »Nein«, zischte er. Man würde ihn erkennen. »Zu spät.« Ein Summen ertönte, um das Türblatt wurde ein schwarzer Rand sichtbar. Das Schlagen wurde zum Dröhnen, Lärm quoll aus dem schwarzen Streifen rund um die Tür, der größer und größer wurde. Borcherts zuckte zurück. Ein Brüllen drang aus der Dunkelheit zu ihm. Er beherrschte den Impuls, davonzulaufen. Dafür war es sowieso zu spät. Und zudem – noch war nichts Illegales geschehen. Ruhe, befahl er sich. Niemand konnte ihm etwas nachweisen.

Die Tür öffnete sich ganz, das Schreien gab dem Jaulen eines Gitarrensolos nach. Borcherts' emporgezogene Schultern senkten sich einen Zentimeter. Im Rahmen stand Viktor Maxim, der Administrator des Kliniknetzwerks.

»Moin, moin, Doktorchen, gut dass Sie kommen.« Er verschwand ohne weitere Geste hinter der zweiten der doppelten Türen. Sie war anders herum angeschlagen und verwehrte so Borcherts den Blick in den Server-Raum.

Borcherts fasste den Riemen seines Rucksacks fester und folgte Maxim in die Dunkelheit.

Der Raum war kalt, von zwei an der Decke montierten Klimaanlagen gekühlt. Das Gitarrensolo wurde durchmischt von einem wütenden, heiser-unmenschlichen Brüllen, das schließlich im Wettkampf des Lärms siegte.

Borcherts' Augen gewöhnten sich an die Dunkelheit. Der Raum wurde nur durch das Licht zweier Flachbildschirme erhellt, die schräg auf Viktor Maxims Arbeitsplatz gerichtet waren. Der Admin saß zurückgelehnt auf einem hohen Sessel vor einer Arbeitsplatte, welche die gesamte Längswand des Raumes einnahm. Stapel von Zeitschriften, Computerausdrucke, Getränkedosen und Pizzaschachteln bedeckten den größten Teil der Oberfläche. Am fernen Ende türmte sich etwas Schwarzes, das Borcherts für einen Haufen Kleidung hielt.

Mit nachlässigen Bewegungen schubste Maxim die drahtlose Maus auf ihrer Unterlage hin und her, um sich dann vorzubeugen und ein Stakkato auf die schwarze Tastatur vor ihm loszulassen, dessen Ergebnis er scheinbar gebannt mit den Augen am Bildschirm verfolgte. Borcherts trat einen Schritt vor. Er fröstelte und zog seinen weißen Kittel enger um sich.

Der Serverraum war zur Hälfte mit Computerschränken gefüllt, an deren Vorderseiten grüne, gelbe und rote Dioden in wirrem Muster blinkten. Der Boden schien mit dunklem Linoleum bedeckt zu sein. An den Decken waren in lückenlosen Reihen Leuchtstoffröhren angebracht, von denen keine brannte.

»Machen Sie doch mal diesen Lärm leiser.« Borcherts trat näher. »Oder besser gleich ganz aus.«

»Godsmack«, rief Maxim zwischen zwei hervorbrechenden Tastatursalven.

»Was?« Borcherts hob die Stimme mehr als nötig, um dem Krach etwas entgegenzusetzen.

»Godsmack.« Noch ein paar Tastenanschläge, dann gab Maxim sich und seinem Stuhl einen Stoß und ließ sich zu Borcherts drehen. »*Faceless*.«

Borcherts drehte einen unsichtbaren Lautstärkeknopf vor Maxims Gesicht um hundertachtzig Grad nach links. Er hasste diesen harten Rock-Kram, glaubte, dass mit den Beatles ein für alle Mal der Zenit der Musikgeschichte erreicht worden war.

Maxim fasste ohne hinzusehen neben sich auf die Arbeitsplatte und drückte ein paarmal auf eine Fernbedienung, worauf das Brüllen des Sängers leiser wurde. Er drehte sich etwas nach links, legte die nackten Füße auf den Tisch und kratzte sich irgendwo in den Tiefen seines Vollbarts, der bis über die Brust reichte.

»Was haben Sie für mich, Doktor?« Die Aufmerksamkeit des Admin wurde von der Musik gefangengenommen und er grölte ein paar Takte mit, während er gestisch die Misshandlung einer Gitarre andeutete. »Godsmack«, wiederholte er dann und schob den Bart zur Seite, der den Aufdruck auf seinem schwarzen T-Shirt verdeckt hatte. Die Tourdaten der Band entlang der Westküste der USA im Frühjahr 2005 wurden sichtbar.

»Was haben Sie für mich?«, wiederholte Borcherts und lehnte sich gegen die Platte, wobei er darauf achtete, halb auf Maxims Schienbeinen zu sitzen.

Maxim ließ seine Beine, wo sie waren, spielte wieder Luftgitarre und hielt die Augen geschlossen, während er den wahnsinnigen Rhythmus mit dem Kopf nickte und schüttelte. Seine langen Haare flogen über das Gesicht und zurück in den Nacken.

Borcherts fror. Wie konnte es der Kerl in diesem Gefrierschrank barfuß und im Hemd aushalten?

Maxim schob sich auf dem Stuhl mit Hilfe seiner Füße an der Arbeitsplatte entlang und streckte sich über die Lehne nach hinten, bis er unter dem Knäuel einer schwarzen Jeans eine Supermarkt-Plastiktüte erreichte. Er kramte ein halbes Sechserpack Bierdosen hervor und schälte eine aus einem Plastikring. »Auch eine?« Er hielt den Verschluss in Borcherts Richtung und öffnete, bevor der ausweichen konnte.

»Danke, ich muss noch arbeiten.« Borcherts griff in seine Kitteltasche und fand den halben Schokoriegel, dessen andere Hälfte er mit dem Cappuccino nach dem Mittagessen verdrückt hatte.

»Man braucht keinen Kühlschrank hier unten«, keuchte Maxim, nachdem er anscheinend die Hälfte des Bieres hinuntergekippt hatte.

Borcherts ließ die Schokolade in der Tasche und stemmte die Fäuste in die Taschen seiner weißen Jeans. »Wie halten Sie das aus, Maxim? Das ist ja ein Kühlhaus.«

Maxim ließ den Rest der Dose in sich hineinlaufen, hob dabei die Schultern und sah sein Gegenüber von unten an. »Achtzehn Grad«, sagte er dann und tippte sich an die Schläfe. »Frieren tut man nur im Kopf.« Er lachte und warf die Dose hinter sich in Richtung einer blauen Mülltüte, in deren Umgebung sich der Abfall locker versammelte. »Komm schon, Doktor. Geschäft ist Geschäft. Wir können ebenso gut einfach zur Sache kommen, oder?«

Borcherts schob sich und damit einigen Unrat nach hinten, bis er sicher saß. Er ließ den Rucksack von der Schulter auf seinen Schoß gleiten. »Ein paar feine Sachen für Sie und Ihre Kumpels.«

Maxim umfasste mit der Rechten seine Wangen, ließ die Hand nach unten gleiten und taillierte seinen Bart. Er summte Zustimmung. »Aber keine Kumpels.«

Borcherts' Augen flirrten eine Sekunde durch den Raum. Er räusperte sich. »Na ja. Egal.« Seine Hände tätschelten den Stoff der Tasche auf seinen Knien. »Also, was haben Sie zu bieten?«

»Wie besprochen.« Maxims Rechte ließ seinen Bart los und zuckte nach den Bildschirmen zu seiner Rechten. Er hob die Schultern und ließ sie gleichgültig fallen. »Zugang zum Rechnersystem der Klinik. Alle Privilegien, die ich habe. Das ist nicht viel.« Er winkte ab. »Aber Sie können alles lesen.« Seine Rechte klatschte flach auf die Arbeitsplatte.

Der Inhalt des Rucksacks hatte Borcherts dreißig Sekunden Herzklopfen gekostet. Den Rest zahlte das Krankenhaus. Harmloses Zeug, eigentlich, dachte er. Sicher, Maxim konnte sich damit in die ewigen Jagdgründe spritzen, aber das war nicht seine Sorge. Der Kerl war erwachsen. Er sah ihn von oben bis unten an und korrigierte sich: Er sollte eigentlich erwachsen sein in seinem Alter.

»Also gut.« Borcherts öffnete den Reißverschluss des Rucksacks, zog eine Ampullenschachtel nach der anderen heraus und warf sie auf Maxims Tastatur. »Propofol, Midazolam, Diazepam ...« Er zögerte und hielt eine Packung mit fünf Ampullen hoch. »Ketamin. Mann, wissen Sie, was Sie tun?«

Maxim stupste die Medikamente von den Tasten. »Was kümmert Sie das?«

Borcherts zuckte die Achseln und warf das Ketamin zu den anderen Ampullen. »Da, wo das her ist, ist noch mehr.« Er ließ den Satz eine Sekunde wirken. »Falls Sie doch noch mehr herausfinden über dieses neue System im Netzwerk.« Er ließ seine Rechte, wie er meinte bedeutungsvoll, kreisen. »Da scheint irgendwas nicht so ganz richtig ...«

Maxim schob eine Packung nach der anderen mit einem ausgestreckten Zeigefinger je einen Zentimeter zur Seite. »Kein Flumazenil?«

Borcherts schnalzte mit der Zunge. »So was. Kennt sich aus, der Mann.« Er schüttelte den Kopf. »Fällt auf. Wir haben nicht so viel davon im Schrank.«

»Wenn man mit Benzos spielt, sollte man auch den Antagonisten haben.« Maxim hob die Augenbrauen. »Also?«

Borcherts glitt von seinem Sitzplatz, stützte sich mit den Händen darauf und beugte sich vor. »Zeigen Sie mal.«

Maxim zog sich auf seinem Stuhl näher heran. Sein Körpergeruch stieg in Borcherts' Nase. Der Bursche roch wie Hammeltalg. Er verbot sich eine Bemerkung.»Ich nenn das System hier *Krieger*. Habe ich mir übrigens ausgedacht. Krieger. Gut was?« Er lachte kurz, ohne

Borcherts anzusehen. »Die offizielle Bezeichnung ist einfach nur ein Zahlencode.« Sein Kopf zuckte kurz in Borcherts' Richtung. »Offiziell?« Er schüttelte den Kopf. »Da ist eigentlich nichts offiziell an dem Teil. Wollen Sie den Code wissen?« Er winkte ab. »Einfallslos. Der User-Name ist ›Apache‹.« Maxim schnaubte durch die Nase, tippte etwas in ein Eingabeformular im Browser und sagte: »Das hatte ich am ersten Tag herausgefunden.« Er nickte. »Das Passwort hat ein bisschen länger gedauert.« Er gab die Tasten so langsam ein, dass Borcherts folgen konnte.

»Niedlich«, sagte Borcherts und richtete sich ein paar Grad auf. Sein Rücken schmerzte. »Wie kommen die auf Rotkäppchen-römisch-drei?«

»Fubarim.«

»Was?«

»Fucked up beyond all repair in their minds«, sagte Maxim und hieb auf die Eingabetaste. »Und jeden Tag wird es bescheuerter, Mann. Die haben das seit einem halben Jahr nicht geändert. Und ich wette, das davor war Rotkäppchen-zwei.« Er wischte mit der Rechten einige Male vor seinem Gesicht hin und her. »Scheiße, Mann. Jungs, die so wenig Ahnung haben, darf man nicht so gefährliches Spielzeug geben.« Er hob die Schultern. »Ein bisschen Öffentlichkeit – und wenn's nur wir sind –, das schadet denen gar nichts. Ich sehe uns da als Kontrollorgan. Voll in Ordnung, Mann.«

Borcherts ertrug Maxims Geruch nicht länger, richtete sich auf und verschränkte die Arme vor der Brust. »Also keine Schreibrechte?«

Maxim schüttelte den Kopf.

»Wird das protokolliert?«, fragte Borcherts.

»Schon, aber die Logs sind nur gut versteckt, nicht gut geschützt. Schwach verschlüsselt. Script-Kiddie-Kram. Ich habe einen *cron*-Job eingerichtet, *grep* sucht für mich die IPs der Zugriffe und ändert die in solche, die nicht auffallen.«

»Also, ich kann zugreifen, ohne dass die das merken?«

»Alle zehn Minuten ändere ich die Logs. Ziemlich sicher, würde ich sagen.« Er zuckte mit den Schultern. »Aber nicht ganz. Wenn Sie wollen, finden Sie es raus. Aber das heißt nichts. Das ist immer so.«

Borcherts stand ein paar Sekunden regungslos, dann deutete er auf den Bildschirm. »Sie können nur lesen, nichts ändern? Warum?« Maxim wollte antworten, Borcherts unterbrach ihn: »Und warum interessiert Sie das überhaupt? Ich meine, was wollen Sie mit den Daten?«

Maxim schob sich wieder ein Stück nach hinten, angelte sich die beiden übrigen Dosen, und hielt eine Borcherts hin, der nicht reagierte. Der Admin ließ den Verschluss des Biers zischen und nahm einen Schluck, wobei er Borcherts in die Augen sah. Er setzte ab, schlürfte die Tropfen, die sich im Falz der Dose gesammelt hatten, stellte die Büchse neben die Tastatur und ließ sie mit der Rechten umfasst. Mit der Linken hielt er seinen Bart vor der Brust. »Weiß nicht, Mann. Da stimmt was nicht.« Er deutete mit dem Daumen der Linken auf die summenden Rechnerregale hinter ihm. »Fünfhundertdreiundachtzig Accounts im Krankenhaus. Drei davon dürfen den lesen und – jetzt kommt's – nur einer ...« Er holte Luft und wartete einen Augenblick. »Nur einer hat Schreibzugriff auf das Programm. Kapiert?«

Borcherts schürzte die Lippen und spreizte die Finger beider Hände eine Sekunde.

»Wo Daten gelesen werden, werden auch welche geschrieben. Und wenn das nur einer macht, stimmt was nicht.« Maxim tippte sich an die Stirn. »Mann, das sind Daten, die gehen ans Eingemachte. Das ist der Hammer.«

Borcherts legte den Kopf schräg und senkte die Lider einen Atemzug lang.

»Aber wer liefert die? Capito? Wo kommen die her? Ich hab das nicht gern, wenn hier plötzlich über Nacht Daten auftauchen.«

»Über Nacht? Auftauchen?«, sagte Borcherts.

»Hey, ich bin hier der Masterblaster. Das ist mein Netz.« Maxim schlug sich vor die Brust. »Irgendjemand spielt die Daten hier auf. Händisch. Mit CD oder DVD. An einem Terminal. Nachts. Und ist schlau genug, die Spuren zu verwischen.« Er nahm noch einen Schluck Bier. »Also, so einen Zinnober macht keiner wegen irgend einem Scheiß Software-Update, ist doch klar – das würde ich übrigens merken. Übrigens sind zwei von den drei Accounts ziemlich tot. Sind wohl irgendwelche Dummies, die von den Leuten zum Update und zur Datenpflege benutzt werden. Der oder die Eine, der Schreibrechte hat, der kann Einzelfälle bearbeiten. Man fragt sich doch wozu, was?« Er sah Borcherts kurz mit hochgezogenen Augenbrauen an.»Also?«

»Also ...« Maxim leerte die Bierdose. »Also, was wollen Sie mit dem *Krieger*?«

»Also, wer steckt hinter der einen IP?« Borcherts hielt die Frage für ziemlich schlau.

Maxim lachte. »Die existiert nicht.« Der Admin ignorierte eine Geste Borcherts'. »Das heißt, da verwischt jemand seine Spuren.« Er kratzte sich am Kopf. »Find ich schon noch raus.« Maxim rülpste. »Also nochmal, was wollen Sie mit dem *Krieger*?«

Borcherts dachte über seine Antwort nach. Viktor Maxim schien ehrlich zu sein. Vertrauenswürdig? Nein. Aber momentan nützlich und anscheinend offen. Er hoffte, die Daten konnten ihm helfen, die richtigen Patienten in die richtige Gruppe der Studie zu sortieren. Wenn es gelingen sollte, so musste es in den nächsten zwölf Stunden geschehen. Dann mussten die Daten abgegeben sein. Es hing einiges von dieser Studie ab. Sie sollte sein Leben verändern. Endlich ein angemessenes Leben für Carsten Borcherts. Eine Sekunde fürchtete er, ein Lächeln nicht unterdrücken zu können. Eigentlich genial. Genial einfach. Undurchschaubar und völlig sicher. »Man hört so einiges, wenn man sich hier ein Dutzend Jahre oder mehr aufarbeitet. Und dann das Gerücht über den ... *Krieger.*« Er deutete bei dem Wort auf den Admin, angelte dann den halbierten Schokoriegel aus der Kitteltasche und zog die Hülle langsam von der Fäden ziehenden Karamellschicht. »Da wird man halt neugierig. Was ist das für ein Programm? Warum machen die so ein Geheimnis darum? Keiner will was davon wissen. Ich meine, es geht um meine Patienten ...« Er biss zu. Klebrige Zuckercreme und zähes Karamell vermischten sich mit der dunklen Schokolade in seinem Mund. Borcherts merkte erst jetzt, wie hungrig er war.

Maxim sah ihn ein paar Sekunden an. Borcherts widerstand dem Blick. »Nur weil Sie ...« Maxim wedelte mit einer Hand locker vor sich in der Luft. »... wissen wollen? Nur wegen so einem Gerücht machen Sie sich erpressbar? Klauen Sie Medikamente, riskieren Ihren Job?«

Borcherts rang darum, sich nicht anmerken zu lassen, wie Maxims Worte ihn trafen. »Moment mal ...« Er schluckte. »Was heißt erpr...« Er zögerte, entschloss sich dann zum Gegenangriff. »Wo ist das Risiko?« Er verschränkte die Arme vor der Brust. »Sie hängen doch auch mit drin. Wer soll mich denn ... erpressen? Sie?« Er simulierte ein Lachen. »Sie pfeifen sich doch das Zeug rein.«

Viktor Maxim wandte sich seiner Tastatur zu. Er schob die Ampullenschachteln mit einer Bewegung des Unterarms in eine Schublade. »Es ist nicht illegal, Benzos zu nehmen. Sie zu klauen schon.« Er begann wieder damit, auf seine Tastatur einzuhämmern.

»Wir brauchen es ja nicht so weit kommen zu lassen«, sagte Borcherts und schob sich den Trageriemen des Rucksacks über die Schulter. Ihm war wohler zumute, seit er die Medikamente nicht mehr bei sich hatte. Maxims Selbstsicherheit missfiel ihm. Ob etwas an seinem Gerede von Erpressung dran war? Dennoch glaubte Borcherts, es hatte sich gelohnt, das Risiko einzugehen. Er glaubte, der Zugriff auf die Daten müsste es ihm möglich machen, die Studie exakt nach seinen Bedürfnissen zu verbessern. Borcherts schob das letzte Stück des Schokoriegels in den Mund, ging ein paar Schritte zu dem Abfallhaufen rund um die Mülltüte und ließ die Verpackung fallen. »Gute Nacht, Maxim.«

Der Admin hob die Hand und tippte dann weiter.

Borcherts öffnete die doppelte Tür nach innen und zog an der Stahltür. Das Licht aus dem Flur warf einen Lichtsektor auf die Reihen der Computerschränke und ließ den Schein der Dioden verblassen. Die Kraft der Feder des Türschließers ließ nach, als er fünfundvierzig Grad erreicht hatte. Borcherts trat in den Flur. Die warme, abgestandene Luft machte ihn zur anderen Welt. Das Schlagen des Rhythmus und das wahnsinnige Brüllen aus dem Raum hinter ihm nahmen plötzlich wieder die alte Lautstärke an und wurden erst leiser, als sich die innere Tür schloss. Beides erstarb, als die Metalltür zuschlug. Borcherts ging in Richtung der Aufzüge, ohne sich umzusehen. Er federte in den Knien beim Gehen. Sein neuer Besitz war gut verwahrt in seinem Kopf. Niemand konnte ihm nachweisen, was er wusste, und der Verrückte in seinem Kellerkühlschrank arbeitete aus eigenen Motiven für Borcherts. Kinderleicht und todsicher. Borcherts lächelte.

»Sie!«Die Stimme kam von hinten.

Carsten Borcherts' Kopfhaut schien zu eng zu werden. Das war nicht Maxims Stimme. Sein Magen produzierte Ströme von Säure. Er brachte sich dazu, nicht herumzufahren. Keine Schuld, sagte er sich still, kein Schuldbewusstsein. Niemand kann dir was. Seine Gedanken schienen ihm leider fürchterlich unbedeutend und wirkungslos zu sein. Er ging langsamer und sah über die Schulter. »Ja? Was?«

Zwei Uniformierte des Sicherheitsdienstes, den Bleeker vor einem halben Jahr ins Haus geholt hatte, kamen auf Borcherts zu. Er hielt es für besser, stehenzubleiben.»Was tun Sie denn hier? Wer sind Sie?« Einer der beiden war ein großer, schlaksiger Jüngling mit faserigem Schnurrbart, dem der Hemdkragen zwei Zentimeter zu weit war. Auf die Kragen war mit grünem Zwirn die Abkürzung der Firma, *SDL*, gestickt. Beide trugen die gleichen Hemden, grüne Kunstfaserkrawatten und blaue Stoffhosen. Grauenhaftes Design, fand Borcherts und glaubte, ein wenig Überlegenheit aufkommen zu spüren. Dem Großen waren die Hosenbeine eine Spur zu kurz und seine billigen Slipper, deren Lackleder an den Spitzen und Seiten aufgesprungen war, wurden so bis zur Lächerlichkeit betont. Der Kräftigere der beiden hatte gesprochen. Er zog eine überlange Taschenlampe aus einem Futteral an seinem Gürtel und leuchtete nach Borcherts, obwohl die drei direkt unter zwei Leuchtstoffröhren standen, von denen die eine flackerte.

»Ich arbeite hier«, sagte Borchert gut gelaunt. Sein Lächeln war beinahe echt. Die beiden Hanswurste waren keine Gefahr. Bleeker hatte seine Krämerseele wohl nicht daran hindern können, das billigste Angebot anzunehmen. Für eine größere Investition hätten die Kerle Borcherts jetzt wohl etwas mehr Furcht eingeflößt.

Der Große lächelte unsicher, der Stärkere knipste seine Lampe aus. Borcherts' Lächeln wurde authentisch. Er wollte sich umdrehen, als der Große mit einem Seitenblick auf seinen Kollegen und zitterndem Schnurrbart sagte: »Hier unten?«Borcherts roch alten Schweiß und zumindest einer der beiden hatte Alkohol getrunken. Er hob den Kopf und nahm die Schultern zurück. Wenn alles schief ging, würde ihm dieses Wissen Überlegenheit verschaffen. Er nickte an den beiden vorbei in Richtung des Computerraums. »Meinen Account erneuern«, sagte er. »Musste ich schon seit zwei Wochen.« Er tippte auf seine Armbanduhr, ohne hinzusehen. »Dieser Maxim ist ja immer hier. Scheint so.« Er hob die Hand. »Also, gute Nacht noch.« Er drehte sich um und ging weiter. Er hörte keine Schritte der Wachleute mehr, bis er vor der Schiebetür des Aufzugs stand und den Rufknopf drückte.

***

Peter Hayen beugte sich über das Bett von Helmuth Vokator und zog die Staubinde straff um den fetten Oberarm des Patienten. Der Monitor am Nachbarbett begann einen Alarm. Die frisch am Herzen Operierte hatte wieder eine Tachykardie. Hayen blickte hinüber.

»Lassen Sie das«, sagte Vokator, zog den Arm zurück und kritzelte weiter auf seinem Notizblock. Er warf ein gelbes Blatt mit feiner, blauer Lineatur herum und hielt es mit einem feisten Zeigefinger bei den anderen auf der Kartonrückseite des Blocks.

Hayen nahm den Arm, zog den Notizblock aus seinen Fingern und ließ ihn auf die Bettdecke fallen. Er klopfte mit einer flachen Hand erst auf Vokators Unterarm, dann auf den Handrücken. »Ich muss eine Blutkultur anlegen, Sie haben Fieber bekommen.« Seine Hand beklatschte die teigige Haut des Patienten – es wollte sich keine Vene zeigen.

Vokator zog die Hand weg und ein Buch aus dem Haufen, der auf der Decke von seinem Bauch zwischen die gespreizten Beine gerutscht war. Er zischte etwas undefinierbar Ärgerliches und schlug das Buch an einem der zahllosen eingelegten Zettel und Zeitungsausrisse auf. »Der Idiot«, sagte er, zog die Augenbrauen zusammen und schüttelte Hayens Hand ab, die ihn am Unterarm gefasst hatte. Er kritzelte weiter.

Der Alarm am Nachbarbett änderte die Tonlage und die Frequenz.

»Schaut da endlich mal jemand zu Frau Sieverts, verdammt«, rief Hayen über seine Schulter, nahm den Band aus Vokators Hand und warf ihn zu den anderen auf die Bettdecke. »Es reicht, Herr …« Hayens beherrschte Stimme wechselte zu einem Schmerzensschrei, als Vokator ihm einen Bleistift in den Handrücken rammte. »Sind Sie denn …«

»Und diese blöde Kuh da drüben soll Ruhe geben, verflucht«, brüllte Vokator nach rechts gewandt und warf den Bleistift über den Paravent. »Kann man hier nicht in Ruhe arbeiten?« Er zog einen neuen Stift aus einer kleinen Kartonschachtel, klemmte das Ende zwischen die Zähne und biss zu, während er Hayen ansah.

Peter Hayen hielt die Rechte mit der anderen Hand umfasst und rieb die wunde Stelle zwischen den Mittelhandknochen. »Sie sind ja völlig durchgeknallt.«

»Hört, hört!« Vokator schüttelte den Kopf, so dass sich die zurückgekämmten, fettigen Haare lösten und um die runden Wangen flogen. »Ich muss arbeiten«, sagte er knapp und angelte erneut das Buch aus dem Haufen zwischen seinen Beinen.

Aus einem Nachbarzimmer ertönte ein weiterer Alarm. Hayen fühlte Schweiß zwischen seinen Schulterblättern hinabrinnen. Er warf einen Blick auf die Uhr über der offen stehenden Tür des Patientenzimmers. Halb vier Uhr früh. Zwanzig Stunden Dienst, kein Abendessen, kein Schlaf. Er nahm sich vor, ruhig zu bleiben. »Herr Vokator«, er hob beide Arme und bewegte die ausgestreckten Hände langsam auf und ab. »Das ist wichtig, verstehen Sie?« Vokator gab durch nichts zu erkennen, dass dem so war. »Wenn Sie schon nicht wollen, dass wir Ihren Herzinfarkt behandeln, so lassen Sie mich doch wenigstens diese Blutkultur …«

»Unsinn«, unterbrach ihn der Patient. Er kritzelte auf seinem Block, schien etwas aus dem Buch zu kopieren, ohne aufzusehen. »Herzinfarkt. Habe ich nicht. Alles Schwachsinn.« Er zog eine Augenbraue hoch und betrachtete für eine Sekunde den Arzt vor ihm. »Können Sie tippen?«

»Was?« Hayen spürte ein Lächeln, das er nicht verhindern konnte.

»Na tippen, transkribieren«, fauchte Vokator, ließ den

Block fallen und klemmte den Stift zwischen die Kiefer. »Tippen, tippen, tippen!« Seine Stimme überschlug sich fast, der Bleistift fiel ihm aus dem Mund. Er fuchtelte mit den Fingern in einer Karikatur des Schreibmaschine-Schreibens in Hayens Richtung. »Bin ich denn nur von Schwachköpfen umgeben? Abtippen, ein Manuskript zu Papier bringen, abschreiben, kopieren!« Er rief jedes Wort lauter als das vorige. Mit seinen fetten Fingern fuhr er sich durch die glänzenden Haare. »Wie soll ich den Leitartikel für den *Leeraner Tag* fertigbringen, wenn mir keiner hilft? Wie soll ich denn alles allein machen?« Er ließ eine massige Hand auf den Block fallen und zerknüllte die obersten Blätter, während er ihn hochnahm. Die Rechte tastete nach dem verlorenen Bleistift, fand die Schachtel mit dem Nachschub und fingerte einen heraus.

»Sie sollen hier nicht arbeiten, Sie sollen gesund werden, sich behandeln lassen. Die Zeitung wird einmal ohne den Chefredakteur auskommen müssen.«

Vokator winkte ab. »Ach was. Helfen Sie mir jetzt oder nicht?«

Der Alarm vom Nachbarbett wechselte in die höchste Stufe, die Software schien einen Herzstillstand erkannt zu haben. Vokators Augen quollen hervor. Hayen warf einen Blick über den Wandschirm und sah, dass sich der Algorithmus wie meistens täuschte.

Durch die fleischige Gestalt des Journalisten ging ein Beben. »Wenn dieses Gehupe hier nicht bald aufhört, dann ...« Ein weiterer Stift flog über den Raumteiler, schlug gegen die Zimmerwand dahinter und klapperte zu Boden. »Alles«, Vokators Stimme zitterte vor inbrünstigem Pathos, »alles werden Sie im *Leeraner Tag* nachlesen können.« Der Speck seiner Wangen vibrierte. »Das verspreche ich Ihnen.«

Hayen hob die Stimme. »Es ist halb vier am Morgen, Herr Vokator. Und jetzt hören Sie endlich auf, hier mit Sachen um sich zu werfen.«

»Sie grünschnabeliger Lümmel«, quoll es erst von weit unten aus Vokators Leib, dann hob sich der Ursprung seiner Stimme und wanderte in den Kopf, von wo aus schrillende Schimpfworte produziert wurden, deren Bedeutung sich Hayen nur unzureichend erschlossen. Die Bedeutung des Buches, das gegen seinen Kopf geschleudert wurde, begriff er jedoch so rasch, dass er zur Seite sprang, bevor es ihn traf. Er beschloss, die Abnahme der Blutkultur zu verschieben, überließ Vokator sich und seiner Arbeit und ignorierte den Journalisten, der zuerst wie selbstverständlich, dann immer wütender forderte, man möge ihm sein Buch zurückgeben.

Der Alarm der EKG-Überwachung der Nachbarpatientin beruhigte sich um eine Stufe. Hayen zog den Kragen seines Intensivstations-Kittels nach oben, senkte den Kopf und wischte sich über das Gesicht. Er rümpfte die Nase. Er brauchte dringend eine Dusche.

Er ging über den halbdunklen Flur bis zum Stations-Stützpunkt und lehnte sich in die Türöffnung. Martha und Rodriguez hatten Nachtdienst. Rodriguez lag auf einem Bürostuhl, die Arme hingen herab, der Kopf über die Rückenlehne. Die Beine hatte er auf den Schreibtisch abgelegt. Ein Fuß war zur Seite gekippt und drückte auf die Tastatur des Stationscomputers. Im Textverarbeitungsprogramm erschien Zeile um Zeile angefüllt mit der Ziffer drei. Rodriguez Tarapaca Zapatero war aus Chile eingewandert und machte während seiner wachen Stunden alles an, was jung, attraktiv und männlich war, wenn er nicht gerade Wetten feilbot. Sein Unterkiefer hing herunter, aus dem Mundwinkel lief ein Speichelfaden.

Martha saß in der anderen Ecke des Raumes, wo tagsüber der Stationsleiter an einem zweiten Rechner seine Verwaltungsarbeit erledigte. Sie drückte die Pfeiltasten auf der Tastatur und starrte dabei auf den Bildschirm, wo ein kleiner, unrasierter Glatzkopf in blauer Hose und gestreiftem Hemd eine mannshohe Bretterkiste durch die Gegend schob. Stieß er mit seiner Fracht gegen eine

Mauer des Labyrinths, so lief er weiter und die Füßchen rutschten über den Boden, als hätte Coulomb niemals über Reibung veröffentlicht.

»Sagen Sie, haben Sie die Alarme nicht gehört oder was war los?« Hayen stieß mit dem Fuß gegen eine der Rollen des Drehstuhls, auf dem Rodriguez schlief.

Martha kicherte. »Der Kerl sieht aus wie Carsten Borcherts, finden Sie nicht?« Sie ließ die Computerfigur um eine Kiste herumtippeln und sie in Richtung Bildschirmrand zu einigen anderen schieben. Rodriguez grunzte und schmatzte.

»Nein, finde ich nicht«, log Hayen. »Und wenn die Sieverts da drin einen Herzinfarkt hat, das ist längst nicht so wichtig wie Ihr Sokoban hier.« Er fuhr sich durchs Haar und ließ die Hand auf dem Scheitel liegen, die Linke stemmte er in die Hüfte.

Martha hob die Schultern und neigte den Kopf einen Augenblick zur einen, dann zur anderen Seite. »Ist er nicht niedlich, der kleine Lagerarbeiter Borcherts? Lagerarzt Borcherts.« Sie kicherte und nahm die Hände in den Schoß, während der Rechner ein neues Labyrinth auf den Bildschirm zauberte.

»Na, lassen Sie sie doch, Doktor.« Rodriguez stemmte sich ächzend in eine sitzende Position und stellte die Schuhe auf die Kante des Schreibtischs. Seine ›R‹ rollten spanisch und die Betonung war ungelenk, aber er sprach stets fehlerfreie Grammatik. Die Eingabemarke des Textprogramms blinkte ruhig. Die Statuszeile meldete sechzig Seiten voller Dreien. Es knirschte wie Sand zwischen zwei Lagen Papier, als der Pfleger über sein unrasiertes Kinn und die Wange wischte. Er gähnte.

Hayen fragte sich, wie lange der Rechner für sechzig Seiten Zahlen brauchte mochte. Wie viele Ziffern fasste eine Seite? Tausend? Zweitausend? Neunzigtausend Dreien, vielleicht, dachte er. Zehn Ziffern pro Sekunde, tausend, zweitausend durch zehn in Sekunden …

Rodriguez stand auf und unterbrach Hayens stille Rechnung. »Muss pissen.«

Martha kicherte über ihren kleinen Borcherts.

»Wie lange die Sieverts es noch macht?« Rodriguez streckte sich mit zurückgelegtem Kopf zwischen den behaarten Armen. »Lust auf eine Wette?«

»Eine Wette?« Hayen sah hin und her zwischen der von ihrem Spiel begeisterten Martha und Rodriguez, der sich nun den Bauch kratzte. Hayen ekelte das Geräusch der Fingernägel in Rodriguez' Fell. »Eine Wette, wie lange Sieverts lebt? Das glaube ich nicht.«

Der Pfleger zog sich den Arbeitskittel zurecht und zog ein zerfleddertes A6-Vokabelheft und ein Bündel aus einer Tasche. Er löste den doppelt gelegten Gummiring und das Bündel erwies sich als Stapel mit Dutzenden Zetteln. Rodriguez zählte mit blitzschnellen Bewegungen zehn oder zwanzig Zettel von der Rechten in die Linke. Das Heft hielt er zwischen kleinem und Ringfinger der rechten Hand. Seine Stimme wurde konzentriert, er sprach härter und schneller. »Wenn Sie genug einsetzen, können Sie auch …« Er wedelte mit den Zetteln in der linken Hand und schien eine Sekunde zu überlegen. »Sie könnten auch auf ihren Kopf wetten.« Er tippte sich an die Schläfe. »Sie verstehen. Was da noch funktioniert.«

Martha kicherte.

Rodriguez saugte quietschend Luft durch die Lippen, machte einen Kussmund und sagte vorsichtig: »Sagen wir hundert für zehn Euro, wenn sie mehr als zehn Punkte auf der Glasgow-Koma-Skala erreicht.«

Hayens Gleichgewichtsorgan spielte ihm für einen Augenblick einen Streich. Er schloss die Augen, drehte sich um und ging hinaus. Er ließ die Aufforderungen und Angebote von Rodriguez an seinem Rücken abprallen und ging den Flur hinab in Richtung von Vokators und Sieverts' Krankenzimmer.

Vor der Tür blieb er stehen, atmete einmal tief ein und

durch die Nase aus, dann trat er ein. In der Luft lag der Geruch von Stuhlgang. Er ging weiter. In der Nähe von Frau Sieverts' Bett war der Duft am intensivsten.

»Ha!«, rief Vokator wie ein Peitschenschlag. »Stundenlang im eigenen Kot liegen lassen. Typisch.«

Hayen ging weiter und sah aus dem Gewirr von Büchern, Bleistiften, Bettdecke und Extremitäten des Journalisten einen fetten Arm auf sich gerichtet. Der Zeigefinger zitterte wie das Ende eines geworfenen Speers an seinem Ziel. Die Hand schnappte zur Faust zusammen, bewegte sich dramatisch langsam zu der anderen, die Vokator erhoben hatte. Beide beschrieben ein sich verbreiterndes Rechteck eine Armlänge vor seinem Gesicht.

»Ich sehe die Schlagzeile.« Er stöhnte wie vor Lust. »Ah. Wunderbar. Natürlich, das bringt Auflage, das passt genau. Genau in die Zeit. Hören Sie: *Sterbenskranke Patientin verrottet in ihrem Bett. Sie brachte keinen Gewinn für das Krankenhaus.*« Beide Hände waren zur Seite gewichen, Vokator lag lächelnd mit ausgebreiteten Armen zwischen seinem Notizblock und verstreuten Büchern. Die Finger krümmten sich zu gen Himmel gerichteten Kelchen. »Das ist Kunst.« Vokator war offensichtlich ergriffen. »Wer so texten kann, wird Chefredakteur – früher oder später.« Er ließ die Arme sinken und leckte sich die wulstigen Lippen. »Ich war es früher.« Seine Stimme wurde nüchtern, er wedelte mit der Rechten in Richtung Sieverts. »Also, ich bin es immer noch. War es früher als andere. Verstehen Sie mich rich…« Er winkte ab. »Ach was. Und jetzt putzen Sie besser die Scheiße weg, sonst wird diese Überschrift übermorgen Realität.«

Hayen spürte, wie sich sein Herzschlag beschleunigte. Er beherrschte seine Wut und sagte: »Das machen die Pfleger in ein paar Minuten. Ich werde jetzt die Blutkultur bei Ihnen abnehmen.« Ihn ekelte vor dem schwitzenden Walross in dem Bett. Der Geruch von Sieverts' Stuhlgang potenzierte das Gefühl. Hayen hob und senkte die

Schulter, bewegte den Kopf hin und her, um den Kittel aus achtzig Prozent Polyester von seiner verschwitzten Haut zu lösen.

Vokator grunzte nur und schrieb in wahnwitziger Geschwindigkeit auf seinen Block. Es gab einen feinen Knacks, die Bleistiftmine schien abgebrochen zu sein, er warf den Stift ohne hinzusehen in Hayens Richtung und zog einen neuen aus der Schachtel.

Hayen trat auf das Bett zu. »Es reicht, verflucht!« Hayen wunderte sich selbst über seine Lautstärke. Er wollte den Patienten nicht anschreien, es drang ohne sein Zutun aus ihm hervor. »Sie unglaublich riesiges, stinkendes ...«

Vokator sah auf und lächelte. »Ja? Was genau, bitte?« Er hielt Block und Stift im Anschlag.

Hayen rang mit sich und schwieg mehr, weil er kein passendes Schimpfwort fand, als wegen der Drohung des Journalisten.

»Nur keine Hemmungen, Herr – Doktor.« Vokator begleitete das letzte Wort mit einer spiraligen Ergebenheitsgeste der rechten Hand. »Vielleicht findet Ihr Justitiar das ja auch interessant.« Sein Blick wechselte für einen Augenblick an Hayen vorbei und zurück.

»Himmel, ich habe verdammt nochmal Besseres zu tun, als mich hier von Ihnen beschimpfen und mit Bleistiften bewerfen zu lassen.« Das Blut pulste in Hayens Hals, kalter Schweiß trat auf seine Stirn. »Warum sind Sie denn überhaupt hier, Sie Hypochonder? Sie gehören in eine geschlossene Anstalt, aber nicht auf meine Intensivstation.« Hayen warf den Kopf zurück und tippte sich mit beiden Zeigefingern auf die Brust. »*Meine* Intensivstation, hören Sie? Und ich lasse mich von Ihnen nicht wie ein Stück Scheiße behandeln.« Er war bei den letzten Worten bis an Vokators Bett getreten. Er musste Atem schöpfen und die Pause genügte, um ihn eine Spur zu beruhigen. Ihm gingen verschiedenste Beleidigungen und eine ausführliche Würdigung des absurden Aussehens Vokators durch den

Kopf, aber das genügte ihm, er musste die Worte nicht aussprechen. »Wenn die Rechnungen der Herren Chefärzte kommen, wird Ihnen nachträglich jeder Tag hier leid tun.«

»Na, was sagen Sie dazu?« Vokator lächelte und sah an Hayen vorbei. »Halten Sie den Doktor für durchgeknallt? Gefährlich? Darf man ihn noch arbeiten lassen, Herr ... wie war Ihr Name?« Vokator nickte an Hayen vorbei. »Na, raus mit der Sprache.«

War er einfach psychotisch?, dachte Hayen. Natürlich! Dass er nicht früher daran gedacht hatte. Vokator sprach mit einem Phantom. Er, Hayen, war überarbeitet – merkte nicht, wenn ein Patient halluzinierte. Er schüttelte den Kopf und schämte sich für seinen Wutausbruch. Bisher schien der Patient so weit in Ordnung. Neurotisch, arbeitswütig, ein Widerling *comme il faut*, aber Personen herbeifantasiert hatte er bisher nicht. Wen er wohl sah? Hayen rieb sich das Kinn und hörte dem Kratzen seiner Bartstoppeln zu. Ob man ihm etwas spritzen sollte? Er würde es sich sicher nicht freiwillig gefallen lassen. Welches Psychopharmakon half am besten gegen einen akuten Wahn? »Wenn ich jetzt noch Promethazin gebe ...«, murmelte er, »... das wirkt zu lange. Jetzt ist es ...« Er drehte sich zur Tür, darüber war eine klobige Bahnhofsuhr angebracht, deren zentimeterbreiter Zeiger mit Anbruch jeder neuen Minute einen schleifenden Ton von sich gab. »Viertel vor ...« Weiter kam er nicht.

Er drehte sich wieder zu Vokator um, der aufmerksam in seinem Bett saß und seinen Notizblock sinken ließ. Plötzlich schien dieser Anblick viel angenehmer als noch vor einer Sekunde. Es war keine Einbildung gewesen, kein Wahn. Weder Vokator noch er selbst halluzinierten – obwohl ihm jetzt beide Möglichkeiten als anziehend erschienen. Nach zwei Atemzügen wagte er es, sich erneut der Tür zuzuwenden.

»Herr Ekhoff. Doktor Ekhoff. Guten Morgen«, sagte Hayen und fand, dass dies das Beste war, was einem begabten Akademiker in dieser Situation einfallen konnte. Der Justitiar des Krankenhauses stand in der Tür, als wäre es neun Uhr morgens, nicht Viertel vor vier. Als wäre dies der Besprechungsraum im achten Stock des San Giberto, nicht ein Patientenzimmer auf der Intensivstation, in dem es nach Scheiße roch. Als wäre Hayen ein verständnisvoller Mediziner, der sich beherrschen konnte, kein Berserker gegen einen Patienten.

Doktor iuris Hinrich Ekhoff hielt die Arme auf dem Rücken zusammen, so dass der Knopf seines dunklen Sakkos ein wenig spannte. Seine stämmige Figur und die kurzen Beine ließen wohl nur Maßanzüge zu. Die linke Wange mit dem Schmiss zwischen Mundwinkel und Jochbein zuckte. Unter dem linken Arm hielt er einen aufklappbaren Klemmbrettkasten aus Aluminium. So stand er auch da bei den unvermeidlichen Monatsgesprächen. Wenn es wieder einmal um die Codierungen ging, in die Ekhoff so vernarrt war.

»Herr Hayen …« Er sprach den Buchstaben ›R‹ wie ein Engländer aus.

»Ja, ich weiß, das war nicht richtig.« Hayen spürte, wie seine Augenlider flatterten, er beugte sich etwas vor, sprach schneller. »Sehen Sie, es ist nicht einfach, er …« Hayen ließ die Hand fallen, deren Daumen über die Schulter zu Vokator deutete. »Ich bin etwas übermüdet, ich habe das nicht so sagen wollen, ich …«

»Ich wusste, es würde sich lohnen.« Ekhoff sprach es wie einen Richterspruch aus. Er wippte einmal von den Fersen zu den Fußballen und zurück.

»Oh, es lohnt sich, es lohnt sich. Wie wahr«, warf Vokator ein.

»Sagen Sie, wofür bezahlen wir Sie eigentlich?« Ekhoff steigerte seine Lautstärke mit jedem Wort.

»Ja, das möchte ich auch wissen«, sagte der Patient gut gelaunt.

»Haben Sie Ihre DRG-Codierungen in letzter Zeit mal

überprüft?« Ekhoff blieb nur knapp unter einem Brüllen. »Mann, was glauben Sie denn, womit wir unser Geld verdienen? Haben Sie denn überhaupt nichts begriffen?« Er spuckte beim Schreien. Das Fett der rechten Wange schien in Resonanzschwingungen zu geraten, während die linke, fixiert durch die Narbe, stabiler erschien. »Ich wusste es.« Er stampfte mit einer minimalen Bewegung des Beines. »Ja, ich wusste es. Man kann Ihresgleichen nicht trauen.« Er stampfte. »Kontrolle.« Stampfen. »Kontrolle.« Er nahm die Arme vom Rücken, fing den Klemmbrettkasten in der Linken auf und machte einen knappen Handkantenschlag mit der anderen Hand. »Kontrolle.«

»Kontrolle, Kontrolle, Kontrolle«, keifte Vokator fröhlich. Irgendwo unter der Bettdecke der Sieverts entstand ein unanständiges Geräusch.

»Meine DRG-Kodierungen?« Hayens Blick streifte erst die Uhr, dann Sieverts und blieb bei Ekhoff. DRG, *Diagnosis related groups*. Lästig, aber notwendig. Jeder Patient wurde anhand seiner Diagnose in eine Gruppe einsortiert. Danach wurde mit den Kassen abgerechnet. *Brave new world*. DRG – allein mit der Erwähnung der Abkürzung konnte man so manchen altgedienten Arzt in Rage bringen.

»Herr, tun Sie nicht so ahnungslos.« Ekhoff hob den Kasten in der Linken und tippte mit einem Finger auf die Schreibfläche. »Die Statistik dieser Station im April ist eine Katastrophe.« Er betonte jede Silbe mit einem Tippen auf das Aluminium. »Und wer trägt den Hauptteil bei?« Er triumphierte. »Natürlich Doktor Hayen. Wie immer.«

»Aber warum kommen Sie um …«

»Um vier Uhr früh? Ha!« Ekhoff spuckte beim Sprechen. Die kehligen R-Laute wirkten komisch auf Hayen. »Haben Sie geglaubt, Sie kommen damit durch? Schlafen, Essen, am Rechner spielen. Alles, nur nicht arbeiten.« Ekhoffs Stimme überschlug sich. »Das sind Überstunden, Herr, die wir bezahlen. Überstunden. Nachtzuschlag.« Er sprach ruhiger. »Und was machen Sie? Wenn Sie Zeit haben, sich hier zu streiten, warum haben Sie sich dann gestern das letzte Mal am Diagnosensystem angemeldet?« Er ließ den Kasten militärisch knapp unter den Arm schnappen und verschränkte die Arme wieder auf dem Rücken. »Ja, das hätten Sie nicht gedacht? Ich halte die Augen offen. Mir entgeht kaum etwas.« Ekhoff nahm den Kopf in den Nacken.

Hayen atmete schneller. »Sie tauchen hier mitten in der Nacht auf, um mir zu erzählen, wann ich codieren soll?«

»Tut er«, sagte Vokator.

»Ruhe da hinten!«, blaffte Ekhoff.

»Sagen Sie, haben Sie noch alle beisammen?« Hayen wusste, dass das nicht gut gehen würde. »Was ist denn mit Ihnen los?« Er schob den Kopf vor, beide Zeigefingerspitzen gegen die Schläfen gepresst. »Ich versuche hier die Menschen am Leben zu halten und Sie kommen mir mit so einem Scheiß?«

»Scheiß? Haben Sie Scheiß zu mir gesagt?« Ekhoffs Augen weiteten sich.

»Hat er«, kam es glücklich aus dem Bett hinter Hayen.

»Ruhe da hinten«, riefen Hayen und Ekhoff gleichzeitig.

»Was ist denn die tollste codierte Diagnose wert, wenn ich die Patienten vernachlässige?«

»Natürlich.« Ekhoff trippelte eine Vierteldrehung zur Seite und wand den Oberkörper zu Hayen zurück. »Natürlich. Arztgesülze. Kommen Sie mir nicht damit.« Er hielt die Hände auf dem Rücken und schüttelte einmal knapp den Kopf. »So naiv können doch nicht mal Sie sein. Was ist denn das für ein Florence-Nightingale-Gestammel? Was ist Ihr eitles Mediziner-Getue wert, wenn die Klinik kein Geld dafür verdient, ha?« Er hob die Augenbrauen. »Wie lange können Sie denn noch rumdoktern, wenn die Klinik Ihr Gehalt nicht zahlt, was?«

»Was verdient er denn so, der Doktor?«, wollte Vokator wissen.

Hayen hob beide offenen Hände in Schulterhöhe. »Gut, noch mal von vorne.« Er deutete hinter sich, ohne sich umzudrehen. »Dieser Patient hat ein akutes Koronarsyndrom und heute Nacht hat er Fieber bekommen und ich wollte ihm eine Blutkultur abnehmen.«

»Interessiert mich nicht«, warf Ekhoff ein.

Hayen wehrte mit einer Handbewegung ab. »Nein, einen Moment. Und es tut mir leid, wenn ich ihn angeschrien habe. Ist mir noch nie passiert. Soll nicht wieder vorkommen. Okay. Einverstanden.«

»Interessiert mich nicht. Verschlüsseln Sie ihn richtig und Sie dürfen ihn meinetwegen auch anschreien.«

»Moment«, rief Vokator. »Dazu habe ich wohl auch noch etwas zu sagen.« Niemand achtete auf ihn.

Ekhoff drehte sich um und ging den Flur hinunter. »Was wollen Sie denn nun eigentlich?«, rief Hayen dem Justitiar hinterher und folgte ihm. »Mich einfach nur terrorisieren? Kontrollieren?« Ekhoff war beim Stationsstützpunkt angekommen und blieb in der Tür stehen. Er hatte Hayen den Rücken zugewandt und sah in den Raum. Hayen sah durch die Glasscheibe, dass Rodriguez und Martha verschwunden waren. Auf Marthas Bildschirm war das Pflegedokumentationsprogramm zu sehen. »Bei jedem Monatsgespräch. Und praktisch jeden zweiten Tag tauchen Sie hier auf Station auf, um mir zu sagen, was ich wieder falsch gemacht habe.«

Ekhoff führte seine Hände in einer eckigen Bewegung zueinander und ließ die Finger ineinander schnappen. Dabei schaffte er es, den Klemmbrettkasten unter dem Arm zu behalten. Hayen staunte. Ekhoff stellte seinen rechten Schuh auf die Spitze und drehte sich auf der linken, flach auf dem Linoleumboden ruhenden Sohle, bis der rechte Schuh mit einer exakten Bewegung und einem leisen Hackenschlag neben dem anderen zu stehen kam. »Ich will Daten.« Ekhoff hob den Kopf und blickte ein paar Zentimeter über Hayen. »Ich will wissen, was unsere

Mitarbeiter während ihrer Arbeitszeit tun.« Er senkte den Blick für eine Sekunde und sah wieder über Hayen hinweg.

»Nicht einmal.« Hayen schlug eine Faust in die andere Handfläche. »Nicht einmal haben Sie mir einen medizinischen Fehler nachgewiesen.«

»Lassen Sie den Unsinn.« Ekhoff blickte die Decke über Hayen an, während er sprach. »Sie wissen, was ich will.«

»Nein, weiß ich nicht. Was? Was ist es denn nun?« Er wartete eine Sekunde. »Die Codierung? Die Dokumentation? Wollen Sie mehr Fälle? Kürzere Liegezeiten? Bessere, teurere Diagnosen, billigere Behandlungen? Was?«

Ekhoff trat einen Schritt vor, sah Hayen in die Augen und drehte sich um. Dann ging er den Gang hinunter zum Ausgang der Station.

Hayen starrte bewegungslos seinen Rücken an. Als er an dem Patientenzimmer vorbeiging, hörte man Vokator jubeln. »Kommt alles in den *Leeraner Tag*. Schlagzeilen, Schlagzeilen wie Sahnehäppchen. Wunderbar. Danke. Ich danke Ihnen.«

Hayen hörte ein Rascheln hinter sich und drehte sich um. Martha kam hinter Rodriguez aus einem Patientenzimmer, beide rissen sich die ungebrauchten, aber wirkungsvollen Wegwerf-Schürzen von Hals und Leib und knautschten die dünnen, weißen Kunststofffolien zu faustgroßen Bällen zusammen. Martha fing Rodriguez' Schürze auf, die er hinter sich warf.

»Doktor«, sagte Rodriguez mit mehr denn je rollendem ›R‹. In seinem Ton lag die Verführungskunst einer Sirene. »Das können Sie nicht ablehnen.« Er breitete die Arme aus und legte den Kopf schräg, während er langsam auf Hayen zuging. »Sie gewinnen in jedem Fall. Ich betrüge mich selbst. Ich kann nur verlieren.«

Martha drängte sich an den Männern vorbei, um ins Stationszimmer und zu ihrem Rechner zu gelangen.

Hayen sah ihr hinterher.

»Sie wetten mit mir, dass Sie innerhalb der nächsten vier

Wochen hier gekündigt werden und ich halte dagegen.« Rodriguez Ton wurde härter und schmeichelte dann erneut, als Hayen sich zu ihm umgedreht hatte. »Gewinnen Sie, haben Sie keinen Job, aber nehmen mein Geld mit.« Er hob die Schultern. »Verlieren Sie, haben Sie Arbeit und können sich den Einsatz leisten.« Ein Lächeln zog sein breites Indio-Gesicht auseinander. »Sehen Sie? Sie können nur gewinnen.«

Einige Sekunden starrte Hayen den regungslos grinsenden Rodriguez an und konnte sich nicht zwischen den beleidigenden Antworten entscheiden, die seinen Kopf durchschossen.

Schließlich sagte er gar nichts, drehte sich um und zog im Gehen den zerknitterten rosa Altpapierzettel aus der Kitteltasche, auf dem eng geschrieben die aufgelaufenen Probleme der Nacht notiert waren.

***

Coord Bleeker sah auf seine *Omega*, während er durch sein Vorzimmer stürmte. Seine Sekretärin hielt ihm eine Unterschriftenmappe hin, die er ihr abnahm, ohne sie anzusehen. »Morgen, Frau Steiger«, sagte er, während er schon an ihr vorbei war und durch seine offen stehende Bürotür ging. Schon halb zehn, dachte er. Zwei Stunden verschwendet mit diesem idiotischen Betriebsrat. »Gewerkschaftszombies, Proleten. Abschaffen. Unnötig. Sollen besser arbeiten. Schmarotzer«, murmelte er. Im Vorbeigehen gab er der Tür einen Stoß und zögerte für einen Schritt, während er einen Augenblick lang den satten Ton genoss, den Polsterung, Sicherheitsriegel und Hartholzkern gemeinsam produzierten. Steigers Antwort ging darin unter.

Er warf die Unterschriftenmappe auf einen der vier rot bezogenen Ledersessel, die längs der Glasplatte seines Schreibtischs aufgereiht standen, und ging herum. Während er seinen Drehstuhl zu sich zog, drückte er den Einschaltknopf seines Rechners.

Einen Finger presste er auf den Knopf der Sprechanlage. Einen der anderen Hand ließ er über die Zeilen des von Steiger bereitgelegten Terminplans gleiten. Betriebsrat war erledigt. Vierzig Minuten Luft, dann zwanzig Minuten Arbeitsfrühstück mit der ärztlichen Direktorin, danach den technischen Leiter treffen. Bleeker schürzte die Lippen. Den würde er niedermachen.

»Kaffee, Steiger. Danke«, sagte er zur Sprechanlage, ließ den Knopf los und warf einen Blick auf die Uhr. Er wusste praktisch nichts über die Arbeit des Technikers. Ein Grund, ihn seine Macht spüren zu lassen. Sein Finger glitt die Liste hinunter. Professor Ricklefs – der Anästhesist, der besser Maler geworden wäre. Bleeker verzog die Mundwinkel nach unten und warf einen Blick auf die *Seamaster Professional* am Handgelenk. Achtunddreißig Minuten. Der nächste Termin: Jansen, der Vorstand der *Allgemeinen Krankenversicherung* wollte heute anrufen. Bleekers Augenbrauen zogen sich schmerzhaft zusammen, ohne dass er es verhindern konnte. Warum hat der seinen Anruf gestern bei Steiger angekündigt? Das hatte Jansen bisher nie getan. Was wollte er? »Nein.« Bleekers Rechte ballte sich zur Faust. »Das will er ja.« Er würde sich keine Gedanken machen, denn das wollte dieser Versicherungs-Lackaffe erreichen. Seine Brauen entspannten sich, als er den nächsten Eintrag der Liste las. »Doktor Ekhoff. Ha.« Abblitzen lassen. Der konnte warten, dachte er. Dem musste man immer wieder einmal zeigen, wer der Chef war. Er bediente die Sprechanlage. »Steiger, Termin Ekhoff absagen. Neuen vereinbaren. Nicht zu bald. Wo bleibt der Kaffee?« Der Minutenzeiger seiner Uhr war wieder eine Minute vorgerückt.

»Qualitätszirkel, Budgetverhandlung mit den Controllern vorbereiten.« Sein Zeigefinger glitt die Liste hinab. »Zehn Minuten mit den Studentenvertretern. Die haben zu viel Freizeit. Verlaustes Pack. Absagen.« Er stieß seinen Zeigefinger auf den nächsten Eintrag. »Die Leitung des Betriebskindergartens?« Er schüttelte den Kopf. »Die sind doch alle bekloppt. Demnächst muss ich hier mit den Putzen verhandeln, ob sie die Scheißhäuser mit Seife oder Sand scheuern sollen.« Er schob die Terminliste zur Seite und zog sich näher an den Rechner.

Er gab den Benutzernamen ›Apache‹ und sein Passwort ein. »Rotkäppchen-Römisch-Drei«, murmelte er und schüttelte sacht den Kopf. »Das ist so abwegig, das findet keiner heraus.«

Während das Programm arbeitete, trommelte er einen Rhythmus auf das dicke, grau getönte Glas der Arbeitsplatte und warf einen Blick auf die Uhr. »Kaffee, Steiger, Kaffee«, sagte er leise.

Das System zeigte nach einigen Sekunden die Liste der Patientendaten. 590 Kranke bei 680 Betten im San-Giberto-Krankenhaus. Seine geübten Finger hackten die Ziffern in den Taschenrechner. Knapp siebenundachtzig Prozent Auslastung. »Zu wenig«, sagte er und ließ seine Hand neben das Telefon auf die Glasplatte fallen. Auf dem Apparat waren vierzig Kurzwahltasten in vier Reihen angeordnet. Sein Zeigefinger schwebte über einer, dann einer anderen. Neurologie? Innere Medizin? Weitere Patienten waren so einfach nicht zu finden. »Aber die Schlechten rauswerfen, die Geldesel melken.« Er setzte sich zurecht und ließ die Schultern kreisen. Ein Mausklick auf eine Spalte der Tabelle sortierte die Liste aufsteigend nach der Variablen mit Namen *EEF. Economic Expected Future.*

Dieser Typ von der Kasse in Emden war clever, dachte er. Arrogant, aber clever. Dieser Ernest Jansen. Schon lange überfällig, diese Sichtweise, nur leider politisch sehr unkorrekt. Er hob den Kopf und richtete sich auf. Das San Giberto war das einzige Krankenhaus, in dem sie das System testeten. Und er war der einzige Mensch in Leer, der Bescheid wusste. Es braucht die richtigen Männer in den richtigen Positionen, hatte Jansen gesagt. Da war schon etwas dran. Bleeker drehte den Kopf etwas, um den eng sitzenden Hemdkragen zu bewegen.

»Okay, die schlechtesten zehn Prozent fliegen raus«, sagte Bleeker, während er die ersten sechzig Einträge mit einer Bewegung der Maus markierte. Mit einem Dutzend Kommandos speicherte er die Daten der Patienten in einer eigenen Liste und suchte dieselben Patienten im Abrechnungssystem. Er setzte mit einem letzten Tastendruck ein Feld in dieser Datenbank auf ›Zahlung verweigert‹.

Mit einer Tastenkombination meldete er sich ab und ließ sich in seinen Sessel zurückfallen. »Sechzig Mal Defizit abgebaut.« Er rieb sich die Hände. »Gute Arbeit, Doktor Bleeker.« Den Rest erledigte die Buchhaltung. Bleeker stellte sich vor, was passieren würde. Ein Anruf des Controllers beim Chefarzt, bedenkliches Kopfwiegen und Tränendrüsen-Gerede von ärztlichem Ethos und ähnlichem Quatsch. Schließlich noch ein wenig mehr sanfter Druck und nach ein paar Tagen waren sich alle einig, das Beste für das Krankenhaus getan und niemandem geschadet zu haben. Der Urheber dieses Fehlers in der Datenbank, den man ein paar Wochen später finden würde, blieb unbekannt. Die Patienten waren dann entweder in anderen Krankenhäusern oder tot. Schadeten niemandem mehr. Schon gar nicht Coord Bleeker.

Bleeker fand, dass er ehrlicher war als die Damen und Herren Chefärzte, die nur taten, was er anregte und sich dabei in die eigene Tasche logen. Bleeker beugte sich vor und tippte ein paar Momente auf dem Taschenrechner. Die Belegung sank jetzt auf achtundsiebzig Prozent. Aber er schätzte, die Umsatzrendite müsste für diesen Monat auf neun Prozent steigen. »Einsame Spitze in dieser Branche.« Er lehnte sich wieder zurück und verschränkte die Hände im Nacken. »Soll sich doch um die Unheilbaren kümmern, wer will. Wir haben kein Geld zu verschenken.« Er nahm sich vor, bei der nächsten Besprechung die Chefärzte mit dieser niedrigen Belegung zu peitschen, bis sie bluteten. Keine dieser geistesarmen Koryphäen würde auf die Idee kommen nachzurechnen. Was Umsatzrendite bedeutete und dass Bleekers Gehalt davon abhing, begriffen die wohl ebenso wenig.

Die Tür wurde geöffnet und Bleeker genoss, dass das einzige Geräusch, das von ihr ausging, ein sanftes Schleifen der Bürstenleiste über das Parkett war.

Julia Steiger trat ein. In der Rechten trug sie die Isolierkanne aus Edelstahl, die Bleeker sie hatte kaufen lassen. In der anderen Hand balancierte sie Tasse und Untertasse aus dickem, weißem Porzellan. Vorgewärmt, wie Bleeker wusste. Steiger brauchte man die Dinge nur einmal aufzutragen.

Mit zwei raschen Schritten ging sie um den Türflügel herum, der sanft aufschwang. Mit ihrem Becken stoppte sie die Bewegung und kehrte sie um. Das leise Schnappen des Schlosses und Steigers Anblick steigerten Bleekers Zufriedenheit mit sich selbst.

Steiger kam mit einem Lächeln auf dem unauffällig geschminkten Gesicht zum Schreibtisch, ging um die Ledersessel herum und beugte sich mit gestreckten Knien, um Kanne und Untertasse nahezu geräuschlos abzustellen. Sie trug ein graues Kostüm mit kurzem Rock. Bleeker saß zurückgelehnt und mit hinter dem Kopf gefalteten Händen auf seinem Bürostuhl. Während er tief in Steigers Ausschnitt sah, fragte er sich, was sie unter dem Blazer aus grauem, fein gewebtem Stoff trug.

Er sah auf die Uhr. »Frau Steiger, wenn Sie ... Bleiben Sie doch noch.« Er stand auf und ging um den Schreibtisch herum zu seiner Sekretärin. Steiger blieb lächelnd stehen. Sie war schmal gebaut, hatte kaum Hüften. Ihre schwarzen Haare trug sie in einer kurz geschnittenen Seitenscheitelfrisur. Die Wangenknochen fand Bleeker ein wenig ausgeprägt, aber ihre androgyne Erscheinung vertrug etwas Herbheit. Er trat auf sie zu, blieb einen Meter vor ihr stehen und ließ die Hände sinken, als er bemerkte, dass er sie in Gürtelhöhe verschränkt gehalten hatte.

Als er vor zwei Jahren seine Stelle als Geschäftsführer

angetreten hatte, war die fünfzigjährige Vorgängerin gegen den Widerstand des Betriebsrats nach fünfundzwanzig Jahren im Krankenhaus entlassen worden. Ein Angebot für eine Ersatzstelle im Haus hatte er verhindert. So hatte er sich Steiger aussuchen können und er hatte dem Betriebsrat gleich zu Beginn gezeigt, wer der Chef war.

»Herr Bleeker …«, sagte Steiger, als er einen weiteren Schritt auf sie zutrat, die Arme ausstreckte und den einzigen Knopf ihres Blazers öffnete. Ein schwarzer Spitzen-BH, durchsichtig. Kleine, feste Brüste. Er legte seine Rechte darauf und knetete, während er Steiger mit der Linken an sich zog.

Er staunte, denn er fühlte keinen Schmerz, als sie ihn ohrfeigte. Da war nur dieses Klingeln im linken Ohr, das übertönte, was Julia Steiger sagte. Er sah, wie sie den Mund bewegte, aber er verstand die Worte nicht.

Sie war zwei Schritte zurückgetreten, hatte den Knopf mit einer knappen Handbewegung geschlossen und es schien, als wäre nichts geschehen. Bleeker beschloss, dass genau das zutraf. Es war nichts geschehen. Er blickte auf die Uhr. Dreißig Minuten blieben ihm zum nächsten Termin. Bis der Krankenkassenmann Jansen anrief, wollte er sich die letzten Ergebnisse der Verhandlungen mit dem Medizinischen Dienst der Kassen bringen lassen. Er drehte sich zur Seite und langte nach dem Telefonhörer. Die Nummer des Controllers war eingespeichert. Er nahm sich vor, dem Mann etwas mehr als nötig Druck zu machen. Das würde ihn beschäftigt halten. Bleeker rieb sich das linke Ohr. Das Klingeln ließ nicht nach. Er wedelte mit der Rechten nach Steiger. »Das ist alles. Danke.« Seine Stimme erschien ihm eigenartig distanziert. Er drückte die Kurzwahltaste, die ihn mit dem Sekretariat des Controllings verband.

»Was?« Er presste den Hörer fester an sein Ohr. »So sprechen Sie doch deutlich«, herrschte er die Stimme am anderen Ende an. Aus dem Augenwinkel sah er Steiger unbewegt stehen. »Was denn?«, blaffte er, nahm den Telefonhörer in die Rechte und wickelte das Kabel halb um seine Brust, um sein rechtes Ohr mit dem Hörer zu erreichen. Steigers Blick zuckte zur Tür und zurück zu Bleeker. »Schreien Sie mich nicht an, was fällt Ihnen ein«, rief er in die Muschel und hielt den Hörer auf Abstand. »Bleeker hier, geben Sie mir Ihren Chef.« Er zögerte eine Sekunde. »Wie ist Ihr Name?« Es konnte nicht schaden, dem Mann die Unverschämtheit seiner Sekretärin vorzuhalten. Steigers Blick flog erneut zur Tür und Bleeker folgte ihm.

Ekhoff stand in der offenen Bürotür.

»Gehen Sie schon«, herrschte Bleeker seine Sekretärin an. »Nicht jetzt«, sagte er, als sich am Telefon der Controller meldete. Bleeker warf den Hörer auf die Gabel, ging um seinen Schreibtisch herum und nahm dabei die Unterschriftenmappe vom Sessel.

Er warf sich auf seinen Drehstuhl, nahm die Mappe zur Hand und blätterte die ersten Abteilungen durch. »Gut, dass Sie kommen«, sagte er ohne aufzusehen. »Nur herein. Schließen Sie die Tür.« Er zog seinen *Montblanc*-Füller aus der Hemdtasche und hörte auf das Reiben der Feder auf dem Papier, während er unterschrieb. »Sie müssen etwas für mich tun.« Bleeker machte eine unbestimmte Handbewegung mit der Linken, dann blätterte er um, unterschrieb eine Abmahnung, die er gegen einen Oberarzt aus der Chirurgie betrieben hatte, und steckte die Kappe auf seinen Federhalter. Er sah auf, lehnte sich zurück und er spürte, wie seine Augenbrauen sich zwischen den Augen zusammenzogen. Erneut tauchte der Schmerz in seiner Stirn auf. Ekhoff saß ihm gegenüber auf der Armlehne eines der Ledersessel. Bleeker stützte die Ellenbogen auf die Armlehnen seines eigenen Stuhles und verschränkte die Hände unter dem Kinn. Sein Zeigefinger zuckte in Richtung des Justitiars. »Würde es Ihnen etwas ausmachen, meine Möbel bestimmungsgemäß zu benutzen?«

Ekhoff hatte das Jackett seines dunkelgrauen Anzuges geöffnet und beide Daumen in die Taschen der Weste geschoben. Die Beine waren übereinander geschlagen und Bleeker fand, dass der Mann unverschämt mit dem Budapester in seine Richtung wippte. Es gab kein Anzeichen dafür, dass er seinen Sitzplatz ändern wollte. Ein sarkastisches Lächeln hatte sich um die fetten Lippen gelegt. Der Schmiss in der linken Wange verzog sich grotesk, wenn der Mann lächelte. »Sie müssen etwas für mich tun«, sagte Ekhoff.

Bleeker glaubte, sich verhört zu haben. Die Tür zum Vorzimmer war immer noch geöffnet. Er überlegte, was zu tun war. Ekhoffs Unverschämtheit konnte nur Schlechtes bedeuten. Er ließ sein Gegenüber nicht aus den Augen, während er den Zeigefinger auf den Knopf der Sprechanlage presste. »Türe schließen«, sagte er und war überrascht über den verstärkten Klang seiner Stimme aus dem Vorzimmer. Er lehnte sich erneut zurück.

Zehn Sekunden sprachen die Männer nicht, dann schnappte die Tür ins Schloss.

Bleekers Blick zuckte zu seiner *Omega*. »Also, wie gesagt, Sie müssen etwas für mich tun, Herr Ekhoff.«

Die Haltung des Anwalts änderte sich nicht. Sein Lächeln blieb.

Bleeker sah auf die Uhr. »Kaffee?« Er beugte sich vor und griff nach der Kanne und der einzigen Tasse auf dem kleinen Tablett.

Ekhoff blieb unbewegt und lächelte.

Bleeker goss sich eine halbe Tasse ein, nahm einen Schluck und lehnte sich zurück, während er einen Blick auf die Uhr warf. »Also, hören Sie zu, Ekhoff, Jansen ruft später an, Sie wissen schon, der Mann von ...«

»Sie haben mich schon verstanden. Sie tun etwas für *mich*.« Beim letzten Wort setzte das Wippen seines Unterschenkels einmal aus.

Bleeker zögerte. Konnte es am Klingeln in seinem Ohr liegen? »... der Mann von der Krankenkasse. Er wird ...«

Ekhoffs linke Wange mit der Narbe zuckte, während er sprach. »Herr Bleeker.« Die englische Aussprache der ›R‹ irritierte Bleeker.

»Doktor Bleeker«, warf er erfolglos ein. Zeigefinger und Daumen seiner Rechten fuhren über die bedeckte Krone der *Omega*.

»Herr Bleeker, unser Verhältnis hat sich grundlegend geändert.« Ekhoffs Körper blieb bis auf Unterschenkel und zuckende Wange ruhig.

Bleeker straffte sich. »Was erlauben Sie sich?« Er sah, wie Speicheltropfen von seinem Mund in Ekhoffs Richtung flogen. Seine Faust flog auf die Unterschriftenmappe. Das widerliche Lächeln Ekhoffs blieb. »Sie kommen hier herein, misshandeln meine Möbel...« Bleekers Arm und Hand machten eine schleudernde Bewegung zu Ekhoff hin. »... und werden unverschämt.«

Ekhoffs Unterschenkel hörte auf zu wippen, dafür begann er, seinen Fuß langsam nach oben zu ziehen und wieder zu senken.

Bleeker sah dieser Bewegung einige Sekunden zu, und merkte dann, dass ihm die Kontrolle über dieses Gespräch völlig entglitten war. Er räusperte sich. »Was wollen Sie?« sagte er, als sei er nie unbeherrscht gewesen.

Ekhoff nahm die Daumen aus den Westentaschen und verschränkte die Hände vor seinem Knie. Das Lächeln schwand, das Zucken der Wange mit dem Schmiss blieb. »Ich will nicht weiter über diese kleine Unappetitlichkeit reden. Die Reize Ihrer Sekretärin sind mir nicht verborgen geblieben.« Er hob die Schultern kurz. »Wenn sie mir auch nicht so deutlich vor Augen stehen wie Ihnen – ohne Zweifel.«

Bleeker entspannte sich.

»Aber ich will sie nicht vergessen.« Ekhoff stand auf, schloss den Knopf seines Jacketts und verschränkte die Hände auf dem Rücken.

Bleeker drehte seine Uhr einmal um sein Handgelenk und wackelte dann mit den Fingern der Rechten gegen

Ekhoff. »Sagen Sie schon. Reden wir nicht drumherum. Sie möchten eine Gunst erwiesen haben, als Gegenleistung für ein schwaches Gedächtnis.« Er schnitt dem Anwalt das Wort ab, indem er die Handfläche in seine Richtung hob. »Nein, nein, ist schon gut. Das ist völlig in Ordnung. Leistung und Gegenleistung. Ganz mein Prinzip.« Was konnte er schon wollen, der pedantische Kleingeist?, dachte er. Und bei der nächsten Gelegenheit würde der rausfliegen. »Na, sagen Sie schon.«

»Mein Gedächtnis ist außerordentlich gut.«

Bleeker wurde ungeduldig. Unverschämter Lackaffe, dachte er. Er gab seiner Stimme eine Prise Härte. »Überspannen Sie es nicht, Herr Ekhoff. Aber nun sagen Sie es, ich habe nicht ewig Zeit.« Er tippte mit dem Zeigefingernagel auf das Glas der *Seamaster*.

»Ich werde nicht vergessen, was ich gesehen habe, und Sie werden mir in Zukunft jeden Wunsch erfüllen, den ich an Sie richte.« Ekhoff sagte dies, als lese er es aus dem Urteil eines Gerichts.

Bleeker sprang auf. »Sind Sie wahnsinnig?« Sein Drehstuhl rollte gegen eines der wandhohen Fenster hinter dem Schreibtisch. Ein paarmal klappte sein Unterkiefer überflüssig auf und zu. »Sie …« Er deutete mit zitternder Hand auf die Bürotür, obgleich er wusste, dass es nutzlos war. »Verlassen Sie augenblicklich …«

Ekhoff hob die Schultern für einen Atemzug. »Gerne.« Er blickte über die Schulter. »Aber das wird nichts ändern, verstehen Sie?«

»Raus.« Bleekers Stimme zitterte.

»Wir sollten das lieber jetzt klären.« Der Justitiar klang, als ging es um harte oder weiche Eier zum Frühstück. Er trat vor den Sessel direkt gegenüber von Bleeker, öffnete den Jackettknopf, beugte die Knie ein wenig, zog die Hosenbeine mit einem scharfen Ruck ein Stück nach oben und setzte sich exakt in die Mitte der Polsterfläche. »Sie werden sehen, es kostet Sie nichts.«

Bleeker stand erstarrt.

»Kein Geld, zumindest.« Ekhoff berührte den Knoten seiner perfekt sitzenden Krawatte, als ob er sie zurechtrücke. »Ein wenig Macht wird es Sie kosten, etwas Wissen, was ja, wie man oftmals sagen hört, dasselbe sei.« Er schürzte die Lippen. »Ich meine, man muss letzteres zu nutzen wissen, um erstere zu erlangen. Was meinen Sie, Doktor Bleeker?«

»Was?« Diese ekelhaften ›R‹, dachte er und wunderte sich, dass ihm nichts Bedeutenderes einfiel.

»Es braucht den intelligenten Mann, um das Wissen zu Macht zu formen.« Ekhoff ballte seine Rechte zur Faust. »Den besseren, ja. Ich würde hier sogar gerne den etwas eigenartigen Ausdruck ›Alpha-Tier‹ benutzen.« Er legte beide Hände wieder flach auf die rot gepolsterten Lehnen und sah Bleeker in die Augen.

»Was?« Bleeker hieb mit den Knöcheln beider Hände auf die gläserne Tischplatte. Er achtete nicht auf den Schmerz in seinen Fingerknochen. »Mann, sagen Sie, was Sie wollen, und verschwinden Sie aus meinem Büro.« Er fühlte sein Herz arbeiten.

Ekhoff stand auf, während er Bleekers Augen fixiert hielt. Er schloss routiniert sein Jackett und drehte sich mit militärischem Schwung um neunzig Grad nach links. Den Kopf hielt er in unverändertem Winkel zu seinen Schultern. Er ging einen Schritt am Sessel vorbei, drehte einen weiteren rechten Winkel nach links und schritt in Richtung Tür. »Aus Ihrem Büro, ja. Für jetzt.« Er hob die Rechte zur Faust geballt, ohne sich umzuwenden. »Was ich will? Sie wissen es.« Er erreichte die Tür und legte die Hand auf die Messingklinke. »Oder werden es bald erfahren.« Die Tür schloss sich langsam schleifend, bis das Schloss satt einrastete.

Bleeker ließ sich in seinen Stuhl fallen. Er fühlte Schweiß aus seinen Achseln herunterrinnen. Was wird er schon wollen, der Ekhoff, dachte Bleeker. Geld? Kein

Geld. Macht? Meine Macht. Kontrolle? Was will er kontrollieren? Der Mann muss weg. Gedanken flogen durcheinander wie Bauklötze. ›Alpha-Tier‹. »Lächerlich, der Bursche. Ich bin der Chef und ich werde es bleiben.«

Das schleifende Geräusch der Tür unterbrach ihn.

»Ach ja, Bleeker.« Ekhoff stand und füllte den Spalt aus, um den er die Tür geöffnet hatte.

Unverschämter Kerl, dachte Bleeker. Nennt mich beim Nachnamen wie einen Schuljungen. Bleeker schob einen Zeigefinger zwischen Kragen und Hals.

»Dieser neue Assistenzarzt, dieser Hayen, Peter Hayen. Achten Sie auf ihn, er ist mir suspekt.« Ekhoff wippte zwischen Schuhspitzen und Fersen hin und her.

»Suspekt?« Für einen Moment vergaß Bleeker seine Wut. »Was tut er? Klaut er? Vernascht die Schwesternschülerinnen?« Er lachte ein kleines Lachen, versuchte in die Normalität zu finden. »Oder etwa die Schüler?«

Ekhoff legte die Hände auf den Rücken und wippte zwei Zyklen stumm. Er schürzte die Lippen und hob eine Augenbraue, während er Bleeker ansah. Zwei Atemzüge später sagte er: »Sie werden es schon sehen. Sehr suspekt.«

Bleekers Blick zuckte von Ecke zu Ecke seines Büros, dann wieder zu Ekhoff. »Suspekt? Nun sagen Sie schon.«

***

Carsten Borcherts sah auf die Uhr, die von der Decke des Stationsflurs hing, und zuckte mit den Achseln. Dabei summte er die Melodie eines Beatles-Songs, *Lucy in the Sky with diamonds*, den er zu Hause gehört hatte. Sein weißer Kittel hing locker über den Schultern und der Straßenkleidung. Umziehen würde er sich später. Er ging am Krankenzimmer vorbei, in dem der Spinner von der Zeitung und diese mehr oder weniger Hirntote lagen. Er kratzte sich am Kinn. Eher mehr als weniger. Trenckenbohm hatte mit ihr die Dritte in dieser Woche dezerebriert. »Es ist Dienstag, das könnte Rekord werden«, murmelte er und gab den Versuch, sich gegen ein Lächeln zu wehren, im Ansatz auf. Er sah durch die offene Tür und hob grüßend die Hand. »Peter, sorry. Bin zu spät. Komme gleich.

Hayen hob nur die mit sterilem Handschuh angetane Hand, ohne sich umzudrehen. Er hatte sich über das Bett der fast Hirntoten gebeugt, trug einen grünen OP-Kittel, Kopfhaube und Mundschutz und hantierte mit Spritze, Punktionsnadel und einem vierlumigen Zentralvenen-Katheter.

»Glaubst du, die Alte hat was von der neunschwänzigen Katze, die du ihr da in den Hals rammen willst?«, rief Borcherts, ohne auf die Antwort zu hören.

Genau genommen war er zwei Stunden zu spät gekommen, aber das machte nichts weiter, Hayen war ohnehin nur mit Gewalt von der Station zu bewegen. Jung, motiviert und dumm.

Er ging zum Stationszimmer und warf sich in den Drehstuhl vor dem Rechner. Das Abrechnungsprogramm lief bereits. Er hielt den Mauszeiger über dem Menupunkt, der zusammen mit einer abgefahrenen Tastenkombination den *Krieger* starten würde, und sah sich um. Er wagte es nicht. Der Admin hatte zwar überzeugend geklungen, dachte Borcherts, aber der Typ war einfach zu seltsam, um ihm zu vertrauen. Er wurde Zeit, wieder Patienten für die Studie zu rekrutieren. Die Firma schien schon ungeduldig zu werden – und es mussten mit *Kriegers* Hilfe die richtigen Patienten der richtigen Gruppe zugeteilt werden, wenn die Ergebnisse der Untersuchung der Firma gefallen sollten. Und nur für diesen Fall war ihm der unanständig gut bezahlte Posten im Marketing zugesagt worden. Mündlich. Ohne Zeugen. Aber immerhin zugesagt.

»Herr Borcherts, was für eine Freude, Sie zu sehen.«

Borcherts zuckte zusammen. Er hatte sie weder gehört noch gesehen. Ohne hinzusehen, gab er der Maus einen kleinen Stoß und warf sich zurück in die Lehne des Bürostuhls. »Frau Trenckenbohm, Mann, Sie können einen erschrecken.« Er fasste sich in pathetischer Pose ans Herz, dessen rasanten Rhythmus er vor der Frau neben ihm verbergen wollte.

Sie trat einen Schritt zur Seite, stand nun hinter Borcherts und legte ihre Hand auf seine Schulter. »So starke Schultern«, hauchte sie.

Borcherts schob die Hand weg. »Ist ja gut, meine Teuerste, aber das hatten wir doch schon.« Er beugte sich etwas vor, erreichte die Maus und startete den Internet-Browser.

Die Brillantring-Finger schoben sich nun von der Seite wie Schlangen über seine Brust. »So …« Plötzlich krallte sie ihre zwei Zentimeter langen, rubinroten Nägel in seine Muskeln. »… männlich«, setzte sie tief, rau und verworfen hinzu.

»Au!« Carsten Borcherts hieb einmal auf ihre Hand ein und schob sie zur Seite, um nahe genug an die Tastatur zu gelangen. Er gab die Adresse seines Lieblings-Buchhändlers ein. »Lass gut sein, Beste. Versuchs doch mal bei unserem Nesthäkchen, hm?« Er nickte in Richtung des Patientenzimmers, wo Hayen offenbar vergeblich versuchte, eine ausreichend große Vene zu kanülieren.

»Ein Neuling, wie?« Frau Trenckenbohm richtete sich auf, öffnete einen weiteren Knopf ihrer weißen Seidenbluse, so dass Borcherts ihre solariumsgebräunte Haut bis unter das Verbindungsbändchen der B-Körbchen ihres Spitzen-BHs sah. Sie schob mit beiden Händen ihre Brüste zurecht und nahm wie auf einem Laufsteg Kurs auf ihr Opfer.

Der alte Trenckenbohm muss besoffen gewesen sein, als er sich die angelacht hat, dachte Borcherts, rieb sich mit der Linken seinen gekniffenen Brustmuskel und klickte sich mit der anderen Hand durch das Buchangebot unter der Rubrik ›Gay and Lesbian‹.

Ohne die Beschreibungen der Bücher wirklich auf sich wirken zu lassen, bestellte er drei Werke, von denen er sich seichte Unterhaltung erhoffte. Er hielt sich davon ab, ein oder zwei weitere Bücher zu erstehen, lehnte sich zurück und verschränkte die Arme hinter dem Kopf. Was war heute zu tun? Für drei Uhr nachmittags hatte sich der Innovationsmanager von *Appresis* angekündigt. Heute würde er die Daten übergeben. Es war zu befürchten, dass er endlich mit Professor Ricklefs reden wollte, und Borcherts würde sich eine neue Ausrede ausdenken müssen, warum der Chef auch heute nicht zu sprechen war. Er kniff die Lippen aufeinander. Mit guten Ergebnissen würden die Firma und der Innovationsmanager sich schon ruhigstellen lassen. Aber irgendwann musste auch Professor Ricklefs von der Sache erfahren. Er richtete sich auf und rieb die Hände. Erst die Ergebnisse wasserdicht machen, dann sind sie alle wie Wachs, dachte er. Chef genau wie *Appresis*. Er stand auf. *Appresis* – nichtssagende Kunstworte aus der Retorte der Werbefritzen waren Mode in der Pharmabranche.

Ein gedämpfter Laut ließ ihn aufmerken. Ein Grinsen breitete sich auf Borcherts Gesicht aus. Es klang wie ein verschlucktes ›Nein!‹, vermischt mit einem geradezu pubertären Kreischen. Das wollte beobachtet sein ... Er trat aus dem Stationszimmer und hielt sich eng an der Wand, in der Hoffnung, nicht gesehen zu werden.

Nach einigen Schritten konnte er gerade eben durch die Tur sehen. Hayen stand am Kopfende des Betts der Dezerebrierten und hielt in der Rechten eine blutgefüllte Spritze mit aufgesetzter Nadel nach oben. Die Linke hielt eine Klemme mit von Desinfektionsmittel triefendem Tupfer erhoben. Sein sackartiger OP-Kittel war zum Leben erwacht. Aus Peters Bauch schienen neue Gliedmaßen gewachsen zu sein, die sich unter dem Kittel wie Reptilien um seinen Körper und in Richtung seiner Lenden wanden.

»Nimmt mal jemand den Paravent weg, ich sehe ja gar nichts«, rief Vokator, der verrückte Journalist.

Peter schien atem- und sprachlos, als ob er in zu kaltes Wasser gesprungen wäre. Noch ein spitzer Schrei entkam ihm, der besser zur Trenckenbohm gepasst hätte. Borcherts grinste, verschränkte die Arme und lehnte die Schulter gegen die Wand.

Hinter Hayen und tief vergraben in seinem grünen OP-Kittel stand die Frau des Herzchirurgen, der die Sieverts um ihr weiteres denkendes Leben gebracht hatte, und grapschte Hayen zwischen den Beinen herum. Peter konnte nicht nach vorne ausweichen, weil er hinter dem Bett stand. Er schien nicht fähig, das Gesetz zu brechen, mit sterilem Kittel und sterilem Handschuhen Unsteriles nicht anzufassen. »Auch nicht, um diese durchgeknallte Nymphomanin abzuwehren«, flüsterte Borcherts zu sich. Er dachte einen Augenblick darüber nach, hineinzugehen und zu sehen, ob sich die Trenckenbohm stören ließe. Er bezweifelte es.

»Hallo? Hallo. Hallo!« Vokator schien seine Matratze mit den Fäusten zu bearbeiten.

Borcherts bemerkte aus dem Augenwinkel, dass die Stationstür am Ende des Flurs geöffnet wurde. Vielleicht kam Trenckenbohm, um seine Opfer zu besuchen, dachte Borcherts und widerstand dem sehr schwachen Impuls, die beiden im Patientenzimmer zu warnen. Er zog sich ins Stationszimmer zurück und lauschte auf Anzeichen eines Streites. Er schob die Hände in die Taschen. Egal wer kam, es versprach, pikant zu werden. Er drückte die Ellenbogen durch und dachte über den besten Zeitpunkt nach, in das Zimmer zu gehen und schockiert zu sein.

Er hörte Schritte von harten Sohlen. Es konnte kein Assistenzarzt und kein Pfleger oder Schwester sein, die trugen alle Sportschuhe oder Exemplare dieser unsäglich hässlichen Entenlatschen, wie Hayen es tat. Borcherts' Vorfreude stieg. Der Besuch kam näher. Es war ein ruhiger Schritt eines Mannes. Frauen machten kleinere, leichte Schritte. Borcherts legte den Kopf schräg. Kein Chefarzt, die trugen stets die Maske der Eile, die sie so wichtig machte. Auch Ricklefs konnte es nicht sein. Der ging zwar langsam, aber hatte sich seit Monaten außerhalb der Chefvisite nicht freiwillig auf seiner Intensivstation blicken lassen. Warum also heute?

Die Schritte hörten auf. Borcherts nahm die Hände aus den Taschen.

»Herr Hayen!«

Die Stimme beendete Borcherts' Raten. Ekhoff, der kranke Pedant, dachte er. Das versprach ein besonderes Vergnügen. Er zählte bis drei, dann schlenderte er den Stationsflur hinunter in Richtung der Stimme des Justitiars.

»Das ist ...« Ekhoffs Stimme verriet in Borcherts' Ohren eine vielversprechende Mischung aus Entrüstung und Genugtuung. »... unglaublich.« Das letzte Wort war in einem Ton der Endgültigkeit ausgesprochen, der einige Minuten Gezeter überreichlich ersetzte.

»Ich!« Ein Klappern erklang, als hätte Vokator ein Werkzeug gefunden, mit dem er sein Bettgestell misshandelte. »Sehe!« Noch ein Schlag. »Nichts!« Ein Bleistift flog über den Sichtschutz. »Verdammt!«

Borcherts machte einen letzten, möglichst leisen Schritt und überblickte die Szene.

»Das ist so ...«, Trenckenbohm legte ihre Hände überkreuz auf die eigenen Schultern, »erniedrigend.« Sie trat einen Schritt zurück. »Dieser wild gewordene, schamlose Mensch. Ich konnte gar nicht so schnell reagieren, war völlig – völlig ...« Sie senkte den Kopf und Borcherts spürte Respekt für dieses meisterliche Schauspiel.

»Sie Ärmste.« Ekhoff legte die Hände hinter seinem Rücken übereinander und bewegte den Kopf je einmal fünfundvierzig Grad nach rechts und nach links. »Schrecklich. Wie werden Sie das nur verarbeiten.« Trenckenbohm nickte, ohne den Blick zu heben.

»Alles schon vorbei«, rief Vokator und ein weiterer Stift schlug neben Sieverts Bett ein. »Und mir wird wieder alles vorenthalten. Scheiße!« Noch ein Bleistiftgeschoss kam angeflogen.

»Das ist ja lächerlich«, rief Hayen und warf Spritze und Tupfer auf das Rolltischchen aus Edelstahl, über den er sterile Tücher gebreitet hatte. »Wie sollte ich denn …« Er riss sich den Mundschutz vom Gesicht und zerrte die OP-Haube vom Kopf.

Sein Gesicht war rot wie Trenckenbohms Fingernägel, die sie im Augenblick verbarg, indem sie vor ihren Schultern Fäuste bildete. Borcherts schürzte die Lippen und legte den Kopf schräg, als er dies bemerkte. Die Frau war begnadet, dachte er. Aber dennoch hatte sie den Beruf der jungen Frau eines alternden Millionärs gewählt. Eines Herzchirurgen, der nach der baldigen Pensionierung binnen Monaten eingehen würde wie eine vernachlässigte Orchidee. Das war wohl einträglicher als eine Beschäftigung als Schauspielerin und bot ihr offensichtlich alle Möglichkeiten, ihr Talent zu nutzen. Borcherts überlegte, ob sie noch Orgasmen fälschen musste, und bemühte sich nicht, sein Vergnügen über den Gedanken zu verbergen.

»Wie sollte ich denn«, wiederholte Peter und deutete mit beiden Händen an sich hinab, auf sein Werkzeug und auf Frau Sieverts, die mit stumpfen Augen die Decke anglotzte und an deren Mundwinkel sich ein Speichelfaden in die Länge zog und abriss.

Nur für Borcherts sichtbar streckte Ekhoff hinter dem Rücken einmal kurz die Finger aus, legte sie sofort wieder ineinander und wippte von den Absätzen zu den Fußballen und zurück. Für Borcherts hatten die Bewegungen etwas Maschinenhaftes. Ekhoff wiederholte sein Urteil, »das ist unglaublich«, wobei er eher ›ohnglaublich‹ sagte, was Borcherts ob der Dramatik fast schon rührte. Nach zwei Sekunden Pause, die Borcherts hervorragend bemessen fand, setzte er hinzu: »Ich werde für die notwendigen Konsequenzen Sorge tragen.« Er schlug die Absätze der Schuhe aneinander, während er sich steif in Trenckenbohms Richtung verneigte, und wandte sich zum Gehen. »Eine fristlose Entlassung ist wohl das Mindeste, was Sie zu gewärtigen haben, Herr Hayen«, sagte er, den Blick den Gang hinunter gerichtet, und ging.

»Und einen Artikel im *Leeraner Tag*, darauf können Sie einen lassen.« Vokator ließ tatsächlich einen Wind fahren, was Borcherts unpassend, aber doch beeindruckend fand.

Er trat einen Schritt vor, hob beide Hände in Brusthöhe und klatschte tätschelnd, wobei er sich schräg und windend zu Trenckenbohm verneigte. »Ganz allerliebst, Teuerste, ich bin entzückt. Nein, welche Gabe.« Borcherts achtete darauf, die affektierteste Tuntenstimme zu benutzen, deren er fähig war. »Ganz reizend, ganz reizend.«

Hayen hatte bisher kaum zehn Worte herausgebracht und stand tief errötet und mit geballten Fäusten hinter Sieverts. Er blickte zwischen Trenckenbohm und Borcherts hin und her. »Das ist ja lächerlich«, stammelte er.

»Ja, das sagten Sie schon«, sagte Trenckenbohm und ordnete ihre Kleider. Alles Entsetzen, die Scham, die sie so hervorragend in ihrer Haltung ausgedrückt hatte, waren verschwunden wie die Schmeißfliege, wenn man endlich die Zeitung zusammengerollt hat, sie zu jagen. »Borchertchen, wenigstens du hast etwas Lob für mich übrig.«

»Begnadet, wie ich schon sagte, meine Beste.«

»Also …« Hayen schüttelte den Kopf. »Was ist denn das für ein perfides Spielchen hier?«

»Perfide«, sagte Borcherts und schmatzte. »Peter hat Sinn für Theatralik, nicht wahr? Und er spielt auch ganz herrlich das unschuldige Opfer, nicht wahr, Teuerste?«

»Spielen?« Hayen bebte. Er riss sich den OP-Kittel herunter. »Kann mich mal jemand aufklären, was diese Sauerei soll?« Er ballte den Kittel zusammen und schleuderte ihn auf das Tischchen. Gefärbtes Desinfektionsmittel spritzte auf den Boden.

»Frau Trenckenbohm beliebt, sich zuweilen der Ärzteschaft zu bedienen«, sagte Borcherts zu Hayen. Trenckenbohm warf den Kopf zurück und fauchte verachtend. »Und sie ist nicht wählerisch in ihren Mitteln.

Weder um dies zu tun, noch um es zu verbergen.«

Trenckenbohm war einen Kopf kleiner als Hayen und sah von weit oben auf ihn herab. »Soll ich denn wegen eines Assistenzarztes meinen Ruf aufs Spiel setzen?« Sie winkte lässig in Hayens Richtung.

»Hörst du, wie sie ›Assistenzarzt‹ sagt?«, sagte Borcherts zu Hayen. Er wandte sich an die Trenckenbohm. »Wenn Erlauchteste nicht des öfteren Hand an dieselben legen würde, könnte man meinen, es ekelte Sie.«

»Des öfteren, pah!«

»Des öfteren?« In Vokators Stimme schwang Hoffnung.

»Sind hier denn alle verrückt?«, rief Peter und gab dem Wagen einen Tritt.

Die Trenckenbohm stolzierte aus dem Zimmer.

Borcherts dachte einige Sekunden über die Frage nach und antwortete dann langsam und ernsthaft. »Die meisten. Ja.«

»Eine wunderbare Geschichte. Ganz wunderbar«, jubelte Vokator. »Herr Hayen, kommen Sie doch einen Augenblick zu mir, ich habe doch noch einige Fragen. Ich verspreche Ihnen, Sie kommen da ganz wunderbar weg.«

Hayen sprach zum Paravent. »Weg?«

»Ja«, sprudelte der Journalist, »Ihre Rolle, Informant, Akteur, Opfer, Täter. Sie wissen, man kann es schreiben, darstellen wie man will, wie man kann. Na los, kommen Sie doch mal her.«

Man würde Vokator nicht so bald entlassen können, dachte Borcherts. Und man musste verhindern, dass seine Notizen die Zeitung erreichten. Zum Glück schien ihn niemand zu besuchen. Borcherts ließ den ratlosen Hayen zurück und ging mit gesenktem Kopf zurück zum Stationszimmer. Wie würde die Datenübergabe an den Mann von *Appresis* heute funktionieren? Würde er zufrieden sein? War es endlich geschafft? Konnte er bald seinen Abschied vom San Giberto feiern?

***

Coord Bleeker drehte die *Omega* um sein Handgelenk. Er hatte das Edelstahl-Armband besonders weit einstellen lassen. Zehn Uhr fünf. Ekhoff, dieses Schwein, dachte er und ließ die Rechte auf das Glas des Schreibtischs klatschen. Es war doch nur eine Kleinigkeit, ging nur Steiger und ihn etwas an. Durfte man als Mann nicht sein Glück versuchen? Sie hatte ihn abgewiesen, na und? Er stand auf, sein Stuhl rollte nach hinten, die Lehne prallte gegen das Fensterglas. Was konnte Ekhoff denn tun? Er ließ sich nicht erpressen. Bleeker ging eine Runde um seinen Schreibtisch, während er fortwährend die geballte Rechte in die linke Handfläche hieb. Wieder an seinem Platz angekommen blieb er stehen, beugte sich vor, hob den Telefonhörer ab und zögerte. Er ließ den Apparat in die Gabel fallen. »Beweise, Beweise«, murmelte er und machte eine weitere Runde um den Tisch. Ekhoff brauchte Beweise. Wie zuverlässig war Steiger? War sie loyal? Er blickte auf die Uhr. »Steiger, Steiger. Abhängig beschäftigt.« Er boxte sich in die Handfläche, während er noch eine Runde lief. Allein die Gerüchte. Bleeker rieb sich die Stirn, während er dachte. Ekhoff war seit einem Jahrhundert hier im Krankenhaus, er hätte ihn gleich entlassen müssen. Gleich. Wieder zu lange gezaudert, Rücksicht genommen. »Scheiße«, sagte er und ging weiter. Der Mann konnte Gerüchte streuen, es mussten keine Beweise sein. Ekhoff, die Sekretärin. Ausgerechnet die Sekretärin. Was für eine Idiotie. Der Aufsichtsrat würde ihn fallen lassen, wie eine … Er blieb stehen.

Würden sie es können ? Ihn, Bleeker, einfach entlassen? Er drehte sich um und ging in der anderen Richtung um seinen Schreibtisch. Er fuhr Gewinn ein. Geld. So viel Geld hatten diese Kleinbürger im Leben nicht in Händen gehabt. Die aufgehäuften Schulden seiner Vorgänger –weg. Das Kreiskrankenhaus – geschluckt. Die Pleite des Pensionsfonds – kaschiert. Er hielt die Hände mit den Flächen nach oben vor sich und krümmte die Finger zu Krallen.

Die Gier, ihre Gier würde ihm helfen. Er lachte auf. Ekhoff konnte seine Geschmacklosigkeiten verbreiten, seine lächerlichen, kleinen Gerüchte. Niemand würde auf ihn hören, alle waren zu geil auf das Geld, das er, Bleeker, verdiente. »Ha!«, rief er aus. »Nein, mir kann er nicht. Mir nicht.« Bleeker lief zurück zu seinem Stuhl. Er würde ihn entlassen. Ekelhaftes Geschmeiß, das er nährte, das sich an seinem Erfolg fett fraß, um sich gegen ihn zu wenden, sobald er den Laden in Ordnung gebracht hatte. Er blieb zwischen Schreibtisch und Bürostuhl stehen, schlug sich vor die Brust. »Niemals.« Er schlug beide Fäuste mit den Knöcheln voraus auf das Glas und ignorierte den Schmerz. »Niemals.«

»Wegen Zerrüttung«, sagte er, zog den Stuhl zu sich und drückte den Knopf der Sprechanlage. »Steiger, ich brauche Sie!« Er ließ den Knopf los. »Verlorenes Vertrauen.« Ekhoff war leitender Angestellter, man konnte ihn leicht loswerden. Die Abfindung war schnell wieder verdient. So wie vorhin. Schnelle hunderttausend Euro. »Kleingeld«, zischte er. »Und Ekhoff kann sich mit seinen zweiundfünfzig Jahren einen neuen Job suchen. Ja.« Seine Faust flog in dem Augenblick auf das Glas, als Steiger die Tür öffnete. Mit einem zarten Streichen schob sich das Türblatt über das Parkett.

Bleeker konnte nicht verhindern, dass sich Bilder seiner Phantasie über die Wirklichkeit legten. Die Steiger kam mit offenem Jackett auf ihn zu. Für einen Moment schloss er die Augen und es wurde ärger. Steiger stand völlig nackt vor seinem Schreibtisch und beugte sich darüber. Ihre kleinen, festen Brüste wurden größer und weicher und streckten sich ihm entgegen.

»Nein.« Er warf sich zurück in seinen Stuhl.

»Entschuldigung?« Julia Steiger stand bekleidet zwischen zwei roten Ledersesseln und hielt Block und Stift in beiden Händen vor ihrer Brust.

»Nichts, nichts.« Er winkte ab. Er konnte ihr den Brief

nicht diktieren, würde ihn selbst schreiben müssen. »Ich ...« Aus dem Sekretariat tönte der melodiöse Klang des Telefons. Bleeker starrte seine Sekretärin an. Beide schwiegen.

Nach einigen Sekunden begann der weitergeleitete Anruf sich an Bleekers Apparat zu melden. »Ist gut. Später.« Er wies Steiger mit einer ihr wohlbekannten Bewegung hinaus. Er hob ab, meldete sich, hörte den Namen des Anrufers und hielt den Hörer ein paar Zentimeter neben seine Schläfe. Sie schloss die Tür hinter sich, lautlos bis auf dieses sanfte Schleifen. Als der satte Ton meldete, dass das Schloss eingerastet hatte, presste er die Muschel an sein Ohr.

»... persönlich erreiche, Bleeker.« Eine Pause am anderen Ende. »Hören Sie, Bleeker? Sind Sie noch dran?«

Coord Bleeker rückte mit der freien Hand seine Uhr zurecht. Was bildete sich dieser Fatzke ein?, dachte er. ›Herr Bleeker‹ zumindest, ›Doktor Bleeker‹ wäre nur höflich. Er schob den rechten Zeigefinger unter das Uhrenarmband und zog; rieb die Haut, die plötzlich zu jucken begonnen hatte. Nach einer Sekunde antwortete er. »Jansen.« Er wartete einen Atemzug. Warum sollte er freundlicher sein? »Herr Jansen«, sagte er einen Augenblick später. Es hing zu viel von einer guten Beziehung zu ihm ab. »Ja ja, ich bin dran. Entschuldigen Sie, ich habe nur ...« Freundlich zu bleiben, kostete ihn alle Beherrschung, die ihm möglich war. »Ich war abgelenkt.« Er biss die Zähne aufeinander und sagte: »Was kann ich für Sie tun?« Er hörte selbst den angestrengten Tonfall.

»Ich will keine langen Reden machen. Sie wissen, ich bin ein Mann der Tat.« Jansen verbarg ein kleines Lachen über sein Kompliment an sich selbst in einem Hüsteln. »Eher ein Mann der Tat als ein Mann des vielen Redens, nicht wahr?«

Eine grandiose Fehleinschätzung, dachte Bleeker und ein Lächeln flog um seine Mundwinkel. »Ich höre.« Ein

Bürokrat, ein Nichts, dieser Jansen, dachte er. Nützlich. Aber letztlich doch ein bornierter Kleingeist. Nur schade, dass er auf ihn angewiesen war.

»Nun, Sie wissen, wir haben einigen Erfolg gehabt. Zusammen, meine ich.« Jansen hüstelte, räusperte sich und holte hörbar Luft. »Das Projekt ... unser Pilotprojekt. Nun, die Dinge haben sich gut entwickelt in den letzten drei Jahren, aber ...«

»Zu unser beider Nutzen.« Bleeker lehnte sich zurück. Mit einem Rucken seines Kopfes löste er ein kleines Unbehagen am Hemdkragen. Jansen und er waren weit zusammen gegangen, dachte Bleeker. Das Pilotprojekt war nicht legal, das hatte nie jemand aussprechen müssen, um es als Geschäftsgrundlage anzuerkennen. Ohnehin hätte es keiner der Patienten, die inzwischen nicht mehr lebten, alleine viel länger geschafft. Es gab kein Zurück, selbst dann nicht, wenn sich beide darüber einig gewesen wären. Dumm war nur, dass Jansen die kleinen Anteile am Krankenhausgewinn, die Bleeker auf Jansens privates Konto überwiesen hatte, stets am gleichen Tag mit dem Vermerk ›Irrtum‹ zurück überwiesen hatte.

Jansen räusperte sich umständlich und schwieg einen Atemzug lang. »Die Dinge haben sich geändert, Bleeker, wir sollten unser Experiment als Erfolg bezeichnen und beenden.«

»Die Dinger haben sich ...« Bleeker kniff die Augen zusammen und schüttelte den Kopf. »Die Dinge, meine ich, die Dinge haben sich nicht geändert. Kein Stück. Wir machen weiter, Jansen, keine Frage.«

»Hier werden zu viele Fragen gestellt, hören Sie? Wofür das Budget für dieses Projekt? Die Mannstunden, die Fahrtkosten? Fragen, Fragen, ich muss das rechtfertigen. Wenn wir es jetzt stoppen, haben wir Erfolg gehabt, niemand wird es je erfahren.«

Bleeker sprang auf. »Erfolg, Mann«, rief er, um seine Stimme im gleichen Moment wieder zu dämpfen. »Wie viel haben wir Ihrer Kasse eingebracht? Zehn Millionen? Zwanzig? Dreißig?« Er ballte die freie Rechte. »Sie werden doch nicht wegen ein paar Spesenrechnungen und ein paar dummer Fragen einknicken. Ich hätte Sie für zäher gehalten.« Er wartete einen Moment, um die Wirkung seiner Worte zu erhöhen. »Nein.« Er sprach das Wort aus, schüttelte den Kopf und spuckte dabei wie ein wahnsinniger Diktator. »Sie dürfen nicht aufhören, Sie sind es sich schuldig, Mann. Sich und Ihrer Kasse.« Bleeker verharrte mit geballter, erhobener Faust. Er spürte das Blut in seinen Schläfen pochen. Schweißperlen waren auf seiner Stirn entstanden.

»Lieber nicht«, kam es aus der Ohrmuschel.

›Lieber nicht‹, echote es durch Bleekers Hirn. ›Lieber nicht‹. Die Bedeutung wollte nicht einrasten. »Lieber nicht.« Bleekers Lippen blubberten feucht und schlaff die beiden Worte hinaus. »Was meinen Sie mit ...«

»Es ist mir zu gefährlich. Ich mache Schluss.« Jansens Sätze kamen abgehackt und schienen endgültig.

»Das geht nicht, man kann es nicht abbrechen, wir sind schon zu weit, es geht nicht mehr ohne ...« Bleeker fielen keine weiteren Argumente ein und die, die er vorgebracht hatte, überzeugten ihn selbst nicht. Sein Blick raste in seinem Büro umher, suchte Halt und saugte sich an der Polsterung der Tür fest. Wie würde er die Kontrolle behalten ohne die besondere Datenbank, ohne die *Economic Expected Future*? Sie würden wieder ein normales Krankenhaus werden, die Gewinne wären dahin, die Macht, das Geld. »Unmöglich.« Bleeker stampfte auf.

»Ich schicke die Techniker nicht mehr. Nächste Woche läuft die Lizenz ab. Die Datenbank wird automatisch gelöscht.«

»Jansen, hören Sie doch zu. Ohne diese Datenbank ... um Himmels willen, wir brauchen diese Daten. Es sind unsere Daten, Sie haben kein Recht ... Sie dürfen das nicht löschen.«

»Das passiert automatisch«, unterbrach ihn Jansen.

»Es sind *meine* Daten, verdammt«, zischte Bleeker durch zusammengebissene Zähne. »Meine verdammten Daten.« Bei jedem Wort boxte er die Tischplatte einmal.

»Diese Daten gibt es gar nicht. Weil es sie nicht geben darf. Das wissen Sie so gut wie ich.«

»Dann ziehen Sie sich eben zurück, lassen Sie mich es weitermachen. Mein Risiko. Dann sind Sie raus aus der Sache.« Zahlen schwammen durch Bleekers Kopf. Er schluckte schwer. Konnte er den Gewinn der Krankenkasse einstreichen? Es müsste machbar sein. Ein wenig in der Debitorenbuchhaltung schmieren. Nein, zu gefährlich, dachte er. Keine Mitwisser. Jansens Fall bewies es. Alles alleine machen. Niemandem war zu trauen.

»Das geht nicht. Es ist zu komplex. Das wissen Sie.«

Jansens Stimme verriet Ungeduld. Er wollte raus aus der Sache, das Gespräch beenden, sobald wie möglich. Wie krieg ich diesen Sack an den Eiern?, dachte Bleeker und hob seine Rechte langsam in Augenhöhe vor sich. »Das lassen Sie meine Sorge sein. Lassen Sie mich weitermachen. Schließlich ...« Er krümmte die Finger seiner Hand langsam zur Faust. »Schließlich weiß man nicht, was irgendwann einmal an die Öffentlichkeit gerät.«

»Was soll denn der Unsinn?« Jansen klang gelangweilt. »Sie werden gar nichts sagen. Niemandem. Und Sie werden nicht alleine weitermachen. Wenn Sie auffliegen, fliege ich mit. Dass diese Datenbank von uns stammt, das merkt jeder Informatikstudent im dritten Semester. Vergessen Sie es. Auf Wiederhören.«

»Ich brauche diese Datenbank«, rief Bleeker und umklammerte den Hörer mit beiden Händen. Er bedeckte die Muschel mit einer Handfläche, holte tief Luft, dann sagte er: »Jansen, warten Sie, ich habe ja verstanden.« Er künstelte ein kleines Lachen. »Ich habe schon verstanden.« Seine Gedanken wirbelten, ihm schwindelte, er versuchte, irgendwo Halt zugewinnen. Mit der Rechten tastete er hinter sich nach der Stuhllehne. »Ist ja klar. Nein, nein, Sie haben völlig recht. Natürlich, ja.« Er zog den Stuhl zu sich und setzte sich langsam. Seine Knie schienen nur widerwillig nachzugeben. Schweiß floss seinen Rücken hinab. Er drängte die Finger seiner Rechten zwischen Kragen und Hals und zerrte, um sich mehr Luft zu verschaffen. »Vielleicht ist es zu gefährlich. Gut. So wie es jetzt läuft, vielleicht.« Er wedelte unbestimmt mit einer Hand in der Luft. »Dann ändern wir die Prozedur. Machen es sicherer. Sie verstehen. Wir suchen die Schwachstellen, eliminieren sie. Es ist zu gut, Herr Jansen. Zu gut. Es bringt zu viel. Wir sind Pioniere, verstehen Sie? Pioniere.«

»Es ist illegal.«

»Aber das sind doch nur willkürliche Regeln.« Er blickte zur Decke, versuchte seinen fliegenden Atem unter Kontrolle zu bekommen. »Nächstes Jahr, nächsten Monat, nächste Woche ändert man die Regeln und wir sind vorne dran mit einem System, dass das Gesundheitswesen verändern wird, revolutionieren wird.«

»Wenn die Regeln geändert sind, rufen Sie mich an. Ich habe eine Besprechung, Bleeker. Wir sprechen uns, ja? Auf Wiederhören.«

»Gut, Jansen, Sie haben mich. Was ist es? Was wollen Sie?« Bleeker setzte sich aufrecht und atmete einmal tief durch.

»Wovon sprechen Sie, Mann?«

»Sagen Sie es.«

»Wir sehen uns bei den Budgetverhandlungen, bis dann.«

»Sagen Sie, was Sie wollen. Unser Budget verkleinern? Uns die Ambulanz wegnehmen? Was? Soll ich eine Überweisung an Sie … Beratungshonorar … das geht schon klar. Das wird doch … sagen Sie ›ja‹, kommen Sie …«

Bleeker hielt den Telefonhörer vor sich und schüttelte ihn. Jansen hatte aufgelegt. Er warf den Hörer auf die Tischplatte und knallte eine Faust auf die Sprechanlage. »Mit Jansen verbinden. Ernest Jansen, *Allgemeine Kran-*

*kenversicherung*. Schnell, Steiger, los, los, los.« Er legte auf und ließ eine Hand auf dem Telefon liegen. Seine Rechte trommelte einen Rhythmus auf die Tischplatte.

Zehn Minuten und drei Versuche Steigers später gab Bleeker auf. Er sprang auf, lief eine Runde um seinen Schreibtisch und sah auf die Uhr, ohne die angezeigte Zeit wahrzunehmen. Ekhoff, dachte er und blieb hinter einem roten Sessel stehen. Was wollte das Schwein? Wie würde er ohne das Programm auskommen? Zu viele Probleme auf einmal. Konnte man das Programm nachbauen? Eine Diplomarbeit vergeben? Er schüttelte den Kopf. Keine Mitwisser mehr. Und er kannte nicht einmal im Ansatz den Algorithmus, mit dem *Economic Expected Future* berechnet wurde. Bleeker ging zwei Schritte und blieb stehen. Er sah an die Decke und erinnerte sich. Schweiß trocknete kalt unter seinem Hemd. Er hatte Jansen zwei oder drei Mal nach *EEF* gefragt, aber nie eine wirkliche Antwort bekommen. Jansen schien so geschickt gewesen zu sein, dass er nicht weiter nachgefragt hatte. Hayen. Der Name schoss ihm durch den Kopf. Er brauchte eine weitere Runde, um zu begreifen, warum. Ekhoff hatte ihn genannt. Warum? Hatte der Mann etwas mit Ekhoffs Erpressung zu tun? Warum hatte er den Namen genannt? Es konnte kein Zufall sein. Dieser Kerl überließ nichts dem Zufall. Er selbst durfte das auch nicht mehr tun. Bleeker erreichte seinen Sessel und setzte sich. Die Fronten waren klar, dachte er. Zumindest das war gut. Er spielte mit der Computermaus. Er war einen Schritt hinter Ekhoff zurück gefallen. »Gut«, sagte er. »Das werden wir ändern.« Wenn er Hayen auf den Zahn fühlte, tat er nur, was Ekhoff wollte. »Also nicht«, murmelte er. Er drückte den Knopf der Sprechanlage. »Steiger, besorgen Sie mir die Personalakte von Hayen. Doktor Hayen. Vorname … finden Sie schon raus.«

Er warf sich zurück in die Stuhllehne. Wenn er Ekhoffs Hinweis auf Hayen ignorierte, dachte Bleeker, gewährte er Ekhoff nicht noch einen Vorsprung? Was vergab er sich, wenn er Hayen ein wenig auf die Probe stellte? Schließlich konnte es nicht schaden, alle Informationen zu haben. Wie er dann darauf reagierte, bestimmte schließlich nur er. Er beugte sich vor und bediente die Sprechanlage. »Steiger, funken Sie mir diesen Hayen an. Ich will ihn hier im Büro haben.« Er zögerte einen Moment. »Wenn er kommt, lassen Sie ihn zehn Minuten warten und sagen es mir dann.«

Er wandte sich seinem Computer zu und öffnete das Abrechnungsprogramm. Ein paar Tastenanschläge ließen ihn alle Datensätze sehen, in denen Doktor Peter Hayen Einträge gemacht hatte. Er stützte das Kinn in beide Handflächen und vertiefte sich in die Daten.

***

Peter Hayen saß vor dem Rechner im Stationszimmer der Intensivstation. Im Abrechnungsprogramm wählte er den Eintrag der Patientin Sieverts. Er tippte ›Hirnorganisches Psychosyndrom‹ in die Suchmaske und hieb auf die Eingabetaste. Was hat Ekhoff gemeint?, dachte er und stützte das Kinn in die Handfläche. Verschlüsselte er zu wenige Diagnosen? Zu billige? ›Harnwegsinfekt‹ schwebte durch sein Bewusstsein. Harnwegsinfekt war einträglich, aber das hatte sie nicht … oder sollte er einfach …

Hayen erwachte, als das Kinn von der Handfläche abrutschte und sein Kopf ein paar Zentimeter nach unten sackte. Ein Schmerz schoss in einen der Halswirbel. »Scheiße«, sagte er und hielt seinen Kopf unbeweglich, während er beide Hände um sein Genick legte. Er versuchte, die richtigen Druckpunkte zu finden, bis er langsam den Kopf hob und das ekelhafte Knacken der Wirbelsäule erwartete.

Endlich konnte er den Kopf wieder frei bewegen und lockerte sich mit einem vorsichtigen Rollen. Die Uhr auf den Computer-Bildschirm zeigte viertel nach zehn. Seit mehr als siebenundzwanzig Stunden war er im Krankenhaus. Er kniff die Lider zusammen, rieb die Augen, bis er Lichtblitze sah, und sprach dann zu sich selbst, während er Eingaben in das Programm machte und alte Einträge las. »Fachabteilungshauptdiagnose hirnorganisches Psychosonydrom, Einweisungsdiagnose Appendizitis.« Er zögerte , rieb sich die Augen noch einmal. Er wechselte in die Dokumentation der Operationen und Prozeduren. »Am Blinddarm ist sie nicht operiert worden.« Er schüttelte den Kopf und wechselte mit einem Tastendruck in das Verzeichnis mit den digitalisierten Röntgenaufnahmen von Sieverts' Herzkranzgefäßen. Wer hat die überhaupt angeordnet?, dachte Hayen.

Borcherts' Stimme riss ihn aus seinen Gedanken. »Ich geh mal einen Kaffee trinken.«

»Warte mal«, rief Hayen und lehnte sich nach rechts, um Carsten hinterherzurufen, der schon den Stationsflur hinunter ging. »He, was ist mit der Chefarztvisite später? Kommst du rechtzeitig?«

»Das schaffst du schon, da bin ich …«, hörte Hayen noch, bevor die Glastür hinter Borcherts zuschlug.

»Na prima.« Er überflog die Datei mit Sieverts' Krankengeschichte, während die Angiographie-Bilder geladen wurden. Es fand sich kein Hinweis auf eine Herzkrankheit. Auch die Bilder von Sieverts' Koronarien gaben keinen Hinweis, warum Professor Trenckenbohm sie Anfang der Woche am Herzen operiert hatte. Er schüttelte den Kopf, zuckte mit den Schultern und fuhr fort, die Datenbank mit Diagnosen und Operationen der Patienten zu füllen.

Sein Piepser vibrierte eine Sekunde, bevor er zu pfeifen begann. Hayen tastete mit der Linken nach dem Gerät, während er mit der Rechten ›Zentralvenenkatheter-Infektion‹ zu Ende tippte. Mit der Maus klickte er ›Hohe Sicherheit der Diagnose‹ an und schloss mit einem Druck auf die Eingabetaste ab. Er öffnete den Eintrag für den Patienten Helmuth Vokator. Dabei hatte er das lärmende Gerät in der Hand, das an einem Clip am Kragen hing.

Er zog es ab, las die Anzeige auf dem Display und wählte, ohne über die Telefonnummer nachzudenken.

»Sekretariat Doktor Bleeker, Steiger, guten Tag«, meldete sich eine routinierte junge Frauenstimme.

Der Geschäftsführer, dachte Hayen und hielt den Atem an. »Ja, Hayen hier, Sie haben mich angefunkt?«, stotterte er und ärgerte sich über seine Nervosität. Hatte sich diese Verrückte, die Trenckenbohm, über ihn beschwert? Hätte er ihr zuvorkommen sollen? Er konnte doch nicht zum Geschäftsführer rennen und sagen ›Die Frau des Direktors der Herzchirurgie hat mich sexuell belästigt‹.

»Sie möchten bitte gleich zu Doktor Bleeker kommen.«

»Um was geht es denn?«

»Das wird Ihnen Doktor Bleeker sagen.« Ein kurzes Zögern. »Doktor Bleeker wartet nicht gerne.« Im letzten Satz lag eine Spur Sympathie und Bedauern. Als ob sie es nicht hätte sagen dürfen und die Warnung ein Verrat an ihrem Chef war.

»Ja. Danke. Ich komme dann gleich.« Hayen wartete, bis die Sekretärin aufgelegt hatte. Er blickte auf den Bildschirm, wo noch Diagnosen von zehn Patienten eingetragen werden mussten, die zur Zeit auf der Intensivstation lagen. Dass noch zwanzig von letzter Woche offen standen, hatte Carsten ihm erst gestern gesagt. Borcherts hatte nur gelacht, als er um Hilfe gebeten hatte. ›Immer die Aufgabe der Neuen‹, hatte er gesagt und war auf einen Kaffee verschwunden und Hayen hatte nicht gewusst, wie er sich wehren sollte.

Im Vorbeigehen schrieb er mit einem Filzstift in riesigen Ziffern die Nummer seines Funkers auf die weiße Magnettafel. In der Tür zum Patientenzimmer Sieverts' und Vokators blieb er stehen. »Muss eben mal zum Chef. Ich hab den Funker dabei. Ruft an, wenn was ist, ja?« Die Stimme der Schwesternschülerin hinter dem Paravent zwischen den Patienten sagte: »Ist gut.« Das letzte Wort artete in ein Kreischen aus, worauf das Knallen einer Ohrfeige folgte.

»Das war es wert«, hörte Hayen Vokators Stimme sagen, während die Schülerin mit hochrotem Kopf an Hayen vorbei aus dem Zimmer stürmte. »Einen saftigen Schlag hat das Mädchen«, sagte der Journalist. Man hörte einen keuchenden Seufzer. »Doktorchen, hören Sie mal, wann kann ich hier denn endlich raus?«

Hayen wandte sich ab und sagte zu sich: »Lieber gestern als heute, wenn es nach mir geht.«

»He, Doktorchen«, rief Vokator. »Was denn nun? Kommen Sie mal her. Machen Sie schon.«

Vokator war der einzige Patient, an dessen Datensatz Borcherts gearbeitet hatte, und danach musste man glauben, dass der Kerl in den letzten Zuckungen vor einem qualvollen Tod lag. Weder ›Herzinfarkt‹ noch ›Arterieller Verschluss einer Extremität‹ konnte Hayen nachvollziehen und über Vokators ›Koprostase‹, die Borcherts ihm zudem verschlüsselt hatte, wollte er sich nicht weiter den Kopf zerbrechen. Er ließ Vokators Rufen unbeachtet.

Er ging mit gesenktem Kopf durch den Krankenhausflur. Zweimal rempelte er gegen einen Besucher, entschuldigte sich mit fahrigen Worten und bog schließlich vom Hauptflur nach rechts ab, um das Treppenhaus in den achten Stock zu nehmen, wo Bleekers Büro lag. Um diese Zeit auf den Aufzug zu warten, war ziemlich aussichtslos.

Drei Stockwerke nahm Hayen zwei Stufen auf einmal, dann geriet er außer Atem und ging langsamer. Auf einem Treppenabsatz stand ein Stahlrohrstuhl, dessen Lehne nur noch an einer Schraube befestigt war und schräg hinunterhing. Auf den Fliesen stand ein halb mit Kippen und Wasser gefüllter brauner Plastikbecher. Asche und ein gebrauchtes Taschentuch. Jemand hatte wohl Nasenbluten gehabt. Hayen nahm die Stufen noch langsamer. Er wollte nicht keuchend im Büro des Geschäftsführers auftauchen.

»Das geht jetzt nicht. Nehmen Sie ein anderes Treppenhaus, den Aufzug. Jetzt geht es hier nicht durch, das sehen Sie doch.«

Hayen blickte auf und blieb stehen. Er spürte, wie sein Magen Säure in die Speiseröhre drückte. »Wie bitte?«, sagte Hayen und nahm eine weitere Stufe. Ein Mann im blauen Overall der Firma, die im Krankenhaus putzte, stand auf dem nächsten Treppenabsatz, einen Meter über ihm. Er hatte die Fäuste in die Hüften gestemmt. Unter dem rechten Arm hielt er einen aufklappbaren Klemmbrettkasten aus Aluminium. Wie Ekhoff, dachte Hayen und kniff einen Augenblick lang die Lider zusammen. »Ich muss zum …« Er unterbrach sich. Vor dem Putzmann hatte er sich nicht zu rechtfertigen. »Natürlich geht es hier durch.« Hayen deutete auf die Treppe vor und hinter sich.

»Hier ist gesperrt.« Der Mann sprach akzentfreies Deutsch, jedoch konnte er seine türkische oder orientalische Abstammung nicht verleugnen. Seine monströse Hakennase, die tiefschwarzen, kurzgeschnittenen Haare wollten nicht recht zu der kleinen, randlosen Rundbrille passen. »Ich putze hier.« Er ging einen Schritt zur Seite und stellte ein gelbes Klappschild vor sich, auf dem ein Piktogramm eines stürzenden Menschen auf feuchtem Boden zu sehen war. »Die Treppe ist zu.«

»Sie können die Treppe nicht sperren.« Hayen nahm zwei Stufen auf einmal. »Außerdem ist der Boden staubtrocken.« Er stand eine Stufe unter dem Putzmann. »Apropos Staub.« Hayen zeigte auf die gegenläufige Treppe und auf den Absatz vor sich. In den Ecken und auf den Stufen hatten sich neben Staub, Kippen und Taschentüchern auch ein abgerissener Mundschutz und eine Coladose nebst eintrocknender Brause-Lache versammelt. »Sie putzen ja gar nicht.«

Mit einer Bewegung, die Hayen verwirrend an Ekhoff erinnerte, hatte der Putzmann sein Klemmbrett vor die Brust gestemmt und feuchtete die Mine eines Kugelschreibers mit der Zungenspitze an. »Natürlich.« Der Mann machte ein paar Notizen oder Zeichen auf einem Formular. »Und Sie können hier nicht durch.« Er schob das Kinn nach vorne und zuckte mit dem Kopf in einer Geste, die ›da lang‹ sagte. »Schließlich muss ich erst mal die Bestandsaufnahme machen, bevor ich putzen kann. Vorgeschrieben. Q-R-eins.«

»Wie?« Hayen stieg noch eine Stufe höher.

Der Mann trat in seinen Weg und deutete auf einen Aufnäher seines Overalls über seiner rechten Brust. »Zertifiziert nach DIN-ISO 9002.«

Hayen musterte den Overall des Mannes. Unter dem eben vorgestellten Aufnäher prangte das Emblem der Firma, über der Tasche auf der anderen Seite war der Name aufgestickt. »Dieses Treppenhaus sieht aus wie im Rohbau und ich soll da nicht durchgehen dürfen, Herr … Abakay?«

»Bilgic.«

»Wie?«

»Bilgic. Herr Bilgic.« Er betonte das Herr mit einem lang gerollten ›R‹. »Abakay Bilgic. Ich nenne Sie ja auch nicht bei Ihrem Vornamen, Herr Doktor …« Er betonte wieder, indem er die ›R‹ rollte. »Hayen«, las er vom Namensschild auf dem weißem Mantel ab.

»Ja. Ach ja.« Hayen ging einen Schritt zur Seite, der Putzmann stellte sich in den Weg.

»Ich mache die Bestandsaufnahme und die gehört laut Q-R-eins zum Reinigungsvorgang und während diesem hat nach Q-R-S kein Publikumsverkehr zu erfolgen.«

»Q-R-was?« Hayen hatte das schwer zu unterdrückende Bedürfnis zu lachen.

»Q-R-S, Q-R-eins. *Quality Regulation Safety. Quality Regulation* Nummer Eins.« Er öffnete den Deckel seines Klemmbrettkastens und deutete hinein. »Mal sehen?«

»Vielen Dank. Beschäftigt.« Hayen trat einen Schritt zurück und zur Seite. »Und warum putzt Ihre Kollegin zwei Stockwerke weiter unten ohne die Bestandsaufnahme?«

Bilgic ließ den Deckel des Kastens zuschnappen und ging an Hayen vorbei. »Tut sie?«

Hayen nahm zwei Stufen auf einmal nach oben. Er hörte Bilgic etwas fragend auf Türkisch rufen, niemand gab Antwort. Vier Treppen weiter blieb er stehen und beugte sich über die Betonbrüstung. »Nichts für ungut, Herr Bilgic. Es ist dringend.«

Die nächsten Stockwerke verfolgte ihn leiser werdend, was er für orientalische Flüche hielt.

Im achten Stock trat er aus dem Treppenhaus. Die Tür hier oben war marineblau lackiert, nicht von brauner abblätternder Farbe bedeckt wie in den anderen Stockwerken. Sie quietschte auch nicht und die Feder des Schließmechanismus war so eingestellt, dass man sich in der Umgebung der Tür nicht bedroht fühlte, wenn sie ins Schloss fiel. Hayen trat in den Flur, dessen Boden aus Laminat in Birkenholzoptik bestand. Eine dunkel getönte Decke wies eingefügte Halogenstrahler auf, die auf Kunstdrucke an den Wänden und einige grob behauene Holzskulpturen auf schwarzen Granitblöcken gerichtet waren. Er sah an sich herunter, während er um eine Ecke ging. Seine Hose wies einige Blutspritzer und einen Kaffeefleck auf. Er wusste, dass er eine Dusche und eine Rasur brauchte. Zu spät, dachte er. Ich sollte ihn lieber nicht warten lassen.

Ein Geräusch ließ ihn aufschrecken. Er hob den Kopf. Professor Doktor Karl Trenckenbohm, Direktor der Herzchirurgie, stand mit dem Rücken zu einer abstrakten Eichenholzskulptur, ihm gegenüber seine Frau. Die Frau, die vor weniger als einer Stunde hinter Hayen gestanden und ihre Hände in seine Hose geschoben hatte, während er der Patientin Sieverts einen Venenkatheter legen wollte. Hayen spürte, dass Röte seinen Hals hinaufkroch und sein Gesicht erreichte. Die beiden standen beieinander, der Flur war zu eng, um vorbeizugehen. Hayen wollte auf dem Absatz kehrtmachen. Bleeker wartete, dachte er. Es gab keinen anderen Weg zu seinem Büro. »Entschuldigung.« Er räusperte sich.

Herr Trenckenbohm drehte sich zu ihm. Eine erloschene Zigarre wechselte vom linken zum rechten Mundwinkel. Er schob mit beiden Händen seinen blauen Blazer mit goldenen Siegelknöpfen zur Seite, griff in den Bund seiner grünen OP-Hose und zog sie über den Bauchansatz, so dass die weißen Socken in schwarzen Lederslippern weiße, behaarte Unterschenkel preisgaben. Seine Frau verschränkte die Arme unter dem Busen, so dass ihr Ausschnitt sich mit solariumsbrauner Üppigkeit füllte. Sie hob den Kopf um eine Spur. Trenckenbohm griff in eine Innentasche und zog ein *Zippo*-Feuerzeug heraus, während er stumm Hayen fixierte. Der Professor stand direkt unter einem beleuchteten Plexiglasschild, das Rauchverbot verkündete. Unter dem Blazer trug er einen grünen OP-Kasack, der im V-förmigen Ausschnitt graue Brusthaare auf welker Haut darbot. »So, Sie sind das also.« Sein Blick hatte sich auf Hayens Namensschild geheftet, während er das Feuerzeug öffnete und sich paffend Feuer gab. Benzingestank mischte sich mit dem scharfem Geruch der Zigarre. Das metallische Klingen des Deckels begleitete das Ausklingen seiner sonoren Stimme aus dem Emphysem-Brustkorb.

»Ich habe einen Termin mit Herrn Bleeker. Sie entschuldigen?« Hayen trat einen Schritt vor.

Trenckenbohm blieb stehen. Er verschränkte die Arme, legte dabei Mittel- und Zeigefinger einer Hand um die Zigarre und sah über Hayen an die Decke. Drei- oder viermal ließ er eine Rauchschwade aus seinem Mund quellen. »Sind Sie eigentlich wahnsinnig?« Das letzte Wort hatte Trenckenbohm so gedehnt und betont, dass es eine Diagnose, nicht eine Frage bedeutete.

»Wie? Was bitte?« Hayens Blick sprang zweimal zu Frau Trenckenbohm und zurück zu ihrem Mann, bis er begriffen hatte. Er wusste nicht, ob er schreien oder lachen sollte und entschied sich, beides zu unterdrücken. Die Frau war durchgeknallt, dachte Hayen. Diese Erotomanin hatte ihrem Sponsor tatsächlich die Geschichte erzählt. Wahrscheinlich völlig verdreht, wahrscheinlich eine Karikatur der Wahrheit. »Nein, bin ich nicht, aber ...« Hayen verbot sich, auf die Frau zu zeigen und »aber sie« zu sagen. Es konnte den Herzchirurgen nicht mehr als ein paar Sätze kosten, bis Professor Ricklefs, der Chef der Anästhesie, mit einer Unterschrift Hayens Karriere an diesem Krankenhaus beenden würde.

»Unverschämtheit«, fauchte Frau Trenckenbohm.

»Aber?«, sagte der Professor und entließ mit dem Wort eine Dampfwolke aus seinem Mund. Er hielt den Kopf erhoben, die Arme verschränkt und sah über Hayen hinweg.

»Aber würden Sie mich bitte durchlassen? Ich habe einen Termin.« Hayen beschloss, sich nicht auszumalen, welche Ungeheuerlichkeit die Frau ihrem Mann erzählt haben könnte. Die Wahrheit würde er für sich behalten. Er sah der Frau in die Augen. Die Wahrheit konnte er selbst kaum glauben.

Sie lächelte ihn höhnisch an und formte einen Kussmund. Nachdem sie ihm einen lautlosen Kuss hingeworfen hatte, ließ sie ihre Zungenspitze von einem zum anderen grellrot geschminkten Mundwinkel gleiten. Was wollte sie? Hayen schüttelte den Kopf.

»Sie verweigern, sich zu erklären. Gut. Das kann ja nur ein Geständnis bedeuten.« Trenckenbohm ließ die Zigarre im Munde von der linken zur rechten Seite wandern und drehte die Schultern, während er mit je einer Hand die Vorderteile seiner Jacke ergriff.

»Ein Geständnis?« Hayen ärgerte sich über seine glühenden Ohren und Wangen. »Was soll ich denn gestehen? Sie schulden mir eine Erklärung.« Er tippte sich mit einem Zeigefinger an die Brust. »Unglaublich.« Er trat noch einen Schritt vor, stand nur noch einen Meter von Trenckenbohm entfernt, der nicht auswich. »Lassen Sie mich bitte durch.«

»Wie man eine solche Frechheit an den Tag legen kann. Sie können froh sein, dass ich Sie nicht anzeige.«

Trenckenbohm paffte und schob die Hände in die Taschen des Blazers.

»Wie bitte ...?« Hayen schob den Kopf vor. Er bemerkte, dass sein Mund offen stand und schloss ihn wieder.

Frau Trenckenbohm stand dicht neben ihrem Mann, der nicht sehen konnte, dass sie mit beiden Händen ihre Brüste umfasste und nach oben schob, während sie einen Schlafzimmerblick aufsetzte und die Lippen befeuchtete. Nur eine Sekunde später hatte sie die Arme wieder verschränkt und sah empört aus.

»Anzeigen müsste man Sie. Aber ich werde ...«

Die Trenckenbohm fasste ihren Gatten am Unterarm. »Lass nur, Liebling, das wäre doch zu viel. Er weiß es jetzt. Er schämt sich sicher. Lass ihn.«

»Nein, so was muss man vom ersten Moment bekämpfen. Unnachgiebig. Ich werde mit Ricklefs sprechen. Sie sind neu, was? Probezeit, wie? Na, Sie werden schon sehen.«

Die Frau drängte sich an den Professor. »Schatz, nicht böse sein. Ich hab ja vielleicht auch ein wenig Schuld«, flötete sie. »Gib ihm doch eine Chance. Er ist ja noch jung. Unbeherrscht.« Unsichtbar für ihren Mann fletschte sie die Zähne und schüttelte wie ein Raubtier den Kopf. Sie bewegte die Lippen lautlos und formte ein Wort, das Hayen für ›Stier‹ hielt.

»Yvonne, das geht nicht. Du? Schuld? Mach dich nicht lächerlich.« Trenckenbohm blies eine Wolke nach der anderen aus und schob sich mit der freien Linken seine weiße Tolle aus der Stirn. »Wenn dieser Sexualtriebtäter nicht frühzeitig in seine Schranken gewiesen wird ... dann ... dann ...«

»Triebtäter?« Hayen spürte sich tiefrot anlaufen. »Das ist ja ...«

Yvonne Trenckenbohm zog ihren Mann auf ihre Seite des Ganges und bedeutete Hayen mit einer Hand- und Kopfbewegung, weiterzugehen. Sie legte Trenckenbohm die Arme um den Hals, drängte sich an ihn und hauchte. »Du beschützt mich ja. Es kann ja gar nichts passieren. Treu wie wir sind. Das weißt du doch.«

Trenckenbohms Zigarre wechselte im Sekundentakt die Seiten. Er brummte etwas Unverständliches.

Hayen ging vorbei. »Verrückte«, murmelte er so leise, dass man es nicht hörte. »Völlig übergeschnappt. Ausgetickt. Wahnsinnig. Alle beide.« Er schüttelte den Kopf und beeilte sich, zur Tür des Sekretariats zu gelangen.

Er rieb sich die Augen, strich sich die Haare nach hinten und bedeckte das Gesicht für einige Sekunden mit den Händen. Hinter geschlossenen Lidern sah er Lichtblitze und er wünschte sich, die Augen wenigstens für ein paar Stunden nicht mehr öffnen zu müssen. Er war jetzt mehr als siebenundzwanzig Stunden ohne Schlaf. Er rieb sich ein letztes Mal die Augenlider, wartete bis sein Blick klar wurde, und klopfte.

Peter Hayen war sich sicher, dass Julia Steiger die attraktivste Frau war, die er bisher in diesem Krankenhaus getroffen hatte. »Guten Morgen«, sagte er und vermied es, in den Ausschnitt der Sekretärin des Geschäftsführers zu sehen. Sie trug einen Hosenanzug aus grauem, fließendem Stoff.

Steiger wandte sich von ihrem Computer ab, zog den Kopfhörer eines Diktiergeräts herab und nickte ihm lächelnd zu. »Guten Morgen, Herr Doktor Hayen, der Chef wird gleich für Sie da sein.« Sie stand auf und deutete auf eine Sitzgruppe zwischen ihrem Arbeitsplatz und der schweren Tür, die zu Bleekers Büro führte. »Möchten Sie eine Tasse Kaffee?«

Er bedankte sich und wagte einen Blick auf ihre Figur von hinten, während sie in der geöffneten Doppeltür eine Wandschranks stand und einen Espressoautomaten bediente.

Als sie sich mit der kleinen Tasse aus dickem Porzellan in der Hand umdrehte, schien sie seinen Blick, der sich, träge vor Müdigkeit, nicht rasch genug gelöst hatte, bemerkt zu haben. »Zucker?«

Er ärgerte sich, dass er sie zu offensichtlich bewundert hatte und bedauerte die blassroten Flecken, die er wohl mit seinen Blicken auf ihren Hals hervorgerufen hatte. Gleichzeitig zogen ihn diese Verfärbungen an und einen Augenblick lang sah er sich ihre Haut berühren und küssen. Er kniff die Lider zusammen und fuhr sich mit den Händen über das Gesicht. Noch mit geschlossenen Augen sagte er. »Entschuldigen Sie, ich hatte Dienst, ich schlafe ein, wo ich stehe und gehe.« Er versuchte, die Ausrede aus ihrer Sicht zu betrachten und lobte sich dann still für die gelungene Idee. »Zucker. Ja, bitte.« Er setzte sich und bemerkte ein wenig dankbar, dass Steiger sich so bewegt hatte, dass er ihr nicht in den Ausschnitt sehen konnte, während sie sich bückte, um den Kaffee vor seinen Platz auf den niedrigen Glastisch zu stellen. Er sah aus dem Fenster, während er dem reibendem Geräusch des umrührenden Löffels in der Tasse zuhörte.

Das Bild der Frau Trenckenbohm stand ihm vor Augen, als er die Tasse zum Mund führte. Sie bezweckte sicher Schlechtes damit, dass sie ihn vor der Wut ihres Mannes bewahrt hatte. Schuldbewusstsein schien nicht zu ihrem Repertoire zu gehören. Innerhalb weniger Stunden hatten der Justitiar und Professor Trenckenbohm ihn auf seine Probezeit angesprochen. Er hielt sie für zwei der mächtigsten Männer in diesem Betrieb. Hatte es überhaupt noch Sinn, auf den Termin mit Bleeker zu warten? Er konnte aufstehen und gehen. Für immer gehen. Er malte sich aus, wie er geschlagen aber erleichtert aus dem Büro gehen würde.

Er hob den Kopf und sah Steigers Profil, die seinen Blick bemerkte, eine Sekunde von ihrer Arbeit zu ihm hinübersah und lächelte. Keine roten Flecken mehr – gute Ausrede, dachte er und lächelte zurück.

Ihr Anblick holte ihn in die Realität zurück. Natürlich würde er bleiben. Was hatte Bleeker zu sagen? War die

Trenckenbohm schon bei ihm gewesen? Nein, es musste Ekhoff sein, dachte er. Aber was hatte er falsch gemacht? Die Dokumentation, gab er sich als Antwort und spürte Trotz aufkommen. Konnte man mehr arbeiten als er? Er stellte die Tasse ab. Borcherts war keine Hilfe. Der hatte sicher die Frechheit und schob alles Versäumte und alle Fehler auf ihn. Wie sollte er sich wehren? Borcherts war so lange hier. Er schien alles und jeden zu kennen, alle Tricks auf Lager zu haben. Hayen rieb sich über das Gesicht und strich sich die Haare aus der Stirn. Er nahm sich vor, selbstbewusst zu sein. Auch dieser Bleeker war nur ein Mensch.

Hayen sah alle paar Minuten auf die Uhr. Die Arbeit auf Station türmte sich, Borcherts ließ sicher wieder alles für ihn übrig. ›Zur Übung‹, wie er dann oft grinsend sagte, ohne einen Hehl aus seiner Faulheit zu machen.

Nach einer Viertelstunde wollten ihm die Augen zufallen und er stand auf, um sich dagegen zu wehren. Er schob die Hände in die Taschen, um sie beschäftigt zu halten, beobachtete Steiger beim Tippen und Telefonieren. Sie sah ihn an, nickte ihm zu und legte auf. »Sie können hineingehen.« Sie deutete auf die gepolsterte Tür.

Er hob die Hand zum Klopfen und ließ sie wieder sinken. Er fand keine Stelle, die nicht mit schwarzem Leder bezogen war. In Abständen von zwei Handbreiten dellte ein Knopf die Oberfläche um fünf Zentimeter ein. Er brauchte einen Augenblick, um den Türknauf aus dunklem Metall zu finden und einen weiteren, um zu begreifen, dass er drehen musste, um die Tür zu öffnen.

Er trat ein und blieb in der Tür stehen. Bleekers Büro hatte die Größe eines Saals. Der Boden war mit rötlichhellem, fein gemasertem Parkett bedeckt. Die Wände waren mit sehr dunklem Holz getäfelt, auf das indirektes Licht von oben fiel. Die linke Wand war mit zwei modernen Gemälden großen Formats geschmückt. Je drei Lampen an Messinggestellen über den Rahmen strahlten die Werke an. Ein Bild war abstrakt mit großen roten und blauen, quadratischen Flächen, die mit Netzen bunt verlaufender Farbspuren verbunden waren. Das andere war surrealistisch und erinnerte an Dali. Es schienen Originale zu sein. Hayen drehte sich nach links, um den inneren Türknauf zu fassen und die Tür zu schließen. Sein Blick fiel in die Ecke des Raumes. Links neben der Tür war das Parkett mit einem orientalischen Teppich bedeckt und ein niedriger Tisch aus dunkel getöntem Holz stand zwischen vier breiten rot-ledernen Sesseln. »Sie wollten mich sprechen?«, sagte er, während er sich umdrehte.

Bleeker saß hinter einem enormen Schreibtisch aus Glas, der von vier Paar Edelstahlstützen getragen wurde. Vor dem Tisch und in seiner ganzen Breite waren vier höhere, schmalere Sessel aus rotem Leder aufgereiht. Die Lehnen waren modern schmal nach oben gezogen und bildeten einen Schutzschild, hinter dem Bleeker saß. Das Licht aus den Fenstern hinter ihm wurde von einem steil gestellten Lamellenvorhang kaum abgehalten und ließ den Geschäftsführer als schwarze Silhouette erscheinen.

»Na, kommen Sie, kommen Sie«, sagte der Schatten und aus dem Umriss löste sich eine Hand, die Hayen in fahrigen Bewegungen zu sich winkte.

Peter Hayen trat näher und mit jedem Schritt kam eine Spur mehr Farbe in den Schatten. Der Mann saß über eine Unterschriftenmappe gebeugt und blätterte alle paar Sekunden um, anscheinend ohne sich darum zu kümmern, dass die enthaltenen Blätter dabei halb aus ihren Abteilungen geweht wurden. Hayen ging zwischen den Ledersesseln hindurch, blieb zwischen ihnen und dem Glastisch stehen und wartete. Der Geschäftsführer überflog Papiere, unterschrieb oder ließ es und blätterte schwungvoll um.

»Setzen«, sagte Bleeker.

Hayen zögerte einen Atemzug, bevor er gehorchte. Er legte die Beine übereinander und sah den Staubpartikeln zu, die hin und wieder von den Papieren aufgewirbelt wurden und im Gegenlicht herabtaumelten. Er räusperte sich und glaubte, dass Bleeker beim Umblättern kurz zögerte. Hayen lehnte sich zurück. Bleeker würde das Gespräch eröffnen.

»Also«, sagte Bleeker und Hayen konnte nicht entscheiden, ob es eine Frage oder die Einleitung für ein Gespräch war. Er antwortete nicht.

Nach zwei oder drei Minuten Schweigen nahm sich Hayen vor, noch dreißig Sekunden zu warten und dann das Gespräch zu beginnen. Er schätzte die Zeit und holte tief Luft, bevor er den Satz beginnen wollte. Wie beginnen?, dachte er. Eine Entschuldigung? Es gab nichts zu entschuldigen, fand er. Eine Kündigung? Es schien beinahe, als ob Bleeker das erwarte. Aber warum? Hayen atmete aus und verschränkte die Arme vor der Brust. Er glaubte, Bleeker sah ihn über den Rand seiner Brille an, ohne den Kopf zu heben. Im Gegenlicht war es nicht sicher zu entscheiden. Nein, er würde nicht freiwillig gehen. Das hieße, diesen verrückten Justitiar Ekhoff gewinnen zu lassen. Oder die noch verrücktere Trenckenbohm. Aber in diesem Irrenhaus bleiben? Hayen unterdrückte ein Kopfschütteln. Er konnte nicht in der Probezeit gehen. Das bliebe ein ewiger Makel in seinem Lebenslauf. »Nun«, begann er und wurde von Bleeker mit einer Handbewegung unterbrochen.

»Herr Hayen«, sagte Bleeker, »können Sie sich denken, warum ich Sie zu mir gebeten habe?«

Hayen räusperte sich und legte die Hände auf die Sessellehne. Das Leder war kühl und von etwas grober, haltbarer Beschaffenheit. Bevor er antwortete, sprach sein Gegenüber.

»Sie sind jetzt ein Vierteljahr bei uns, nicht?«

Hayen nickte.

Bleeker schob seinen Stuhl nach hinten, lehnte sich zurück und verschränkte die Arme. »Ich habe heute bereits mit Herrn Ekhoff gesprochen.«

Hayen beugte sich vor und wollte rufen, wollte fragen, wollte lachen. Lachen über Ekhoff, der früh um vier auf der Intensivstation erschien. Fragen, was denn falsch daran sei, schwer kranke Patienten zu behandeln, bevor man an die Abrechnung dachte. Ausrufen, dass dieses Krankenhaus von Wahnsinnigen bevölkert war. Er tat nichts von dem. »Ja«, sagte er und lehnte sich zurück.

»Das heißt, Sie wissen, warum Sie hier sind?« Bleeker stützte seine Unterarme auf die Schreibunterlage.

Hayen versuchte, seinen raschen Atem unter Kontrolle zu bringen. »Nein, das weiß ich nicht. Und ich weiß auch nicht, warum Herr Doktor Ekhoff um vier Uhr morgens auf die Intensivstation kommt, um mich von meiner Arbeit abzuhalten.«

»Um …« Bleeker behielt das Wort wie einen Leckerbissen im Mund. »Sie von der Arbeit abzuhalten?«

Ihm schien es, als ob sich in Bleekers Frage Wissen um jedes Detail von Ekhoffs Besuch offenbarte. Hatte der Geschäftsführer seinen Justitiar zu diesem Kontrollbesuch aufgefordert? Hayen schloss die Augen, um einem Sekundenschwindel zu begegnen. Was war hier los?, dachte er. War dies ein Irrenhaus oder eine Klinik? »Ich weiß es nicht«, sagte er und öffnete die Augen. »Nein, natürlich nicht, um mich von meiner Arbeit abzuhalten.« Er ließ eine Pause, um Bleeker zu Wort kommen zu lassen. Der nützte die Gelegenheit nicht.

»Aber es war so. Herr Ekhoff hat mich …« Er hob die Hände und ließ sie auf die Polster fallen. »Überrascht hat er mich. Vier Uhr. Ich meine … Ungewöhnlich, finden Sie nicht?«

»Ungewöhnlich«, echote es aus dem Schatten gegenüber.

»Ich weiß nicht, was er wollte. Ich mache meine Arbeit gut. Warum kontrolliert man mich?« Hayen konnte nicht mehr an sich halten. »Gibt es Beschwerden? Komplikationen? Hat jemand, den ich behandelt habe, das Krankenhaus verklagt?« Er hob die Hände. »Ich arbeite, so lange ich kann, so gut ich kann, ich habe mir nichts vorzuwerfen, was sagt denn Ekhoff gegen mich? Man muss mir doch sagen, was man mir vorwirft, sagen Sie es mir, sagen Sie es mir.« Hayen ließ sich außer Atem in die Lehne des Sessels fallen.

Bleeker hatte sich nicht bewegt. Ein paar Sekunden schwiegen beide, dann räusperte sich der Geschäftsführer, nahm einen Stift und ließ ihn in den Fingern einer Hand kreisen. »Es ist gut. Gehen Sie.«

Hayen blieb sitzen. Es ist gut?, dachte er. Was war gut? War das alles? Der Geschäftsführer bestellte ihn hier herauf, um kaum drei Sätze zu sagen und ihn dann wieder wegzuschicken? Was war das für ein seltsames Spiel? Was würde geschehen? Kam die Kündigung schriftlich? Wurde er abgemahnt? Was war sein Vergehen? Das wenigstens musste ihm gesagt werden.

»War das alles?« Hayen rieb die Handflächen über die Hosenbeine. Bleeker antwortete nicht. Hayen konnte nicht erkennen, ob er angesehen wurde, oder ob der Blick des Geschäftsführers an ihm vorbeiging. Die einzige sichtbare Bewegung war die des Stiftes in der Hand. Er wagte nicht, die Fragen zu stellen, die sich aufdrängten. Deutete er die Situation fehl? War dies eine Kündigung? Ein normales Ritual in diesem abnormalen Betrieb? Hayen verstand nichts.

Schließlich stand er auf und verließ Bleekers Büro, ohne dass noch ein Wort an ihn gerichtet worden wäre.

Er schloss die schwere Tür hinter sich, lehnte Rücken und Kopf an das stramme Lederpolster und blickte an die Decke.

»War es schlimm?«, fragte die Sekretärin.

Erst ihre Stimme holte ihn wirklich zurück aus den Schatten in Bleekers Büro. »Schlimm?« Einen Atemzug lang dachte er darüber nach, was hinter der Polstertür geschehen war. Bleeker hatte weder eine Ermahnung noch eine Drohung oder gar eine Kündigung ausgesprochen.

Dennoch fühlte er sich bedroht. »Eigentlich nicht.« Er zwang sich zu einem Lächeln und hoffte darauf, dass es ihn umgekehrt wirkend aufheitern konnte. Er ging einen Schritt auf Steigers Schreibtisch zu. Sie saß hinter dem Computer und hatte den Kopfhörer des Diktiergeräts aus den Ohren genommen. »Wie ist er denn eigentlich so? Der Chef. Bleeker, meine ich.« Er schob die Hände in die Taschen und blieb zwischen Sitzgruppe und Schreibtisch stehen.

Julia Steigers Hals verfärbte sich und die Röte schickte sich an, über den Unterkiefer nach oben aufzusteigen. Sie schob die Ohrhörer unter die Frisur und wandte sich ihrer Arbeit zu.

Hayen nahm an, dass er eine unpassende Frage gestellt hatte und machte zwei Schritte in Richtung Ausgang als Demonstration, dass er nicht aufdringlich sein wollte. Er streckte die Hand nach dem Türgriff aus, doch er besann sich. »Ich weiß wirklich nicht, ob es schlimm war. Das heißt ...« Er kehrte der Ausgangstür den Rücken zu. »Doch, es war schlimm, aber er hat nicht wirklich dazu beigetragen.«

Steiger nahm den Hörerbügel wieder ab und drehte den Kopf. »Hat er nicht?«

»Er hat fast gar nichts gesagt.«

»Sie waren zehn Minuten da drin und er hat nichts gesagt?« Die Röte ließ sich auf Steigers Gesicht nieder.

Hayen hob die Schultern. Fast tat es ihm leid, nichts Wörtliches berichten zu können. »Ich saß da nur drin und habe darauf gewartet, dass er mich kündigt.« Steiger schien überrascht. Er hüstelte und musste sich jetzt nicht mehr zu einem Lächeln zwingen. »Sie haben meine Kündigung also noch nicht geschrieben?«

»Ihre Künd...«

Hayen entfuhr ein überraschter Ruf. Die Tür war mit Schwung geöffnet worden und die Klinke traf ihn im Rücken. Ein elektrisiertes Ziehen flog bis ins rechte Bein.

Er drehte sich um, presste eine Faust auf die schmerzende Stelle. »Frau Trenckenbohm.«

Yvonne Trenckenbohm war in der Tür stehen geblieben und sah abwechselnd Julia Steiger und Peter Hayen an. Eine Sekunde lang sprach niemand, dann stellte sich die Trenckenbohm seitlich in die Tür und deutete hinaus, während sie Hayen ansah.

Er verabschiedete sich von Julia Steiger und ging, wobei er den rechten Fuß mehr als notwendig nachzog. Die Tür wurde zugeworfen und er ging weniger hinkend aber langsam und mit gesenktem Kopf, ohne die Bilder und Skulpturen zu beachten.

Als er die blau lackierte Tür zum Treppenhaus erreicht hatte, hörte er die Trenckenbohm seinen Vornamen rufen und ihre Pfennigabsätze auf dem Laminat stöckeln. »Peter«, wiederholte sie und noch einmal: »Peter.«

Er blieb stehen. Immerhin musste er ihr Gelegenheit zur Entschuldigung geben. Und er würde sich verbitten, mit Vornamen angesprochen zu werden. »Eine, die den Titel mitgeheiratet hat«, sagte er sehr leise und drehte sich um.

Yvonne Trenckenbohm kam weit langsamer um die Ecke, als ihre Schritte eine Sekunde zuvor verraten hatten. Sie ging im Laufsteg-Gang, schob mit jedem Schritt das Becken übermäßig weit hinaus. Zwei Schritte von Hayen entfernt blieb sie stehen, stellte einen Fuß aus, stemmte die Hand in die Seite und schürzte die Lippen in einer Mischung aus Schmoll- und Kussmund. »Ich bekomme, was ich will. Immer«, sagte sie, sah ihn einen Moment sehr ernst an und hauchte ihm dann einen Kuss zu, worauf sie sich umdrehte und abtrat, wie sie aufgetaucht war.

»Schöne Scheiße«, sagte Hayen, öffnete die Tür und strebte zurück ins Chaos, das er im Augenblick sehr viel anziehender fand als die edle Atmosphäre des Direktionsstockwerkes.

***

Carsten Borcherts ließ die Stationstür hinter sich zufallen und kratzte sich am Hals. Das Nickerchen im Patientengarten hatte einen faden Geschmack in seinem Mund hinterlassen, den auch zwei Espressi in der Cafeteria nicht zu vertreiben vermocht hatten. Er blickte auf die Uhr an der Decke der Station und war zufrieden. Halb zwölf, er kam rechtzeitig zur Chefarztvisite, aber nicht zu früh. Er bog in das Stationszimmer ein und ließ sich vor dem Rechner in den Drehstuhl fallen. Er setzte sich seitlich, legte ein Bein auf das Computergehäuse unter dem Tisch und bediente mit einer Maus das Internetprogramm. Er wünschte sich nach Hause zu seiner Sammlung von Beatles-Platten und zu seinem Kühlschrank mit Bier und Tiefkühlpizza. Sein E-Mail-Konto wies als Neueingang nur die Bestätigung der Buchbestellung aus.

Mit einigen geübten Bewegungen sah er nach der Routinearbeit, die täglich am Abrechnungsprogramm erledigt werden musste. Hayen hatte anscheinend fast alles erledigt, nur zwei neue Patienten waren noch nicht erfasst. Borcherts schnalzte ärgerlich mit der Zunge. »Na prima«, sagte er. Er hatte heute Nachtdienst und keine Lust, sich mit irgendwelchen instabilen Zugängen herumzuärgern. Einige Sekunden klopfte er einen Rhythmus auf Maus und Arbeitsplatte, dann hatte er sich für je zwei hübsche Diagnosen für jeden der beiden Neuen entschieden. Er tippte ›Lungenentzündung durch Pilzinfektion‹ und ›Herzinfarkt‹ ein und dichtete jedem der beiden eine Zuckerkrankheit an. Zufrieden über die Erzeugung von so einträglichen Krankheiten spendierte er noch Bluthochdruck und Gelbsucht obenauf und lehnte sich zufrieden zurück. Wenn er sich etwas Mühe gab, so konnte er ein klein wenig Zufriedenheit nach getaner Arbeit spüren. Ein Blick auf die Armbanduhr sagte ihm, dass die Chefärzte sich bereits verspätet hatten. Er beschloss, die Zeit zu nutzen und zu den Krankheiten der Neuen die passenden Medikamente in die Datenbanken einzugeben. Jetzt blieb nur noch, den Arztbrief zur Entlassung richtig abzufassen, schon war diese kleine Verbesserung der Einnahmen kaum mehr aufzudecken. Er rieb sich die Hände und stand auf, wobei er etwas ächzte und sich ein Gefühl der wohligen Erschöpfung gab.

Er hörte die Stationstür zufallen und trat mit wohlüberlegtem Schwung und drei Schritten, die das unzählige Male eingeübte Bild von Eile abgaben, aus dem Stationszimmer auf den Flur. Perfektes Timing, lobte er sich still.

Auf dem Gang kam ihm Professor Trenckenbohm entgegen. Die OP-Hosen zu weit nach oben gezogen, ein Paar Tennissocken in schwarzen, lackledernen Slippern entblößten behaarte, dürre Beine. Über dem grünen OP-Kittel trug er den üblichen blauen Blazer mit den viel zu großen Goldknöpfen. Der Zigarrenstumpen im Mundwinkel war erloschen.

»Moin, Borcherts«, brummte Trenckenbohm. »Was Neues für mich?«

Für diese Woche reicht es eigentlich schon, dachte Borcherts. »Werden wir gleich sehen«, sagte er und hob die Hand, um die Professoren Ricklefs und Ortgiesen zu begrüßen, die hinter Trenckenbohm den Gang hinunter auf ihn zukamen.

»Moin, Herr Borcherts, wie war die Nacht?«, rief Professor Gerd Ricklefs von der Tür aus, während Trenckenbohm unruhig die Hose hochziehend und das Jackett zurechtzupfend auf den Beginn der Visite wartete.

»Gut beschäftigt«, sagte Borcherts, der nichts dagegen hatte, dass sein Chef ihm einen Nachtdienst zu viel zurechnete. Er warf einen Blick auf die Tasche des weißen Mantels von Ricklefs, der vollständig über dessen ansehnlichem Bauch zugeknöpft war. Dort klemmte der Funker, der wie üblich in ein oder zwei Minuten den Direktor der Klinik für Anästhesie zu einem entsetzlich wichtigen Termin abberufen würde. Zu anderen Gelegenheiten konnte man das kleine, schwarze Gerät nicht bei ihm finden, und ihn mit dessen Hilfe herbeirufen zu wollen, war ein regelmäßig scheiterndes Unternehmen.

Professor Friderike-Anna Leonie Ortgiesen blickte unruhig den Gang entlang und ins Patientenzimmer, vor dessen offener Tür die Gruppe stand. Sie fuhr sich mit einer Hand durch das dichte, schwarze Haar und schob den Hauptteil der Frisur auf die andere Seite ihres Kopfes, so dass sie von einem Moment zum anderen ihren rechten Seitenscheitel zu einem linken gemacht hatte. »Gibt es etwas für die Frauenklinik?« Sie sah abwechselnd Trenkkenbohm und Borcherts an und wandte sich zu Ricklefs um, der sich auf den letzten Metern, die ihn von seinen beiden Kollegen trennten, immer langsamer bewegte.

»Na, Ortgiesen, Sie werden mich doch nicht alleine lassen?« Trenckenbohm legte den Arm um die halbherzig widerstrebende Frau. »Kommen Sie, ein wenig Herzchirurgie lernen Sie auf Ihre ...« Er räusperte sich. »Ihre jungen Tage allemal noch.« Er legte ein albernes Lachen nach, in das Borcherts sich Mühe gab, nicht ehrlich einzufallen.

Dein Einsatz, Gerd, dachte Borcherts und ahmte in Gedanken die Bewegung eines Startsignalgebers auf einem Flugzeugträger nach, wobei er mit der eingebildet vorgestreckten Hand auf seinen Chef deutete. In diesem Moment ertönte der Signalton des professoralen Funkers. Begnadet, dachte Borcherts. Ricklefs' Sekretärin war perfekt.

»Oh, das tut mir leid «, sagte Ricklefs und Borcherts hätte ihm diese Lüge geglaubt oder doch wenigstens die Schauspielleistung gewürdigt, wenn sie nicht so vorhersagbar jeden Morgen vorgebracht werden würde. Ohne auf die Anzeige des Funkers zu sehen, schob Professor Ricklefs die Hände flach in die Kitteltaschen und wandte sich mit einem abwesenden Lächeln um. Seine kleine, aber massige Gestalt entfernte sich rascher, als sie gekommen war. Wahrscheinlich sah nur Borcherts, der es sehen wollte, wie sein Chef beim Hinausgehen das Gerät mit dem kleinen Schiebeknopf an der Oberseite ausschaltete.

»Dann wollen wir mal«, dröhnte Trenckenbohm und schob Ortgiesen mit einer seiner Pranken auf ihrem Rükken vor sich her.

Borcherts sah von der Ferne, wie sich die Tür hinter Ricklefs schloss und beneidete seinen Chef, der sich in seinem Büro den Vormittag über seinem Hobby widmen würde. Das letzte Mal bei ihm hatte Borcherts das durchaus gelungene impressionistische Abbild der Landschaft vor des Professors Bürofenster bewundern dürfen. Ein wenig angelesenes Wissen über die Impressionisten von Monet über Pissarro bis Degas, Seurat und Signac hatte ihm einen schönen Nachmittag in dem großzügigen Büro mit Kaffee, Kuchen und Kontemplation verschafft. Ein winziger, beinahe auswendig gelernter, taktisch wohlplatzierter Vortrag über die Bildhauerei Rodins mit einem Ausblick auf die thematischen und formalen Zusammenhänge mit der impressionistischen Literatur hatte Borcherts wohl endgültig zu Ricklefs' Lieblingsassistenten werden lassen.

Borcherts dirigierte die beiden Chefärzte weg von der offenen Tür und ein Zimmer weiter in Richtung des Betts der Gerda Sieverts. Er war gespannt, welche Absurdität der Herzchirurg heute zu ihrem Zustand von sich zu geben bereit war. Zudem fand er die Aussicht auf Vokators Kommentare erfreulich. Trenckenbohm hatte zu Borcherts' stillem Vergnügen die letzte Visite nach einem Besuch an Vokators Bett mit allen Anzeichen stark erhöhten Blutdrucks abgebrochen. Vielleicht konnte man auch heute den Besuch der Majestäten etwas würzen.

Er überholte die Chefs, kreuzte die Unterarme vor der Brust und legte den Kopf schräg. »Leider, leider gibt es nichts Positives von der Patientin Sieverts zu berichten.« Außer, dass eine Menge Labor- und anderer Tests ›positiv‹ waren, dachte Borcherts, was jedoch keineswegs Gutes bedeutete. Er blieb stehen und bildete mit ausgestreckten Armen eine Barriere, an der entlang Trenckenbohm und die Gynäkologin in das angepeilte Krankenzimmer abrutschten. Borcherts folgte ihnen mit einem Lächeln, das sich noch verstärkte, als er sah, was drinnen vor sich ging.

Peter Hayen hatte pflichtbewusst die von Yvonne Trenckenbohm so eigensüchtig unterbrochene Anlage eines Zentralvenenkatheters wieder aufgenommen. Er stand nun seitlich neben der Patientin und versuchte sich an einem anderen Zugang zu den herznahen Venen der bedauernswerten Frau Sieverts. Borcherts stellte sich an das Fußende des Bettes und konnte sich des Eindrucks nicht erwehren, dass Hayen in seiner jetzigen Position deutlich mehr Fluchtmöglichkeiten hatte, sollte er wieder Opfer eines Übergriffs werden.

Peter Hayen hob kurz den Kopf, nickte Professor Ortgiesen zu und murmelte mit gesenktem Blick ein ›Guten Morgen‹ zu Trenckenbohm, der den Gruß mit einem Brummen erwiderte. Borcherts sah ein paarmal zwischen den beiden Männern hin und her und war sich sicher, dass hier ein ungelöster Konflikt bestand. Sein Lächeln wurde zu einem Grinsen. Konnte Yvönnchen auch hier schon tätig geworden sein? Ja, dachte er, sie hat ihren Alten gegen Hayen aufgehetzt, und spürte erneuerte Hoffnung auf ungewöhnliche Auseinandersetzungen. Was wäre der Alltag ohne diese Würze?

»He, Borcherts, mal herkommen«, rief Vokator von jenseits des Paravents. Niemand schien ihn zu beachten.

Hayen hatte die Gegend rund um Sieverts' Schlüsselbein mit rötlichem Desinfektionsmittel abgewischt und beinahe den ganzen restlichen Körper der Patientin mit selbstklebenden, sterilen Tüchern abgedeckt. Frau Sieverts blickte aus leeren Augen an die Decke. In ihrem Schlund gurgelte der Speichel, während sie mühsam atmete. Aus einer winzigen Einstichstelle lief ein dünnes Rinnsal verdünnten Blutes, wo Hayen die lokale Betäubung gespritzt hatte. Er setzte die Nadelspitze unterhalb des Schlüsselbeins an, um die darunter liegende Vene zu punktieren. Mit einer kurzen, schnellen Bewegung stach er ein.

Trenckenbohm trat an das Bett. »Na, Frau Sieverts, wie geht es uns denn heute«, rief er und schob eines der Tücher zur Seite, ergriff ihre Hand und rüttelte daran, als ob er sie erwecken könnte.

Hayen ließ die Spritze mit der Nadel in der Haut locker in der Hand liegen, während der Herzchirurg den gleichseitigen Arm schüttelte. Er hob den Kopf, schien etwas sagen zu wollen, schwieg aber.

Borcherts schob den Kopf vor und beobachtete die alte Frau, während er interessierte Neugier heuchelte. »Sie sagt ja gar nichts«, meinte er nach einigen Sekunden.

»Klar sagt die nichts, Borcherts. Da ist nicht mehr viel.« Eine Pause. »Da oben, meine ich. Jetzt mal herkommen. Ich brauche Sie«, sagte Vokator mit Ungeduld in der Stimme. Niemand reagierte.

Trenckenbohm ließ die Hand der Patientin los, Hayen machte sich erneut an die Arbeit. »Ich habe sie selbst operiert«, sagte der Professor.

»Ach Schreck«, sagte Vokator und Borcherts musterte Trenckenbohm nach einer Reaktion. Sie blieb zu seinem Missvergnügen aus.

Borcherts nickte übertrieben, um die einnehmende Logik des Arguments zu bestätigen. »Selbstverständlich.« Er schüttelte den Kopf und nickte abwechselnd. »Unverständlich. Selbstverstandlich unverständlich.«

Ortgiesen sah mit verschränkten Armen im Zimmer umher.

Mit einer ausholenden Bewegung der Rechten ergriff Trenckenbohm erneut die Hand der stillen alten Dame und hieb seine Linke Hayen auf den Rücken.

Hayen rief etwas Unverständliches. Seine Nadel war bis zum Ansatz in Sieverts verschwunden.

»Als ich fertig war, war alles wunderbar«, kollerte Trenckenbohm. »Da kann nichts schief gegangen sein. Na ja, da müsst ihr besser aufpassen das nächste Mal.«

Borcherts sah, wie Hayen die zehn Zentimeter lange,

zwei Millimeter dicke Nadel aus dem Brustkorb der Patientin zurückzog und wie Luftblasen durch die klare Kochsalzlösung in der aufgesetzten Spritze aufstiegen.

Wunderbar, dachte Borcherts, das wird er natürlich auch nicht gewesen sein, der Herr Trenckenbohm. Jetzt mal sehen, was passiert. Er stützte die Ellenbogen auf das verchromte Rohr, das den Fußteil des Bettes bildete. »Hoppla.«

»Was denn?«, sagte Ortgiesen und sah zwischen den drei Männern hin und her.

»Was denn?«, echote Vokator.

Hayen hielt die Nadel unbeweglich. Borcherts schätzte, dass die Spitze nurmehr ein oder zwei Zentimeter unter der Hautoberfläche war. Er beobachtete, wie Hayen am Spritzenkolben zog. Luftblasen stiegen auf. »Doch, es ist schon so«, sagte Borcherts und mit jedem Wort hob sich sein Kopf, da er das Kinn auf die Handflächen gestützt hielt. »Also, tun wir was, oder lassen wir es?«

»Hat denn schon jemand mal einen Ultraschall des Unterbauchs gemacht?« Ortgiesen lüpfte die Bettdecke über Sieverts' Füßen mit zwei Fingern um einige Zentimeter.

»Und mein Unterbauch? Wer macht einen Ultraschall bei mir?«, hörte man Vokator von der anderen Seite der Trennwand. Ortgiesen zog eine Augenbraue hoch und drehte den Oberkörper halb zu dem unsichtbaren Sprecher, wobei sie den ergriffenen Zipfel des Bettbezugs festhielt.

»Nein, nein«, sagte Trenckenbohm und schüttelte den Kopf. Er warf die untere Hälfte der Bettdecke nach oben und entblößte die Unterschenkel der alten Frau. Der linke war längs der Innenseite noch mit Hautklammern versehen, die den Schnitt zusammen hielten, der für die Venenentnahme bei der Bypass-Operation gemacht wurde. »Das können Sie gar nicht abrechnen bei einem herzchirurgischen Fall.«

Ortgiesen ließ die Decke los und verschränkte die Arme, während Trenckenbohm die Fußpulse betastete.

»Schlechte Durchblutung«, murmelte er und schüttelte den Kopf. »Schlechte Durchblutung.«

»Oh, ich weiß, warum«, sagte Borcherts fröhlich.

»Wie?« Der Professor schlug die die Bettdecke an ihren Platz zurück und zog am anderen Ende, wobei er die sterile Abdeckung löste. Er verfing sich mit einem Finger an einer der Klebeflächen eines grünen Einmaltuchs und schüttelte die Hand, um sich zu befreien. Die Rechte streckte er gegen Borcherts aus, ohne ihn anzusehen. »Stethoskop«, befahl er und schnippte zweimal rasch hintereinander.

»Nicht«, rief Hayen, »das ist steril.« Er zog die Spritze aus der Haut und drückte einen Tupfer auf die blutende Stelle.

Borcherts reichte sein Stethoskop hinüber und Trenckenbohm drängte Hayen beiseite. »Jetzt lassen Sie mich mal hin, junger Kollege.« Er steckte sich die Oliven des Hörrohrs in die Ohren und setzte den Kopf links neben Sieverts' Brustbein. »Na, wollen mal sehen«, sagte er und verstummte für einige Sekunden.

Borcherts beobachtete, wie die Halsvenen der alten Dame voller und ihr Gesicht fahler wurde. Er löste sich ungern von seinem Beobachtungsposten, fand aber, er musste es tun, da die beiden Koryphäen und sein ›junger Kollege‹ anscheinend den Blick für das Wesentliche knapp verfehlten. Ein Pneumothorax als Todesursache schien ihm allzu viel Ärger zu bedeuten. Sieverts war so, wie sie war, eine gute Belegung. Mit ihr war langfristig zu rechnen und sie beanspruchte kaum die Arbeitskraft des Stationsarztes.

Zum Notfallwagen waren es nur vier Schritte. Er brach das Siegel, öffnete die Schublade und suchte sich die vierzig Zentimeter lange, steril verpackte Plastikhülse, in der er eine gut neun Millimeter dicke Drainage samt eingeschobenen Trokar wusste. Er griff sich zwei Paar sterile Handschuhe, einen Skalpell sowie Nahtmaterial und begab sich zurück auf seinen Posten.

Hayen hatte sich beiseite drängen lassen und presste den

Tupfer weiterhin auf die Einstichstelle, indem er unter den Armen Trenckenbohms, der die Patientin abhörte, hindurch reichte. »Sie atmet so eigenartig«, sagte Peter und heftete seinen Blick auf den Brustkorb von Gerda Sieverts.

»Kein Wunder, du hast ihr ja eben einen Platten gestochen.« Borcherts winkte mit der verpackten Drainage. »Vielleicht solltest du?«

Hayen versuchte vergebens, Trenckenbohm zur Seite zu schieben. »Wir müssen eine Thoraxdrainage legen, lassen Sie mich hin«, sagte er so leise, dass Borcherts bezweifelte, dass der Professor es mit dem Stethoskop im Ohr bemerkt haben konnte.

»Was? Was müssen Sie? Reden Sie doch lauter, um Himmels willen«, rief Vokator.

»Jetzt ist Schluss mit den Mätzchen«, sagte Carsten Borcherts halblaut und mehr zu sich selbst. Gerda Sieverts war grau im Gesicht wie eine Leiche und ihre Atemmuskeln zuckten nur noch hilflos, ohne Luft zu bewegen. Er öffnete die verschweißte Folie der Handschuhe und bildete aus der Verpackung eine sterile Unterlage. Auf diese ließ er die Drainage aus ihrem Plastikrohr gleiten und warf Skalpell und Naht darauf. Nach einem weiteren Blick auf Sieverts' Gesicht nahm er sich nur Zeit für den rechten Handschuh, stieß den protestierenden Trenckenbohm mit der Wucht seiner ganzen 85 Kilogramm zur Seite und ließ das Messer mit einer oft geübten Bewegung längs der Rippe durch Haut und Fett gleiten.

»Herr Borcherts, was tun Sie denn?«, rief der Professor hinter Borcherts.

»Ein kleines Problem lösen«, sagte Borcherts und er konnte nicht anders, als ein wenig stolz sein auf die beiläufige Art, wie er es sagte. »Verzeihen Sie, dauert nur eine Minute, dann können Sie weiter auskultieren.« Er wühlte sich mit dem Zeigefinger durch das Fett, traf die Rippe und schob sich über der Rippe weiter, bis ein sachter, federnder Widerstand ihm das Ziel bedeutete.

»Ach so«, sagte Professor Ortgiesen, wollte weiterreden, aber es schien ihr kein geeigneter Gedanke zu kommen.

»Problem? Welches Problem? Verdammt, redet denn keiner mit mir?« Vokators Stimme hatte einen Anflug von Panik bekommen.

»Ich kümmere mich gleich um Sie«, sagte Borcherts, schob den neun Millimeter starken Plastikschlauch neben seinen Zeigefinger bis zum Rippenfell. Es brauchte nur noch ein kleines Drehen und die letzte Membran war durchstochen. Luft entwich zischend und Blut bildete Blasen in der Wunde. Borcherts freute sich, dass er den Finger so geschickt hielt, dass die Fontäne winziger Blutstropfen in Richtung Trenckenbohm spritzte, der sich nutzloserweise durch einen Sprung nach hinten in Sicherheit bringen wollte.

Hayen hatte mit seiner Nadel die Lunge verletzt und Luft hatte sich zwischen dem Organ und dem Rippenfell angesammelt, bis sich Druck aufgebaut hatte. Der Druck hatte die großen Venen um das Herz zusammengepresst, so dass nicht nur die Atmung, sondern auch der Kreislauf fast zum Stillstand gekommen waren.

Noch plötzlicher, als das Problem begonnen hatte, trat die Lösung ein. Gerda Sieverts' Hautfarbe wurde rosig, sie atmete regelmäßig, ihr Blick hatte den gleichen stumpfsinnigen Ausdruck zuruckgewonnen. Ob ich ihr geholfen habe oder nur ihr Leiden verlängert?, fragte sich Borcherts und hatte noch in derselben Sekunde keine Lust mehr, diese Entscheidung von sich zu verlangen. »Nähst du die an, Peter? Du hast sterile Handschuhe an.« Er zeigte auf das Päckchen chirurgisches Nahtmaterial. Er fand, das Maß an Arbeit war für den Tag eindeutig übervoll.

»Na, da hätten Sie aber vorsichtiger sein müssen«, sagte Trenckenbohm zu Hayen und schob sich die Zigarre in den anderen Mundwinkel. Er achtete nicht weiter auf die Blutspritzer auf seiner Hose. »Wählen Sie doch eine andere Vene, wenn Ihnen der Zugang Schwierigkeiten macht.« Er ließ seine Linke eine lässige Bewegung in Richtung Hayens Einstichstelle machen und zog dann sein Benzinfeuerzeug aus der Innentasche des Sakkos. Benzingestank mischte sich mit Zigarrendampf.

»Ich? Vorsichtiger? Erlauben Sie mal. Schließlich haben Sie mich gestoßen. Das Ganze wäre doch gar nicht passiert, wenn Sie hier nicht so unvorsichtig ...« Hayen war außer sich. Zwischen der Zellstoff-OP-Haube und seiner Gesichtsmaske rötete sich die Haut. Seine Bindehäute waren vor Müdigkeit und Wut rot geädert. »Wenn Sie sich nicht wie ein Elefant aufgeführt hätten ... Meine Güte, die Patientin hätte sterben können.«

»Die ist sowie schon halb tot«, maulte Vokator. »Jetzt machen Sie hier nicht so einen Wind.«

»Halten Sie den Mund«, fauchte Hayen.

»Hätte sterben können, ach ja. Das sagt er mir.« Trenckenbohm blickte zu Ortgiesen und entließ eine Rauchwolke aus seinem Mund.

Auch Hayen sah zur Professorin hinüber und deutete auf seine Spritze und die Stelle, wo die Nadel durch die Haut gedrungen war. »Er hat mich doch gestoßen.«

Die Angesprochene hob die Schultern. »Das kann man nicht so genau entscheiden.«

Borcherts stützte die Ellenbogen wieder auf und blickte vergnügt von Sprecher zu Sprecher.

»Was fällt Ihnen ein!«, sagte eine Stimme, die zu einer Krankenschwester gehörte, die Borcherts erst bemerkt hatte, als sie dicht herangetreten war. Sie trug eine gefüllte, übel riechende Bettschüssel vor sich her, griff so rasch nach Trenckenbohms Zigarre, dass dieser sich nicht wehren konnte, und warf sie in die Mischung aus fester und flüssiger Ausscheidung. Die Glut zischte, der Geruch wurde unerträglich.

»Natürlich kann man das entscheiden. Ich müsste es schließlich wissen«, sagte der Professor, indem er der Schwester nachblickte und dabei offensichtlich mehr ihr

Hinterteil bewunderte als seiner Zigarre nachtrauerte. Borcherts fasste den Plan, eine verwickelte und eindeutige Situation herbeizuführen, in der Trenckenbohm, seine Yvonne und diese Schwester eine Rolle spielen würden. Noch in den Flur blickend, zog sich Trenckenbohm eine neue Zigarre aus einer Innentasche, brach sie in zwei Teile und schob sich eine Hälfte kalt in den Mund. Er schnalzte genüsslich, ließ mehrmals die Zigarre den Mundwinkel wechseln und wandte sich wieder an Hayen. »Junger Mann, stehen Sie zu Ihren Fehlern.« Er hob den Zeigefinger gegen Peter und winkte dann mit dem gleichen Finger Ortgiesen hinaus. »Lernen Sie das, Herr Kollege, das wird Ihnen sehr helfen im Leben«, sagte er im Hinausgehen.

»Das ist ja widerlich.« Vokators Stimme klang gelangweilt. »Macht mal das Fenster auf. Es stinkt. Saftladen.« Er schien auf Antwort zu warten. »Hört Ihr? Saftladen, versauter.« Von jenseits der spanischen Wand hörte man einen Bleistift auf Papier kratzen. »Ach, macht doch was ihr wollt.« Seine Lautstärke ebbte ab zu einem Gemurmel.

Borcherts verharrte in seiner Stellung am Fußende des Bettes. Hayen war jetzt blass hinter seiner Maske. Er stellte einen Fuß auf die Beine eines Infusionsständers und lehnte die Schulter dagegen. »Scheiße, die wäre mir beinahe gestorben.«

»Ja«, antwortete Borcherts und zog den Vokal in die Länge. »War knapp.« Er kratzte sich am Kopf und richtete sich auf. »Trenckenbohm ist immer wieder für eine schöne Vorstellung gut.« Er sah an die Decke. »Für das nächste Mal muss ich mir was ausdenken.«

Hayen sah ihn mit aufgerissenen Lidern an.

»Wenn es hier drin ist, dann kommt aber gefälligst das Ding hier weg«, rief Vokator und die Trennwand wackelte, als er einen Gegenstand von jenseits dagegen warf.

»Vokator nervt«, sagte Hayen unterdrückt. »Es reicht mir endgültig. Ich entlasse diesen Wahnsinnigen heute noch.« Er begann den Drainagenschlauch an der Haut festzunähen.

»Das wirst du nicht tun.«

»Was?« Hayen stach die Nadel durch einen Wundrand.

»Ich habe heute Nachtdienst und keine Lust auf ein freies Bett, das mir ein arbeitswütiger Neurochirurg belegen wird oder ähnlichen Mist.« Borcherts ging hinaus und winkte der Schwester, die eben aus dem unreinen Raum in den Flur trat. »Machst du uns ein Wasserschloss und Sog für die Drainage bei der Sieverts, bitte?« Die Schwester nickte und verschwand in einem Lagerraum, wo man sie bald durch Verpackungen rascheln hörte. »Denk an das Röntgenbild, wenn du fertig bist«, rief er Hayen zu.

Nicht die schlechteste aller Chefarztvisiten, dachte Carsten Borcherts, schürzte die Lippen in Anerkennung und ließ sich vor dem Rechner im Stationszimmer nieder, um nachzusehen, ob er nicht doch noch ein nettes Buch bestellen sollte.

***

Um zehn vor drei Uhr am Nachmittag kehrte Carsten Borcherts von der Mittagspause auf die Intensivstation zurück. Für drei Uhr hatte sich der Mann vom *Appresis* angekündigt und Borcherts hatte sich während Essen, Kaffee und Ruhepause im Patientengarten zurechtgelegt, was er sagen würde. Er warf die übervollen Ordner und Mappen mit den Daten der *Appresis*-Studie auf den Schreibtisch und setzte sich. In den verbleibenden Minuten wollte er sich wieder auf eine Tour durch das Internet begeben, als ihn das durchdringende Pfeifen seines Funkers aufschreckte. Er sah auf den kleinen Bildschirm des Geräts. Er seufzte. »Die Notaufnahme, das kann nichts Gutes bedeuten.« Er griff sich das drahtlose Telefon und ging ohne Eile auf den Stationsflur. »Peter«, rief er, ohne zu wissen, wo sein Kollege war. Aus einem der Patientenzimmer kam eine Bestätigung. »Kommst du mit? Besuch für uns.« Er schlenderte weiter. Mit Peter im Schlepptau konnte er rechtzeitig zu seinem Termin mit dem *Appresis*-Mann kommen.

»Besuch?« Hayen kam aus Sieverts' und Vokators Zimmer. Er trug ein Röntgenbild in der Rechten und ein dickes Paket Akten unter dem linken Arm.

Carsten Borcherts deutete auf Hayens Stirn, die ein roter Streifen zierte. Eine OP-Haube mit Gummizug hatte ihr Mal hinterlassen. »Hast du Sieverts endlich diesen Katheter gelegt?« Er wartete nicht auf die Antwort. »Und was hat die Arme davon?« Borcherts legte die Stirn in Falten. »Oh, aber wir hatten unseren Spaß, nicht? Trenckenbohm war wieder ganz exquisit.«

Hayen sah Borcherts eine Sekunde an, dann schüttelte er den Kopf und hielt das Röntgenbild gegen eine Deckenlampe, so dass beide es betrachten konnten. »Ist das okay? Was meinst du?«

»Wird es schon sein«, sagte Borcherts ohne hinzusehen und ging weiter. »Komm mal mit, die Nothilfe will uns sehen.« Er tippte die Nummer der Notaufnahme in das tragbare Telefon. »Und lass das Zeug da.« Er nickte in Richtung der Akten, die sein Kollege trug. Eine Schwester der Notaufnahme meldete sich und er sagte: »Borcherts hier, was gibt es denn?«

»Die Leitstelle hat angerufen, der Notarzt will mit einer Reanimation kommen.«

»Ablehnen«, sagte Borcherts und ging langsamer. »Wir haben kein Intensivbett. So einer braucht ein Intensivbett.«

»Zwangsbelegung«, antwortete die Schwester. »Tut mir leid .«

»Mir auch«, sagte Borcherts und unterbrach die Verbindung. »Schöner Mist.« Sie bogen um die Ecke in den Flur, der zur Notaufnahme führte. Der Geruch von Desinfektionsmittel lag in der Luft.

Die Notaufnahme war ein hell gestrichener Flur, dessen Milchglasfenster bis in Hüfthöhe mit Stahlgeländern geschützt waren. Zwei Glastüren, die sich durch Bewegungssensoren automatisch zur Seite schoben, blieben durch den Verkehr von Angehörigen, Sanitätern und eilenden Weißkitteln fast ununterbrochen geöffnet. Draußen parkten in einem überdachten Rondell Rettungswagen. Weiß lackierte, überbreite Türen gegenüber der gläsernen Wand führten in sechs Notfallbehandlungsräume. Die untere Hälfte jeder Tür war mit einer aufgeschraubten Plexiglasscheibe bedeckt.

Borcherts öffnete die Tür zur Kabine 1, der geräumigsten der sechs. Sie enthielt ein Röntgen- und ein Beatmungsgserät, einen Wagen mit allem Notwendigen für eine Narkose und Wiederbelebung sowie einen Defibrillator. Er ließ die Tür geöffnet. Durch das angelehnte, bis zur halben Höhe trübe Fenster, die offene Tür und die Schiebetür zum Vorplatz wehte eine angenehme Brise. Er schwang sich auf die Liege in der Mitte des Raumes, zeigte für Peter Hayen auf den Schreibtisch vor dem Fenster und wählte die Nummer des Sekretariats seines Chefs.

»Moin, Borcherts«, kam es von draußen im Gang.

Die Stimme war Carsten Borcherts vertraut. Nur das Stöhnen, das jedes Wort begleitete, störte ihn. Er blickte auf. »Hallo, Kajo.« Der Notarzt Kajo Weiller ging seitlich neben einer Trage, die von zwei Sanitätern geschoben wurde. Er reanimierte einen Patienten mit Herzmassage. Einer der Sanitäter drückte rhythmisch einen Beatmungsbeutel zusammen.

»Musste das sein mit der Zwangsbelegung?« Borcherts blieb auf der Liege sitzen. Ricklefs' Sekretärin meldete sich. »Moin, hier ist Borcherts, ich bräuchte den Chef mal in Raum eins, Notaufnahme.« Er sah auf die Uhr. Der Mann von *Appresis* war immer pünktlich. Borcherts erwartete, dass sein Funker in vier Minuten losging. »Professor Ricklefs ist in der Mittagspause, ich kann ihn nicht erreichen«, sagte die Sekretärin. Das war zu erwarten, dachte er und antwortete mit einem knappen »Ist gut.« Er drehte sich zu dem Notarzt und dem Patienten um. »Na, was hast du da?«

»Lungenembolie, meine ich.« Weiller zuckte mit den Schultern. »Vielleicht ein Herzinfarkt?«

»Und warum fährst du den noch hierher?« Borcherts ließ sich von der Liege gleiten. »Ich habe nachher den ganzen Ärger mit dem.« Er reichte das Telefon an Hayen weiter. »Peter, ich habe einen Termin um drei. Wenn du Hilfe brauchst, ruf den Chef an, ja?« Borcherts half, die Patientin von der Trage auf die Liege zu heben und hörte abwesend zu, wie Weiller Hayen die Ereignisse schilderte. Als der Minutenzeiger der großen Wanduhr über der Tür mit einem schleifenden Geräusch auf die Zwölf rutschte, spürte Borcherts erst den Vibrationsalarm und eine Sekunde später das Pfeifen seines Funkers. *Appresis* war pünktlich, dachte er und ging mit einem knappen Gruß aus dem Raum.Borcherts wusste nicht, ob das neue Medikament von *Appresis* bei einem Herzinfarkt tatsächlich den alten Stoffen überlegen war. Ein paarmal hatte er es angewendet und gefunden, dass es zumindest nicht übermäßig schadete. Er bog nach links ab, die Telefonnummer, die sein Funker angezeigt hatte, wies die Hauptpforte als Standort aus.Vor sechs Monaten hatte *Appresis* Borcherts zu einem Auftakttreffen in ein Luzerner Fünfsternehotel direkt am Vierwaldstättersee eingeladen. Borcherts hatte dem Marketingchef eine hervorragende Untersuchung versprochen und der hatte in Aussicht gestellt, sich dankbar zu zeigen. Erst nach einer Stunde und zwei Gläsern Wein war man zur Sache gekommen – Borcherts konnte sich mit außerordentlich guten Chancen bei *Appresis* bewerben, wenn die Untersuchung so hervorragend werden würde, wie beide Seiten es sich erhofften. Sofort nachdem der Marketingmann das Anfangsgehalt genannt hatte, hatte Borcherts beschlossen, dass diese Chance nicht an ihm vorbeigehen würde. In keinem Fall. Und er hatte entschieden, dass die Ergebnisse *Appresis* gefallen würden. Auf jeden Fall. Von weitem sah er Hans Ziemssen in der Eingangshalle auf und ab gehen. Der *Appresis*-Mann trug einen grauen

Anzug, von dem er wohl ein halbes Dutzend im Schrank vorhielt, so makellos sah das Tuch bei jedem Treffen aus. Dazu ein weißes Hemd, an dem Falten nur existierten, wo sie mit dem Bügeleisen erzwungen worden waren, und eine Sorte Seidenkrawatte, die eine solche Schimäre an Unauffälligkeit und Extravaganz war, dass Carsten Borcherts ihre Existenz jedesmal aufs Neue anzweifeln mochte. Doktor Ziemssen war mehr als einer der lästigen Pharmareferenten, die durchs Land tingelten, Kugelschreiber verteilten und mehr Mitleid als Aggression auf sich zogen. Hans Ziemssen war Chef der Innovationsabteilung von *Appresis International* und dem Marketingboss anscheinend nicht untergeben. Borcherts hatte sogar das Gefühl, dass Ziemssen zu dieser Studie weit mehr wusste als der Lackaffe vom Marketing. Es beunruhigte ihn und erfüllte ihn gleichzeitig mit den kühnsten Phantasien über seine bevorstehende Position, dass man sich auf so hoher Ebene persönlich um ihn kümmerte. Carsten Borcherts streckte beide Hände aus und ging auf Ziemssen zu, der in diesem Moment eine Kehrtwende vollzog und sein Gegenüber erst um eine Sekunde verzögert wahrnahm. »Herr Ziemssen, schön, dass Sie gekommen sind.«

»Natürlich«, sagte Ziemssen und er lächelte professionell, während er seine Aktentasche in die andere Hand nahm und Borcherts die Rechte reichte. »Natürlich bin ich gekommen. Ich freue mich auch.« Die Eingangshalle war durch ein System von Spiegeln mit Lichtreflexen erleuchtet. Ein Rechner steuerte einen zylindrischen Hohlspiegel auf dem Dach, der das Sonnenlicht in das Gebäude speiste. In den Ecken der Halle standen Holzplastiken vom gleichen Künstler, der auch das Direktionsstockwerk gestaltet hatte. Das Zentrum des atriumartigen Platzes, in dessen Mitte Ziemssen gewartet hatte, war mit einem römisch anmutenden Mosaik belegt. »Haben Sie neue Ergebnisse?« Ziemssens Blick schweifte einen Moment zu Borcherts' Händen.

Carsten Borcherts zögerte einen Moment. »Natürlich.« Er lachte. Einen Moment lang schwindelte ihn, er glaubte, kurz vor einem Schweißausbruch zu stehen. Dann fing er sich. Die Dokumente lagen in einer Mappe vor dem Rechner auf dem Schreibtisch im Stationszimmer. Wie konnte er sie liegen gelassen haben? Diese idiotische Wiederbelebung in der Notaufnahme. Wäre er allein gewesen, so hätte er aufgestampft und einen Fluch ausgerufen. »Sie werden sie lieben, die neuen Ergebnisse. Kommen Sie.« Borcherts wandte sich halb um und deutete den Gang hinunter.

Ziemssen folgte ihm.

Die Papiere lagen keine zehn Minuten dort, niemand würde sie weggenommen haben. Niemand würde Zeit und Interesse haben, hineinzusehen. Borcherts zwang sich, ruhig zu atmen und seine Schritte zu mäßigen. Selbst wenn jemand hineinsah, sagte er sich, man würde nichts Auffälliges erkennen. Die Erhebungsbögen waren wasserdicht. Alles war perfekt. Selbst die Streuung der biologischen Daten, der Ausreißer hin und wieder – Carsten Borcherts hatte an alles gedacht. Wenn die Daten nur niemand sah, der zufällig den einen oder anderen Patienten kannte. Denn wirkliche Patienten mussten die Grundlage sein, um die Ergebnisse glaubwürdig zu machen.

»Wir brauchen objektive Daten.« Ziemssen räusperte sich. »Hier geht es nicht um Liebe, hier geht es um Fakten.«

»Natürlich.« Carsten Borcherts ahmte den Tonfall Ziemssens während der Begrüßung nach. »Natürlich sehe ich das genauso.« Er zeigte nach rechts in Richtung Querflur, wo der Eingang zur Intensivstation lag. »Aber sie werden sehen, die Datenqualität ist hervorragend.«

»Die Studie ist doppelblind.« Ziemssen schien dieses bekannte Faktum zu beschwören.

»Natürlich«, sagte Borcherts und fand, dass er schon fast wie ein Innovationsmanager in der Pharmaindustrie klang. Er lachte kurz. »Eben darum sind die Daten zum

Verlieben.« Die Milchzuckertabletten waren leicht von denen mit Wirkstoff zu unterscheiden gewesen. Die letzten zwölf Stunden hatten harte Arbeit gebracht, aber jetzt war Borcherts fast zufrieden. Nur noch einen weiteren Tag hatte er gebraucht, um perfekte Daten zu produzieren. Unangreifbare, über jeden Zweifel erhabene Daten. Die letzten zwölf Stunden hatte er damit zugebracht, hatte die meisten Patienten, denen der *Krieger* eine schlechte Prognose bescheinigte, der Kontrollgruppe zugeschlagen und die anderen dem Medikament. Den Rest würde die Natur erledigen. Die Patienten, die Placebo genommen hatten, würden kürzer leben, in Zukunft kränker sein. Gerade so, wie *Appresis* es sich wünschte.Borcherts hielt die Tür für Ziemssen auf und ließ ihm den Vortritt. Den Tag, an dem er die Daten übergeben würde, hatte er sich anders vorgestellt, dachte Borcherts. Alles war so alltäglich. Eigentlich müsste irgendwo ein Trommelwirbel erschallen. Borcherts lächelte. Er deutete mit der Linken in Richtung Stationszimmer und überholte Ziemssen, um voranzugehen. Hierher hatte er ihn noch nie mitgenommen. Wenigstens das war ein Symbol für die Einzigartigkeit der Gelegenheit. Borcherts dachte einen Augenblick nach, wo man solche Anzüge, wie Ziemssen sie trug, kaufen konnte.

»Schauen Sie, ich habe die Daten hier. Alles sauber dokumentiert.« Borcherts bog ins Stationszimmer ein und redete über die Schulter mit dem folgenden Ziemssen. »Ihre Statistikabteilung wird sich …« Borcherts blieb stehen, Ziemssen stieß von hinten gegen ihn. »Entschuldigung«, murmelte Borcherts abwesend. Sein Blick flackerte nur einen Moment zur Seite – weg von der Stelle, wo die dicken Mappen mit den gesammelten Erhebungsbögen, den Auswertungen, den Listen, den Protokollen und seitenlangen Computerausdrucken gelegen hatte. Er zeigte auf die Stelle vor der Rechnertastatur. »Hab sie gleich«, sagte er tonlos. »Sie müssen hier irgendwo …« Er drehte sich zweimal um sich selbst, überflog mit Blicken alle

Ablagen, Regale, Schreibtische. Die Putzfrau, fuhr es ihm durch den Kopf. Die Putzfrau musste den Schreibtisch abgeräumt, die Mappen in eine Schublade geworfen haben. Er zog eine auf, warf sie zu, weil er selbst nicht an seine Erklärung glaubte. »Peter« rief er und seine Augen trafen den misstrauischen Blick Ziemssens. »Peter«, sagte er und senkte die Stimme, gab sich Mühe, entspannt zu klingen und ärgerte sich, weil es nicht gelang. »Da muss jemand die Ordner weggenommen haben.« Er lächelte eine Entschuldigung und deutete auf den nächsten Bürostuhl. »Setzen Sie sich doch. Einen Kaffee?«

Ziemssen blieb stehen. »Sie lassen die gesammelten Daten hier offen herumliegen?«

»Alles sehr gut gesichert.« Borcherts' Gedanken flogen. »Eine Intensivstation.« Er bemerkte, dass seine Worte hervorpolterten und bemühte sich, zu bremsen. »Hier kommt nicht einfach jeder rein. Nur wir … Ärzte, Schwestern. Sie verstehen.«

»An der Tür hat mich niemand kontrolliert.« Ziemssen klemmte die Aktenmappe unter den Arm. Er räusperte sich. »Also, haben Sie die Daten?«

»Selbstverständlich. Ich …«

»Carsten, die Schwester hat die Sachen hier zur Seite geräumt. Das sind deine, nicht?«

Carsten Borcherts fuhr herum.

Peter Hayen stand in der Tür und trug die vermissten Ordner und Mappen in beiden Armen.

Borcherts hatte seinen Schatz in einer Sekunde wieder an sich gebracht, bevor ein weiteres Wort gewechselt wurde. »Wo waren die Daten? Hast du …« Er ließ die Frage unausgesprochen. Konnte Hayen in der kurzen Zeit hineingesehen haben? Konnte er begriffen haben? Nur langsam beruhigte sich Borcherts' rasender Herzschlag. Er wandte sich zu Ziemssen um. »Sehen Sie, alles in Ordnung. Lagen nur im Weg herum. Ich musste zu einem Notfall, kurz bevor Sie mich angefunkt haben. Musste sie liegen lassen. Alles in Ordnung.« Borcherts schalt sich innerlich für seine Hektik beim Sprechen.

Ziemssen nickte. »Gut. Ich nehme die Unterlagen mit, wenn Sie einverstanden sind. Unsere Statistiker werden die Daten prüfen. Meine Sekretärin wird sich bei Ihnen melden. Wir werden einige Besprechungen brauchen, um die Daten zu finalisieren.«

»Selbstverständlich. Finalisieren.« Borcherts trat zur Seite, um Ziemssen hinauszulassen. Komisches Wort, dachte er.

»Vielleicht sprechen wir uns ja dann auch bald in einer anderen Sache.« Ziemssen zog ein Mobiltelefon aus einer Innentasche seines Jackets. »Kann ich hier …?« Er deutete auf den Apparat in seiner Hand.

Borcherts nickte. Nach einigen Tastenanschlägen und wenigen Sekunden Wartezeit sprach Ziemssen leise und rasch in sein Telefon. »Die Unterlagen sind hier. Anästhesiologische Intensivstation. Im Erdgeschoss. Klingeln Sie.« Scheinbar ohne eine Antwort abzuwarten, klappte Ziemssen den Apparat zusammen und nahm seine Aktentasche unter den Arm. »Mein Fahrer holt die Unterlagen. Auf Wiedersehen, Doktor Borcherts.«

»Auf Wiedersehen.« Die andere Sache, dachte er, konnte nur ein Bewerbungsgespräch sein. Wie führte man Bewerbungsgespräche auf dieser Ebene? Machte man überhaupt welche? Waren das die letzten Wochen in diesem Laden? Borcherts unterdrückte seine Erregung. »Ihr Fahrer holt die Sachen. Sehr gut. Ich lasse die Unterlagen nicht aus den Augen. Auf Wiedersehen, Herr Ziemssen.«

Ziemssen nickte und ging.

»Ich wusste gar nicht, dass du diese Studie machst.« Peter Hayen ließ sich in den Bürostuhl fallen und sah zu Borcherts empor.

»Welche Studie?«, sagte Borcherts. Die Antwort missfiel ihm in dem Moment, als er sie aussprach.

Hayen winkte ab. »Kriegst du Geld dafür?« Hayen rieb sich das Kinn. »Sag mal, wie hast du in den letzten

Monaten diese Daten zusammenbekommen? Alles Patienten von der Station hier. Warum habe ich das nicht mitbekommen?« Er lehnte sich zurück und verschränkte die Arme vor der Brust. Hayens Gesicht war blass, seine Augen von beinahe schwarzen Ringen umrandet.

Borcherts sah auf die Uhr. Zweiunddreißig Stunden im Haus, der Wahnsinnige, dachte er.

Er zog sich einen weiteren Stuhl heran, setzte sich und nahm die Computermaus. Er öffnete das Abrechnungsprogramm, ohne etwas daran arbeiten zu wollen. »Das Geld ersetzt kaum den Aufwand.« Er bekam keinen Cent. Noch nicht. Seine Gedanken überschlugen sich, während er ziellos mit der Maus auf dem Tisch herumfuhr. Woher wusste Hayen über die Patienten Bescheid? Hatte er in den wenigen Minuten, in denen er die Akten hatte, so viel lesen können?

»Ich glaube, ich habe eine Antwort verdient«, sagte Hayen.

Borcherts tat beschäftigt. »Wie?« Wie konnte er den Burschen abwimmeln?, dachte er. Und was, zum Teufel, wusste der?

»Wie du diese Daten erhoben hast, ohne dass ich es gemerkt habe.« Er gähnte und wartete. »Und außerdem hat sich Ekhoff auch brennend dafür interessiert. Kannst mir dankbar sein, ich habe verhindert, dass er den Packen mitgenommen hat.«

Borcherts fuhr herum. »Ekhoff? Mitgenommen? Wann? Wie?«

»Aha. Doch interessiert?« Hayen ließ die Arme auf die Lehnen sinken.

»Was hat Ekhoff mit den Unterlagen gemacht?« Borcherts drehte sich und fasste die Arme seines Gegenübers. »Sag schon, was hat Ekhoff gemacht? Sag!« Er zog Hayen an den Armen zu sich.

Hayen schob sich zurück und befreite sich aus Borcherts' Griff. »Gelesen hat er. Nichts weiter.«

»Was? Was hat er gelesen?« Borcherts folgte Peter Hayen einen halben Meter.

»Was soll das? Die Akten. Er hat geblättert, nichts weiter.«

Von Ekhoff war nichts Gutes zu erwarten. Was hat obenauf gelegen?, dachte Borcherts. Was konnte man in ein paar Minuten erfassen? Dass es die Auswertung einer Medikamentenstudie war, gab sich Borcherts zu. Er hatte den Stapel sorgfältig geordnet. Das Deckblatt der obersten Akte gab eine Zusammenfassung. Das würde Ekhoff genügen. Er würde Ricklefs angehen, Studien waren der Direktion und dem Justitiar zu melden. Patientenversicherung, rechtliche Bewertung, alles Dinge, die er weggelassen hatte. Ricklefs wusste auch nicht Bescheid. »Verflucht.« Vor *Appresis* waren die Daten wasserdicht und bewiesen die Überlegenheit des neuen Wirkstoffes. Mit Zugriff auf die Datenbanken des Krankenhauses konnte man in ein paar Stunden nachweisen, dass das Meiste erfunden war. Gut erfunden. Aber erfunden. Borcherts trommelte einen Rhythmus auf die Computermaus und zwang sich zur Ruhe. Die Daten würden in fünf Minuten weg sein. In Sicherheit bei *Appresis*. Es gab keine Kopien. Die Dateien waren in Borcherts' privatem Computer verschlüsselt gespeichert. Also war nur dafür zu sorgen, dass Ekhoff nicht mit *Appresis* sprach. Genau das würde der Mistkerl wollen. Borcherts ballte die Faust. Natürlich. Der Mann hatte Gespür für die Schwächen seiner Gegner. Und jedermann schien Gegner dieses Menschen zu sein.

»Was ist los?« Hayen schien nicht nachgeben zu wollen.

Borcherts musste ihn mit einer Banalität füttern. Er sah seinen Kollegen an. Oder besser noch, ihn zum Komplizen machen, dachte Borcherts. »Hör zu, dieser Ekhoff, du weißt schon. Jede Studie muss doch durch sein Büro gehen. Rechtliche Risiken bewerten, et cetera.« Borcherts wartete auf ein Nicken. Hayen war so herrlich naiv, sagte er sich, es war fast schon ein unfaires Spiel. Egal. »Aber der Kerl mag mich nicht besonders.«

»Mich wohl auch nicht«, sagte Hayen.

Bingo, dachte Borcherts. Da hatte er ihn schon am Haken.

»Jedenfalls wäre die Studie bei ihm durchgefallen, allein schon, weil ich sie leite.«

»Was sagt Ricklefs dazu?«

Mistkerl, dachte Borcherts. »Der ist einverstanden«, log er. »Hat sich aber nicht drum gekümmert. Du weißt ja, wie er ist. Wahrscheinlich hat er die ganze Sache schon wieder vergessen.« Man musste verhindern, dass Hayen den Chef darauf ansprach. »Ist auch besser so. Manchmal kann er ja ziemlich umständlich sein. Immerhin habe ich die Sache in sechs Monaten durchgezogen. Mit Ekhoff und Ricklefs im Schlepptau hätten wir noch nicht mal angefangen.«

»Also Ekhoff weiß nichts?«

»Es ist die Frage, was er jetzt weiß«, sagte Borcherts und stützte das Kinn auf beide Handflächen. »Vielleicht kannst du ja mal bei Ekhoff nachforschen, was er so weiß?«

Hayen winkte ab. »Ich glaube, der will mich rausekeln. Ich bin erst beruhigt, wenn mindestens zwei Kilometer Abstand zwischen dem Typen und mir sind.«

Borcherts nickte. »Gut. Aber behalte die Sache für dich. Es gibt einen Haufen Neider hier.« Borcherts beobachtete Hayen genau und bemühte sich, es ihn nicht merken zu lassen. Hatte er den neuen Kollegen auf seine Seite gezogen?

Hayen rieb sich mit beiden Händen über die Kopfhaut, die Augen, das Gesicht und wiederholte die Bewegung in anderer Richtung. »Aber du musst mir schon erklären, wie du über zwei Wochen Laborwerte von der Sieverts gesammelt hast, wenn die erst drei Tage hier auf Station liegt.«

Borcherts prallte zurück. Wie konnte dieser Mensch in den wenigen Minuten … ? Er schloss einen Moment die Augen. Hätte er nur die Akten nicht liegen gelassen.

»Warum bist du eigentlich so schnell von dem Notfall zurück gewesen?«

Borcherts spürte seinen Herzschlag in den Schläfen. Nur nichts anmerken lassen, befahl er sich. »Die war doch schon tot, als sie gekommen ist. Weiller wollte nur keinen Totenschein ausstellen.«

»Und du hast es ihm abgenommen? Ich hätte gerne eine Erklärung, wenn ich denn diese Studiensache für mich behalten soll«, sagte Hayen.

War das eine Erpressung?, dachte Borcherts. Was wollte Hayen? Glaubte er, hier wurde viel Geld verdient und er wollte seinen Teil haben? »Was ist los? Sieverts' Daten habe ich vom Hausarzt, von der Station, wo sie vorher lag. Es ist alles in Ordnung, kapiert?«

Hayen beugte sich vor und reichte mit der Rechten nach der Computermaus, während er sich mit der Linken noch das Gesicht rieb. »Die wären doch in den Datenbanken. Muss ich dir das sagen?« Einige Eingaben mit der Maus und der Tastatur riefen die Daten von Gerda Sieverts auf den Bildschirm. Die ältesten waren drei Tage alt. »Also?«

»Also was?«

Hayen hatte ins Schwarze getroffen. Aber Borcherts hatte nicht vor, sich den neuen Job wegnehmen zu lassen.

»Erkläre es mir.« Hayen breitete die Arme aus. »Kann doch nicht so schwer sein.«

»Da gibt es nichts zu erklären.« Borcherts schätzte den notwendigen Grad von Ärger ab, damit er glaubwürdig blieb. »Du schaust da Daten an, die dich nichts angehen …«

»Die ich vor Ekhoff gerettet habe«, unterbrach Hayen.

»Die dich nichts angehen«, beharrte Borcherts, »und ziehst Folgerungen, als ob es der Weisen letzter Ratschluss ist.« Er ließ eine Faust auf den Tisch fallen. »Wie viele Sieverts gibt es wohl? Und warum sollen nicht auch mal Daten in den Datenbanken fehlen, die es aber auf Papier gibt?«

»Es gab fünf Sieverts im letzten Jahr und nur eine mit Vornamen Gerda.«

»Du hast nichts Besseres zu tun, als meine Sachen zu durchsuchen und sofort in den Datenbanken deine zweifelhaften Recherchen anzustellen?«

»Nicht so zweifelhaft, oder?« Hayen gähnte und stand auf. Er ging um Borcherts herum, der ihn mit den Augen verfolgte, und gab der Tür einen Stoß. Als sie ins Schloss fiel, saß er bereits wieder. »Also die Daten sind ...« Er schnalzte mit der Zunge. »... ein wenig optimiert. Na gut.« Er hob die Schultern. »Was springt da für dich raus?«

Also Geld, dachte Borcherts und glaubte, wieder Herr der Lage werden zu können. Er überschlug seine Kontostände und dachte an die kommenden Gehälter. »Dreieinhalb«, sagte er dann. Er würde dem Jungen die Hälfte bieten. Ein Trinkgeld, aber er würde es sich abringen lassen, damit der Kleine sich obenauf fühlte.

»Ziemlich billig.«

Borcherts schluckte die Beleidigung. »Die Studie ist sauber. Na gut, mir hat ein Quäntchen gefehlt, das habe ich nachgereicht. Es gibt schließlich Termine.« Er rieb sich auf den Hosenbeinen den Schweiß von den Handflächen. »Aber die Studie ist hieb- und stichfest.«

»Ach ja?« Hayen stand auf und ging zur Tür. »Wir sehen uns. Ich muss noch ein bisschen arbeiten.«

Borcherts blieb sitzen und sah ihm nach. Also wollte Hayen ihn braten lassen, dachte er. Gut, das konnte er verkraften. Sollte sich der Junge doch in einer kleinen Erpressung versuchen. Das machte ihn nur selbst erpressbar. Und solange sie dieses kleine Schaukämpfchen fochten, würde er nichts weiteres unternehmen. Aber letztlich musste er ihm Geld geben. Am besten viel Geld. Hayen musste schließlich dauerhaft zum Schweigen gebracht werden. Borcherts stand auf und ging im Stationszimmer auf und ab. Er würde bei seiner Behauptung, dreitausendfünfhundert Euro verdient zu haben, bleiben müssen.

Sie würden handeln. Handeln, bis der Kleine vielleicht sogar den Löwenanteil bekam. Je mehr, desto schuldiger musste sich Hayen fühlen. »Gut«, sagte Borcherts, rieb sich die Hände und ging auf den Stationsflur. Er wollte Peter Hayen wenigstens für die nächsten Stunden aus dem Weg gehen. Es kam ihm der Gedanke, Ricklefs' Chefsekretärin einen Besuch abzustatten. Man konnte sicher sein, sie nicht ohne Kaffee, Kekse und die neuesten Gerüchte wieder zu verlassen. Er lächelte über diese Aussicht. Sollte sich doch Hayen hier abarbeiten, Borcherts fand, dass er selbst sich beizeiten an das organisierende Arbeiten eines Managers gewöhnen sollte.

***

Carsten Borcherts ging besonders gemäßigten Schrittes den Stationsflur entlang und zur Tür hinaus. Er fragte sich, ob man mit einem Anzug der Sorte, wie Ziemssen sie trug, und einem solchermaßen gestärkten Hemd, sowie einer dermaßen elegant-unauffälligen Krawatte automatisch in den gemessenen Gang des Innovationsmanagers verfiel. Er bog in den Hauptflur ab, nahm den nächsten Abzweig nach rechts und steuerte die Aufzüge an. Ob er demnächst ebenfalls sein Mobiltelefon zücken und seinen Fahrer etwas für ihn abholen lassen würde? Welches Fabrikat stand einem *Appresis*-Manager als Dienstwagen zu? Borcherts wartete nur einige Sekunden auf den Aufzug, entschied sich aus Übermut für die Treppe und erklomm die ersten Treppen in steif-distinguierten Schritten. Im dritten Stock lächelte er über sich selbst, nahm einige Stufen doppelt und begann eine Melodie zu pfeifen, bis ihm der Hall des leeren Treppenhauses auf die Nerven ging.

Im siebten Stock legte er eine Pause ein, um Ricklefs' Sekretärin nicht atemlos gegenüberzutreten. Er blieb vor einem vergitterten Fenster stehen, in dessen Höhlung keine Zigarettenreste lagen wie in tieferen Stockwerken.

Nach einigen kontrollierten Atemzügen wollte er eben

das letzte Stockwerk meistern, als ihn das Geräusch der Tür ein Stockwerk über ihm aufschreckte. Borcherts ging die ersten Stufen und wappnete sich für eine Begegnung mit einem der Chefs.

»Herr Borcherts, welch ein Zufall.«

Borcherts hörte die Stimme, bevor er Ekhoff selbst sah. Er nötigte sich zu einem Lächeln, sah den Anwalt an und ging weiter. Unvorbereitet wollte er dem Justitiar nicht begegnen. Das war erfahrungsgemäß zum Scheitern verurteilt. Zu viel stand auf dem Spiel. »Moin, Herr Ekhoff.« Borcherts hob die Hand und ging an dem Mann, der auf dem Treppenabsatz stehen geblieben war, vorbei nach oben.

»Herr Borcherts?« Eckhoffs Stimme blieb freundlich, aber Borcherts spürte eine Feindseligkeit, die ihn beinahe zwang, auf der Stelle stehen zu bleiben und den Hals zu zeigen, um Beißhemmung auszulösen. Ohne es zu wollen, zog er die Schultern hoch und ging zwei weitere Stufen. Er wollte die Hoffnung nicht aufgeben.

»*Herr Borcherts*.« Die beiden Worte wurden ausgesprochen wie eine Drohung. Borcherts hob das Bein langsam für den nächsten Schritt und ließ den Fuß einen Augenblick auf der nächsten Stufe ruhen. Dann stieß er sich kräftig ab und erreichte den Absatz vor der Tür im achten Stock.

»Herr Borcherts.« Jetzt klang Ekhoffs Stimme nachgiebig. Man hätte sogar etwas Zärtlichkeit darin finden können, wenn man nicht den Urheber gekannt hätte. Carsten Borcherts legte die Hand auf die Klinke der blau lackierten Tür und wollte sie nach unten drücken.

»Herr Borcherts.« In diesen Worten lag Ekhoffs Triumph. Carsten Borcherts blieb stehen und drehte sich zu dem Mann um, der unbeweglich auf dem Treppenabsatz zwei Meter unter ihm stand und die Hände auf dem Rücken zusammengelegt hatte. Der Klemmbrettkasten aus Aluminium stak horizontal unter seinem linken Arm hervor.

»Herr Ekhoff?«

Ekhoff wippte von den Fußballen auf die Fersen und zurück und sah einen Moment auf den Boden, wie um sich zu sammeln. Dann richtete er sich auf und blickte Carsten Borcherts an. Borcherts hatte mit den Jahren den Respekt vor allen Autoritäten dieses Krankenhauses verloren. Vor allen – außer vor diesem Mann. Und hier war es nicht der Respekt vor der Funktion des Justitiars oder der Respekt vor einem Mitglied der Junta eines Krankenhauses. Es waren der Respekt und die Furcht vor der Herrschaft dieses Mannes. Hier hatte der unruhige Geist Dschingis Khans eine würdige neue Heimstatt gefunden.

»Da gab es einen unschönen kleinen Zwischenfall auf der Intensivstation«, fuhr Ekhoff fort und ließ den Satz wirken.

Borcherts sah keinen Ausweg mehr. Er musste sich dem Kampf stellen. Seine Gedanken überstürzten sich. Was konnte Ekhoff beruhigen? Hatte es Sinn, zu behaupten, die Studie sei bei Ekhoffs Büro angemeldet, er habe es nur vergessen? Bleeker oder Ricklefs könnten sie genehmigt, eine Prüfung durch Ekhoff für unnötig befunden haben. Mögliche Satzanfänge gestammelter Antworten wirbelten durch Borcherts' Kopf. Er blieb klar genug, sich vorzunehmen, so wenig wie möglich zu sagen.

Er fälschte ein Lächeln. »Einen Zwischenfall?«

»Ihre kleine Untersuchung, die Sie vor mir verborgen haben.« Ekhoffs Gesicht wurde hart. »Aus welchem Grund?«

Borcherts hielt das Lächeln aufrecht und schüttelte den Kopf. »Verborgen? Nein. Nicht doch. Ich habe nichts verborgen.«

Ekhoff Blick wich nicht den Bruchteil einer Sekunde von Borcherts ab. »Keine Mätzchen. Borcherts. Ich will das klären. Was verdienen Sie an dieser Studie?«

»Nichts.« Er winkte ab. »Die Steuer lässt mir doch nichts. Es geht um die Wissenschaft. Ich will publizieren, Wissenschaft machen. Forschen.«

Ekhoff winkte mit einer minimalen Bewegung des Kopfes ab. »Egal. Nehmen Sie den Betrag, den Sie einstreichen und verhundertfachen Sie ihn.«

»Nein. Nichts.« Borcherts ging zwei Stufen auf Ekhoff zu.

»Verhundertfachen Sie ihn. Das ist nicht genug, um das Risiko abzudecken, dem Sie die Klinik ausgesetzt haben. Verstanden?«

Borcherts nahm zwei weitere Stufen. »Da gibt es kein Risiko.«

Ekhoff schleuderte das Argument mit einem Schlagen seiner Wimpern in die Ecke. »Dafür werde ich Sie haftbar machen.«

»Welches Risiko denn?« Borcherts stand vor Ekhoff, der einen halben Kopf kleiner als er war und ihn dennoch von weit oben herab betrachtete.

»Und *Appresis* wird diese Daten nicht verwerten.«

»Herr Ekhoff, es ist alles mit rechten Dingen ...«

»Ein Kinderspiel, Herr Borcherts.« Ein Anflug eines Lächelns verfing sich in Ekhoffs Augenwinkeln. »Wenn mein Brief dort eintrifft, werden die Sie fallen lassen wie einen stinkenden Käfer. Nichts einfacher, als eine Unterlassungserklärung zu erwirken. Mit diesen Daten wird nichts ...« Ekhoff biss für einen Moment die Zähne aufeinander und zog die Lippen zurück. »Nichts, nichts gemacht. Keine Studie, keine Publikation, keine Auszahlung an Sie. So einfach ist das.«

»Aber es ist Wissenschaft. Die Daten.« Borcherts schwindelte. »Ihr Brief.« Er stammelte.

»Sie werden nicht hinter meinem Rücken ihre kindischen Spielchen betreiben.« Ekhoffs Stimme war im Satz, von einem Wort zum nächsten schneidend geworden. »Sie wissen ...« Ekhoff räusperte sich, »... dass man Sie dafür kündigen kann.« Er höhnte. »Fristlos.« Ekhoff schnalzte und schmatzte einmal leise. »Ganz nach meinem Belieben.«

Es geschah, ohne das Borcherts es verhindern konnte. Beinahe hilflos sah er seinen Armen zu, die nach vorne schnellten, Ekhoff am Kragen seines grau melierten Jacketts packten und schüttelten. »Das wirst du nicht tun«, polterte es aus ihm heraus.

Ekhoffs Blick wurde nur für eine Sekunde unsicher. »Sehr gut, Herr Borcherts, sehr gut. Das macht es ja noch einfacher.« Er räusperte sich, als ob er eine Tischrede beginnen wollte. »Nun können Sie mich aber wieder loslassen, nicht?«

Carsten Borcherts hielt Ekhoff mit beinahe ausgestreckten Armen am Kragen. Der Justitiar hatte nicht einmal die Hände vom Rücken genommen. Sein Klemmbrettkasten hatte die Position nicht verändert. Ekhoff hing regungslos um zehn Grad schräg nach hinten geneigt an Borcherts' Armen und hatte sein Lächeln wiedergefunden. »Ganz nach meinem Belieben, sagte ich, nicht wahr?«

Borcherts gab Ekhoff einen letzten Stoß nach hinten, ließ los und blickte auf den Boden. Zu Ende, dachte er. Das war der Traum. »Und was werden Sie jetzt ...« Er hielt im Satz inne und hob seinen Blick an Ekhoffs Hosenbeinen entlang nach oben. Etwas stimmte nicht. Der Klemmbrettkasten polterte zu Boden, eine Hand von Ekhoff ruderte durch Borcherts' Blickfeld, der Winkel, in dem Ekhoff stand, vergrößerte sich, in Zeitlupe kippte er nach hinten.

Borcherts hob die Hand, streckte den Arm nach Ekhoff aus, griff ins Leere. Wollte er ihn erreichen? Er blieb stehen und sah dem Justitiar der Klinik zu, wie er mit aufgerissenen Augenlidern, offen stehendem Mund und rudernden Armen rückwärts kippte. Ekhoffs Knie knickten ein, die Füße suchten Halt, rutschten an der Kante der ersten Treppenstufe ab und ein Absatz knallte auf die Bodenfliesen. Der Sturz beschleunigte sich, schon lag der Mann horizontal in der Luft, ein Schuh löste sich von strampelnden Füßen, flog in Borcherts' Richtung.

Das Geräusch war ekelhaft. Borcherts hatte die Augen

an den Stürzenden genietet, er spürte Ekhoffs Schuh gegen seine Schulter prallen und verharrte.

Es war ein dumpfer, schleifender Ton, als der Körper in seiner ganzen Länge gleichzeitig auf die Stufen prallte. Borcherts sah in die riesigen Augen Ekhoffs, der sein Kinn auf die Brust gezogen hatte und dessen Hände an den ausgestreckten Armen sinnlos greifend verkrampft waren. Der Schwung des Sturzes riss Ekhoffs Kopf nach hinten. Sein Schädel verursachte den Laut einer Kokosnuss, die von einer tropischen Palme auf einen idyllischen, scharfkantigen Felsen in sommerwarmem, sauberem Sand knallt.

Erschlafft und mit halb geöffneten Lidern über ausdruckslosen Pupillen, die in zwei verschiedene Richtungen blickten, rutschte Ekhoff die verbleibenden Stufen der Treppe nach unten. Sein Kopf und die Schultern bremsten die Bewegung, der Körper knickte in der Hüfte ein und die Beine schoben sich gegen die Betonbrüstung, während der Oberkörper in entgegengesetztem Winkel den Treppenabsatz erreichte. Ein Arm lag verrenkt unter dem Leib, der andere wie friedlich entspannt auf der Brust des Unfallopfers.

Unfall, schoss es Borcherts durch den Kopf, als er nach unten sprang. Ein Unfall, Amnesie, Gedächtnislücke. Schnell, er musste schnell machen. Er richtete sich auf, sah um sich. Kein Telefon im Treppenhaus. Schnell mit *Appresis* ins Reine kommen, dachte er, schnell. Ekhoff störte nicht mehr.

Er rieb sich über Gesicht und Augen. Was war zu tun? Automatisch schob er die Hand in die Kitteltasche, fand einen Schokoriegel, zog ihn heraus und biss hinein, während er den Anwalt ansah. Die Papierhülle zerriss und verklebte auf seiner Zunge mit der Schokolade.

»Scheiße«, sagte Borcherts mit vollem Mund, ging in die Knie und streckte die Hand mit dem Riegel nach dem regungslosen Menschen neben ihm aus. Er kaute auf Papier und Karamellcreme. Einige Zentimeter vor Ekhoffs

Kopf zog er die Hand wieder zurück. Er verzichtete darauf, Ekhoff anzusprechen. Der würde nicht antworten. Was tun? Die Frage kreiste durch sein Bewusstsein und erreichte kein Zentrum, das zu einer Entscheidung fähig war. Was war zu tun? *Appresis*. Der Begriff tauchte auf und vermischte sich mit dem Bild des Leblosen zu einer eigenartigen Mischung aus Schrecken, Freude und Furcht. Schokolade, Karamellcreme und Zuckerschaum vermischten sich mit dem Einwickelpapier zu einer eigenartig süßen Mischung in Borcherts' Mund.

Ein Röcheln ließ ihn aufsehen. Der Mann atmete. Schwer zog er die Luft an einer Zunge vorbei, die ihm in den Rachen gerutscht war, nachdem die Muskelspannung mit seinem Bewusstsein erloschen war.

»Lebst also noch«, sagte Borcherts und kniete sich auf eine Stufe in Reichweite des Körpers. Er drückte einen Zeigefinger auf den Hals, wo er die Halsschlagader vermutete. Hundert, schätzte er, ohne aus der Information Schlüsse zu ziehen. »Na gut.« Er stand auf. Außerhalb des Treppenhauses, angeschraubt an die Wände neben den Metalltüren, fanden sich in jedem Stockwerk Haustelefone. Die Zehn wählen, auf die Meldung der Telefonzentrale warten, den Anweisungen auf dem Aufkleber auf jedem Telefon im Haus folgen. Angabe des Standortes, des Sachverhaltes, des Namens. Ruhe bewahren. Feuer löschen wo möglich. Andere warnen. Hilflose retten. Tausendmal gesehen. Hundertmal gelehrt. Noch nie gebraucht. Mit einem Ruck löste er sich von Ekhoffs Anblick, ging hinaus und blieb vor dem Telefon stehen, bis die Tür mit einem scheppernden Knall ins Schloss fiel.

Fünf Minuten später waren zwei Schwestern und ein Arzt mit Notfallkoffer bei Borcherts und Ekhoff. Routine zuerst für das Rettungspersonal. Ein kurzer Schrecken, als man erkannte, wer da im Treppenhaus so eigenartig verkrümmt, im Fünfundvierzig-Grad-Winkel nach unten geneigt, lag und darauf wartete, gerettet zu werden. Dann die üblichen Abläufe. Borcherts ging ein weiteres Mal zum Telefon, er empfand schon keine Schuld mehr, als er Hayen ankündigte, dass man für Ekhoff einen Platz auf der Intensivstation benötigte. Wohl gestolpert, vermutete Borcherts zu Hayen und sah den Medizinarbeitern zu, wie sie im Treppenhaus Ekhoffs Körper auf eine Trage schoben. Der Hals war mit einer Halskrause angetan, in beiden Unterarmen staken Infusionsnadeln. Eine Schwester maß den Blutdruck, während der Arzt die Intubation der Luftröhre vorbereitete. Er prüfte das Licht des Laryngoskops, füllte zur Probe den Luftballon am Ende des Beatmungsschlauches und gab der zweiten Schwester nebenbei Anweisungen wegen der Medikamente, die er gleich anzuordnen vorhatte. Borcherts legte auf, während Peter Hayen am anderen Ende noch Fragen stellte.

»Wir haben ein Bett für ihn.« Borcherts schürzte die Lippen. »Offenes Schädelhirntrauma. Wir fahren ihn am besten erstmal durch die CT. Ich mache einen Termin.« Der Arzt antwortete mit einem stummen Blick und einem Nicken.

Borcherts ertappte sich bei der Frage, wie das wohl passiert war. War der bemitleidenswerte Doktor Ekhoff auf der Treppe ausgerutscht? Hatte sich im Fall gedreht und war mit dem Hinterkopf zuerst aufgeschlagen? Borcherts hob den Telefonhörer, wählte und erreichte mit der Nennung des Opfernamens das Anhalten des Routinebetriebs, bis Ekhoff durch die Röhre geschoben worden war. Die Fragen nach Versicherung, Patientennummer und Geburtsdatum sparte man sich. Auch das übliche Stöhnen, dass das jetzt eigentlich völlig unmöglich war und wie viele gleichzeitig einen Termin wollten, unterblieb. Angestellter des Krankenhauses, zumal leitender Angestellter, das war besser als Privatpatient, besser als gut zahlender arabischer Scheich, sogar besser als Minister oder VIP.

***

Peter Hayen stand um neun Uhr abends im Stationszimmer und dachte darüber nach, was an diesem Tag alles liegen geblieben war. Dokumentation, Schreiben von Arztbriefen, die Laboranforderungen für morgen ... ohne annähernd zu einem Ende gekommen zu sein, hörte er auf, sich die Liste seiner Sünden zu verlängern. Die Aufnahme von Ekhoff hatte den letzten Rest Tagesorganisation zunichte gemacht. Er rieb sich über das Gesicht, sah auf die Wanduhr. »Achtunddreißig Stunden«, stöhnte er. »Ich kann nicht mehr.«

»Eine Wette?« Rodriguez' Stimme schreckte Hayen auf.

»Wie?«

»Wetten, dass Sie bis morgen früh hier nicht wegkommen?« Er zog ein Bündel seiner Wettscheine aus der Tasche und deutete mit Daumen und Zeigefinger eine bezahlende Bewegung an.

»Komm, lass mich in Ruhe.« Hayen winkte ab. »Borcherts hat Dienst, ich kann gehen.« Wo war Borcherts geblieben?, dachte Hayen. Vor einer Stunde hatte er sich auf eine Kaffeepause verabschiedet. »Wo ist Martha eigentlich?«, sagte er, ohne dass es ihn interessierte.

»Besucht eine Kollegin im vierten Stock. Gleich wieder da.« Rodriguez gähnte und verzog sich in Richtung Stationsküche.

Hayen war froh, nicht mehr am Patienten Ekhoff arbeiten zu müssen. Die Beatmungsmaschine einstellen, einen Katheter in eine herznahe Vene legen, eine Arterie für eine Druckmessung kanülieren, Blasenkatheter einführen.

Er hasste diesen Menschen. Und er war erschrocken über dieses Gefühl. Wie konnte dieser Jurist sich ein Urteil über diese Arbeit, über seine, Peter Hayens Arbeit anmaßen? Er ballte die Fäuste, zwang sich, sie wieder zu lösen und befahl sich ruhigen Atem.

Was war das?, fragte er sich. Die Erschöpfung? Er schloss die Augen und versuchte eine Analyse. Zu lange gearbeitet. Kein Erfolgserlebnis. Die ungerechte Kritik. »Ja, ja«, murmelte er und ließ sich in den Bürostuhl sinken. »Aber dieser …« Hass, schloss er den Satz still ab und erschrak von Neuem. Doktor Ekhoff war jetzt Patient, konnte nicht reden, war bewusstlos, im künstlichen Koma. Es war nicht gut, es war unprofessionell, sich diesen Gefühlen hinzugeben. Wieder ballte er die Fäuste. Diesmal, um sich von seinen Gedanken loszureißen.

Er hieb auf die Armlehnen des Stuhls, stand auf und machte sich auf einen letzten Rundgang durch die Station. Noch einmal nach dem Rechten sehen. Borcherts hatte, verdammt noch mal, Nachtdienst. Es war jetzt seine Station. Hayen wollte Ekhoffs Zimmer auf seinem Rundgang auslassen. Ein Blick auf die Uhr sagte ihm, dass er um zehn Uhr zu Hause sein konnte. Acht Stunden Schlaf, eine Dusche und morgen würde alles wieder seinen gewohnten Gang nehmen.

Er blieb in der Tür zum Patientenzimmer von Vokator und Sieverts stehen. Aus Sieverts' Brustkorb ragte durch dicke Verpflasterung ein durchsichtiger Plastikschlauch, der an der Bettseite in einem Plexiglaszylinder mit Wasserschloss endete. Mit jedem Atemzug lösten sich einige Blasen von dem Ende des Röhrchens unter der Wasseroberfläche, stiegen auf und bildeten Blasen. Das Wasser war von Blut rosa gefärbt. Hayen schüttelte den Kopf und zog sich still zurück. Vokator hinter dem Paravent hatte ihn nicht bemerkt und er hatte nicht vor, daran etwas zu ändern.

Im nächsten Zimmer lag Ekhoff. Peter Hayen blickte stur geradeaus und strebte auf die nächste Tür zu. Er hatte die Tür passiert und wollte sich entspannen, als der Alarm des Überwachungsgerätes anschlug. Er blieb stehen und senkte den Kopf. Es würde schon aufhören, dachte er und wartete. Zehn Sekunden. Der Alarm tönte. Zwanzig Sekunden. Rodriguez würde kommen und nach dem Rechten sehen. Dreißig Sekunden. Sicher nur eine Fehlmessung. Ein Schlauch abgeknickt, eine gelöste Elektrode.

Rodriguez kam nicht.

Schließlich ging Hayen in das hell erleuchtete Zimmer, das Ekhoff alleine zugewiesen worden war. Ricklefs hatte das angeordnet, ohne sich auf Station blicken zu lassen. Hayen stand neben Ekhoffs Bett und ließ seinen Routineblick über die Kabel und Schläuche von und zu Ekhoffs Körper gleiten. Der Alarmton war ein elektronisch erzeugtes Läuten einer verstimmten Glocke. Bis auf diesen Ton schien alles in Ordnung. Er sah zu dem Bildschirm des Überwachungsgerätes über dem Kopfende. Die Ziffern, die den Druck in Ekhoffs Schädel anzeigten, blinkten, wechselten zwischen weiß auf schwarzem Hintergrund zu rot auf gelb. Der Druck war auf das Doppelte gestiegen, seit Hayen das letzte Mal nachgesehen hatte. Mechanisch beugte er sich vor und bediente den Knopf, der das Läuten zum Verstummen brachte. Die Druckkurve wurde korrekt angezeigt, schwankte synchron mit dem Pulston, der an Stelle des Alarms getreten war, hob und senkte sich mit dem Atemrhythmus, den Hayen vor vier oder fünf Stunden am Beatmungsgerät eingestellt hatte. Er verfolgte den Verlauf des Kabels vom Gerät zum elektronischen Druckwandler. Von dort weiter über die Tropfkammer den mit Flüssigkeit gefüllten Schlauch entlang bis zu der kleinen Verschraubung, die zum Katheter in Ekhoffs Schädel führte. Der Katheter, den ein Neurochirurg durch ein gebohrtes Loch im Knochen bis in die innersten, mit Nervenwasser gefüllten Hohlräume des Hirns vorgeschoben hatte.

Hayen konnte nicht verhindern, dass seine Hand sich zu Ekhoffs Augenlidern bewegte. Er legte Daumen- und Zeigefingerkuppen darauf und öffnete sie abrupt. Weit, dachte er. Weiter, viel weiter als vor zwei Stunden. Er schloss die Lider, wartete einen Augenblick und zog sie wieder auf, wobei er den Blick rasch zwischen den sechs oder sieben Millimeter durchmessenden Pupillen hin und her wechseln ließ. »Beinahe lichtstarr«, sagte er leise und blickte über die Schulter auf den Gang.

Es war so einfach. Vielleicht war es ja das Beste für den Mann. Was geschah, wenn er nie wieder der Alte sein würde? Wollte er das? Hayen zog plötzlich die Finger zurück, als habe er sich verbrannt. Die Notfallbehandlung des erhöhten Hirndrucks ratterte wie ein Schema im Bewusstsein Hayens. Druck senken, Abfluss schaffen, alles kein großes Problem.

Peter beobachtete seine Linke, wie sie mit Hilfe zweier Knöpfe in den Tiefen der Bedienhierarchie des Geräts die Alarmfunktion für den Hirndruck ausschaltete. Die Anzeigeziffern beruhigten sich und zeigten sich weiß auf schwarz. Der Wert blieb grotesk hoch.

Peter Hayen blieb noch einige Minuten stehen. Rodriguez konnte kommen. Oder Borcherts. Sie würden das Problem bemerken, Hayen darauf ansprechen. Und Peter Hayen würde reagieren, wie ein Arzt zu reagieren hatte. Er schloss die Augen. Was würde geschehen?, fragte er sich. Zunächst sank die Herzfrequenz, dann wurde der Herzschlag unregelmäßig, schließlich war der Vorgang des Sterbens unumkehrbar. Und wenn es ohnehin nicht mehr zu verhindern war? War es dann nicht das Gnädigste, man …

Er hatte keinen Dienst, sollte seit mehr als zwölf Stunden zu Hause sein, sich erholen, bereit machen für den nächsten Tag. Er war nicht mehr verantwortlich. Er war so gut wie nicht hier. Hayen hob den Kopf, holte tief Luft und hielt seine Lungen für ein paar Sekunden gefüllt. Der leise, pulssynchrone Ton des Überwachungsgerätes verlangsamte sich.

Hayen wandte sich ab, atmete aus und ging hinaus. Er beendete seinen Rundgang sorgfältig, achtete auf das Wohlbefinden seiner Patienten und sorgte für eine ruhige Nacht. Auf dem Rückweg durch den Stationsflur hielt er den Blick geradeaus gerichtet, als er an dem einen Zimmer vorbeiging.

***

Carsten Borcherts öffnete die Stationstür und ging mit gesenktem Kopf den Gang entlang. Ein Geräusch ließ ihn aufblicken. Am anderen Ende des Flurs sah er Peter Hayen durch den entgegengesetzten Ausgang die Station verlassen. Er hob den Blick zur Uhr, die in der Mitte der Station von der Decke hing. Zehn nach neun. Warum war Hayen so lange geblieben? Borcherts kratzte sich das Kinn und ging langsam weiter. Vor der Tür zu Ekhoffs Patientenzimmer blieb er stehen. Würde der Mann sich erinnern können? Dieser Stoß auf der Treppe, war das Körperverletzung? Er hatte ihn nicht so fest gestoßen, fast nur ein kleiner Schubs. Wer konnte in so einer Situation an sich halten? »Harmlos«, sagte er und ging einen Schritt in das Zimmer. Es wäre ja nichts passiert, wenn Ekhoff sich nicht ausgerechnet auf die oberste Treppenstufe gestellt hätte. Letztlich war der Kerl selbst schuld. Borcherts trat an das Bett. Und nun sollte er, Borcherts, sich für den Fehler eines anderen verantworten. Er schüttelte den Kopf. Es war nicht fair. Dieser Mensch quälte jeden, mit dem er zu tun hatte. Sogar in seinem Zustand schien er das zu können. Borcherts lehnte sich gegen das Bettgestell und sah dem Justitiar ins Gesicht. Ein zynischer Zug schien auch jetzt noch um die Mundwinkel des Mannes zu spielen. Unmöglich, wusste Borcherts, aber dennoch …

Er beugte sich vor und studierte Ekhoffs Physiognomie. Der Schmiss in der linken Wange vom Jochbein zum Mundwinkel. War da nicht Sadismus zu sehen? Natürlich, dachte er. Wenn der Mann wieder zu Bewusstsein kam, würde er seine Drohung wahr machen. Und noch mehr würde er tun. Quälen würde er ihn. Alles würde er tun, um Borcherts von seinem Erfolg fernzuhalten. »Aber ich habe es mir verdient«, zischte Borcherts und packte die Schultern des Patienten. Er schüttelte ihn. »Das habe ich mir verdient«, presste er zwischen den Zähnen hervor. »Verdient, hörst du? Verdient.« Mit einem letzten Stoß ließ er ihn los. Außer Atem stützte er sich auf die Bettkante.

»Das machst du nicht mit mir.« Sein Blick hastete von den Füßen, die unter einem leichten Laken herausragten, zum Kopf Ekhoffs. Die Ventrikeldrainage, natürlich, dachte er. Mit einer Hand auf die Schulter des Patienten gestützt, beugte er sich vor und schloss den kleinen Plastikhahn, der den Schlauch in Ekhoffs Hirn mit Tropfkammer und Druckmessung verband. Kein Liquor cerebrospinalis, kein Nervenwasser konnte ablaufen, der Hirndruck würde steigen. Steigen, bis lebenswichtige Nervenzentren im Gehirn gequetscht würden. Zentren, die Kreislauf und Inneres Milieu regelten, die in Minuten ihre Funktion verlieren und kurz danach absterben würden.

Carsten Borcherts hob den Blick. Der Überwachungsbildschirm zeigte eine abfallende, glatte Kurve, wo eine rhythmisch schwankende Hirndrucklinie abgebildet hätte sein müssen. Langsam sank der zugehörige Zahlenwert und blieb bei null. Die Anzeige versicherte keine Gefahr, während sich im Inneren von Ekhoffs Kopf eine Orgie an Katastrophen abspielen musste. Kein Alarm ertönte.

»Den Alarm vergessen«, flüsterte Borcherts leise. Hayen hätte den Alarm einstellen müssen. War nicht Peter mit schuld? Einen solch groben Fehler sollte man ihm nicht durchgehen lassen. Borcherts drehte dem Patientenbett den Rücken zu. Vielleicht sollte man den ausgeschalteten Alarm bemerken, wenn es an der Zeit war, etwas zu spät war? Man würde Hayen zur Rede stellen. Das würde ihn ablenken. Ablenken von der Sache mit der Studie. Borcherts ging auf den Flur. Er brauchte nicht mehr viel Zeit. Ein paar Wochen, wenige Monate vielleicht, dann war der Job bei *Appresis* in trockenen Tüchern. Er nahm sich vor, Hayen zur Seite zu stehen. Ihn zu verteidigen, wenn man ihm Vorwürfe machte. Kollegialer Beistand. Er hob den Kopf, drehte sich nach links und wollte Rodriguez und Martha suchen, um ihnen am entgegengesetzten Ende der Station irgendeine Beschäftigung zuzuweisen.

***

Coord Bleeker hastete auf die Eingangstür der Intensivstation zu. Ein Blick auf seine *Omega Seamaster* gab ihm für einen Moment Halt. Viertel nach neun war ein Faktum. Kein Daran-Rütteln, keine Zweifel. Er stieß die Tür mit beiden Händen von sich und stürmte in den Flur. Ekhoff verletzt. Ein Treppensturz. Die Steiger hatte ihn um vier Uhr nachmittags aus einer Besprechung geholt und ihm berichtet. Der Rest des Tages war ein Grausen gewesen. Termin jagte unaufschiebbaren Termin. Wie krank war er? In einer Zwei-Minuten-Pause hatte er Ricklefs nicht erreichen können. »Unkündbarer Vertrag«, murmelte er, zog die Mundwinkel herab und drehte mit der Rechten seine Armbanduhr einmal im Kreis um das Handgelenk. »Feuern müsste man ihn. Heute.« Er lief den menschenleeren Flur der Station hinab und suchte den Dienstarzt. Neben einem hell erleuchteten Zimmer blieb er stehen. Er sah hinein, ging noch einen Schritt und stoppte erneut. Schon wollte er nach dem Stationsarzt rufen. Hier war nur ein Patient im Zimmer. Schlechte Auslastung, dachte er und betastete sein dunkles Jackett nach seinem Notizbuch in der Innentasche. Noch ein Schritt brachte ihn weiter den Flur hinunter und fast außer Sicht des Patienten. Er öffnete den Mund zum Ruf … Er stockte. Konnte das …? Er ging in das Zimmer.

Man erkannte ihn kaum. Blau unterlaufene Haut rund um die Augen, beide Augenlider monströs angeschwollen. Ein winziges Rinnsal verdünntes Blut kam aus dem Gehörgang. »Schrecklich«, sagte Bleeker und trat einen Schritt zurück. Konnte man so etwas überleben? Sein Blick flog über Kabel, Schläuche, die Beatmungsmaschine, den Beatmungsschlauch in Mund und Rachen Ekhoffs. Ja, man konnte, war er sich plötzlich gewiss. Sie würden ihn retten. Und dann?

›Herr Bleeker, unser Verhältnis hat sich grundlegend geändert‹, hatte Ekhoff gesagt. Bleeker sah das geschwollene Gesicht seines Justitiars und glaubte beinahe, seine

Stimme zu hören. ›Ich will nicht weiter über diese kleine Unappetitlichkeit reden‹, hatte dieser Widerling von sich gegeben. Bleekers Unterlippe bebte. Bleeker sprach den Satz Ekhoffs nach, der ihm den ganzen Tag in den Ohren geklungen hatte: »Aber ich will sie nicht vergessen.« Er hieb seine Fäuste auf die Bettkante. »Es braucht den intelligenten Mann, um das Wissen zu Macht zu formen. Ha! Meinst du, ja?« Ein Fetzen Speichel flog auf das Laken, das den Patienten bedeckte. »So hast du dir das gedacht, du Schwein.« Er schlug noch einmal zu, diesmal näher am Körper Ekhoffs. »Nicht mit mir. Nicht mit mir.« Die letzten Worte zischte Bleeker. »Siehst du, was du davon hast. Meine Macht ...« Er erhob die Hände und ballte sie zu Fäusten, drohte dem still liegenden Mann vor sich. »Meine Macht bekommst du nicht.« Er schüttelte den Kopf, während er sprach. Seine Frisur geriet durcheinander. »Es braucht den intelligenten Mann, die Macht zu formen, ja. Ja, ja, ja.« Eine breite Strähne schwarzen Pomade-Haars fiel vom gescheitelten Schopf auf die Stirn. Er öffnete den Mund weit beim Sprechen, nickte übertrieben, gestikulierte, als hörten und folgten ihm die Massen weit unter ihm. Unter dem steinernen, pompösen, adlergeschmückten Rednerpult, das ihn um Zentimeter über seine stummen Begleiter erhob. »Das wird nicht geschehen. Du wirst mir nichts wegnehmen, nichts. Du hast es nicht verdient, nicht gearbeitet dafür, nicht gelitten dafür. Nie. Nein.«

Dann schlug er ihn, schlug ihn mit Fäusten, besinnungslos vor Wut, schäumend, Speichel wie Gift versprühend. Er schlug ihn, bis seine Kraft nachließ, seine Wut sich aber nur vergrößerte.

Keuchend verharrte er, die geballten Fäuste auf Ekhoffs Bauch und Brust gestützt. Nach drei Atemzügen hob er die Augen, fürchtete plötzlich Entdeckung. Der Blick flog über die Schulter auf den Gang, über Ekhoffs Körper. Würde man die Misshandlung feststellen können? Er sah das Gesicht des Patienten. Die Narbe, der Schmiss, hatte er gezuckt? War da nicht ein Lächeln? Ein sadistischer Zug um den Mund? Verhöhnte ihn Ekhoff noch jetzt?

Ekhoffs Hände zuckten, Bleeker sprang zurück. Der Mann im Bett hob einen Unterarm, dann noch einen, ließ ihn fallen. Bleeker ging zwei Schritte zurück. Jetzt hob Ekhoff die Beine. »Nein«, hauchte Bleeker. Ekhoff schlug um sich. Was geschah?

»Krämpfe«, sagte Bleeker nach einigen Sekunden und trat wieder heran. »Nur Krämpfe.« Schon stand er neben dem Bett, wollte Ekhoffs Hand packen, beruhigen. Puls fühlen, schoss ihm durch den Kopf und er versuchte es, aber das Zucken der Sehnen und Muskeln verhinderten es. Dann tönte der Alarm der Überwachung. Bleekers Blick raste über den Apparat. Still, befahl er und er fand einen Knopf, gelb markiert, rechts oben, mit »ALARM STOP« beschriftet. Er beugte sich vor und drückte, einmal, zweimal, immer wieder. Der Ton erstarb und es war, als ob Ekhoff mit dem Apparat verbunden war. Seine Bewegungen wurden schwächer. Nurmehr ein Arm zuckte und die mimischen Muskeln rüttelten an dem Schmiss und ließen den Justitiar grausam entstellt lächeln, Bleeker verlachen.

Coord Bleeker trat einen Schritt zurück. Ekhoff hob ein weiteres Mal die Hand, sie fiel erschlafft auf die Matratze zurück und rührte sich nicht mehr. Bleekers Blick blieb an den Körper geheftet, dessen Brustkorb sich maschinengetrieben hob und senkte, hob und senkte, hob und senkte. Endlich fand er die Kraft, sich zu lösen. Er erhaschte eben noch den Anblick des Überwachungsgerätes, das Nulllinien zeigte. Keine Herzstromkurve, kein rhythmisch sich ändernder arterieller Druck. Glatte, ordentliche, aufgeräumte Linien.

Während Coord Bleeker die zehn Meter den Gang hinunter aus der Station lief, sah er sich fünfmal um. Niemand da. Niemand hatte ihn gesehen. Niemand wusste, was er getan hatte. »Ich weiß es«, sagte er leise, und stieß die Tür auf. Ein letzter Blick den Gang hinunter. Er wusste es. Fingerabdrücke, dachte er und lachte im gleichen Augenblick innerlich über sich. Die Tür schloss sich hinter ihm, sein Schritt wurde ruhiger, dann gemächlich.

Ekhoff war nicht mehr. »Fingerabdruck, na und?« Er war der Geschäftsführer dieses Krankenhauses, warum sollten seine Fingerabdrücke sich nicht überall hier finden lassen? Eine Sekunde zögerte er, wollte umdrehen, dann besann er sich. Ein schwer Hirnverletzter starb. Kam dergleichen nicht beinahe täglich vor? War er denn überhaupt schuldig? Der Mann hätte jeden Moment sterben können. Meterhoch die Treppe hinab auf eine Steinkante gestürzt. Hätte er es überlebt, wer weiß … behindert, schwer behindert. Sprache? Vielleicht hätte er noch sprechen können.

Plötzlich stand Bleeker vor einem Aufzug und brauchte einen Augenblick, um sich orientieren. Er schob seine *Omega* einmal um das Handgelenk, blickte darauf. Fünf Minuten vor halb zehn. Und wenn ihn nun doch jemand die Station betreten gesehen hatte? Er drückte auf den Rufknopf, der zur Antwort matt gelb leuchtete. Sollte er nicht einen guten Grund haben, seinen Justitiar zu besuchen? Natürlich. Das war anständiges Verhalten. Bleeker hob den Kopf, als sich die Lifttür öffnete. Er stand im hellen Neonlicht der Kabine, trat einen Schritt vor in die Lichtschranke. »Aber es hat mich niemand gesehen.« Nicht in der Station jedenfalls. Aber wenn er gesehen worden war, als er hineinging? Hatte ihn jemand gesehen? Bleeker versuchte, sich die Situation ins Gedächtnis zu rufen. Waren da Menschen gewesen? »Scheiße«, sagte er und drehte sich um. Er konnte sich nicht erinnern. Die Schiebetür schloss sich hinter seinem Rücken. Das Licht im Flur wurde weniger. Ich muss zurück, dachte er und ging. Besorgt nach Ekhoff sehen, das hatte er vorgehabt, das würde er jetzt tun.

***

Carsten Borcherts stellte den Becher mit kaltem, bitterem Kaffee auf die Arbeitsplatte. Er schloss die Augen, kurz schwindelte ihn und er riss die Lider auf. Keine Schwäche zeigen, dachte er, es war wie es war. Er sah auf seine *IWC* am Handgelenk. Vor zwanzig Minuten hatte er den Hahn im Schlauch zu Ekhoffs Hirn verschlossen. Hatte er es wirklich getan? Es schien ihm eigenartig fern, fast wie aus einem parallelen Leben. Warum tönte kein Alarm? Wenn der Hirndruck stieg, verursachte das Störungen des Herzschlags, des Kreislaufs. Der Alarm musste ansprechen.

Borcherts wischte sich über den Mund. Gut, dachte er. Also nachsehen. Rodriguez und Martha waren im entferntesten Zimmer der Station mit dem Erneuern eines Verbandes beschäftigt. Er zwang sich zu langsamen Schritten, versuchte sich gar an einem Schlendern.

Kaum stand er in der Tür zu Ekhoffs Zimmer, erkannte er, was los war. Die graue Gesichtsfarbe stand in widerlichem Gegensatz zur blau unterlaufenen Partie um beide Augen. Die Schwellung verlieh dem Mann etwas Reptilienhaftes.

Borcherts hob den Blick und erfasste die Werte auf dem Überwachungsgerät. Warum tönte kein Alarm? Die Einstellungen für den Druck im Gehirn Ekhoffs waren falsch gemacht worden, aber Blutdruck und Herzstromkurve mussten Alarm auslösen. Während Borcherts den Bildschirm betrachtete, sich vorbeugte, die Zahlen in sich aufnahm, sich immer weiter dem Gerät zuneigte, ertönten zwei Geräusche gleichzeitig. Der Alarmton, erdacht, um aufmerksam zu machen, um zu erschrecken, sprang an und eine Stimme sprach ihn an: »Herr Borcherts, was ist mit Doktor Ekhoff?«

Borcherts wurde von zwei Reflexbewegungen regelrecht verbogen. Die Reaktion auf Bleekers Stimme riss ihn herum, der Alarmton wollte ihn nach hinten springen lassen. Er fasste eben rechtzeitig den Matratzenbezug, um nicht von seinen widersprüchlichen Bewegungen umgeworfen zu werden. »Herr Bleeker, was ...« Er wandte sich vom Geschäftsführer ab und Ekhoff zu. »Herzalarm!«, brüllte er. »Rodriguez! Den Defibrillator!« Wie mechanisch keimte die Hoffnung auf einen Erfolg der Reanimation in ihm auf, bis ihn einen Atemzug später seine Schuld einholte.

Mit dem Fuß zog er bis zum Anschlag an dem Hebel, der das Bett tiefer sinken ließ. Er beugte sich über Ekhoff, legte beide Hände übereinander auf die Mitte seines Brustbeins und drückte mit gestreckten Ellenbogen. Drücken, nachlassen, drücken, nachlassen, wieder drücken. Achtzig- oder hundertmal in der Minute. Den Hahn umlegen, dachte er, den Hahn umlegen, bevor es hier Trubel gab und er beobachtet wurde. »Herr Bleeker«, er nickte zur Wand gegenüber der Tür, »den Notfallwagen, holen Sie ihn her.«

Borcherts nutzte den Moment und öffnete den Hahn im Schlauch, der aus Ekhoffs Hirn herausstand. Sofort nahm er die Herzdruckmassage wieder auf.

Bleeker zog rückwärts gehend den Schubladenwagen zu Ekhoffs Bett heran. »Was muss ich tun?«

Borcherts drückte und dachte. Vielleicht sah es aus wie ein komischer Zufall, dass Ekhoff in dem Moment starb, als Bleeker hereingekommen war. Er drückte und betrachtete seine Hände. Es konnte keine Hoffnung mehr für Ekhoff geben. »Taschenlampe.« Er spürte den Schweiß auf seine Stirn treten. »Nehmen Sie die Taschenlampe aus dem ersten Schubfach.« Er sah Bleeker bei der Suche zu. »Leuchten Sie ihm in die Augen. Die Pupillen.«

»Wetten, dass er es ...«

Borcherts hörte Rodriguez' Stimme näher kommen und plötzlich verstummen. Er musste Bleeker erkannt haben. Er hob den Kopf und unterdrückte ein Lächeln. Der Geschäftsführer im dunklen Zweireiher, mit einer Krawatte, beinahe so elegant unaufdringlich wie die Ziemssens. Der Mann, der so gar nicht in die Welt der bleich gewaschenen Baumwollkittel, der Desinfektionsmittelspender und der Todkranken passen wollte, untersuchte ungeschickt seinen Justitiar, der ihn aus verschwollenen, toten Augen anglotzte, wie ein erlegter Riesenfisch auf Eis. »Und?«

»Was?«, sagte Bleeker, während er die Lider mühsam über die aufgequollenen, blutig unterlaufenen Bindehäute zwängte und sie sich zur Hälfte von alleine wieder öffneten. Gleichzeitig fuchtelte er mit der Taschenlampe hin und her.

Borcherts konnte den Gedanken nicht unterdrücken, dass, wenn nur ein letzter Funken Leben in Ekhoff wäre, er sich diese Amateurhaftigkeit verbitten würde. »Die Pupillen. Werden sie enger, wenn Sie hineinleuchten?«

Ein höher werdender Pfeifton kündigte die Aufladung des Defibrillators an. »Wetten, dass Sie es nicht auf das erste Mal schaffen?« Rodriguez' Stimme hauchte nur Zentimeter von Borcherts' Ohr entfernt.

»Arschloch«, zischte Borcherts und fuhr laut fort: »Mach Gel auf die Elektroden und gib sie mir.«

»Groß. Sechs, sieben Millimeter. Ist das gut?« Bleeker schob Ekhoffs Lider erfolglos zu und gab nicht auf, es zu versuchen.

»Werden sie denn kleiner, wenn Sie reinleuchten?«

»Ach so.« Bleeker bemühte sich erneut.

»Da.« Rodriguez hielt die mit Gel beladenen Elektroden zwanzig Zentimeter vor Borcherts' Gesicht und flüsterte wieder direkt ins Ohr: »Ist noch Zeit, Doktor.« Die gerollten ›R‹ faszinierten Borcherts. »Zehn Euro?« Er sprach die Währung mit getrenntem Diphthong aus.

Zeit für einen kleinen Wettbetrug, dachte Borcherts, verbot sich jedoch das Spiel und nahm die Elektroden mit den zerlaufenden, spiraligen Geltürmchen auf den blanken Edelstahloberflächen. »Besser nicht.« Ohne Bleeker anzusehen, drückte er die Elektroden auf Ekhoffs Brust und genoss es, den Geschäftsführer herumzukommandieren: »Weg vom Bett.« Dann rief er »Schock!«, drückte gleichzeitig die roten Knöpfe an beiden Handgriffen und spürte das Aufbäumen der Muskeln Ekhoffs. Wie lange würden sie so reagieren?, dachte er. Ohne Durchblutung, ohne Sauerstoff? Er hielt den Druck auf die Elektroden aufrecht, drehte den Kopf und beobachtete den kleinen, schwarz-grünen Bildschirm auf dem signalgelben Gerät. Eine flache Linie, keine Ausschläge. Seine Daumen pressten wie automatisch auf eine der beiden gelben Tasten an den Seiten der Handgriffe. Der ansteigende Ton pfiff, bis ein doppeltes Piepen anzeigte, dass Ekhoff der nächste Schock durch den Brustkorb gejagt werden konnte.

»Hätte ich gewonnen, wie?«, raunte Rodriguez. »Haben Sie gewusst, was?«

Borcherts riss den Kopf herum, stieß gegen das Gesicht des Pflegers, der zurückwich. »Was soll das heißen, habe ich …«

»Wie?«, sagte Bleeker.

»Adrenalin aufziehen, mach schon. Ist schon viel zu spät. Los geht's«, fauchte Borcherts. Dabei sah er Bleeker an, meinte aber den Pfleger, der verstand und sich am Notfallwagen zu schaffen machte.

»Also, was ist nun mit den Pupillen?«

Bleeker beugte sich vor, wollte die Augen des Mannes berühren, aber Borcherts kam ihm mit einer Entladung zuvor. Ekhoffs Kopf hob sich, geschüttelt von der verkrampfenden Muskulatur des Rumpfes. Das ansteigende Pfeifen unterlegte Bleekers Antwort. »Ich kann keine Bewegung sehen.« Er sah Borcherts an. »Nicht gut.«

»Nicht gut«, sagte Borcherts und Rodriguez wiederholte die beiden Worte in aufgeräumter Laune.

Nach zwanzig Minuten war Borcherts sicher, dem Schein Genüge getan zu haben.

Bleeker hatte während der Reanimation unnütz in der Ecke herumgestanden. Jetzt zwängte sich der Geschäftsführer zwischen einen Infusionsständer und einen Mauervorsprung, hatte beide Hände um das Stahlrohr des Ständers geschlungen und stützte sein Kinn auf die so entstandene Brücke seiner beiden Unterarme. Sah man ihn an, so schlug er die Augen nieder, drehte sich etwas zur Seite, dass man glauben mochte, er wollte sich gleich einer Äskulap'schen Schlange um einen Stab winden.

»Das war es aus medizinischer Sicht.« Nach der letzten Entladung des Defibrillators drückte Borcherts erneut rhythmisch den Brustkorb ein. Der Schweiß lief ihm den Rücken und an den Schläfen hinab. »Etwas einzuwenden?«

Doktor Bleeker verneinte mit einer abwehrenden Geste seines ganzen Körpers. Er zog den Infusionsständer vor sich, wie um sich vor Angriffen zu schützen. »Nein, nein. Wenn Sie das sagen. Die Medizin ist jetzt wichtig. Ich meine, Sie als Arzt ... also ... Sie müssen entscheiden.«

Borcherts steckte die Elektrodengriffe in dafür vorgesehene Halterungen an der Seite des Gerätes. »Zehn Minuten vor zweiundzwanzig Uhr«, las er von der Wanduhr über der Tür. Was hatte Rodriguez vorhin gemeint, als er ›Haben Sie gewusst‹, gesagt hatte? Borcherts rieb sich den Schweiß aus den Augenwinkeln. Ruhe, befahl er sich. Rodriguez konnte nichts wissen. Man benahm sich anders, wenn man jemanden verdächtigte. Galt das auch für diesen Spinner Rodriguez? Und was war mit Bleeker los? War das eine Reaktion auf den Tod eines Mitarbeiters, wie man sie von einem promovierten Volkswirt erwarten würde? Er beugte sich vor, stützte sich auf die Bettkante und senkte den Kopf bei geschlossenen Augen. Die Geste stand ihm zu, dachte er. Er musste nachdenken. Keine Fehler machen. Gab es Anhaltspunkte, dass etwas faul war? Er durfte keine Fehler machen. Jeden Schritt bedenken. Um Himmels willen keine Fehler machen. Er richtete sich auf. Bleeker war aus seiner Ecke hervorgekommen und sah ihn stumm an. Was hatte der Blick zu bedeuten? Er wandte sich ab. »Gut. Leichenschau, ich mach die Dokumente fertig.« Ein Blick über seine Schulter bestätigte ihm, dass Bleeker ihn immer noch fixierte. Borcherts drehte sich weg. »Weiß jemand etwas über Verwandte?« Niemand antwortete. »Herr Bleeker?«

»Nein. Ja.« Bleeker sah abwechselnd zu Borcherts und

auf den Leichnam. »Ich schaue nach. Die Personalakte. Gleich.« Er ging um das Bett, ohne den Blick von Ekhoffs Körper zu nehmen. »Ich schaue nach. Jetzt.«

***

Eine Stunde später glaubte Borcherts, seine Arbeitsnacht sei vorerst zu Ende. Er versorgte sich mit einer abgepackten Einmal-Zahnbürste samt in die Borsten eingetrockneter Zahncreme und machte sich auf den Weg in das Arztzimmer, wo er eine Couch samt Kissen und Decke auf sich warten wusste. Die zweite Leichenschau Ekhoffs hatte er etwas vor der Zeit gemacht, danach die Todesbescheinigung ausgefüllt, den Sektionsantrag an die Pathologie geschrieben und die zig Durchschläge der Formulare in verschiedene Umschläge verpackt. Zum Schluss hatte er ein Patientenetikett auf das dafür vorgesehene kleine Pappkärtchen geklebt und das Ganze an Ekhoffs rechten großen Zeh geknotet, der unter dem Laken hervorschaute. Ein bleicher Zeh, schon kühl war er gewesen und wie ein Fremdkörper an und über dem Fuß, der durch Leichenflecke um die Ferse dunkelrot verfärbt war.

Bei dem Sektionsantrag hatte er gezögert. ›Sektion ärztlicherseits gewünscht‹ hatte er erst nach einigen Sekunden des Zögerns angekreuzt. Natürlich war sie gewünscht. Sie sollte, musste sein. Was konnte der Pathologe finden? Ein Schädel-Hirn-Trauma. Das war gut erklärt. Gestorben im zentralen Regulationsversagen bei Hirndruck. Natürlich. Es nicht anzukreuzen, hätte Verdacht erregt. Es musste alles wie immer geschehen, wenn jemand starb. Der Justitiar des Krankenhauses war verunglückt. Ungewöhnlich. Aber nicht ungewöhnlich genug, um in einem Krankenhaus Verdacht zu erregen, wo täglich Menschen starben. Unfallopfer, Altersschwache, auch Opfer von medizinischen Komplikationen. Es kam vor. ›Es gibt nichts, was es nicht gibt‹ war einer der wenigen Lehrsätze in der Medizin, die unbedingt wahr waren.

Borcherts ging den Stationsflur hinunter und betrachtete seine Füße. Sie schritten, wie sie es tun sollten. Alles wie immer. Alles war ganz gewöhnlich. Borcherts überdachte den Tag. Innerhalb weniger Stunden hatte er den Triumph sowie die drohende Vernichtung erlebt. Ziemssen hatte die Ergebnisse bekommen, sein Weg zu den Fleischtöpfen von *Appresis* schien eben und breit zu sein. Dann war Hayen gekommen und hatte … Borcherts blieb vor dem Eingang zu einem Patientenzimmer stehen. Martha und Rodriguez arbeiteten ziemlich lustlos und langsam an einem Verband. Borcherts sah ihnen abwesend zu und schürzte die Lippen. Was hatte Peter? Ihn erpresst?

»Wollten nicht wetten, wie?«, sagte Rodriguez über die Schulter zu Carsten Borcherts.

Er schüttelte den Kopf. Hayen würde wohl kein Problem werden. »Wie?«, sagte er und verschwand in die Tiefe seiner Gedanken. Ekhoff war selbst schuld gewesen. Ein Stoß, weiter nichts. Alltäglich. Eine Rangelei zwischen Männern. Das hatte nichts zu bedeuten. Dazu würde jedes Gericht der Welt kommen. Immerhin war er im Treppenhaus geblieben, hatte Hilfe geholt, hatte sich gekümmert, Notfalltherapie gemacht.

»Nicht wetten«, sagte Rodriguez und deutete mit Daumen und Zeigefinger seine Lieblingsbewegung an, ohne sich erneut zu Borcherts umzudrehen. Martha stand auf der anderen Seite des bewusstlosen Patienten, beugte sich nach links und sah mit ausdruckslosem Gesicht an Rodriguez vorbei Borcherts an.

Borcherts verharrte einen Moment und verbot sich, einen Vorwurf in ihrem Gesicht zu erkennen. »Wetten? Was? Auf was?«

Mit dem Rücken zu Borcherts fuhr Rodriguez sich mit ausgestrecktem Daumen am Hals entlang, als habe er einen rasiermesserscharfen, zehn Zentimeter langen Dolch als Fingernagel.

»Lass das«, fuhr Borcherts den Pfleger an. Ekhoff hatte

gedroht, mit Aufdeckung bei *Appresis* gedroht. ›Wie ein stinkender Käfer‹. Der Vergleich Ekhoffs ließ ihn nicht los. Ekhoff erpresste Borcherts. Ekhoff stürzte die Treppe hinunter und starb. Es gab einen zeitlichen Zusammenhang, es gab eine Verbindung. Borcherts schüttelte den Kopf. »Auf so etwas wettet man nicht.« Niemand konnte es wissen. »Ich gehe ins Arztzimmer. Ruft mich an, wenn ihr mich braucht, ja?« Was hatte Ekhoff im achten Stock getan?, dachte er. Einige Minuten, nachdem er die Unterlagen gesehen hatte, war er im achten Stock gewesen. Bei Bleeker? Bei Ricklefs? Gab es eine Möglichkeit, es zu erfahren? Er hob die Hand zum Gruß, ohne darauf zu achten, ob ihm jemand antwortete und ging den Flur entlang. Die Tür zum Arztzimmer war neben der Glastür, die auf den Gang führte.

Borcherts schob den Schlüssel in das Schloss, drehte und fand die Türe unversperrt. »Schlamperei«, sagte er, trat ein und tastete in der Dunkelheit nach dem Lichtschalter, während er die Tür ins Schloss fallen ließ. Das Neonlicht flammte nach zweimaligem Flackern auf, Borcherts warf den Schlüsselbund und die Zahnbürste auf den Schreibtisch an der rechten Wand des kleinen Raumes und wollte sich das blaue Diensthemd über den Kopf ziehen, als er Peter Hayen sah.

»Hey«, sagte Borcherts und verharrte mit entblößtem Bauch, verschränkten, halb erhobenen Armen und den Hinterkopf bereits von dem Polyester-Baumwoll-Gewebe umgeben. Der Geruch seines eigenen Achselschweißes ekelte ihn. »Hey, Peter.«

Peter Hayen lag in blauem Intensiv-Kasack, gleichfarbiger Hose und weißem Arztkittel in Embryohaltung auf der Couch, die Borcherts eben noch als Schlafplatz in Anspruch nehmen wollte. Das Stethoskop um seinen Hals war nach oben gerutscht und lag quer über Stirn und Wange. Ein weißer Plastikschuh, auf dessen Ferse mit Fettstift Hayens Name geschmiert war, war von seinem

Fuß gerutscht und zwischen seine Unterschenkel geraten. Er rührte sich nicht.

Was wollte der hier?, fragte sich Borcherts. Es konnte nur seine kleine Erpressung sein. Konnte er mehr wissen? Ekhoff? War Hayen eingeweiht? Borcherts' Magen brannte. Nein, befahl er sich, nein, er kann nichts wissen. »Peter.« Carsten Borcherts ließ sein Hemd sinken und stupste mit dem Fuß gegen ein Bein der einfachen Couch aus hellem Kiefernholz. Ein paar Staubflusen wirbelten und Hayen zog die Beine näher an die Brust. »Aufstehen, Peter, du kannst zu Hause pennen. Ich hab jetzt Dienst.« Hayen reagierte nicht sofort und Borcherts trat gegen das Bett. »Los jetzt.«

Hayen schmatzte und bewegte den Kopf. »Was?«, murmelte er und die Augenlider bewegten sich, ohne sich zu öffnen. »Hm?«

»Hau ab jetzt. Das ist mein Bett heute Nacht. Du darfst morgen wieder. Verschwinde.« Borcherts starrte Hayen an. Wie würde Peter reagieren? Was bedeutete es, wenn er sofort verschwand? War das alles nur eine Drohung? Es musste erledigt werden, schoss es ihm durch den Kopf. Sofort. »Hör mal, Peter.« Borcherts zog den Bürostuhl vom Schreibtisch in die Mitte des Raumes. Er saß sowohl einen halben Meter vom Schreibtisch als auch von der Couch entfernt. »Wegen dieser Studie.«

Hayen schlug die Augen auf. »Ach so.« Er schüttelte sich. »Entschuldigung. Ja, ich gehe schon. Wollte noch was arbeiten.« Er rieb sich mit den Nägeln aller Finger über die Kopfhaut. »Scheiße. Bin eingeschlafen. Weiß gar nicht ...«

Borcherts beobachtete Hayens Gesicht. Von einem Moment auf den anderen schien ihm etwas einzufallen. Peter riss die Augen auf, sah entsetzt aus, als ob er einem Monster in die Fratze sah. Was ging in ihm vor? »Was weißt du nicht?« Borcherts glaubte nicht an die Unschuld, die sein Kollege zur Schau stellte. Das Geräusch der kratzenden Fingernägel widerte Borcherts an.

Hayen kratzte immer wilder. Er sah an sich herab, schien Borcherts' Blick zu meiden. »Weiß gar nicht, wie ich hier rüber gekommen bin.«

Natürlich, dachte Borcherts. Unsinn. Er redet um den heißen Brei. Gut, aber nicht mit mir. »Die Hälfte.«

»Was?« Peter hielt für einen Moment inne, sich den Kopf zwanghaft mit beiden Händen zu kratzen.

»Nicht mehr. Das ist unverschämt, Peter. Du hast keine Arbeit damit gehabt. Nichts. Alles habe ich gemacht. Mehr als die Hälfte ist nicht drin. Vergiss es einfach.«

»Aber ...«

»Vergiss es einfach, verstanden?« Borcherts lobte sich für seine Sturheit. Peter musste glauben, dass dreitausendfünfhundert Euro viel Geld für Borcherts waren. Aber es ging um mehr. Weit mehr. Borcherts biss die Zähne zusammen. Wenn der Kerl nicht aufhört sich blutig zu kratzen, muss ich ihn schlagen, damit er es lässt, dachte er.

»Ich will dein Geld nicht.« Hayen ließ von der Kopfhaut ab, sortierte seine Kleidung, warf den Kunststoffschuh auf den Boden und schlüpfte hinein.

»Du willst kein Geld.« Borcherts schüttelte den Kopf und wich auf dem Stuhl rollend zurück, bis er gegen den Schreibtisch stieß.

Hayen erhob sich und stand aus Platzmangel viel zu dicht vor Borcherts. »Nein, ich will kein Geld. Ich will ...«

»Was?«, warf Borcherts ein. Panik wollte in ihm aufkeimen. »Was willst du?«

»Gar nichts.« Hayen winkte ab, hinkte zwei Schritte zur Tür und rieb sich dabei den Oberschenkel. »Das Bein ist eingeschlafen. Tschüß.« Er hob die Hand, ohne sich umzudrehen, und ließ die Tür hinter sich ins Schloss fallen.

Einige Momente saß Borcherts wie versteinert. Er dachte an Ekhoffs Anblick auf der Treppe liegend und das Bild wurde mit jedem Atemzug farbiger und wirklicher. Plötzlich ballte er die Fäuste, hieb auf seine Oberschenkel und rief: »Schluss!« Er senkte die Stimme. »Ich habe ihn nicht ...« Er wagte nicht, das Wort auszusprechen, dass ihm durch den Sinn ging. »Es ist nicht meine Schuld. Ich darf es nicht denken.« Er zischte nurmehr. Mit einer wischenden Bewegung beider Hände wollte er diese Gedanken für ewig verjagen. Ekhoff war ein gelöstes Problem, nichts weiter. Niemand würde ihn vermissen. »Ein gelöstes Problem. Ja, das ist er. Ein gelöstes Problem.« Später lag er auf der Couch, murmelte bisweilen »Ein gelöstes Problem« ins Dunkle hinein und fand noch lange keinen Schlaf.

***

Um drei Uhr morgens riss das Klingeln des Telefons Borcherts aus dem Schlaf, in dem er sich ständig hin und her gewälzt hatte. Noch während des ersten Klingelns hatte er die Decke von sich geworfen und stand vor der Couch. Im Dunklen stieß er gegen den Bürostuhl, auf den er die Kleidung geworfen hatte, stolperte, stürzte über den Stuhl und fing sich, indem er sich mit beiden Händen auf die Tischplatte stützte. Er tastete auf der Tischplatte umher, fand den Hörer und riss ihn an sich.

»Vokator hat sich die Infusionsnadel gezogen«, sagte Rodriguez' Stimme im Hörer gelangweilt. »Und Fieber hat er.«

»Was?« Langsam fand Borcherts aus seiner Trance. »Was hat Vokator?«

»Fieber. Neununddreißig oder vierzig Fieber.« Rodriguez schien zu gähnen. »Doktor.« Er rollte die ›R‹ besonders auffällig. »Wetten, dass Vokator Fieber hat?« Er lachte einmal kurz auf.

»Dann lege ihm eine neue Kanüle und mache Wadenwikkel oder was weiß ich. Aber lass mich gefälligst schlafen.« Borcherts richtete sich auf, kratzte sich am Bauch und gähnte.

»Nicht meine Aufgabe. Müssen Sie schon machen. Außerdem hat er vierzig Grad. Das ist doch was.«

»Neununddreißig oder vierzig? Was denn nun? Was ist

denn das für eine Angabe? Sind wir bei einer Laienspieltruppe, oder was?« Er unterdrückte den Impuls, ohne Weiteres den Hörer hinzuwerfen. »Ruf mich wieder an, wenn du es genau weißt.«

»Neunundreißig neun. Gemessen vor einer Viertelstunde«, sagte Rodriguez ohne eine Spur von Eile.

Borcherts warf den Apparat auf die Gabel. »Scheiße.« Rodriguez hatte amüsiert geklungen. Irgendeine Sauerei heckt der Typ aus, dachte Borcherts und schob sich mit ausgestreckter Rechter durch die Dunkelheit in die Richtung, wo er den Lichtschalter vermutete. Er tastete die Tür entlang, über die Klinke, fand ihn endlich und schützte die Augen gegen das Blitzen der beiden unverkleideten Leuchtstoffröhren an der Decke.

Er ließ sich auf die Couch fallen, begann damit, sich die Hose überzuziehen und brauchte weit länger als gewöhnlich dafür. Mit erhobenen Beinen kämpfte er gegen den Widerstand zweimal verdrehter Hosenbeine. Plötzlich ließ er die Füße sinken und stützte die Ellenbogen auf die Knie. Es wird funktionieren, dachte er. Er rieb sich mit beiden Händen über das Gesicht. Natürlich wird es funktionieren. Er war sich sicher. Hayen war keine Gefahr. Ekhoff war aus dem Weg. Niemand mit Verstand konnte ausreichend Interesse an dem Juristen haben, um längere Zeit anders als erleichtert über seinen Tod nachzudenken. Er spürte, wie sich ein Lächeln über seinem Gesicht ausbreitete. »Richtig.«

Er zerrte an der Hose, sprang auf, schlüpfte in die Schuhe und warf sich das Hemd über. »Genau.« Er schlug sich mit der Faust in die Handfläche. »Nur noch ein paar Wochen in diesem Saftladen. *Yes, Sir!*«

Carsten Borcherts fand Rodriguez mit den Füßen auf dem Schreibtisch im Stationszimmer. Er fingerte durch den Stapel Wettscheine. »Ich habe fünf mit neun zu eins für ihn und keinen gegen ihn.« Er hob den Kopf. »Wollen Sie einsteigen?« Er legte den Kopf schräg. »Die Chancen sind sehr gut und ...« Er machte eine Bewegung der Unbestimmtheit mit der Linken. »Und Sie haben es ja auch in der Hand. Ich meine, Sie können die Chancen ja auch … sagen wir: beeinflussen.«

»Unsinn«, blaffte Borcherts.

Rodriguez ließ den Stapel Wettscheine vom Daumen abgleiten. »Und damit könnten wir ja auch ins Geschäft kommen. Ich meine, Sie könnten in mein kleines Geschäft hier investieren.« Er wehrte in einer Geste des großzügigen Geschäftsmannes ab. »Natürlich nur ideell, versteht sich.«

Borcherts winkte ab. Die Ungeheuerlichkeit des Vorschlages belustigte ihn. »Lass mal, Rodriguez. Das Wettgeschäft ist nicht so mein Ding.«

Der Pfleger schob die Scheine in die Tasche, verschränkte die Hände hinter dem Nacken und lehnte sich zurück. »Alles ganz ehrenhaft, versteht sich.«

»Versteht sich.« Carsten Borcherts nickte und ging in das Patientenzimmer.

»Morgen, Borcherts«, empfing ihn Vokator aus dem Halbdunkel. Er fuchtelte in Richtung Zimmertür. »Sagen Sie Ihrem Pfleger da, er soll mir vom Leib bleiben mit seinem idiotischen Thermometer.« Wo vorher eine Infusionsnadel in Vokators Arm gesteckt hatte, bedeckte nun geronnenes Blut seine Haut. Das Betttuch war übersät von kleineren und größeren Blutflecken.

»Lassen Sie mal sehen.« Borcherts deutete auf den Arm.

»Nichts da. Ich brauche den Unsinn nicht.«

»Sie sind auf einer Intensivstation.« Borcherts lehnte mit dem Rücken gegen das Fensterbrett. Seine Arme waren vor der Brust verschränkt.

»Papperlapapp, Kinkerlitzchen. Ich will meine Ruhe.«

»Ach.«

»Ja, ach, Borcherts.« Vokator wedelte mit den Händen, als verscheuche er ein Insekt.

Borcherts fasste mit einer schnellen Bewegung die Hand des Journalisten und fühlte. »Sie haben kein Fieber.« Er überprüfte die Umgebung des Bettes. Auf dem Nachttisch fand er, was er suchte. Er betastete die Schnabeltasse mit Tee, die darauf stand. »Lustiges Spielchen, Herr Vokator. Selten so gelacht.«

»Spielchen, Unsinn. Lassen Sie mich doch in Ruhe.« Er griff sich seinen Block und schlug zwei Bücher an vorgemerkten Stellen auf. »He.« Er schüttelte die Hand in Borcherts' Richtung, ohne ihn anzusehen. »Licht an, ja?«

»Das Thermometer in den Tee zu tauchen, ist ja eine nette Idee, ein lustiges Spiel, aber wir können die Diagnose nicht wegdiskutieren wie ein gefälschtes Fieber, nicht wahr?«

Vokator las und notierte sich einige Worte. »Machen Sie doch mal Licht.«

»Wir hatten uns mit den Chefs geeinigt, es Ihnen morgen bei der Visite zu sagen, aber ich finde, Sie haben ein Recht darauf, es zu wissen.« Borcherts legte den Kopf schräg und gab sich Mühe, den Patienten von unten anzusehen. »Wissen Sie, das bedeutet nicht das Ende. Es gibt immer noch Chancen, kann immer noch weitergehen.«

Vokator hob den Kopf, ließ Block und Buch sinken. »Was?«

»Nun, es nennt sich CLL.«

»CLL?« Trotz der Dunkelheit sah man Vokator blass werden.

»Das C heißt chronisch.«

»Chronisch.«

»CLL.«

»Was ist LL?«

»Lymphatische Leukämie.«

»Leukämie.« Vokator schüttelte den Kopf. Er starrte auf seine Notizen, während er sprach. »Wie lange?«

»Nicht lange.«

»Was heißt das?«

Borcherts schob die Hände in die Taschen. Er hatte vorgehabt, es einige Minuten, vielleicht eine halbe Stunde wirken zu lassen. Aber er war zu müde. »Ein paar Sekunden.«

»Was reden Sie, Mann?« Vokator zog die Augenbrauen zusammen.

»Wenn Sie mich um drei Uhr früh verarschen, dann kann ich das auch. Gute Nacht, Herr Vokator.«

Borcherts ging hinaus und ließ wüste Beschimpfungen an seinem Rücken abprallen. An der Tür zum Stationszimmer blieb er stehen und sah zu Rodriguez hinein. »Wenn überhaupt auf etwas, dann wette ich, dass der da noch zehn Jahre lebt.« Er deutete mit dem Daumen über die Schulter. »Aber nicht um diese Uhrzeit. Du bescheißt mich doch, wenn ich nicht blitzwach bin.«

»Ich habe das gewusst«, rief Vokator.

Borcherts ging den Gang hinunter.

»Sie Versager, Borcherts, warum sind Sie denn noch nicht Oberarzt, ha?«

Borcherts ging weiter.

»Versager, ha. Ha ha!«

Er ließ die Tür des Arztzimmers hinter sich zufallen und schlief zehn Minuten später einen besseren Schlaf als in der ersten Hälfte der Nacht.

***

Die geplante zweite Hälfte von Borcherts' Nachtschlaf dauerte nur fünfundvierzig Minuten. Er hatte das Telefon neben sich auf den Bürostuhl gestellt. Es läutete und er hatte abgenommen, noch bevor das erste Klingeln aufgehört hatte. »Lass mich doch in Ruhe, Rodriguez. Kannst du nicht einmal selbst zurechtkommen, verdammt?« Warum ließ Rodriguez Hard Rock im Stationszimmer abspielen?, dachte Borcherts. »Rodriguez? Was willst du denn?«

»Borcherts.«

»Was ist denn los?« Er wollte auflegen und verspürte Lust, aufzuspringen, in das Stationszimmer zu laufen und den Indio-Rotzlöffel zu schlagen, dass ihm Wetten und Telefonieren endgültig vergehen sollten.

»Hey, Borcherts, warum so aggressiv, Mann?« Die Stimme am anderen Ende war betont entspannt.

Der Hard Rock. Borcherts dämmerte, wer ihn um vier Uhr morgens weckte. »Maxim? Sind Sie das?«

»Auf eure Dienstpläne ist ja wirklich Verlass. Nicht schlecht.« Viktor Maxim schnalzte. »Ganz schön zwanghaft, ihr Typen.«

»Machen Sie doch mal die Musik leiser, ich höre Sie kaum.« Borcherts ließ sich ins Kissen fallen. War der Typ bekifft? Er hoffte, dass er es war. Falls nicht, konnte dieser Anruf nichts Gutes bedeuten.

Maxim schwieg und eine Sekunde später wurde der Lärm erträglicher. »Borcherts, besuchen Sie mich doch mal in meinem dunklen, kalten Reich hier unten. Wie wäre es?«

Borcherts' Hoffnung auf Nachtschlaf schwand ebenso wie die auf eine harmlose Erklärung für diesen Anruf. »Nichts wäre das. Ich habe geschlafen, Mann. Ihren Tag-Nacht-Rhythmus müssen Sie ja nicht allen anderen aufzwingen.«

»Nur denen, die mit mir Geschäfte machen wollen.«

Borcherts seufzte. »Unser Geschäft ist abgeschlossen, Maxim. Ich habe, was ich will. Ich habe Ihnen gegeben, was Sie wollten.«

»Ich glaube, unser Geschäft kommt gerade erst in Wallung, Mann. Kommen Sie. Ich lade Sie auf eine Cola ein. Das ist gut für den Tag-Nacht-Rhythmus.«

»Was wollen Sie?« Borcherts richtete sich auf und stützte sich auf die Ellenbogen.

»Ich habe ein Angebot.«

»Ich will es nicht annehmen.«

»Sie werden es annehmen, wenn Sie es sehen.«

»Ich will es nicht.«

»Kommen Sie, sonst muss ich Sie zu Ihrem Glück zwingen.« Maxims Stimme hatte nichts von ihrer Lässigkeit verloren. Und er schien sich an seinem Spiel zu freuen.

»Was meinen Sie?« Borcherts saß mittlerweile im Bett.

»Lassen wir die unerfreulichen Details aus. Das verdirbt

doch nur die Laune. Kommen Sie runter zu mir, ich zeige Ihnen etwas.«

»Es ist vier Uhr morgens.«

»Die beste Zeit, um zu verhindern, dass man gestört wird, nicht?«

***

Ein paar Minuten später hämmerte Borcherts mit der Faust gegen die blaue Stahltür im Keller. Wenn dieser ausgerastete Computerfreak nicht etwas sehr Gutes zu bieten hatte, konnte er etwas erleben, dachte Borcherts. »So ein Arschloch«, sagte er und hämmerte mit beiden Fäusten gegen das Metall. Der Schlaf schmeckte schlecht in seinem Mund, die Augen brannten und seine Kopfhaut juckte. Er brauchte eine Dusche, Kaffee und einen Tag zu Hause im Bett. Oder besser zwei. »Verdammt, was mache ich hier überhaupt?«

Die Tür wurde geöffnet. Hätte Maxim zwei Sekunden später die Tür geöffnet, hätte er Borcherts nur noch weggehen sehen. Borcherts bremste seinen Faustschlag, damit er Maxim nicht ins Gesicht schlug. »Verflucht, Maxim. Was gibt es denn?« Er ließ die Faust erhoben. »Ich habe wirklich Besseres zu tun, als Sie mitten in der Nacht in Ihrem Eis-Folterkeller zu besuchen. Also, was ist los?«

Viktor Maxim zog die äußere Tür auf, gab der inneren einen Stoß und stellte sich mit einer einladenden Bewegung seitlich. »Herein, herein, die ihr mühselig und beladen seid, ich tue euch auf meine Tür und gebe euch Frieden. Oder wenigstens das, was ihr haben wollt.« Er deutete die Verbeugung eines Hoteljungen samt offener Hand an. »Gegen geringes Entgelt.« Er lachte, richtete sich auf und ging voran in die Dunkelheit des Serverraums. »Tür zu«, rief er gegen das hysterische Brüllen eines Sängers und das Jaulen einer misshandelten Gitarre. Beides wurde vom Mörserhagel eines Schlagzeugs begleitet.

»Scheiße«, sagte Borcherts, ließ die Faust sinken und

ging ihm nach. Er gab der inneren Tür einen Stoß mit dem Fuß. Sie fiel krachend ins Schloss.

Maxim trug das gleiche schwarze T-Shirt, die gleiche schwarze Jeans und auch auf Bart- und Haarpflege hatte er seit der letzten Begegnung mit Borcherts offensichtlich keinen Aufwand verschwendet. Er schlurfte zum Stuhl vor den beiden Großformat-Bildschirmen und ließ sich hineinfallen. Unter einem Haufen Wäsche zog er die zwei letzten zusammenhängenden Dosen eines Cola-Sechserpacks heraus, nahm sich eine und schwang die letzte Dose an den Plastikringen der Verpackung einmal um sich, bevor er sie in die Richtung Borcherts' fliegen ließ.

Das Getränk flog direkt gegen Borcherts' Brust und er konnte nicht anders, als es aufzufangen. »Schnell, Maxim. Ich habe keine Lust auf diesen Käse.« Er deutete ein Drehen der Hand an. »Und machen Sie diesen furchtbaren Lärm aus.«

Maxim dämpfte den Krach mit seiner Fernbedienung und deutete auf den größeren der beiden Flachbildschirme. »Es war ein bisschen versteckt, ich habe einen Tag gebraucht, um es zu finden, aber es ist ganz einfach, wenn man es weiß. Wahnsinn.«

»Ich habe keinen Bock auf Rätsel, Maxim. Sagen Sie, was Sie haben, was Sie wollen und Schluss. Okay?«

Maxim hob die Hände und ließ die Finger vor seinem Gesicht wackeln. »Na klar. Ich hacke mir hier die Fingerspitzen wund und der Herr kommt, wenn alles fertig ist und lässt sich bedienen.« Er winkte ab und drehte sich zum Bildschirm. »Genies werden verkannt, ist mir klar. Es kommt die Zeit. Wahrlich, ich sage euch …«

Borcherts winkte ab. »Ich gehe jetzt wieder. Ihren religiösen Wahn können Sie doch prima ohne mich ausleben hier unten, was? Also ciao.«

Viktor Maxim winkte ihn heran, während er sich über die Tastatur beugte und eine Salve Tastenanschläge aus seinen Händen fahren ließ. »Schauen Sie sich das an.« Er nickte zum Bildschirm.

»Was?«

»Der *EEF. Economic Expected Future.*« Er schüttelte den Kopf. »Scheiß Englisch, Mann, Ich hätte es anders genannt. Aber es kommt aus Deutschland.«

»Was?« Borcherts trat näher.

»Die Software. Die Software kommt aus Deutschland. *Reverse Engineering* nennt man das. Ich kann sogar die Code-Eigenheiten erkennen. Das war wahrscheinlich nur ein einziger.« Maxim richtete sich auf und sah Borcherts an. Er fasste sich an die Stirn. »Ein Programmierer. Für so ein Projekt. Der hat sich die Finger bis auf die Grundgelenke abgetippt. Das muss ja einen Grund haben.« Er lachte. »Dachte ich mir. Und ich habe recht gehabt.«

»Wovon reden Sie?«

Maxim gab dem Stuhl einen Stoß und ließ sich zu Borcherts drehen. »Ein ziemlich großes Projekt. Und man setzt nur einen Programmierer dran. Was sagt uns das?« Er malte mit dem Finger ein Fragezeichen in die Luft zwischen ihm und Borcherts. »Dass die was unter der Decke halten wollen. Genau. Nur ein einziger Mann lässt sich besser kontrollieren. Also?«

»Steckt mehr dahinter, als wir glauben?«

»Richtig«, sagte Maxim in übertriebenem Ton des Lobes. »Also setz ich mich hin und suche. Und finde. Suchet und ihr werdet finden, sagt man. Nicht?« Er hob die Schultern und tippte rasend. »Klopfet an und euch wird aufgetan, oder so.«

Borcherts trat näher und lehnte sich gegen die Tischplatte. Er beugte sich zu Maxim und seinen Bildschirmen. »Was haben Sie?«

»Man kann die *EEF* rückwärts ändern.« Er hob den Kopf und in seinem Gesicht spiegelte sich Dramatik.

»Rückwärts.« Borcherts räusperte sich. »Ist das gut?«

Maxim schlug sich gegen die Stirn. »Begriffsstutzig. Der

ist eine Weiterentwicklung des *APACHE Scoring Systems*. *APACHE* ist harmlos. Kann einem Angst einjagen, ist aber harmlos. Mit welcher Wahrscheinlichkeit stirbt ein Mensch mit irgendeiner Krankheit? Das sagt mir *APACHE*. *APACHE*, ein Akronym, kapiert? *Acute physiology and chronic health evaluation*. APACHE.«

»Erzählen Sie mir nichts über *APACHE*, Mann. Ich bin Intensivmediziner.«

Maxim deutete ein Indianerheulen an, tippte sich dabei mit vier Fingern wiederholt auf die gerundeten Lippen. »Aber das hier ist mehr, das ist ein Tool zur Verknüpfung der medizinischen Prognose mit dem wirtschaftlichen Wert eines Menschen.«

»Wert eines Menschen? Unsinn.« Borcherts winkte ab. »Die *EEF* sagt aus, was der Patient dem Krankenhaus bringen wird. Gewinn. Verlust. Alles legitim. Zwar nicht ganz nach dem Sozialgesetzbuch. Aber sowas kommt früher oder später auch da rein.«

»Wert eines Menschen.« Maxim wischte mit den Händen durch die Luft. »Es ist so einfach. Die Krankenkasse hat alle Daten zum Einkommen, zum sozialen Status, Kinder, Vermögen, Krankheitstage pro Jahr. Das Bruttosozialprodukt, das ein Mensch erwirtschaftet, Mann.« Er drehte sich zu Borcherts und gestikulierte in Richtung der Bildschirme. »Und die medizinische Prognose aus *APACHE*.« Er klatschte in die Hände und faltete sie. »Verheirate die beiden und du kriegst die *Expected Economic Future. EEF*.«

»Der Wert eines Menschen nicht für das Krankenhaus, sondern für die Gesellschaft?«

Maxim schnippte mit beiden Händen gleichzeitig. »*Right on, Baby*. Und jetzt der Clou. Als wenn das nicht schon Sauerei genug ist, haben die eine Funktion zum Rückwärts-Ändern eingebaut. Man kann die *Economic Future* ändern und ein ziemlich ausgefuchster Algorithmus ändert die *APACHE*-Daten und die wirtschaftlichen Daten entsprechend.« Maxim richtete sich im Triumph auf.

»Ändert die Daten?«

»*Yes, Sir.* Und nicht nur hier, sondern auch in der zentralen Datenbank bei der Krankenkasse.«

»Das heißt, das bleibt gespeichert.«

Maxim nickte. »Mann, das ist kein Prototyp. Die Funktion ist scharf geschaltet. Man kann es machen. Wollen Sie mal sehen?«

»Lassen Sie den Unsinn. Woher wissen Sie das alles?«

Maxim lehnte sich zurück und schob die Daumen hinter nicht vorhandene Hosenträger. »Es gibt Programmierer. Und es gibt gute Programmierer. Es gibt sogar ein paar richtig gute Programmierer. Und es gibt mich. *We are Viktor, resistance is futile. All your patients will be annihilated.*«

»Na toll. Lassen Sie den Unsinn.«

Maxim zuckte mit den Schultern. »Das ist der Nachteil, wenn man nur einen Mann dransetzt. Einer hat immer eine Schwachstelle. Und wenn kein zweiter da ist, die auszugleichen ...« Er zeigte auf ein Fenster im linken Bildschirm, in dem sich für Borcherts nicht entzifferbare Zichenkolonnen fanden. »Er hat nichts versteckt. Einfach compiliert. Wenn man es drauf hat, kann man da alles drin finden.« Er hob den Zeigefinger. »Und jetzt kommt es. Es wird nicht protokolliert.«

Borcherts verkniff sich die Nachfrage.

»Jede Datenbankaktion wird protokolliert. Jede. Ich habe alles durchgesucht«, sagte Maxim. »Aber diese nicht. Kein Aufruf der entsprechenden Routine. Nada. Nichts. Rien. Nothing.«

»Also wissen wir nicht ...«, begann Borcherts.

»... was da schon alles geändert worden ist. Richtig.«

»Und was passiert, wenn man die Daten so verändert? Was passiert, wenn da jemand den Wert eines Menschen auf Null setzt?«

»Das ist wohl mehr Ihr Gebiet.«

»Mein Gebiet.« Borcherts kratzte sich am Kopf. »Behandlung einstellen und solche Sachen. Da gab es schon ein paar eigenartige Fälle.« Er schüttelte den Kopf. »Aber ich kann mir nicht vorstellen, warum man da manipulieren soll.«

»Was getan werden kann, das wird auch getan.« Maxim legte ein Bein auf den Schreibtisch. »Wenn die Möglichkeit in dem Programm vorgesehen ist, und wenn sie sogar so sorgfältig versteckt wird, dann kann ich mir nicht vorstellen, dass man sie nicht benutzt.«

Borcherts rieb sich das Kinn. »Da kann was dran sein.«

***

»Borcherts«, rief sie, sobald sie durch die Glastür stürmte, wie eine Horde Tartaren. »Borcherts!« Ihr Schreien wurde hysterisch. Carsten Borcherts stand vor dem Stationszimmer auf dem Flur und wäre auf den ersten Blick zu sehen gewesen. »Borcherts, wo ist Hinrich?«

Hinrich? Hinrich Ekhoff?, dachte Borcherts. Hatte Yvonne Trenckenbohm auch was mit diesem Ekelpaket gehabt? Die war ja das Gegenteil von wählerisch. Er bereitete sich auf ein sanftes Gespräch vor, in dem er ihr wie einem Angehörigen mitteilte, dass es ein schwerer Kampf war, dass man alles versucht hatte und dass es letztlich leider keine Rettung gegeben hatte. Carsten Borcherts dachte noch einen Moment darüber nach, ob er die schreckliche Alternative eines Lebens im Wachkoma erwähnen sollte, da erreichte die Furie ihn. Und seinen Hals.

Ihre reich beringten Finger mit den heute karminroten Krallen legten sich um seinen Hals. »Wo ist Hinrich?«, kreischte sie.

»Tot«, keuchte Borcherts und zerrte an den Fängen um seinen Nacken. »Gestern Abend gestorben.« Er zog einige Finger weg und bekam wieder Luft. »Hirndruck. Nichts mehr zu machen.« Er löste Yvonnes Griff und schob sie zurück auf Armeslänge Abstand.

»Scheiße«, seufzte Yvonne Trenckenbohm und senkte

Arme und Kopf. Einen Augenblick später ging sie erneut auf Borcherts los. »Du bist schuld.« Sie schlug mit beiden Fäusten gegen seine Brust. »Warum hast du ihn nicht gerettet?« Sie trat mit einem ihrer spitzen Pumps gegen sein Schienbein.

»Schuld?« Er versuchte den Schlägen und Tritten auszuweichen. »Warum schuld?« Er starrte die geröteten Augen der Frau an. Konnte sie … ? Wissen? Nein, dachte er. Es gab nichts zu wissen. Nichts war geschehen. Ein Unfall.

»Warum hast du nichts getan?« Ihre Schläge und Tritte verfehlten meist das Ziel, wurden schwächer. »Du Schwein.«

»Jetzt mal langsam, Frau Trenckenbohm, solche Vorwürfe sind …«

Sie winkte ab. »Wo ist er?« Sie drehte sich um. »Wo?«

»In der Pathologie. Ich würde jetzt nicht hingehen.« Borcherts grinste für einen Augenblick hinter ihrem Rücken.

Sie blieb stehen, senkte den Kopf und bedeckte ihr Gesicht mit den Händen. Ihre Schultern hoben und senkten sich. Ein ersticktes Schluchzen war zu hören.

Als Borcherts zwischen Tränen ein verzerrtes »Hinrich« hörte, konnte er kaum noch an sich halten. Diesen Menschen ›Hinrich‹ zu nennen … Bilder vom fetten, nackten Ekhoff auf einer bis auf karminrote Stilettos ebenso nackten Yvonne Trenckenbohm gingen ihm durchs Bewusstsein und er zog sich sicherheitshalber ins Stationszimmer zurück.

***

Peter Hayen hatte sich verspätet. Er hatte sein Auto auf einem Kurzzeitparkplatz vor der Hauptpforte abgestellt und lief durch den Krankenhausflur. Ein paar Sekunden später stieß er die Glastür vor sich auf und war auf der Station. Im gleichen Moment blieb er stehen, wollte umdrehen, verschwinden. Yvonne Trenckenbohm stand in der Mitte des Stationsganges und hatte ihr Gesicht in den Händen vergraben. Hayen ging gegen seinen Impuls langsam weiter. Sie schien zu weinen. Er suchte einen Weg, ihr auszuweichen, bemerkte, dass er eben an Ekhoffs ehemaligem Krankenzimmer vorbeiging und verbot sich, einen Blick hineinzuwerfen. Er trat näher. Frau Trenckenbohm weinte tatsächlich.

Er ging an ihr vorbei, sie hob den Blick, bemerkte ihn und kniff die Lippen zusammen. »Geben Sie mir schon ein Taschentuch. Was sind denn das für Manieren?« Sie hielt ihm die reifenbehängte Hand hin. Die Finger inklusive der Daumen waren mit je einem oder zwei Ringen bestückt.

Er schob die Hände in die Taschen, fand kein Taschentuch und zuckte mit den Schultern. »Habe keines«, sagte er und wich ihr aus, um ins Stationszimmer zu gelangen.

Carsten Borcherts saß vor dem Rechner und tippte anscheinend ziemlich lustlos auf der Computertastatur herum.

»Entschuldigung. Bin zu spät.« Hayen nahm einen weißen Kittel vom Haken, um seine zivile Kleidung zu verdecken.

»Macht nichts. Kriegst auch gleich Arbeit.« Carsten Borcherts deutete zur Tür hinaus. »Du bekommst einen Zugang. Müsste eigentlich schon da sein.« Er gähnte. »Viel Spaß.«

»Was ist mit der Trenckenbohm?«, sagte Hayen leise.

»Hat ein Ulkus. Wahrscheinlich schon durchgebrochen. Es gibt ein Röntgenbild mit Luft im Bauch.«

»Die Trenckenbohm?«

»Unsinn. Der Zugang.« Borcherts nickte in Richtung Tür. »Yvönnchen trauert um ihren Lover.«

»Lover?« Hayen ließ sich auf einen Bürostuhl fallen.

»Ekhoff.« Borcherts gähnte und man sah Amalgamfüllungen und bis auf den Grund seines Schlundes.

»Ekhoff.« Hayen schwindelte es einen Moment. »Justitiar Doktor Hinrich Ekhoff.«

Borcherts stand auf. »Ich gehe nach Hause.« Er hatte sich bereits von der Krankenhauskleidung befreit und warf nun den weißen Kittel über die Stuhllehne. »Tröste Yvonne, ja?«

»Vergiss es.« Hayen hob die Hand, während Borcherts hinausging.

Zwei Minuten später erschienen die Rettungssanitäter mit dem Zugang. Ein junger Mann Anfang dreißig oder jünger mit blassem und verzerrtem Gesicht. Er lag seitlich auf der fahrbaren Trage eines Rettungswagens und hatte die Beine zur Brust gezogen. Er stöhnte, anscheinend ohne auf seine Umgebung zu achten. Der Chef der Sanitäter reichte Hayen ein Protokoll zur Unterschrift. »Herr Hugner, Uwe, achtundzwanzig. Seit sechs Uhr morgens Bauchschmerzen. Anruf beim Hausarzt um acht.« Der Mann war wohl fünfzig, trug einen fransigen, grauen Vollbart und ratterte gelangweilt seine Geschichte herunter. »Der hat ihn dann eingewiesen. Er glaubt, ein Ulkus. Hat noch keine Medikamente bekommen. Da unterschreiben, bitte.« Er tippte einen dicken, nikotingelben Finger auf eine leere Stelle auf dem Protokoll.

Hayen wollte den Schwestern die notwendigen Anweisungen geben, als ihn Yvonne Trenckenbohm zur Seite stieß. »Uwe«, rief sie und beugte sich über den Patienten. »Uwe, was ist, Uwe?« Sie schüttelte ihn, er antwortete nicht. »Uwe, sag was.«

Hayen räusperte sich, schob die Frau sanft zur Seite und nickte den Schwestern zu. »Herr Hugner kommt erstmal in ein Bett.« Er wandte sich der Trenckenbohm zu. »Sie kennen ihn? Dann können Sie mir ja etwas zur Anamnese sagen?«

Sie schüttelte den Mann an der Schulter, der sich weiter nur den Bauch hielt und nur mit einem Stöhnen antwortete. »Ihr Bruder?«, sagte Hayen. »Schwager?«

»Wie?« Trenckenbohm sah auf. »Nein.« Sie legte dem Mann die Hand auf die Stirn. »Uwe ist ein … Freund. Ein Freund.« Sie richtete sich auf. »Und ich weiß nicht, was Sie das angeht.«

Der bärtige Sanitäter grinste, eine Schwester kicherte, hörte aber sofort auf, als die Trenckenbohm ihr einen Blick wie einen Dolch zuwarf.

»Ja. Ach ja.« Hayen half den Schwestern und den Rettungssanitätern, Uwe Hugner auf ein Patientenbett zu schieben.

»Ach ja? Was soll das heißen?« Frau Trenckenbohm schäumte. »Kümmern Sie sich um Ihre Angelegenheiten.«

Hayen legte die Bettdecke über Hugners Beine. »Meine Angelegenheiten, wie zum Beispiel Herrn Hugner.«

Frau Trenckenbohm warf den Kopf in den Nacken wie das Abziehbild eines amerikanischen Teenagers im Fernsehen. »Wir werden ja sehen.«

Hayen unterdrückte die Frage, was man sehen werde, und kümmerte sich um die Behandlung Hugners, während Trenckenbohm aus der Station stöckelte.

***

Coord Bleeker kam um neun Uhr morgens aus der ersten Besprechung zurück in sein Büro. Er nahm der Sekretärin die Unterschriftenmappe im Vorbeigehen ab und sagte: »Danke, Steiger. Nächste Termine?«

»Professor Goller, Innere Medizin, kommt zehn nach neun. Kurze Sache, fünf Minuten.«

»Absagen.« Bleeker ging durch die Tür, gab ihr rückwärts einen Schubs und genoss einen Moment später, zufrieden mit sich, das satte Geräusch des Zufallens, während er um seinen gläsernen Schreibtisch herumging. Sein Schreibtischsessel gab nach Leder duftende Luft von sich, als er sich setzte. Er ließ sich mit angehobenen Füßen eine Runde drehen, nahm das rotierende Panorama seines holzverkleideten Büros und der Fensterfront hinter Lamellenvorhängen auf. Dann stoppte er den Dreh, warf die Unterschriftenmappe vor sich auf das Glas und legte die Unterarme rechts und links daneben. Er ertappte sich bei einer kurzen, gepfiffenen Melodie. Warum hatte er so gute Laune? Er warf den Pappdeckel herum, spürte ein Lächeln auf dem Gesicht. Er hob den Kopf. Was war so erheiternd? Er verscheuchte den Gedanken. Alles klar.

Den ersten Brief unterschrieb er mit der gleichen kurzen Melodie auf den Lippen. Eine Kündigung eines unbotmäßigen Assistenzarztes in der Probezeit. Unter das Zeugnis in der zweiten Abteilung der Mappe setzte er seinen Namenszug neben den des Chefarztes Goller. Er überflog die letzten Sätze. ›Bemühte sich stets, unseren Anforderungen gerecht zu werden.‹ »Sehr gut«, murmelte er und blätterte um.

Er las den Absender. Doktor Ernest Max Jansen, Vorsitzender des Vorstandes der *Allgemeinen Krankenversicherung* Bezirk Ems- und Ostfriesland. Bleekers Mundwinkel zogen sich herab, ohne dass er dessen gewahr war. Das Gespräch vor vierundzwanzig Stunden war unangenehm gewesen, er hatte gehofft, es einfach vergessen zu können. Und jetzt dieser Brief. Datiert von gestern. Er überflog den Betreff. ›Steigerung der Effizienz des Einsatzes der Mittel aus dem Aufkommen der Versicherten‹. Bleeker zog die Augenbrauen zusammen und las erneut. Dann raste er durch die Sätze. ›Effizienzsteigerung um achtzehn Prozent‹, las er und ›Schließung zur Vermeidung weiterer Verluste‹. Er stockte und vergewisserte sich, dass er richtig verstanden hatte. Tatsächlich, da stand: ›Schließung zur Vermeidung weiterer Verluste‹.

Er warf sich zurück in die Stuhllehne. Dann lehnte er sich vor, stützte die Ellenbogen auf die Glasplatte und hielt die Schläfen zwischen den Handflächen. »Schließung zur Vermeidung weiterer Verluste«, las er sich vor. Er stand auf, wobei sein Bürosessel mit einem Schlag gegen die Fenster gestoßen wurde. Er ging eine halbe Runde, griff sich im Vorbeigehen den Taschenrechner und tippte, während er zum Sessel zurückkehrte, daran vorüberging und eine weitere Runde begann. »Schließung zur Vermeidung weiterer Verluste.« Er schüttelte den Kopf und tippte wie besessen. »Verluste. Unsinn. Achtzehn Prozent.« Er winkte ab. »Das ist unmöglich«, rief er und warf den Rechner auf das Glas.

Mit den Händen in den Hosentaschen und gesenktem Kopf ging er eine erweiterte Runde durch das Büro. »Unsinn.« Er machte eine weitere Runde, griff sich erneut den Taschenrechner und hackte darauf ein. »Achtzehn Prozent von dreißig Millionen.« Er hieb auf die Tasten ein. »Fünf Komma vier Millionen!«, rief er aus. »Ein Witz. Ein Witz. Unmöglich. Fertigmachen. Er will mich fertigmachen.« Er schmiss den Rechner auf den nächsten der roten Sessel, dass die Sitzfläche ihn zurück und auf den Boden warf. »Klar. Mundtot machen. Er will mich zum Schweigen bringen. Unser Pilotprojekt beenden und uns und mich gleich mit abschießen. Hat Angst bekommen, der Kerl.« Er stampfte auf. »Nicht mit mir.« Er lief beinahe einen Dauerlauf um seinen Schreibtisch. »Nicht mit mir.« Er hämmerte mit dem Zeigefinger an seine Brust. »Nicht mit mir. Da hat er sich geschnitten.« Er trat gegen einen Sessel, stampfte zurück zu seinem Stuhl und suchte einen Moment lang vergeblich den Taschenrechner auf dem Schreibtisch. Er benutzte stattdessen den Rechner in seinem Computer, wiederholte die Rechnung, deren Ergebnis er schon kannte, und suchte dann nach Daten im Abrechnungsprogramm.

Nach zehn Minuten hatte er die Daten, die er gesucht und die Idee, die er gebraucht hatte.

Er drückte mit der Faust den Knopf seiner Sprechanlage. »Steiger. Zum Diktat. Sofort.« Er ließ sich in den Sessel fallen. »Klar. Das schaffe ich. Auch das schaffe ich. Wie ich alles geschafft habe. Verdammt.« Beide Fäuste flogen auf die Glasplatte. »Mit mir nicht. Dem werde ich es zeigen.«

Steiger öffnete die Tür, kam mit leisen Schritten über das Parkett und setzte sich mit seitlich gehaltenen Beinen, auf denen sie den Diktatblock schreibbereit hielt. »Herr Doktor Bleeker?«

»Schreiben Sie. Verteiler: alle Chefärzte der Kliniken.« Bleeker diktierte, Steiger schrieb und staunte.

***

Nach dem Diktat sprang Bleeker auf und ging ohne Kommentar zu Steiger aus Büro und Vorzimmer. Den Flur im achten Stock passierte er mit gesenktem Kopf, ohne auf Plastiken und die Kunst an den Wänden zu achten. Er entschied sich gegen den Aufzug und ging die Treppen hinab. Erst im dritten Stock traf er auf einen Menschen. Er ging grußlos an ihm vorbei, blieb drei Stufen weiter unten wieder stehen und drehte sich um. »Sie.«

Der Mann drehte sich zu Bleeker um. Er trug einen Klemmbrettkasten zwischen Hüfte und Arm geklemmt und notierte etwas.

»Was machen Sie hier? Wer sind Sie?«

Der Mann nahm den Kasten unter den Arm, richtete sich hoch auf und deutete auf das Namensschild auf der Brust seines blauen Overalls. »Abakay Bilgic. Ich putze das Treppenhaus.«

Bleeker sah sich um. Ein altblutiges Taschentuch, eine Getränkedose und ein umgekippter, als Aschenbecher missbrauchter Plastikbecher schmückten den Treppenabsatz, auf dem Bleeker stand.

Bilgic war seinem Blick gefolgt. »Lassen Sie sich nicht täuschen. Erste Phase.«

»Erste Phase?« Bleeker hatte Lust zu schreien. »Sie putzen hier, Mann! Sie …«

»Sehen Sie, ich mache die Bestandsaufnahme laut Q-R-eins. Das ist Teil des Reinigungsvorgangs. Eigentlich hat während Phase Eins kein Publikumsverkehr zu erfolgen. Nachdem Sie hier aber der Chef sind …«

»Q-R-eins. Qualitätsrichtlinie eins.«

»Sie wissen?« Bilgic ging eine Stufe hinunter.

Bleeker erklomm eine Stufe. »Sie arbeiten nach Qualitätsrichtlinie?«

Bilgic nahm den Kasten unter dem Arm. »Selbstverständlich.« Er klappte den Deckel auf. »Schauen Sie.«

Bleeker beugte sich über die Dokumente, die Abakay Bilgic hervorholte. »Sehr gut. Sehr gut.« Er nahm das Dokument an sich, sah sein Gegenüber an. Bilgic schien zufrieden. Bleeker blätterte. Eine Qualitätsrichtlinie wie aus dem Lehrbuch, soweit er es nach ein paar Sekunden beurteilen konnte. Er reichte das Geheft dem Putzmann zurück. »Hervorragend, Mann.« Er sah ihn an. »Wie war ihr Name?«

»Bilgic. Abakay Bilgic, Herr Doktor Bleeker.«

»Sie kennen mich?«

»Selbstverständlich.«

Bleeker räusperte sich. »Mh«, sagte er, sah sich um, sah Bilgic an und wandte sich dann wieder ab. Er ging die Treppe hinunter und sprach über die Schulter. »Gut, Herr Bilgic. Abakay Bilgic. Werde ich mir merken.« Er nickte.

Abakay schob das Dokument in den Klemmbrettkasten, klappte ihn geräuschvoll zu und fuhr fort, seine Notizen zu machen.

Bleeker ging bis in das Erdgeschoss und fand seinen Ärger wieder, als er die Metalltür aufdrückte.

Vor dem Kiosk in der Eingangshalle fand er sein Opfer.

Der Mann im blauen Overall stand am Tresen neben Großmüttern in Bademänteln, die Rätselhefte oder Postkarten kauften. Er verdrückte eine Bratwurst im Brötchen und spülte es mit dem ersten Bier des Tages hinunter.

»Mann, was tun Sie hier?« Bleeker baute sich vor dem Arbeiter auf. »Wie heißen Sie?«

Der Mann sah an sich hinunter. »Ähm. Ich esse, Chef.«

»Das sehe ich.« Bleeker legte die Hände im Rücken zusammen. »Wie heißen Sie?«

»Gerhard Meier, Chef.«

»Sie trinken, Meier.« Bleeker wippte auf den Fußballen.

Gerhard Meier betrachtete die Bierflasche zwei Sekunden lang. »Ja, Chef. Bier, Chef.«

»Kennen Sie die Hausordnung, Meier? Paragraph fünf, Absatz drei, Meier?«

Meier räusperte sich und trat langsam von einem Bein auf das andere. »Absatz drei, Chef?«

»Paragraph fünf, Absatz drei, Meier«, rief Bleeker und spürte das Blut in den Schläfen pulsieren. »Es ist neun Uhr morgens, Mann.« Er brüllte. »Und Sie trinken Bier!«

Gerhard Meier sah auf den Boden. »Bier. Ja, Chef.«

»Wo arbeiten Sie, Mann?«

»Wo?«

»In welcher Abteilung?« Bleeker bebte vor unterdrückter Wut. »Wäscherei? Werkstatt?«

Meier hob eifrig den Kopf. »Werkstatt, Chef. Ja. In der Werkstatt bei Topenhauer und Co.« Er nickte mehrmals.

Bleeker begann zu schreien. »Sie arbeiten bei ...« Bleeker zögerte. »Bei Topenhauer?« Er wurde leiser. »Und Co?«

»Ja, Chef. Besuche einen Kollegen.«

Bleeker hustete und sah sich um. Einige der alten Herrschaften sahen ihn mit großen Augen an. »Sie arbeiten nicht im Krankenhaus?« Er versuchte ein Lächeln, das ihm einige Sekundenbruchteile gelang.

Gerhard Meier lächelte erleichtert. »Ja, Chef. Besuche meinen Kollegen. Er hat sich die Hand gebrochen.« Er nickte ohne Unterlass.

»Ja, dann.« Bleeker wippte und sah sich im Sekundentakt nach rechts und links um. »Also Meier, ja, wissen Sie ...«

»Ja, Chef.« Meier nickte und nickte.

»Wiedersehen, Meier«, sagte er mit unruhigem Blick auf die umstehenden Patienten. Bleeker drehte sich auf dem Absatz um und ging den Weg zurück, den er gekommen war. Kurz vor der Metalltür zum Treppenhaus entschied er sich für den Aufzug in den achten Stock.

***

Peter Hayen hatte die ersten diagnostischen Verfahren für den Ulkus-Patienten Uwe Hugner angeordnet, als Professor Udo Goller auf der Station erschien. »Morgen, Kollege König, guten Morgen. Was gibt es?« Goller stand mit auf dem Rücken verschränkten Händen im Stationsflur. Mit weit in den Nacken gelegtem Kopf sah er Hayen von unten nach oben durch seine halbe Lesebrille an.

»Hayen, Herr Professor, mein Name ist Hayen.« Er versuchte, Hugners Unterlagen, die ihm die Sanitäter übergeben hatten, zu einem geraden Stapel zu sortieren.

»Ach ja. Gut. Also, was gibt es? Zugänge?«

»Hugner, ja, Herr Professor. Ein Ulkus. Meine ich.«

Goller sah auf die Uhr. »Mh. Gut. Starten wir. Wo liegt der Patient?«

Hayen seufzte und deutete in das Zimmer, vor dessen Tür beide standen. Wie lange würde Goller heute brauchen?, fragte er sich. Der Professor für Innere Medizin neigte zu ausschweifenden Visiten.

Eine dreiviertel Stunde und endlose Diskussionen über die sehr unergiebige Krankengeschichte Hugners später hatte Peter Hayen aufgegeben, die Sache schnell zu Ende bringen zu wollen. »Also, dann wollen wir mal«, sagte Goller und blickte Uwe Hugner mit zurückgelegtem Kopf durch die Lesebrille an. »Wo tut es denn weh?«

»Hier, hier, hier«, stöhnte Hugner und deutete auf seinen Bauch. »Um Himmels willen, geben Sie mir endlich etwas gegen die Schmerzen, ich kann nicht mehr.«

Goller hob den Zeigefinger. »Wir wollen doch die Symptomatik nicht verwischen, nicht wahr?« Er steckte die Oliven seines Stethoskopes in die Ohren. Hugner schrie auf, als er es auf die Bauchhaut drückte. »Nun stellen Sie sich nicht so an, Herr.« Professor Goller hörte, tastete und klopfte gegen den verhaltenen Widerstand des Patienten. Anschließend klopfte, tastete und hörte er in umgedrehter Reihenfolge.

Goller richtete sich auf, legte den Kopf schräg in den Nacken und die Hand an das Kinn. »Dann sollten wir mit der Diagnostik beginnen. Sie nehmen Blut ab und bestimmen den Nüchtern-Blutzucker, machen einen ACTH-Test, die Schilddrüsenhormone, Herzenzyme, die Leber nicht vergessen ...«

»Herr Professor«, unterbrach Hayen, »ich bin mir sicher, dass es ein Magengeschwür ist. Ein Ulkus. Wir sollten Herrn Hugner Medikamente gegen die Magensäure und etwas gegen die Schmerzen geben. Wir ...«

Uwe Hugner stöhnte Zustimmung.

Professor Goller schnitt ihm mit einer Handbewegung das Wort ab. »Nun mal langsam, junger Kollege. Wie viel Erfahrung haben Sie, hm? Wie viele Jahre in der Klinik, wie?«

Hayen schwieg.

»Na, also. Also dann machen wir es, wie ich es angeordnet habe. Und vergessen Sie nicht die digital-rektale Untersuchung.« Er hob den rechten Zeigefinger. »Die Güte eines Arztes steht in direktem Zusammenhang mit der Anzahl der digital-rektalen Untersuchungen, die er durchführt.« Er legte den Kopf zurück und fixierte Hayen. »Nicht wahr, Herr Kollege König?«

Die nächsten dreißig Minuten verbrachte Professor Goller mit einem Vortrag über die immunologischen Grundlagen der Magenschleimhautentzündung, über Möglichkeiten der Labordiagnostik und internistische Therapie des Magengeschwürs. Währenddessen stöhnte Uwe Hugner bisweilen auf und wurde von Goller jeweils zurechtgewiesen. Peter Hayen fühlte sich dem hypoglykämischen Schock nahe. Am Morgen war für ein Frühstück keine Zeit geblieben. Der Gedanke an die Strafzettel, die seinen Wagen mittlerweile schmücken mussten, besserte seine Stimmung nicht.

Um halb elf kam Professor Trenckenbohm auf die Station. Hayen hörte ihn mit einer Assistenzärztin der Herzchirurgie, die ihn begleitete, scherzen. Beide passierten die offene Tür des Patientenzimmers. Die Schritte blieben stehen, kamen zurück. Trenckenbohm und die jüngste Ärztin der Herzchirurgie traten ein. Er trug sein blaues Jackett mit den Goldknöpfen und die unvermeidbare, erloschene halbe Zigarre im Mundwinkel. Er trat neben Goller, schlug ihm auf die Schulter, so dass dessen Kopf aus seiner Ruhestellung im Nacken hervornickte, und ließ die Riesenpranke auf seinem Kollegen ruhen. Hayen betrachtete die Herzchirurgin aus dem Augenwinkel. Sie war eine Dunkelhaarige mit Kurzhaarschnitt, die sicher auch als Model Karrierechancen gehabt hätte.

»Na, Goller, machst wieder Endlos-Visite, was?« Trenckenbohm lachte dröhnend und schob die Assistentin mit einer Hand auf ihrem Rücken in die erste Reihe. Er ließ seine Hand auch auf ihrer Schulter liegen.

Professor Goller schürzte die Lippen und diktierte Hayen den nächsten Labortest, der noch heute durchzuführen war. Hayen sah auf die Uhr. Das Labor nahm um diese Zeit schon die meisten der aufwändigen Tests nicht mehr an. Er verkniff sich die Erwähnung dieser Tatsache.

»Zeig mal her, Junge.« Trenckenbohm ließ die Ärztin los, zog mit einer raschen Bewegung das Blatt mit Hayens Notizen an sich und überflog es mit nur einem Blick. »Ach, Unsinn.« Er zerknüllte den Bogen mit einer Hand und schüttelte Goller an der Schulter. »Magen, glaubst du? Quatsch.« Er warf den Zettel über die Schulter. »Hinterwandinfarkt, ist doch klar.«

»Der Mann ist unter dreißig Jahre, Herr Professor«, warf Hayen ein, ohne dass er beachtet worden wäre.

»Unsinn«, sagte Goller. Zu Hayen gewandt: »Schreiben Sie: Vasoaktives, intestinales Peptid. Basalwert und Spitzenspiegel nach Stimulation. Haben Sie das?«

Trenckenbohm lachte dröhnend. Gollers Kopf wackelte unfreiwillig in seiner Nackenstellung mit. »Mach mal Platz. Den nehmen wir mit. Ab in den OP. Der braucht einen Bypass.« Er löste mit einem Fußtritt die Bremse. »Fass mal mit an, Mädel.« Er zog am Fußteil des Bettes.

Professor Goller hielt das Bett fest. Es entbrannte ein

Kampf zwischen den beiden Männern, den ohne Zweifel Trenckenbohm gewonnen hätte, wenn Yvonne Trenckenbohm nicht eingeschritten wäre.

Frau Trenckenbohm kam ins Patientenzimmer gestürmt. »Lass Uwe in Ruhe, lass die Finger von ihm, ich warne dich!« Sie rannte von hinten gegen ihren Mann, trat ihn mit spitzen Pumps und trommelte beringte Finger gegen seinen Rücken, Hals und Hinterkopf.

»Uwe?« Trenckenbohm drehte sich um und wehrte sich mit ausgestreckten Armen gegen die Schläge seiner Frau. »Uwe, also. Ich verstehe. Ist das also auch einer deiner ...« Er verschluckte das nächste Wort und wechselte hektisch den Platz seiner Zigarre von Mundwinkel zu Mundwinkel und zurück.

Yvonne Trenckenbohm durchbrach seine Deckung mit einem gezielten Tritt gegen ein Schienbein und nutzte die Gelegenheit für zwei weitere Tritte dieser Art aus. »Und du? Du musst etwas sagen«, keifte sie. »Tauchst hier auf mit dieser Schlampe. Das ist jämmerlich. In deinem Alter.«

»Schlampe? Sagten Sie Schlampe? Sie ... Sie unverschämte ... Person.« Die hübsche Dunkelhaarige war tief errötet.

»Komm mit«, befahl Yvonne mit leicht zitternder Stimme.

»Lass das«, zischte Trenckenbohm mit zwei Seitenblicken zu seiner Assistenzärztin und zu Professor Goller. »Ich bin mitten in der Visite.«

»Unsinn. Komm mit.« Frau Trenckenbohm stampfte mit ihrem zarten Schuh auf und ließ keinen Zweifel, dass ihr Mann zu gehorchen hatte.

Trenckenbohm gab den Widerstand auf, senkte den Blick und ließ sich unter Beleidigungen aus dem Patientenzimmer und der Station ziehen.

Professor Goller überließ es Peter Hayen, das Bett wieder an seinen Platz zu schieben und begann das Diktat seiner Liste von Laboruntersuchungen von Neuem.

Hayen seufzte.

***

Um kurz nach zwölf hatte Professor Goller die Chefarztvisite für ein mit erhobenem Zeigefinger angekündigtes ›kurzes‹ Mittagessen unterbrochen und war gemessenen Schrittes und in den Nacken gelegten Kopfes aus der Station geschritten. Hayen ließ sich mitsamt seiner Liste und mit der Gewissheit unerledigter Arbeit für die nächsten drei Tage auf einen Bürostuhl im Stationszimmer sinken. Die Furcht vor dem Nachmittag ließ ihn erwägen, nach dem ›kurzen‹ Mittagessen nicht auffindbar zu sein. Sie hatten bisher nur Uwe Hugner durchgesprochen. Hayen raffte sich auf und sah nach einer Schwester. Der Mann brauchte endlich ein Schmerzmittel.

Als er aus dem Stationszimmer ging, stieß er mit Professor Trenckenbohm zusammen. »Nicht so wild, junger Mann.« Er schob die Zigarre in den rechten Mundwinkel. »So. Gut, dass ich Sie treffe. Sie bringen jetzt dieses …« Er deutete mit je zwei erhobenen Fingern Anführungszeichen an. »Ulkus in den OP.« Er schüttelte den Kopf. »Einen Hinterwandinfarkt wie ein Magengeschwür behandeln. Unmöglich, dieser Goller.« Er schüttelte den Kopf, zündete seine Zigarre mit seinem stinkenden Benzinfeuerzeug an. »Internisten. Lächerlich.«

»Sie können doch hier nicht rauchen, Herr Professor«, sagte Hayen und warf den Stapel mit Hugners Unterlagen samt seiner Arbeitsliste mit einer wütenden Bewegung auf den Schreibtisch.

»Wie? Was?« Er paffte drei Züge. »Ach, Unsinn.« Er deutete auf das Telefon. »Los, rufen Sie den Transportdienst an. Um zwölf Uhr dreißig liegt der Mann auf dem OP-Tisch.«

Die Stationsschwester ging vorbei, zögerte, trat heran und nahm dem Herzchirurgen die Zigarre aus dem Mund. »Rauchen verboten«, sagte sie und ging samt Zigarre weiter.

»Na los, na los«, blaffte er in Hayens Richtung, zog eine unversehrte Zigarre aus einer Innentasche des Jacketts, brach sie mitten durch, biss einer Hälfte ein Ende ab und spuckte es auf den Boden, bevor er sie sich in den Mund schob.

»Herr Professor, der Mann ist doch zu jung für einen Herzinfarkt. Ein Ulkus ist doch wirklich wahrscheinlicher.«

Trenckenbohm drehte sich zu Hayen um, richtete sich auf und zündete die Zigarre an. Er blies ihm eine Schwade Rauch ins Gesicht. »Blasen Sie sich hier nicht so auf, Mann.« Eine weitere Rauchwolke traf ihn. »Sie lassen den Mann jetzt sofort in den OP schaffen, sonst werden Sie schon merken, dass ich auch anders kann.«

»Herr Professor, ich …«

»Sofort!«, donnerte Trenckenbohm. Peter Hayen hob die Arme und ließ sie fallen. Was konnte er gegen den Professor ausrichten? Aber eine Herzoperation für ein Magengeschwür? Trenckenbohm schob Hayen zur Seite und hieb mit einem wütenden Seitenblick und wie eine Lokomotive Rauch ausstoßend auf das Telefon ein.

Drei Telefonate später war alles arrangiert. Hayen versuchte es ein letztes Mal. »Sollten wir nicht noch eine Angiographie abwarten?«

Trenckenbohm schnaubte nur zu Antwort. Er schob Hayen zur Seite, ging zu Uwe Hugners Bett, löste die Bremse und zog den stöhnenden Patienten in seinem Bett auf den Stationsflur. »Sehen Sie ihn sich doch an, Mann. Der braucht Hilfe und ich bin wohl der Einzige, der das kann.«

***

Carsten Borcherts hatte es nicht zu Hause ausgehalten. Nervös hatte er kaum eine Stunde am Vormittag geschlafen und war nach einem späten Frühstück wieder in die Klinik gefahren. Er ging in Straßenkleidung auf die Station und sah Hayen, wie er sich an einem Patientenbett festhielt, das von Trenckenbohm durch den Gang gezerrt wurde. Borcherts schmunzelte und trat näher.

»Das geht nicht, Herr Professor. Bitte.« Hayens Stimme war beinahe weinerlich.

Trenckenbohm paffte wild aus seiner Zigarre. »Weg da, Sie«, brummte er und zog am Fußteil des Betts, während Hayen es am anderen Ende festhielt. Der Patient, der im Bett lag, stöhnte bei jedem Ruck, den die beiden Kämpfenden verursachten.

Borcherts stand nun hinter Peter Hayen und legte ihm die Hand auf die Schulter. »Du wirst es nicht verhindern können«, sagte er leise.

Hayen hob die Hand, zeigte auf Trenckenbohm und sagte: »Er will ihn am Herzen operieren. Einen jungen Mann. Nicht mal dreißig. Das geht doch nicht. Er hat ein Ulkus.«

Der Widerstand, den Hayen mit nur noch einer Hand am Bett leisten konnte, war zu gering. Trenckenbohm riss das Bett los und mit einem letzten Aufstöhnen des Patienten zog der Herzchirurg triumphierend davon.

Borcherts hielt Hayen am Arm fest. »Schau mal, das ist doch allemal besser, als wenn ihn Goller in die Finger kriegt.«

Hayen versuchte halbherzig, sich loszumachen. Borcherts behielt die Oberhand. »Das Problem hat ja schon begonnen, als er hier ins Krankenhaus gekommen ist, in unsere Fänge. Jetzt muss man versuchen, ihn mit möglichst wenig Schaden wieder rauszubekommen.«

Hayen riss sich los und drehte sich um. »Spinnst du?« Er tippte sich an die Schläfe. »Möglichst wenig Schaden?« Er deutete hinter sich. »Eine Herzoperation nennst du möglichst wenig Schaden?«

»Ja.« Hayen war ein Idealist, dachte Borcherts. Eigentlich war er niedlich. Er war hier falsch, sollte bald wieder das Krankenhaus verlassen. Idealisten wurden gebrochen in diesem Betrieb und veränderten sich zu den schlimmsten Funktionsträgern. Borcherts lächelte und sprach langsam und leise. »Versteh doch. Ein Ulkus. Das ist Gollers Domäne …«

»Ja«, unterbrach Peter Hayen, »der ist lästig mit seinen Ewig-Visiten, Tausenden von Labortests und so weiter, aber er versteht wenigstens, was der Patient hat und behandelt es.«

Borcherts winkte ab. Niedlich, dachte er. Naiv und niedlich. »Wenn du es so oft miterlebt hättest wie ich, wüsstest du, dass es das größere Risiko ist.«

»Das größere Risiko?« Hayen wedelte mit einer Hand vor seinem Gesicht.

»Klar.« Borcherts nickte ruhig. Vielleicht war ja noch Hoffnung für den jungen Kollegen, überlegte er. »Goller macht im Durchschnitt über hundert verschiedene Tests. Labor, Funktionstests, Endoskopien von oben, von unten. Er schaut in alle Löcher, die er finden kann, untersucht jedes Körpersekret, dessen er habhaft wird und …«

»Ja, und? Ein bisschen viel, aber …«

»Nichts aber.« Borcherts hob den Zeigefinger. »Er findet immer etwas. Immer. Und *das* …« Borcherts betonte das Wort. »*Das* behandelt er.« Hayen sah ihn stumm an. »Und das ist natürlich nicht das, was dem Patienten das Problem macht. An dem eigentlichen Problem sterben sie dann.«

»Sterben«, wiederholte Hayen und schüttelte den Kopf.

»Die einen früher, die anderen später.« Borcherts nickte den Flur hinunter. »Der wahrscheinlich später. Der ist noch jung. Verlass dich drauf, es ist das kleinere Risiko.«

»Die Herzoperation?«

»Na, warte mal.« Borcherts tippte seinem Kollegen mit ausgestrecktem Zeigefinger an die Schulter und winkte ihn mit sich.

Im Stationszimmer zeigte er auf einen Stuhl für Hayen. Er setzte sich schräg auf den Schreibtisch und telefonierte. »Julius«, rief er ins Telefon. »Dich wollte ich. Super. Hör mal.« Er nickte nebenbei Hayen zu, der ihn anstarrte. »Unser Trenckenbohm hat da eben einen Jungen in seinen

OP gebracht. Will ihm das Herz beleben.« Er hörte auf den Einwand des chirurgischen Kollegen Doktor Julius Zengel. »Nein, ich glaube, du kannst ihn nicht davon abhalten. Aber ich möchte, dass du dich dazustellst und ihm sein Ulkus operierst, wenn Trenckenbohm fertig ist. Geht das?« Er wartete die Bestätigung ab. »Perforiertes Ulkus, das steht fest, ja. Luft im Bauch im Röntgenbild.« Nach ein paar Floskeln der Verabschiedung und des Dankes legte er auf. »Siehst du, so macht man das.«

Hayen schlug sich mit der flachen Hand auf die Stirn. »Das ist doch alles Wahnsinn.«

»In einem gewissen Sinn schon. Nur, sobald der operiert ist, verliert Goller akut das Interesse. Das ist das Gute dran. Dann kannst du ihm die Medikamente geben, die er braucht.«

Hayen dachte anscheinend einige Sekunden über Borcherts' Sätze nach, dann schlug er mit beiden Händen auf die Stuhllehnen. »Apropos Wahnsinn. Ich entlasse jetzt diesen Vokator. Der Typ spinnt doch nur. Der gehört nicht auf eine Intensivstation.«

»Das wirst du schön bleiben lassen.« Borcherts zog die Augenbrauen zusammen. »Unser bestes Pferd im Stall.«

Hayen lachte auf. »Na, das erklär mir jetzt aber mal.« Er zog sich mit dem Stuhl näher an den Schreibtisch und Borcherts beobachtete, wie er begann, mit Maus und Tastatur die Verlegung Vokators im Abrechnungsprogramm vorzubereiten.

»Der bringt Spitzen-DRG-Werte.« Er riss die Maus an sich und machte Hayens Eingaben rückgängig. »Und heute kommt Hypokaliämie, Koprostase und ein Harnwegsinfekt dazu.«

»Bist du verrückt?« Hayen fuchtelte in Richtung des Bildschirms, wo Borcherts die drei Diagnosen mit besonderem Wert für die Abrechnung mit der Krankenkasse verschlüsselte.

Borcherts schüttelte den Kopf. »Kein bisschen. Man

muss sich nur zu helfen wissen.« Er machte noch ein paar Eingaben.

»Du brauchst doch Belege.« Hayen stützte die gestreckten zehn Finger beider Hände an seine Schläfen. Er schien seinen Kopf vom Kreiseln auf dem Hals abhalten zu wollen. »Die Krankenkasse will doch auch was sehen.« Er warf die Hände in die Höhe. »Befunde. Einen Abstrich von der Mikrobiologie für den Harnwegsinfekt. Du kannst doch nicht ...«

Hayen verstummte, als Borcherts sich bückte und aus einer Schublade des Schreibtisches ein steril verpacktes Abstrichröhrchen zog. »Klar brauchen wir einen Befund. Machen wir. Kein Problem.« Er zog den kleinen Wattebausch am langen Plastikstiel aus dem mit Nährboden gefüllten Röhrchen und erhob ihn wie einen ausgestreckten Zeigefinger. »Harnwegsinfekt durch Darmbakterien. Typische Komplikation bei Intensivpatienten.« Mit diesen Worten lehnte er sich ein wenig vor, schob sich die Spitze des Wattebausches in die Hose sowie zwischen die Pobacken und drehte das Ding zweimal um sich selbst. »Harnwegsinfekt ist ein erstklassiger Entgelterhöher, musst du wissen.« Während er das sagte, schob er den Watteträger in den Nährboden, klebte ein Patientenetikett Vokators auf das Röhrchen und warf es über Hayen in den Postausgangskasten. »So. Dann bleibt noch die Koprostase.« Er zog den Kurvenordner zu sich und schlug Vokators Blatt auf. »Hebe-Senkeinlauf, bitte schön. Dokumentiert. Wasserdicht. Herr Vokator hat ganz klar eine Koprostase.« Er sah Hayen an, während er schrieb.

»Wenn wir ehrlich wären, wären wir pleite. Seit langem pleite. Jetzt sag selbst. Willst du deinen Job behalten oder nicht?«

Der junge Kollege antwortete nicht.

»Und die Hypokaliämie müssen wir natürlich auch beheben, nicht wahr?« Er beugte sich über die Patientenkurve. »Zwanzig Millimol Kaliumchlorid intravenös. Schaden ihm nicht und belegen die Hypokaliämie.« Borcherts warf den Stift neben sich auf den Schreibtisch und klatschte in die Hände. »Wenn die Schwestern fragen, kannst du ihnen ja sagen, sie können es machen oder lassen. Dokumentiert ist dokumentiert.« Er stand auf. »Schockiert, Herr Doktor?« Borcherts wartete zwei Sekunden vergeblich auf eine Antwort. »Na, du wirst dich schon dran gewöhnen.«

***

Auf der Station war es fade geworden. Hayen arbeitete wie ein Verrückter und es machte Carsten Borcherts bald keinen Spaß mehr, ihm dabei zuzusehen. Er plante, den mittleren Nachmittag mit einem Spaziergang im Patientengarten, einem Kaffee mit Kuchen in der Cafeteria und einem Plausch mit einer hübschen Sekretärin seiner Wahl zu verbringen.

Die Hände in den Hosentaschen, ein paar Töne irgendeiner improvisierten Melodie pfeifend, verließ er die Station.

»Hoppla, Meister Borcherts. Zu Ihnen wollte ich.« Viktor Maxim sah hier oben noch bleicher aus als in seinem Kellerverlies. Immer noch trug er das gleiche schwarze T-Shirt mit dem Aufdruck der Tourdaten der Band Godsmack. Ein Gürtel hätte seiner schwarzen, ausgebeulten Jeans gutgetan. Was an Nahrungsmittelresten in dem enormen Bart verborgen war, wollte Carsten Borcherts sich lieber nicht vorstellen. Maxim sah sich um. »Ungemütlich hier oben. Gehen wir lieber zu mir.« Er drehte sich um und winkte Borcherts, mitzukommen.

»Keine Zeit«, maulte Borcherts und sah dem Administrator nach. »Maxim«, rief er. »Was ist denn?«

Die Antwort bestand nur aus einem wiederholten Winken. Borcherts drehte sich nach links, wo der Patientengarten, die Cafeteria und wohl auch ein hübsches Mädchen auf ihn warteten, dann nach rechts, wo der ungewaschene, lichtscheue Maxim eben um die Ecke ging und auf das Treppenhaus zustrebte.

Mit einem Seufzen entschied er sich für einen Aufschub der Nachmittagsvergnügungen und lief hinter Maxim her. »Warum rufen Sie nicht an?« Es kam keine Antwort. Er erreichte das Treppenhaus, als die Tür hinter Maxim gerade ins Schloss fiel. Er stürmte hinterher. »Maxim«, rief er und sprang zwei Stufen auf einmal hinunter. »Maxim, warten Sie. Was gibt es denn so Aufregendes? Maxim!«

»Kommen Sie einfach mit, ja?«

»Sie sagen mir sofort, was Sie wollen, oder ich gehe wieder hinauf.« Borcherts hatte ihn bis auf eine Treppe eingeholt. Jetzt blieb er stehen und versuchte es mit Trotz.

»Glauben Sie, ich sage Ihnen hier im Treppenhaus, was ich Ihnen nicht mal übers Telefon andeuten konnte?« Seine Stimme war gepresst und er blickte zwischen den Betonbrüstungen das Treppenhaus auf und ab, während er sprach. »Jetzt seien Sie bitte ruhig und kommen einfach mit, gut?«

Borcherts fiel keine passende Erwiderung ein und er blieb drei Schritte hinter Maxim, bis sie die blau lackierte Metalltür erreichten. Maxim hatte sich während des restlichen Weges nicht umgedreht, nicht gesprochen und nun tippte er schweigend einen Code in das Zahlenschloss. Borcherts gelang ein Blick über seine Schulter. Er meinte, Maxim habe die Zahlenfolge eins-fünf-neun-zwei eingetippt und beschloss, sich die Zahl unbedingt zu merken.

Im Serverraum war es dunkel bis auf das Blinken von zig Kontrollleuchten in den Rechnerregalen rechts im Hintergrund und dem matten Schein eines bewegten Bildschirmschoners auf einem der beiden Flachbildschirme links. Die Klimaanlage leistete ganze Arbeit.

»Das hier wird Sie interessieren.« Maxim versetzte seiner Maus einen Stoß, gab Benutzernamen und ein erstaunlich langes Passwort ein, wobei er anscheinend viele Sonderzeichen, Zahlen und Groß- und Kleinbuchstaben benutzte. Der Bildschirmschoner verschwand und einige Bildschirmfenster zeigten sich, die Zahlenkolonnen, Namen und andere Codes auflisteten. Maxim lehnte sich zurück, deutete wie triumphierend auf den Bildschirm und sagte: »Na, hat es sich gelohnt, herzukommen?«

Borcherts stand seitlich hinter dem Administrator, hatte die Fäuste in den Taschen vergraben und verstand nichts. »Weiß nicht. Kommt drauf an, ob Sie mir jetzt noch eine Cola anbieten oder nicht.« In Gedanken wiederholte er den Code des Türschlosses: eins-fünf-neun-zwei.

»Ärzte«, stöhnte Maxim, fuhr mit dem Finger eine Zeile auf dem Bildschirm nach. »Hier, die erste Zahl ist *Economic Expected Future*, *EEF*, bei der Aufnahme eines Patienten.«

Borcherts nahm die Hände aus den Taschen beugte sich vor. »Es geht um den *Krieger.«*

»Messerscharfe Logik, Herr Direktor.«

Borcherts schmollte. »Und?«

Maxims Zeigefinger deutete weiter. »Das Todesdatum steht hier.«

»Eine Liste nur mit Gestorbenen?«

»Exakt.«

»Was soll das?«

»Geduld, Doktor, Geduld.« Mit dem Finger unter dem nächsten Eintrag sagte er: »Die *EEF* all dieser netten toten Leute hat sich zwei Tage vor dem Tod plötzlich auf Null reduziert. Von einem Tag auf den anderen.«

Borcherts zuckte mit den Schultern. »Wenn der Gesundheitszustand rapide bergab geht, wird sich das ja wohl auch in diesem Parameter zeigen, meine ich.«

»Irrtum, mein Bester. Hat nichts Medizinisches. Da hat jemand an den Datenbanken der Krankenkassen geschraubt. Diesen Leuten wurde einfach ihre wirtschaftliche Lebensberechtigung entzogen.«

»Das ist doch Unsinn.« Borcherts richtete sich auf und trat einen Schritt zurück.

»Glauben Sie es oder lassen Sie es bleiben.«

»Überzeugen Sie mich.«

»Eines vielleicht«, sagte Maxim. »Seit Bestehen dieser

Datenbank ist es so. Wenn die *EEF* abrupt gegen null sinkt, dann lebt der Betreffende keine drei Tage mehr.«

»Statistisch signifikant?« Borcherts zog die Augenbrauen zusammen.

»Statistisch habe ich es nicht getestet. Brauche ich auch nicht. Es ist bei jedem einzelnen so gewesen.«

Wurden hier Patienten ermordet?, dachte Borcherts und rieb sich die Stirn mit der Rechten. Warum? Welches Motiv? »Waren das wohlhabende Menschen?«

»Kann ich nicht sagen. So weit komme ich nicht in die Datenbanken der Krankenkasse.« Maxim verschränkte die Arme. »Ich glaube, ich bleibe hier nicht mehr lange.«

»Angst?« Borcherts grinste, obwohl ihm nicht danach zumute war.

Maxim zuckte mit den Schultern, sah stur auf den Bildschirm. »Ist schon ein komisches Krankenhaus, oder?«

»Komisch.« Borcherts summte Zustimmung. Lange bleibe ich auch nicht mehr, dachte Borcherts. Ein, zwei Monate, dann sollte der Job bei *Appresis* in trockenen Tüchern sein. Egal, welche Sauerei hier ablief, ihn ging es nichts mehr an. Selbst wenn er wollte, würde er hier nichts mehr ausrichten können. Und zudem würde *Appresis* wohl kaum einen Arzt aus einer Klinik einstellen, in der ein solcher Skandal möglich war. »Ich kümmere mich darum.«

»Was wollen Sie machen?« Maxim drehte sich seitlich, legte die Beine auf den Tisch und verschränkte die Hände im Nacken.

Borcherts ging zur Tür. »Weiß noch nicht. Ich werde mir was ausdenken.«

»Ich bin gespannt.«

Borcherts öffnete die Innentür und grüßte abwesend mit einer erhobenen Hand. Die Schloss-Zahlen flogen durch sein Bewusstsein: eins-fünf-neun-zwei und er registrierte sie bereits wie alte Bekannte.

»Halten Sie mich auf dem Laufenden, ja?«, rief Maxim.

Im nächsten Moment begann Hardrockmusik zu dröhnen. Borcherts ließ die Metalltür hinter sich zufallen und ging mit gesenktem Kopf langsam in Richtung Patientengarten, Cafeteria und hübscher Sekretärin.

***

Borcherts hatte es gegen seine Gewohnheit bis um vier Uhr nachmittags nicht geschafft, sich von der Station loszureißen. Im Einklang mit seiner Gewohnheit vermied er es jedoch, allzu viel zu arbeiten. Die Reden des Administrators ließen ihn nicht los.

»Machen wir weiter, junger Kollege.« Das war Professor Gollers Stimme. »Mittagspause vorbei.«

Wieder eines seiner ganz kurzen Mittagessen, dachte Borcherts. Er hatte sich unterhalten mit dem Besuch der abseitigsten Internetseiten, die er finden konnte. Gollers Stimme brachte ein Lächeln auf sein Gesicht. Die Sache versprach, unterhaltsam zu werden.

Eine Stunde zuvor war der junge Ulkuspatient zurück auf Station gekommen. Der Beatmungsschlauch in seinem Mund und Hals, die vielen Schläuche und Kabel in natürlichen und neu geschaffenen Körperöffnungen wollten nicht so recht zu dem Bild passen, das Borcherts für Hayen entworfen hatte. Mal sehen, was Goller sagte, dachte er und ging in das Patientenzimmer.

»Was ist mit den antinukleären Antikörpern?«

»Das Ergebnis ist noch ...« Hayen wand sich.

»Das Ergebnis ist eben gekommen«, sagte Borcherts und Hayen und Professor Goller wandten sich um. Borcherts wedelte mit einem Ausdruck einer Internetseite, den er kurz zuvor gemacht hatte. »Stark positiv.« Er tat, als ob er mit Hilfe des Zeigefingers Werte studierte.

Goller legte den Kopf in den Nacken. »Tja, so einfach wird das dann ja doch nicht werden. Warum, übrigens, ist der Patient intubiert und beatmet? Wie? Was?«

»Der Patient ist ...«, begann Hayen.

»… instabil geworden. Es musste sein«, vollendete Borcherts.

Goller schnalzte mit der Zunge. »Sehen Sie, junger Kollege, so einfach ist das nicht.« Er schüttelte den Kopf. »Ein einfaches Ulkus ist das dann wohl doch nicht.«

»Oh ja«, sagte Borcherts und nickte.

»Die Schilddrüsenhormone in Ordnung?«

»In Ordnung«, bestätigte Borcherts, während er den Zeigefinger über das Bild eines Nackten auf dem Ausdruck gleiten ließ.

»Habe ich mir gedacht.« Goller schürzte die Lippen. »Tja. Was tun wir? Und der ACTH-Test?«

»Pathologisch«, sekundierte Borcherts, während er Hayen angrinste und Goller mit im Nacken liegenden Kopf und zugekniffenen Augen sinnierte. »Stark erniedrigt. Die Hypophysen-Nebennieren-Achse ist schwer gestört.« Das war ein starkes Stück, dachte Borcherts. Ein solcher Test musste am frühen Morgen gemacht werden. Unmöglich, das Ergebnis jetzt parat zu haben. Goller war wohl zu verliebt in seine Klugheit und zu weit weg von der Praxis, um das noch zu bemerken.

»Sehen Sie, junger Kollege, sehen Sie, pathologisch, ja.«

Professor Goller begann seine Strategie zur Diagnostik und Therapie der nächsten Tage auszubreiten. Dabei sah er über die halben Brillengläser hinweg an die Decke, wippte ab und an auf Fersen und Fußballen und holte sich eine mündliche Bestätigung von Borcherts oder Hayen.

Nach einer Viertelstunde zog sich Borcherts unter dem Vorwand eines Notfalls zurück und zeigte Hayen zum Abschied den erhobenen Daumen. Peter Hayen notierte die Angaben Gollers zu den zukünftig durchzuführenden Tests.

Eine dreiviertel Stunde später kam Hayen erschöpft ins Stationszimmer, ließ sich in den Stuhl fallen und hielt seinen Notizzettel in beiden Händen. »Mann, das ist Arbeit für eine Woche und mit der für heute habe ich noch nicht mal angefangen.« Er sah auf die Uhr. »Schon nach fünf. Scheiße.«

Ohne lange von seiner Computerbeschäftigung aufzusehen, nahm Borcherts Hayen den Zettel aus der Hand, riss ihn in kleine Stücke und warf sie in den Papierkorb. »So, jetzt machst du das, was deine Schäfchen hier am Leben erhält und den Rest lässt du sein, kapiert?« Er deutete in den Mülleimer. »Und den Bullshit brauchst du nicht zu machen, habe ich dir das nicht vorhin gezeigt?« Borcherts schüttelte den Kopf. Der Junge hatte noch viel zu lernen, dachte er.

***

Bleeker nahm zwei Stufen auf einmal zwischen dem sechsten und dem achten Stock. Die vereinzelten Getränkedosen, umgekippten Aschenbecher und ein zerfledderter Stapel abgelegter Werbeprospekte störten ihn nicht weiter. Schließlich konnte man sich auf den Putzdienst im Haus verlassen. Qualitätsmanagement, dachte er, nicht schlecht. Das war *Total Quality Management*. Die Qualität bis ins Detail organisieren. Das war das Erfolgsrezept.

Beinahe wäre er gegen den Putzmann gestoßen, er wich aus und stolperte fast über eine Treppenstufe. Er fing sich, kam auf dem Absatz vor dem Mann zu stehen und zog sich Anzugweste und Jackett zurecht. »Ach.« Er sah sein Gesicht, las das Namensschild und erinnerte sich. »Bilgic. Herr Bilgic.« Bleeker drehte seine *Omega* am Handgelenk richtig herum und las die Uhrzeit ab. »Achtzehn Uhr. Sie arbeiten noch?«

Abakay Bilgic richtete sich auf. »Selbstverständlich, Herr Doktor Bleeker.«

Bleeker nahm die Schultern zurück. »Gute Einstellung, Mann.« Er sah sein Gegenüber an. Nur eine riesige Hakennase verhinderte, dass man ihn gutaussehend nennen würde. Er hatte kurze, schwarze Haare und trug eine randlose Rundbrille. »Sagen Sie, was haben Sie gelernt?«

Der Mann sprach akzentfreies, ja gewähltes Deutsch. Wie kam es, dass er Putzmann war?, fragte sich Bleeker.

Abakay Bilgic machte schmale Lippen. Eine Sekunde runzelten sich die Augenbrauen. »Warum möchten Sie das wissen?«

Bleeker dachte einen Augenblick darüber nach, den Mann stehen zu lassen. Diese Nachfrage grenzte an Unverschämtheit. Ein Putzmann. Er rümpfte die Nase, ohne es zu merken. »Ich weiß gerne Bescheid über meine Mitarbeiter.« Er tat einen Schritt weiter in Richtung seines Ziels.

»Ein Philosophiestudium.«

Bleeker schürzte die Lippen. »Tatsächlich? Abgeschlossen?«

»Selbstverständlich. Genauso wie ein Aufbaustudium *Total Quality Management*. Fernstudium. Alles selbst finanziert.« Nach dem letzten Wort nahm Bilgic seinen Klemmbrettkasten seitlich an den Körper, zog die Absätze seiner Turnschuhe mit einem kleinen Quietschen zusammen und schien tatsächlich militärisch stramm zu stehen.

»Guter Mann. Weitermachen.« Bleeker erwischte sich dabei, wie er die Absätze seiner Budapester mit einem Klacken zusammenschlug. Er ging langsamer, sehr aufrecht und Stufe für Stufe die nächste Treppe hinauf. Wenn er nur mehr solcher Mitarbeiter hätte, dachte Bleeker und ruckte ein klein wenig mit dem Kopf, um ein Zwicken des Kragens zu beseitigen.

»Herr Doktor Bleeker?«

Er blieb stehen. »Herr Bilgic? Was ist?«

»Sagen Sie, darf ich eine Kritik vorbringen?«

Um Bleekers Mundwinkel spielte ein Lächeln. Mal sehen, dachte er, es war ein Zeichen von Souveränität, Kritik der Mitarbeiter zu ertragen. Selbst von einem Putzmann. Er beugte sich seitlich über die Betonbrüstung zu Bilgic hinab. »Na, also. Nur zu.«

»Das Krankenhaus bräuchte ein incentiviertes Vorschlagssystem und das Qualitätsmanagement … entschuldigen Sie, aber es ist rudimentär.« Bilgic sprach und verharrte in der eingenommenen Haltung.Bleeker schluckte. Rudimentär, dachte er. Was für eine Frechheit. Er räusperte sich. Incentiviertes Vorschlagssystem. Die Idee hätte ihm selbst auch kommen können. »Genauer, Bilgic. Destruktive Kritik ist nicht erlaubt. Sagen Sie, wie Sie es besser machen könnten.« Genau genommen hatte er die Idee bereits gehabt, dachte Bleeker. Incentiviertes Vorschlagssystem, klar.

»Ich arbeite ein Konzept aus. Bekommen Sie in den nächsten Tagen.«

Bleeker stellte sich aufrecht auf die Treppe und dachte nach. Warum nicht? Bilgic war ein studierter Qualitätsmanager. Er atmete tief durch. »Gut, Bilgic. Geben Sie es meiner Sekretärin, ich melde mich dann bei Ihnen.« Er stieg die Treppen empor. Er würde sich bei ihm melden, echote es in seinem Kopf. Melden, wo? Im Treppenhaus, zwischen Stockwerk drei und vier? Er hielt ein Lachen zurück und nahm erneut zwei Stufen auf einmal, bis er den achten Stock erreicht hatte. Die Sitzung mit den Chefärzten stand an. Die Rettung vor dieser vollidiotischen Drohung Jansens. Der Mann würde sich noch umschauen. Bleeker schnaubte durch die Nase, als er die blaue Metalltür zum achten Stock aufstieß.

***

Um sechs Uhr abends fand sich Carsten Borcherts immer noch auf Station. Was ihn dort gehalten hatte, konnte er nicht sagen, aber er schien sich sicher zu fühlen in der Nähe des Ortes, wo in der Nacht Hinrich Ekhoff gestorben war. Womöglich gab es ihm ein Gefühl der Kontrolle, etwas, an dem er sich festhalten konnte. Es hatte erstaunlich wenig Reaktion auf seinen Tod gegeben. Ein Unfalltod eines Menschen, der wohl jeden Angestellten des Krankenhauses gegen sich aufgebracht hatte, dachte er. So war das Schicksal. Später hatte er heimlich im *Krieger* nach der *EEF* Ekhoffs gesucht, aber keinen Eintrag für ihn gefunden.

Er hatte sich diesen Nachmittag kaum vom Rechner wegbewegt, hatte Hayen die Arbeit machen lassen und nur hin und wieder gute Ratschläge erteilt, wie man die Arbeit minimieren konnte. Die Lektion hatte Hayen sehr nötig.

Das Telefon läutete, Borcherts ließ die Maus los und nahm ab. Nach ein paar Sekunden hatte er genug gehört und warf den Hörer hin. »Peter«, rief er. »Peter, wir bekommen Besuch.« Er raffte sich auf und stand auf. »Peter. Komm mal.« Der Gerufene kam schwitzend und mit Stethoskop in der Linken sowie einer Blutkonserve in der Rechten am Stationszimmer vorbeigelaufen.

Borcherts winkte ihn heran und ging auf den Stationsflur. Er legte Hayen den Arm auf die Schulter und zog ihn gegen seinen Widerstand mit sich. »Lass mal, Peter. Die schaffen das auch ohne dich. Du musst lernen, dass du nicht der Samariter der Nation bist.«

Hayen schob Borcherts' Arm beiseite, ging aber weiter an seiner Seite. »Was ist denn los?«

Borcherts nahm Hayen die Blutkonserve aus der Hand und warf sie einer Krankenschwester zu, die überrascht aber ohne Protest auffing. »Der Kajo Weiller bringt uns mal wieder einen Nachmittagsbesuch.«

»Was denn?«

Sie erreichten den Flur der Notaufnahme und bogen ab in die offene Tür von Kabine 1. »Er glaubt mal wieder an eine Lungenembolie.« Borcherts schob sich auf die Liege in der Mitte des Raumes und lächelte. »Vielleicht bringt er ja auch mal einen lebendig hier rein, wer weiß.« Carsten Borcherts sah aus dem Augenwinkel eine Bewegung. Der Chef, Professor Ricklefs, ging mit gesenktem Kopf und sehr langsamen Schritten den Flur vor Kabine 1 entlang. Borcherts sprang auf. Ein wenig Spaß sollte es schon machen, dachte er. »Hallo, Chef. Professor. Hier.« Er ging zur Tür und hob die Hand.

Ricklefs blieb stehen, sah in die falsche Richtung und bemerkte seinen Assistenten erst, nachdem Borcherts ihn noch einmal angesprochen hatte. »Ach, Borcherts. Moin. Was gibt es?«

Borcherts trat zur Seite und deutete in die Kabine. »Kommen Sie doch, wir möchten Ihnen etwas zeigen.« Er deutete auf Peter Hayen. »Unser neuer Kollege ist auch hier.«

»Ach ja, Herr …« Ricklefs streckte die Hand aus und sah sich um.

»Hayen«, ergänzte Borcherts und schob den Professor sanft weiter in die Kabine.

Vom Flur waren Stimmen und das Rattern einer fahrbaren Liege zu hören. Kajo Weiller kam als Erster herein. »Borcherts, du schon wieder?« Zwei Rettungssanitäter fuhren die Liege herein. Der Pulston aus dem Überwachungsgerät kam unregelmäßig.

»Was gibt es?« Carsten Borcherts verschränkte die Arme und lehnte sich schräg gegen den Wagen, auf dem der Defibrillator stand.

»Lungenembolie«, sagte Weiller und unterschrieb das Protokoll.

»Ach«, sagte Ricklefs und beugte sich mit den Händen auf dem Rücken über den Patienten.

»Ach«, sagte Borcherts. Er änderte seine Haltung nicht, als der Pulston aussetzte und das Überwachungsgerät ausdauernd zu pfeifen begann.

Ricklefs rückte seine Brille zurecht und suchte den Puls des Patienten am Handgelenk. »Oh«, sagte der Professor und ließ die Hand des Patienten auf die Liege fallen. »Dann gehe ich mal zu meiner Besprechung.« Er drehte sich um und wedelte unbestimmt in Borcherts' Richtung. »Machen Sie das mal.« Er ging zur Tür, während Borcherts mit einem Grinsen den Defibrillator bereit machte. »Ach ja, und Borcherts.« Ricklefs wartete, bis er ihn ansah. »Melden Sie uns bei der Rettungsleitstelle ab. Der Geschäftsführer hat alle Chefärzte zu einer Sitzung geladen. Wir sind eine Weile beschäftigt.«

»Klar, Chef«, rief Borcherts und ließ einen Klecks Elektrodengel auf die Brust des Patienten fallen, der von Sekunde zu Sekunde grauer aussah. »Niemand da, der die Patienten versorgt. Ich melde San Giberto ab.« Er drückte die Elektroden auf den Brustkorb des Patienten. In diesem Moment ertönte der helle Dauerton des Gerätes, er drückte die beiden roten Knöpfe an den Elektroden, die Muskulatur verkrampfte sich, der Patient wurde emporgeworfen.

»Gut, Borcherts, lassen Sie sich nicht stören.« Ricklefs blieb stehen, während er umständlich die Hände auf dem Rücken faltete und den Kopf senkte. Er schien tief durchzuatmen, zu seufzen und ging erst einige Sekunden später den Flur hinunter.

Eine halbe Stunde später gab es auch Hayen auf, Herzdruckmassage zu machen und das tote Herz mit Stromstößen zu quälen. Carsten Borcherts saß währenddessen mit schaukelnden Unterschenkeln auf dem Schreibtisch unter dem Fenster der Kabine und studierte zurückgelassene Patientenakten, die sich dort während des Tages angesammelt hatten.

Peter Hayen sah auf die Wanduhr. »Für das Protokoll, Todeszeitpunkt achtzehn Uhr dreißig.«

Kajo Weiller hob den Zeigefinger. »Als ich ihn hier hereingebracht habe …«

»… hat er noch gelebt, das wissen wir«, ergänzte Borcherts, klappte den Ordner zu, in dem er geblättert hatte und warf ihn hinter sich auf den Tisch. »Ich gehe jetzt nach Hause. Wenn du schlau bist, tust du das auch, Peter.« Er ließ sich vom Schreibtisch auf den Boden gleiten, grüßte rundum und ging hinaus.

***

Den Konferenzraum im achten Stock hatte Coord Bleeker bei seinem Amtsantritt umgestalten lassen. Die Wände waren mit Birkenholz verkleidet, der Boden mit hellem

Parkett bedeckt. Ein längsovaler, tiefschwarz lackierter Tisch umgeben von hochlehnigen Stühlen, von denen einer die anderen um ein kleines Stück überragte.

Auf diesem Stuhl saß Bleeker und begrüßte die Chefärzte einzeln mit Namen, als Professor Ricklefs hereinkam und den letzten leeren Stuhl in Besitz nahm. »Gut«, sagte Bleeker nach einem Räuspern. »Warum habe ich Sie hergebeten.« Er versicherte sich der ungeteilten Aufmerksamkeit der Professorenschaft. »Herr Kollege Ricklefs.« Der Anästhesist hörte auf, in den vorbereiteten Papieren auf seinem Platz zu blättern. »Ich will es Ihnen sagen, wie es mir mitgeteilt worden ist. Heute Morgen.« Die Chefs verstummten. »Uns droht die Schließung.«

Einige Sekunden sagte niemand etwas. Dann brach der Sturm los. »Frechheit«, hörte man und »Leistungsträger«, sowie »Bürokraten-Unsinn«. Man begann, sich über den Tisch Beschuldigungen zuzuwerfen. »Sie mit Ihren ausufernden Therapien verschlingen ja ein Riesenstück vom Budget!« Trenckenbohm stieß Rauchwolken aus und zwinkerte Professor Friderike Ortgiesen zu. Einer rief: »Die Gastroenterologie, schließen Sie die Gastroenterologie, Bleeker. Da kommt das Defizit her.« Der entsprechende Chefarzt warf die Hände in die Luft. »Das muss ich mir sagen lassen. Eine Unverfrorenheit ersten Ranges. Und das von einem Orthopäden. Dass ich nicht lache.« Ein Chirurg ließ die Faust auf den Tisch fallen. Der Orthopäde tat es ihm mit Verve gleich, da er offensichtlich nichts weiter zu sagen wusste.

Ricklefs hatte sich zurückgelehnt und kratzte sich langsam am Kinn.

»Meine Damen, meine Herren.« Bleeker hob und senkte die ausgestreckten Hände. »Beruhigen Sie sich, nun beruhigen Sie sich doch.« Es lief nach Plan. Nun musste er nur die Verwirrung der Koryphäen ausnutzen. Er lehnte sich zurück und verschränkte die Arme vor der Brust. »Hören Sie, meine Damen, meine Herren.« Er wartete, bis alle

Augen auf ihn gerichtet waren. Langsam verstummten die letzten Ausrufe und schließlich auch das Gemurmel.

»Also.« Er räusperte sich und lehnte sich auf die Unterarme. »Der Vorsitzender des Vorstandes der *Allgemeinen Krankenversicherung* hat mich davon in Kenntnis gesetzt …« Er zögerte, während der Chefarzt der Orthopädie sich zu Trenckenbohm hinüberbeugte und etwas flüsterte. Bleeker räusperte sich. »Hat mich davon in Kenntnis gesetzt, dass das Krankenhaus geschlossen wird, wenn wir nicht eine Steigerung der Effizienz um achtzehn Prozent schaffen.« Allgemeines Kopfschütteln und Murmeln begann. »Schließung zur Vermeidung weiterer Verluste. So hat er sich ausgedrückt.«

»Unmöglich«, rief Trenckenbohm. »Wer operiert dann?«

»Das kann er gar nicht. Was hat die *Allgemeine Krankenversicherung* da zu sagen?« Der Orthopäde winkte mit beiden Armen ab und schüttelte den Kopf. »Die haben kein Recht dazu.«

Bleeker streckte die Hände aus. »Nun, ich fürchte, die Kasse kann das tun. Als Träger können sie das.« Er wartete das entrüstete Gerede ab. »Aber wir können Sie mit ihren eigenen Waffen schlagen.« Die Professoren verstummten. »Wir erreichen das Effizienz-Ziel.«

Einige Chefärzte lachten. Andere sahen ernst aus und schüttelten den Kopf. Trenckenbohm lehnte sich zurück, hob den Kopf und paffte. Ricklefs hatte den Kopf erhoben und kratzte sich weiter langsam das Kinn.

»Sie stehen für die medizinische Kompetenz, meine Damen und Herren Professoren.« Bleeker legte die Hände auf der Tischplatte aufeinander. »Und ich bin der betriebswirtschaftliche Experte.« Der Orthopäde, Ortgiesen und der Chirurg verschränkten die Arme und sahen skeptisch aus. »Achtzehn Prozent.« Bleeker fixierte einen nach dem anderen in der Runde. »Das ist nur auf einem Weg zu schaffen.« Ortgiesen ließ die Arme sinken und lehnte sich nach vorne. Bleeker fuhr fort: »Ich habe es exakt durchgerechnet. Einen Monat. Wir schaffen es in einem Monat. Dann kann die Krankenkasse nicht anders, als uns zum Vorzeigebetrieb des Jahres zu erklären.«

Trenckenbohm paffte, Ricklefs kratzte sein Kinn. »Wie?«, blaffte der Orthopäde.

Jetzt galt es, dachte Bleeker. Einen Augenblick zögerte er, dann entschied er sich für den direkten Weg. »Einen Monat ohne Patienten.« Er wartete den folgenden Tumult ab. Professor Goller schüttelte immer wieder den Kopf und winkte in Richtung Bleeker ab. »Einen Monat, während dem wir die Einnahmen aufrecht erhalten, die Mitarbeiter in Urlaub schicken und keine Ausgaben haben. Nach diesem Monat haben wir das Ziel erreicht und den Angriff abgewehrt, meine Damen, meine Herren.«

Aus dem Augenwinkel nahm Bleeker wahr, dass die gepolsterte Tür geöffnet wurde. Sein Blick wanderte die Reihe der Chefärzte entlang. Hatte er einen vergessen? Sein Magen verkrampfte sich. Die Tür fiel zu, er sah Abakay Bilgic mit seinem Klemmbrettkasten unter dem Arm einen Putzwagen vor sich her schieben.

Die Chefärzte beruhigten sich langsam. Keiner nahm Bilgic wahr. Bleekers Augen hasteten immer wieder zu dem hageren Mann im blauen Overall. Die Uhr des Geschäftsführers vollführte eine Drehung um das Handgelenk nach der anderen.

Bleeker hob die Arme. »Meine Damen, meine Herren. Wir müssen entscheiden.« Bilgic war in Reichweite. Bleeker winkte ihn heran. »Gehen Sie, Mann, ich kann Sie hier nicht brauchen«, zischte er nach links. Laut sagte er: »Rechnerisch ist es absolut sicher. Wir entscheiden auf unserer Ebene und behalten die Entscheidung für uns.« Er räusperte sich. Keine Protokolle, keine Dokumente, dachte er.

»Mein Plan sieht eine Reinigung vor«, sagte Bilgic und notierte etwas auf einem Formular. Er sah auf seine Uhr. »Der Belegungsplan weist den Konferenzraum als unbelegt aus.« Er tippte den Bleistift zweimal auf die Aluminiumoberfläche des Kastens. »Im Sinne einer durchorganisierten Qualität des Reinigungsvorganges muss ich darauf bestehen …«

Bleeker klappte den Mund zweimal auf und zu und wehrte ab. »Ja, ja, ist gut, Bilgic, sehr gut. Aber machen Sie es bitte später.«

»Herr Doktor Bleeker, ich muss darauf bestehen, dass Sie mir diese Anweisung als Notiz auf meinem Qualitäts-Tages-Bericht abzeichnen.« Bilgic hielt ihm den Klemmbrettkasten vor das Gesicht.

Bleeker unterzeichnete, ohne hinzusehen und scheuchte den Putzmann hinaus. »Ja, ja, ist gut, nun gehen Sie, ich bitte Sie.«

In der Pause, bis Abakay Bilgic den Konferenzraum verlassen hatte, war der Geräuschpegel gestiegen. Die Professoren beschimpften sich gegenseitig, ziehen sich erneut der Verschwendung, der Inkompetenz und Überflüssigkeit.

Bleeker hatte Mühe, die Meute in den Griff zu bekommen und dabei ruhig und überlegen zu wirken. Schließlich hatte er die Aufmerksamkeit auf seiner Seite. »Meine Damen, meine Herren.« Er begann von neuem, die Reihe der Professoren zu fixieren. Sein Blick sprang von aufmerksamem Gesicht zu Gesicht. »Ungewöhnliche Herausforderungen erfordern ungewöhnliche Maßnahmen.« Er faltete die Hände. »Also. Wir halten die Einnahmeseite konstant und kürzen drastisch die Ausgabenseite während eines Monats. Rechnerisch resultiert so für das Geschäftsjahr eine Effizienzsteigerung von achtzehn Prozent.« Er hatte sie, dachte er. Sie hingen an seinen Lippen. Es gab keinen Widerspruch in ihren Augen. »Das ist …«, er hüstelte, »… nicht ganz *lege artis*, aber wir entgehen einer ganz und gar illegitimen …« Er ballte die Fäuste. »… und nur aus reiner Machtfülle überhaupt möglichen Zwangsmaßnahme der Krankenkasse.« Er legte die Hände flach auf den Tisch und fühlte, wie sich der Schweiß auf der Lackoberfläche sammelte. Jetzt wurde seine Zukunft entschieden. Geschäftsführer oder Arbeitsloser.

Er ließ ihnen zwei Sekunden Zeit für einen Widerspruch. In dieser endlos scheinenden Zeit fixierte er Professor Goller, der zweimal den Mund öffnete, um zu sprechen, sich dann aber besann.

Bleeker sprang auf. »Meine Damen und Herren. Dann schließe ich hiermit das *Kick-off-Meeting*, Projekt Achtzehn.«

»Achtzehn? Wieso achtzehn?«, sagte Ricklefs und sah sich verwirrt um, während alle Kollegen um ihn herum aufstanden.

»Kollegen, ich kann mich nicht einverstanden erklären«, sagte Professor Goller mit in den Nacken gelegtem Kopf und die Decke anstarrend. Bleeker atmete auf, als ihn offensichtlich niemand wahrnahm. Er ging um den Tisch herum und strebte auf den Ausgang zu.

***

Der nächste Morgen. Carsten Borcherts war eben auf die Station gekommen. Er saß vor dem Rechner, überlegte, wohin er surfen wollte, und spielte lustlos mit der Computermaus, als er Yvonne Trenckenbohms Stimme hörte.

»Thomas«, sagte sie beinahe weinerlich, »das hast du nur getan, um mich zu ärgern.« Sie klang, als schmollte sie.

Borcherts stand leise auf, um sich auf das Gespräch konzentrieren zu können.

»Stimmt nicht, Yvonne«, dozierte Trenckenbohms Stimme. »Das beginnt schon in diesem Alter. Koronare Herzkrankheit ist keine Krankheit der Alten mehr.«

Borcherts trat auf den Gang, hielt sich dicht an der Wand und sah durch die Tür des Patientenzimmers Yvonne Trenckenbohms Rücken. Ihr Mann stand ihr gegenüber auf der anderen Seite von Uwe Hugners Bett. »Bist du nicht bei Trost?« Ihre Stimme überschlug sich. »Der war nicht herzkrank, er war gesund.« Sie trat gegen das Bettgestell.

Er wich zurück, als habe es ihm gegolten. »Ausgesprochen gesund, muss ich sagen.« Den letzten Satz hatte sie in einer Parodie von Schlafzimmerstimme gesprochen.

»Du gibst es also zu.« Wut schwang in der Stimme des Herzchirurgen.

»Na und?«

Borcherts ging noch einen Schritt zur Seite und sah Yvonne Trenckenbohm die Decke über Hugners Unterleib zurückschlagen.

»Ein Hengst, mein Bester. Ein Hengst.«

Borcherts fiel der Unterkiefer herab.

Yvonne hatte sich vorgebeugt, Hugners schlaffen Penis ergriffen und schwenkte ihn hin und her. »Und jetzt? Nutzlos«, rief sie. »Das warst du. Du.« Sie warf die Decke zu Boden.

»Lass das«, schimpfte er.

Borcherts zog sich sicherheitshalber einen Schritt zurück.

»Ach, halt doch den Mund. Du hast doch eine Schickse nach der anderen. Was wagst du, mir zu sagen, was ich zu tun und zu lassen habe?«

Des Professors Gesicht verfärbte sich rot. »Ich habe nicht eine Schickse nach der anderen, verflucht.«

Borcherts' Grinsen wurde breiter.

Trenckenbohm beugte sich über das Bett und tippte sich vor die Brust. »Ich habe wenigstens nur eine Freundin zu einer Zeit.« Er winkte ab. »Und du? Wie viele Liebhaber hast du gleichzeitig, Yvonne, he?«

»Das geht dich gar nichts an.« Sie stampfte auf. »Und wenn es zehn sind, das gibt dir nicht das Recht, sie umzubringen.«

»Bist du verrückt?« Er beherrschte offensichtlich nur mühsam seine Lautstärke. »Was redest du?«

»Na, schau ihn dir doch an. Zu was ist der noch gut?« Yvonne Trenckenbohm winkte in Hugners Richtung ab und drehte sich mit verschränkten Armen zur Seite.

Borcherts zog sich einen weiteren Schritt zurück und hörte nurmehr die Stimmen des Ehepaars.

»Yvonne, Schatzi«, schmeichelte Trenckenbohm. »Gehen wir dir was Schönes kaufen? Zum Trost?«

Yvonne stampfte offenbar mit ihren Stiletto-Absätzen auf. »Nur als Entschuldigung. Nicht zum Trost.«

»Gut, mein Liebling.« Erleichterung schwang in seiner Stimme.

»Schwör mir, dass es nicht mehr vorkommt.« Ihre Schmollstimme wurde fordernd.

»Dann musst du mir aber sagen, wer alles in Frage kommt.« Eine Spur Beleidigtsein sprach mit.

»Ach Thomas, Schatz. Sei brav, ja?«

Trenckenbohms schwere Schritte ertönten, Borcherts ging einen weiteren Schritt nach hinten. »Das ist doch nichts Ernstes, das musst du verstehen. Das hat nichts mit uns zu tun. Das sind …« Er schnalzte mit der Zunge. »Mädchen. Nur Mädchen. Unwichtig, das geht uns gar nichts an.« Man hörte einen lauten Kuss.

Allerliebst, dachte Borcherts und ging zurück ins Stationszimmer.

Kaum saß er vor dem Rechner, kamen die Trenckenbohms Arm in Arm den Stationsgang hinunter und verschwanden.

Diesen Hugner hatte der Alte ganz schön zugerichtet, dachte Borcherts. Bisher war er von der Operation noch nicht erwacht. Es gab zig Möglichkeiten, während eines Eingriffs am Herzen das Hirn zu beschädigen und Trenckenbohm ließ im Regelfall keine aus. Carsten Borcherts schüttelte den Kopf.

***

»Also, dann schauen Sie, dass Sie die Patienten so schnell wie möglich entlassen, Borcherts.«

»Entlassen geht doch nicht, Professor Ricklefs.« Borcherts verstand nicht, worum es ging. »Wenn wir von

Intensivstation entlassen, dann bezahlt die Krankenkasse nicht. Wir müssen immer erst auf eine Normalstation …« Borcherts senkte den Kopf eine Spur und sah seinen Chef mit zusammengezogenen Lidern von unten an. »Wie Sie wissen.«

»Ja. Was? Ja, natürlich. Weiß ich.« Ricklefs winkte ab. »Also, Sie machen das schon.« Der Professor schloss auch den obersten Knopf seines frisch gebügelten Arztkittels, in dessen Taschen sich nicht einmal ein Schreibgerät oder ein Stethoskop befand. Er verschränkte die Arme auf dem Rücken und wandte sich zum Gehen.

»Wiedersehen, Chef«, sagte Borcherts und hörte die Unsicherheit in seiner eigenen Stimme.

Nach zwei Schritten blieb Ricklefs stehen. »Borcherts, schauen Sie doch mal mit mir in mein Büro. Ich möchte Ihre Meinung hören.« Ohne sich umzudrehen, winkte er Borcherts mit einer winzigen Bewegung mit sich. »Ein neues Bild ist fertig.«

Borcherts nahm zum Spaß die gleiche Haltung wie sein Chef ein und ging mit ihm. Erst kam der Alte auf Station und faselte etwas von einem leeren Krankenhaus, dachte Borcherts. Ein Krankenhaus ohne Patienten. Chefarztkonferenz. Qualitätsmanagement. Lauter Stichworte, die Ricklefs noch nie im Mund geführt hatte, so glaubte Carsten Borcherts. Und jetzt wollte er ein neues Bild vorführen. Borcherts verdrehte die Augen. Wenigstens letzteres war man von ihm gewohnt.

***

Zu der Zeit, als Ricklefs und Borcherts gemeinsam mit auf dem Rücken verschränkten Händen die Station verließen, kam Hayen aus dem Patientenzimmer, vor dem Ricklefs und Borcherts gesprochen hatten. Er ließ sich vor dem Rechner nieder und bereitete Vokators Entlassung vor. »Er ist der Erste«, murmelte er und hackte Befehle in die Tastatur, deutete und klickte mit der Maus und hastete sich durch Eingabefelder und Menühierarchien. »Ist mir doch egal, ob wir für den was von der Kasse bekommen.« Den letzten Befehl bestätigte er mit einem wütenden Schlag auf die Eingabetaste. »Der Mann hat nichts in einem Krankenhaus verloren.« Er sprang auf. »Und gleich zweimal nicht auf einer Intensivstation.«

Was Ricklefs geredet hatte, war ziemlich wirr gewesen, dachte Hayen, lief auf den Flur und suchte eine der Schwestern. Aber dass die Patienten zu verschwinden hatten, hatte er herausgehört. Wenn nur einer gehen würde, Vokator würde es sein. Er ballte die Fäuste. Gab es denn nur Verrückte in diesem Krankenhaus?

Er stürmte in Vokators Krankenzimmer. Gerda Sieverts lag Speichelfäden absondernd auf der linken Seite. Arme und Beine waren mit Klettverschlussbändern an die Bettgitter gefesselt.

»Jetzt ist Schluss mit lustig, Vokator. Ab durch die Mitte.« Er erreichte das Bett, löste mit einem Fußtritt die Bremse und ging herum zum Fensterbrett.

Vokator verfolgte ihn mit stummem Blick aus fetten Augenlidern.

Hayen warf einen Stapel Bücher, Notizblöcke und Ausgaben des Boulevardblatts *Der Leeraner Tag* auf die Bettdecke des Journalisten, der mit zwei Büchern auf dem Schoß halb sitzend auf einem seiner gelben Stenoblöcke schrieb. Hayen stellte Vokators Reisetasche mit Schwung auf die Füße des Patienten und stemmte die Arme in die Hüften. »So. Gehen Sie freiwillig oder muss ich Sie hier herausfahren?«

»Sind Sie verrückt, Mann?« Vokator wedelte mit einer stiftbewehrten Hand und senkte den Blick auf seinen Block. Seine speckigen Wangen vibrierten noch einen Augenblick nach der Bewegung.

»Letzte Chance, Vokator«, sang Hayen und legte die Hände auf das Fußteil des Stahlrohrbettes. »Na?« Vokator reagierte nicht und Peter Hayen war zufrieden. Er zog an, fuhr in einer engen Kurve das Bett um den Paravent und genoss das Gesicht des Journalisten.

»Sie Wahnsinniger, fahren Sie mich sofort zurück an meinen Platz.« Vokator hieb mit beiden Fäusten auf die Matratze ein. »Sofort!« Sein Gesicht wurde rot, die Halsvenen schwollen.

Hayen lachte und zog. Das Bett schrammte kreischend am metallenen Türrahmen vorbei. Vokator streckte mit weit aufgerissenen Augen die Hände aus, ergriff den Türstock und krallte sich fest. Hayen stemmte sich mit beiden Füßen auf das Linoleum. Er liebte es. Der Kampf dauerte nur Sekunden, dann lösten sich die feisten Finger des alten Mannes im Bett vom Türrahmen. Hayen kreischte vor Vergnügen. Er war unfähig zu einem artikulierten Laut. Das Bett wurde durch sein schräges Zerren von der einen Seite des Türrahmens zur anderen Seite geschoben und prallte dagegen. Vokator schlug die Fäuste gegen die Schläfen und brüllte. »Hilfe! Ein Wahnsinniger. Hilfe. Helfen Sie mir!«

Atemlos äffte Hayen ihn nach. »Hilfe. Wahnsinnig. Ja. Genau.« Er erreichte den Flur und fuhr, das Bett von Wand zu Wand schrammend, hinunter zur oberen Tür. »Aus ist es, Mann.« Hayen quietschte vor Vergnügen. »Schluss mit dem Wahnsinn. Sie gehen jetzt nach Hause oder weiß der Teufel wohin.« Er ließ das Bett los, und wandte sich um, die Tür zu öffnen. Das Gestell prallte gegen die Wand. »Ist mir doch scheißegal, Hauptsache weg.« Ein neuer Lachanfall schüttelte ihn. Er zog das Bett am Türrahmen entlang.

»Tun Sie das nicht«, drohte Vokator. »Ich bin einflussreich.« Er warf sich auf seine rechte Seite, erreichte den vertikalen, langen Edelstahl-Türgriff des schmaleren der beiden Türflügel, schob die drallen Unterarme hindurch und krallte die Finger in seine Trainingsanzugsjacke. »Sie kommen in den *Leeraner Tag*. Verlassen Sie sich darauf.« Seine wulstigen Lippen glänzten feucht, Speicheltropfen lösten sich beim Sprechen. »Ich sehe schon die Schlagzeile. *Irrer Doktor quält Patienten!* Sie werden schon sehen.«

Hayen kicherte nurmehr. Der breitere Türflügel schlug gegen das Bettgestell. Er zerrte, Vokator hielt sich fest. »Wahnsinn! Hilfe!«, brüllte dieser, jener lachte wahnsinnig, bis eine Hand ihn von hinten an der Schulter packte.

»Peter, bist du verrückt geworden?« Carsten Borcherts' Stimme schwankte zwischen Belustigung und Erschrecken. »Was machst du denn?«

»Er will mich ermorden. Ich bin ein kranker Mann. Ich muss hier bleiben.«

»Krank?«, kreischte Hayen. »Krank im Kopf. Raus.« Er rüttelte am Fußteil des Bettes, Vokator zog seinen Griff enger. »Raus, raus, raus. Raus aus meiner Intensivstation.« Hayen gab dem Bett einen letzten Stoß, richtete sich auf trat gegen das Gestell. »Sie verrückter, fetter, alter Mann.«

Carsten Borcherts schob ihn sanft zur Seite. »Klar hast du recht«, flüsterte er im Vorbeigehen, schob den breiteren Türflügel mit dem Fuß auf und drückte das Bett mit seinem Körper hinein in den Flur. Hayen ließ es geschehen. Er fühlte sich erschöpft, eine Leere, beinahe ein Vakuum legte sich auf seinen Geist, seine Eingeweide, sein Ich.

Vokator sah erst Borcherts, dann ihn misstrauisch an, zog die Unterarme aus dem Türgriff, umfasste ihn aber mit beiden drallen Händen. »Aber einen besseren Patienten kann man doch gar nicht haben«, sagte Borcherts sehr leise über die Schulter, während er Vokators Bett den Gang entlang zurück auf die Station schob.

Hayen blieb stehen und starrte auf den Rücken seines Kollegen, bis die zufallende Tür den Blick versperrte. »Wahnsinn«, hauchte er. »Wahnsinn.«

***

In Coord Bleekers Büro duftete es nach Kaffee und ein Hauch von Julia Steigers Parfum lag in der Luft. Bleeker betrachtete den Dampf, der von der frisch eingeschenkten Kaffeetasse aufstieg und dachte dabei an den tiefen Blick in Steigers Ausschnitt, während sie sich vornübergebeugt hatte, um den starken, schwarzen Sud einzugießen.

Er kniff die Lider zusammen und verbot sich die Tagträume, die sich an Julia Steigers Décolleté entzündeten. Er schob die Tasse ein Stück über die Schreibtischunterlage, legte die Hände in den Nacken und lehnte sich zurück. Da konnte dieser Jansen tun, was er wollte, dachte er, wenn die Zahlen stimmten, konnte er seine Drohung nicht wahr machen. Dieses eine Jahr würde er noch durchhalten. Seine Stirn entspannte sich, ein Lächeln machte sich auf seinem Gesicht breit. Der Bonus für die Effizienz-Steigerung stand im Vertrag. Er würde dank Jansens Hilfe einen ordentlichen Schnitt aus der Drohung ziehen. Und Jansen konnte nichts tun.

Mit einem kurzen, gepressten Lachen sprang er auf. Es war so einfach, dachte er. Die Patienten aus dem Krankenhaus räumen und einen Monat Urlaub für die Mitarbeiter wegen einer angeblichen Sanierung. Für die Krankenkasse wurden die durchschnittlichen Abrechnungen eines guten Monats produziert. Er schob die Hände in die Taschen seiner grau-schwarzen Anzughose, nahm die Schultern zurück und ging aus seinem Büro.

»Ich bin eine halbe Stunde nicht erreichbar, Steiger«, sagte er im Vorbeigehen.

»Ja, Chef«, sagte die Sekretärin und Bleekers Phantasie spielte ihm ein pornographisches Stück, in dem diesem ›Ja, Chef‹ ein ganz anderer Inhalt zukam.

Er stellte sich vor die Edelstahltüren eines der Aufzüge im achten Stock. Hier oben waren sie blank poliert und er sah sein verzerrtes Spiegelbild, das ihm dunkel, groß und mächtig vorkam. So wie er mächtig war in diesem Betrieb. Er überprüfte seine Körperhaltung, nahm als Ergebnis eine Hand aus der Hosentasche und stellte den gleichseitigen Fuß einige Zentimeter nach vorne.

Bis der Aufzug kam, hatte er noch einige Korrekturen vorgenommen, seine Kiefermuskeln gespannt und entspannt, die Lippen leicht geöffnet oder geschlossen, den Kopf eher in den Nacken gelegt oder aggressiv nach vorne gestreckt. Schließlich ertönte der elektronisch verzerrte Gong, die Schiebetür glitt auf und Bleeker musste seine Haltung aufgeben, um die Kabine zu betreten. Er drückte den Knopf mit der eingeprägten Sieben.

Es gab zwei orthopädische und eine Station der Frauenklinik in diesem Stockwerk. Bleeker öffnete die mattgläserne Tür mit der Hand, die nicht in der Hosentasche ihren Platz hatte und ging gemessenen Schritts den Flur einer orthopädischen Station entlang. Eine hinkende, dicke alte Frau kam ihm mit ihrer an einem Krückengriff aufgehängten Reisetasche entgegen. Die Türen der Hälfte der Patientenzimmer standen offen. Schwestern gingen ein und aus, schoben leere, benutzte Betten ans Ende des Flurs und Putzfrauen wischten Nachttische und wickelten die Kabel von Rufglocken auf.

Bleeker bestätigte stumm nickend Grüße von Stationsärzten, ignorierte die vom Reinigungspersonal und verließ die Station durch die Glastür auf anderen Seite des Flurs.

Das Bild wiederholte sich in den beiden anderen Stationen dieser Etage und im sechsten, fünften und vierten Stockwerk. Bleeker achtete auf seine Fußhaltung beim Gehen, auf seine Schultern, auf die Streckung der Finger in der Hosentasche und auf die Entspanntheit der frei schaukelnden Hand. Am Ende der letzten Station im fünften Stock verschwanden die letzten Bilder der nackten Steiger aus seinem Bewusstsein.

Die Operationssäle und andere Funktionseinheiten in den unteren Etagen ließ er aus. Er betrat den Aufzug, bedauerte, dass die Stahlwände trüb und beschmiert waren, so dass er allenfalls einen matten Schein seiner Statur sehen konnte. Zwei Teenager mit Hosen, deren Gesäße irgendwo in den Kniekehlen hingen, stiegen mit ihm ein und sahen Bleeker herausfordernd an. Er weigerte sich, sie wahrzunehmen, sah sie weder an noch an ihnen vorbei.

Im Erdgeschoss verschwanden die Jungen endlich aus seiner Sphäre und er schritt in den Flur, drehte nach links und strebte auf die Intensivstation zu. Die Intensivstation, dachte er. Hier war seine Macht zu Ende gewesen, hier hatte er nichts zu sagen gehabt. Die arroganten Chefärzte, sogar dieser unmögliche Borcherts hatte bisher jede seiner Anweisungen zurückgewiesen. Seine Anweisungen. Die Finger in seiner Hosentasche verkrampften sich gegen die Vorschrift. Jetzt würde sich das ändern. Er hatte den Chefärzten eine Anweisung gegeben, die auch von Borcherts und seinesgleichen auszuführen war. Macht, dachte er, Macht war das Elixier, der Grund für das Leben, die Bestimmung der Evolution. Macht ausüben, sich durchsetzen. Was gab es Natürlicheres, was, das tiefer in der Natur des Menschen ankerte?

Entspannt, ein Bein leicht vorgestellt, die Finger der Rechten sachte über das seidige Futter der Hosentasche streichend, blieb er vor einem Patientenzimmer stehen und sah hinein. Ein Mann saß in seinem Bett, Bücher und einen gelben Notizblock auf den Knien, und kritzelte irgendetwas, was er anscheinend den Büchern entnahm.

Bleeker lächelte ein entspanntes Cheflächeln. So viel verstand auch er von Medizin, dachte er, dass er sehen konnte, dass dieser Mensch nicht auf eine Intensivstation gehörte.

»Herr Bleeker?«

Er überhörte das Fehlen des Doktortitels und drehte gemessen den Kopf in Richtung des Sprechers, den er bereits als diesen infamen Borcherts identifiziert hatte. »Wollen Sie nicht die Anweisungen befolgen, die man Ihnen gegeben hat?«

»Anweisungen?«

»Die Patienten sind zu entlassen oder in andere Krankenhäuser zu verlegen.« Bleeker hob den Kopf und ließ den Blick über die Decke schweifen. »Eine bauliche Sanierung.« Er bemerkte, dass Borcherts beide Hände in den Taschen seiner weißen Jeans vergraben hatte.

»Man kann schwerkranke Patienten nicht einfach so verlegen. Das kann lebensgefährlich sein«, sagte Borcherts und Bleeker missfiel der fröhliche Ton aufs Äußerste.

»Lebensgefahr besteht für diesen hier doch wohl wirklich nicht.« Er verlor für eine Sekunde die Beherrschung, zog die Taschenhand heraus und gestikulierte zu dem Mann, der ohne Pause schrieb und dennoch, ohne den Kopf zu heben, zu reden begann.

»Lebensgefahr? Oh, seien Sie sich da nicht so sicher, mein Herr.«

»Das obliegt ärztlicher Beurteilung«, sagte Borcherts und klang dabei so ernst, dass Bleeker ihn am liebsten geohrfeigt hatte.

»Lebensgefahr ist ein dehnbarer Begriff, wissen Sie?« Der Patient sah nur einen Augenblick zur Tür herüber, kaute dann kurz auf dem Bleistift, bevor er weiterschrieb.

Lebensgefahr, ein dehnbarer Begriff, wiederholte Bleeker in Gedanken. Unverschämtheit. Ein Patient hatte nicht über dienstliche Belange zu diskutieren. Was bildete sich dieser Mensch ein? Er holte Luft, um Borcherts und den Patienten zurechtzuweisen, als von der Tür am anderen Ende der Station ein Ruf ertönte.

»Carsten, Besuch für dich. Ein Notfall.«

»Kommt nicht in Frage. Niemanden aufnehmen«, stammelte Bleeker, aber Borcherts schien diese Worte wie ein unwichtiges Geräusch zu ignorieren und ging auf den Rufer zu. Zwei Sanitäter schoben eine Trage den Flur hinunter, gefolgt vom in rotem Overall gekleideten Notarzt Kajo Weiller. Bleeker lief gestikulierend hinter Borcherts her. »Niemanden aufnehmen, die Station wird zeitweise geschlossen.«

»Akutes Koronarsyndrom«, dozierte Weiller, während er abschließende Notizen auf seinem Protokoll machte.

»Bauliche Sanierung. Das geht nicht. Die Station muss leer gemacht werden.« Bleeker stampfte auf.

»Infarkt-EKG?«, sagte Borcherts und fühlte dem kaltschweißigen Patienten den Puls, während dieser ihn mit aufgerissenen Augen ansah.

»Jep«, sagte Weiller. »Instabile Angina pectoris. Erstmals. Aggregationshemmung intravenös, Heparin hat er bekommen.«

»Hier wird niemand aufgenommen«, rief Bleeker und nur die Rettungssanitäter sahen ihn an.

Weiller beugte sich näher zu Borcherts und sagte leise: »Irgend ein hohes Tier von der *Allgemeinen Krankenversicherung*. Mann, ich sage dir, die haben Büros. Wir haben ihn aus dem obersten Stock geholt. In diesem Marmorpalast in der Innenstadt.« Er schüttelte den Kopf, trennte das Original vom Durchschlag seines Protokolls und gab Borcherts eine Hälfte. »Alles von unseren Beiträgen.«

»*Allgemeine Krankenversicherung*?« Bleeker griff nach dem Durchschlag in Weillers Hand. »Wie heißt der Mann?«

Der Notarzt brachte den Zettel außer Reichweite. »Schweigepflicht. Ärztliche Schweigepflicht. Wer sind Sie denn?«

»Doktor Coord Bleeker, ich bin der Geschäftsführer dieses Krankenhauses.« Seine Hand fuhr in die Hosentasche, das linke Bein stellte er leicht an, die Schultern nahm er zurück.

Weiller faltete das Protokoll und verstaute es in der Innentasche seines Overalls. »Geht trotzdem nicht. Schweigepflicht. Kann ich nichts machen.« Er zuckte mit den Schultern und hob die Hand zum Gruß. »Also, bis zum nächsten Mal, Carsten. Bis bald.« Zu den Rettungssanitätern sagte er: »Bin schon beim Wagen. Servus.«

»Das ist ja unglaublich«, begann Bleeker. Er glaubte, zu donnern, aber niemand schien auf ihn zu hören.

»So, bringen wir Sie erstmal in ein anständiges Bett, was, Herr …« Er las auf dem Protokoll. »Herr Jansen.«

»Wie?« Bleeker schloss die Augen für einen Moment. »Wie heißt der Patient?« Er flüsterte nurmehr.

»Schweigepflicht«, sagte Borcherts lachend.

Bleeker öffnete die Augen und griff sich das Protokoll. Borcherts, du Arschloch, dachte Bleeker. Er zitterte, das dünne Papier des Notarztprotokolls raschelte in seinen Händen. Borcherts schien der Raub nichts anzugehen. Bleeker suchte das Formularfeld für den Namen. Ernest Jansen. Er las noch einmal. Kein Zweifel. Er raffte sich auf. »Halt. Nein. Verlegen. Borcherts. Verlegen Sie den Mann. Ins Klinikum. Schnell.« Er deutete auf die Rettungssanitäter. »Sie. Nehmen Sie ihn wieder mit.«

»Doktor Bleeker?«, hauchte der Patient auf der Trage. Er hob eine blasse, schweißnasse Hand und streckte sie Bleeker entgegen. »Bleeker. Ich grüße Sie«, sagte er und seine Stimme klang melodramatisch schwach.

Bleeker kämpfte und verlor. Er reichte dem Mann die Hand. Erst jetzt erkannte er die Züge, die in dem blassen, glänzenden Gesicht wie unwirklich verzerrt erschienen. »Jansen«, schnappte er. Nichts mehr übrig von Haltung, bemerkte er und bemühte sich vergeblich, sich aufrecht zu halten, den Fuß elegant anzustellen. Er wusste, dass er wie eine zu weich gekochte Nudel in der Gegend herumstand.

»Warum wollen Sie mich nicht aufnehmen?« Jansen ließ den Kopf mit den feucht-klebenden Haaren sinken.

»Ein Missverständnis.« Bleeker zog den Arm zurück und versuchte, die Handfläche unauffällig am Jackett abzuwischen. »Nur ein Missverständnis. Ja.« Er wedelte mit beiden Händen in Richtung der Rettungssanitäter. »Na los, ins Bett.« Er versuchte ein Lächeln, wartete eine Sekunde untätig und drehte sich um. Weg hier, schoss es ihm durch den Kopf.

Er kam bis zur Hälfte des Flurs. Jansen im Krankenhaus, dachte er. Er drehte sich um, ging drei Schritte zurück. »Hier ist er unter Kontrolle«, zischte er für sich. Er blieb stehen. »Aber wenn er es herausfindet …« Halbherzig ging er weiter, drehte sich um, ging zurück, wälzte Gedanken in die eine und die andere Richtung, bis er bemerkte, dass ihn eine Krankenschwester, halb versteckt hinter einer Krankenzimmertür, beobachtete. Er richtete sich auf, ignorierte die junge Frau und ging in der Richtung, in der er eben gegangen war, weiter. Er verließ die Station am entgegengesetzten Ende, musste auf dem Krankenhausflur die Strecke zurück gehen. Ständig erdachte er neue Argumente, mal für, mal gegen den Verbleib Jansens auf der Intensivstation. Was tun? Konnte man die Sache vor ihm verheimlichen?

Von einer Sekunde auf die andere wusste er, es war vergeblich. Er rannte zurück, stieß mit ausgestreckten Armen gegen die Glastür und lief durch den Stationsflur. Der Mann hatte zu verschwinden; egal, was es brauchte, Jansen musste weg.

Die Sanitäter verließen gerade das Patientenzimmer, Bleeker stieß gegen die fahrbare Liege, lag plötzlich mit dem Oberkörper obenauf und verfing sich mit den Händen in den Gurten. Er befreite sich, stieß einen der Sanitäter zur Seite und erreichte Jansens Bett. »Nein, es geht nicht«, keuchte er, löste die Bremse des Bettgestells und zerrte am Fußteil.

»Lassen Sie das«, rief der junge Kollege Borcherts.

»Weg da«, fauchte Bleeker. »Ich bin hier der Chef. Sie haben sich an meine Anweisungen zu halten.« Er zerrte an dem Bett, während der junge Arzt das Kopfteil festhielt.

Mit dem nächsten Ruck Bleekers gab das Bett nach. Ein eigenartiges Pfeifen erklang. Das Bett stieß gegen seine Oberschenkel, drückte ihn nach hinten, ein Fuß verfing sich unter einem Rad. Er schrie auf, zerrte an seinem Fuß, konnte ihn nicht befreien. »Helfen Sie mir, verflucht.«

Borcherts kam ins Zimmer, trat auf die Bremse des Betts und verurteilte Bleekers Fuß zum Verweilen unter dem Rad. »Na gut, Peter, dann drück mal.« Er drehte sich halb um. »Schwester! Der Defibrillator in Zimmer sieben!«

»Helfen Sie mir gefälligst, Mann«, fauchte Bleeker. »Mein Fuß, sehen Sie das nicht?« Er hing in erzwungener seitlicher, halb hockender Haltung unter dem Bett.

»Selbstverständlich, Herr Bleeker.« Borcherts lächelte, Bleekers Wut wuchs. »Aber unser Patient hier hat Kammerflimmern.« Borcherts schob die Hände in die Taschen. Bleekers Fuß schmerzte bei jedem Druck, den der junge Arzt auf Jansens Brustkorb niedergehen ließ. Eine Schwester kam mit dem Defibrillator herein. »Halt drauf, zweihundert Joule biphasisch.« Borcherts lachte. »*If in doubt, knock it out*. Verstehen Sie, Herr Bleeker?«

Coord Bleeker hielt sich am Fußteil des Bettes fest und zog. »Warten Sie, Mann, ich häng doch am Bett, verflucht.«

»Oh, Verzeihung.« Borcherts grinste. »Das hätte ich beinahe übersehen.« Er nickte der Schwester zu.

Bleeker befreite endlich seinen Fuß. Er humpelte mit erhobenen Armen zurück. »Scheiße. Sie sind verrückt. Ich werde ...«

Ein dumpfer Schlag ließ ihn verstummen. Jansen wurde wie von Geisterhand auf seinem Bett emporgeworfen und fiel erschlafft zurück.

Nach zwei Sekunden, in denen kein Wort gesprochen wurde, sogar Bleeker den Mund hielt, sagte Carsten Borcherts: »Na, also. Er tickt wieder richtig. Prima.« Borcherts schien gut gelaunt. »Peter, dann gib ihm dreihundert Amiodaron und Kalium, Magnesium, vielleicht eine Spur Volumen. Aber vorsichtig.« Er nickte Bleeker zu, zog eine Hand aus der Tasche und tippte an eine eingebildete Hutkrempe.

Bleeker ballte die Fäuste und hinkte aus der Station. Die Kappe des Budapesters war ruiniert, das Leder bis in die Tiefe durchgescheuert.

Er war an den Aufzügen, die ihn zu seinem Büro gebracht hätten, vorbeigehumpelt, drehte um, ging zurück und blieb mit einem Mal stehen. »Und wenn er ...« Er blickte sich um, verschwieg das letzte Wort. Wenn er seinem Herzinfarkt erlag? Sozusagen absichtlich erlag? Wenn nachgeholfen würde? Bleeker floss der Schweiß unter seinem weißem Hemd herunter. Er rieb die Hände über die Anzugweste. Es war nicht unmöglich. Beinahe wäre es geschehen. Wenn nicht dieser impertinente Borcherts herumgepfuscht hätte. Er legte den Kopf schräg, ging plötzlich weiter und stieß gegen eine alte Dame, die lauthals eine Entschuldigung von dem »dem ungehobelten Flegel« einforderte.

Er sah sie nur einen Moment lang an. Der Gedanke, was die alte Frau wollte, trat nur kurz in sein Bewusstsein und wurde vom friedlichen Bild eines aufgebahrten, viel zu früh verstorbenen Managers der Krankenkassenhierarchie verdrängt.

Im Aufzug war er allein, drückte erst die falsche Stockwerktaste und wurde schließlich doch in der achten Etage von der Maschine ausgespuckt.

Vor dem Bild eines jungen, abstrakt malenden Künstlers blieb er stehen und suchte Halt für seine Augen in einem das Werk beherrschenden grünen Kreis. Er drückte die schweißfeuchten Handflächen gegen Wangen und Schläfen und zwang sich zur Ruhe. Die Zehen des rechten Fußes pochten. Jansen im Krankenhaus. Gut, dachte er. Es war so. Hier konnte man ihn kontrollieren. Konnte man die Therapie manipulieren? Es konnte doch ein Fehler geschehen. Er rieb sich die Hände trocken. Ruhe, Ruhe war wichtig. Es würde ihm schon noch eine Idee kommen. Erst musste Ruhe einkehren.

Er atmete einige Mal tief durch und spürte, wie der Angstkrampf in seinen Eingeweiden langsam lockerer wurde. Schließlich schritt er mit der Hand in der Hosentasche, hoch aufgerichtet zurück an Steiger vorbei in sein Büro. Indem er sehr langsam einen Fuß vor den anderen setzte, konnte er das Schmerzhinken unterdrücken. Sein durchnässtes Hemd, die feuchten Haare und der Schmerz im rechten Fuß erinnerten ihn an ein Chaos, das irgendwo da draußen vor sich ging. Steiger schien ihn aufmerksam anzusehen. Das satte Geräusch der zufallenden Tür gab ihm etwas Sicherheit in dem Durcheinander der Gedanken, das die letzte halbe Stunde zurückgelassen hatte.

***

So viele entlassene Patienten, dachte Borcherts und hackte lustlos auf der Computertastatur herum. Und dann noch die vielen, die er in den letzten Wochen übrig gelassen hatte. Für den ersten hatte er verschlüsselt und dokumentiert, was wenigstens annähernd der Wahrheit entsprach. Beim zweiten Patienten gab er die Codes für Krankheiten ein, die besonders gut honoriert wurden und anschließend verließ ihn die Lust vollständig. Auf der Station lagen nur noch Sieverts, Vokator und dieser Krankenkassenmann Jansen. Er stützte das Kinn auf die Hände. Einem Einfall folgend verschlüsselte er ›Verletzung durch Kriegseinwirkung‹ für einen Herrn mit Lungenembolie, aber auch dieser Spaß wurde rasch fade. Vokator hätte man als ersten entlassen können. Aber Bleekers Aufforderung, eben das zu tun, hatte trotzigen Ehrgeiz in Borcherts erweckt. Ehrgeiz war ein Gefühl, das er im Zusammenhang mit der Arbeit lange nicht gehabt hatte. Warum es also nicht pflegen? Er lehnte sich zurück, verschränkte die Arme im Nacken und stützte die Fußspitzen auf einen Schubladengriff, der sich unter der Last langsam nach unten bog. Borcherts sah dem Phänomen interessiert zu.

Alle Patienten auswärts verlegen oder entlassen – was war das für ein bescheuerter Plan, dachte er und kratzte sich den Hinterkopf. Konnte nur von Bleeker kommen. Von baulicher Sanierung hatte der Geschäftsführer geschwafelt. Das war garantiert nicht die Erklärung. Seufzend ließ er die Füße auf den Boden, beugte sich vor, prüfte die Beschaffenheit des Metallgriffs an der Schublade und stand mit einem Ächzen auf, um sich in der Küche einen Becher schwarzen Kaffee zu holen.

»Peter, der Rechner ist frei«, rief Borcherts. »Ich hab ein paar der Entlassungen verschlüsselt. Machst du den Rest?«

Hayen kam verschwitzt vom Stationsflur herein. »Kann ich machen«, sagte er außer Atem. »Was ist denn das für eine eigenartige Aktion, die Patienten alle zu verlegen, Carsten?« Er wischte sich den Schweiß der Stirn in die Haare. »Kannst du mir das erklären?«

Borcherts zuckte nur die Achseln. Ein wirklich gute Frage, dachte er. Konnte spannend werden. Auch wie Hayen es fertig brachte, fast ohne Patienten auf Station ins Schwitzen zu kommen, blieb ein ungelöstes Rätsel für Borcherts.

***

Am nächsten Tag schien die Vormittagssonne aus einem wolkenlosen Junihimmel in das Büro des Geschäftsführers im achten Stock. Der Lamellenvorhang war halb geschlossen, in dem schräg einfallenden Lichtfächer taumelten Staubfasern. Coord Bleeker hatte drei Minuten zum Fenster gewandt auf seinem lederbezogenen Bürostuhl gesessen und nachgedacht. Er hatte die Spitzen der gespreizten Finger zusammengeführt und die Mittelfinger an die Nase gelegt. Der letzte Abend schien wie weit hinter dem Horizont verborgen. Jansen lag auf der Intensivstation, das ließ sich wohl nicht ändern. Aber es war womöglich nicht das Schlechteste. Er legte den Kopf schräg. Jansen war arbeitsunfähig und konnte seinen Plan, das San-Giberto-Krankenhaus zu schließen, nicht weitertreiben. Bleeker begann zu lächeln. Der Status quo wurde beibehalten, Jansen konnte nichts an den Bedingungen ändern und Bleeker hatte seinen Schachzug gemacht. Einen Zug, der Jansen matt setzte. Er richtete sich in seinem Stuhl auf, stieß sich mit einem Fuß ab und hielt die Drehung mit einem doppelten Griff an die Glasplatte des Schreibtischs abrupt an. Wie hatte er es nicht sehen können ? Er drehte seine *Omega* dreimal um das Handgelenk, ohne dass es ihm bewusst wurde. Jansen im Krankenhaus war das Beste, was hatte passieren können.

»Herr Doktor Bleeker«, sagte Steigers verzerrte Stimme aus der Sprechanlage. »Ein Herr Bilgic spricht vor, es geht um einen Qualitätsmanagement-Plan.«

Automatisch legte er den Finger auf den Sprechknopf, sagte aber nichts. Bilgic hatte er vergessen. Bilgic wollte ein System der Qualitätskontrolle für das Krankenhaus einführen. Ein Putzmann. Seine Mundwinkel zogen sich unwillkürlich herab. Auf der Treppe hatte er sich beeindrucken lassen, aber es konnte doch niemand erwarten, dass ein Managementkonzept von einem Raumpfleger ernst genommen wurde. »Gut«, sagte er zögernd. Sollte der Mann den Plan doch abgeben. Er zog den Stuhl an den Schreibtisch. »Schicken Sie ihn herein.« Bleeker öffnete die Unterschriftenmappe vor ihm und betrachtete das erste Schreiben lustlos.

Das sanfte Schleifen der Türbürste über dem Parkett sagte ihm, dass Bilgic hereinkam. Bleeker unterschrieb das Dokument, blätterte um und ignorierte den Mann, bis er neben einem der roten Sessel stand. Er sah auf. »Ach, Herr Bilgic«, sagte er und streckte die Hand aus. »Ihr Qualitätsplan. Sehr gut. Geben Sie her.« Er forderte den Mann mit einer Fingerbewegung auf, die Mappe zu überreichen, die er mit beiden Händen vor dem Bauch hielt. Steiger schloss die schwere Bürotür hinter sich.

Abakay Bilgic trug einen eleganten Zweireiher, ein tadelloses Hemd und eine anscheinend routiniert gebundene Krawatte. »Da wäre noch etwas, Herr Doktor Bleeker.« Die Mappe blieb an ihrem Ort.

Bleeker winkte noch einmal zum Zeichen, dass jetzt der Zeitpunkt der Übergabe war. »Was denn noch? Geben Sie her, ich überprüfe das und gebe Ihnen Bescheid. Kann vielleicht ein wenig dauern.«

»Das Krankenhaus verfügt nicht über einen hauptamtlichen Qualitätsmanager.« Er übergab den dunkelblauen Aktendeckel.

Da die Hand ausgestreckt war, sah Bleeker keine

Möglichkeit, den Plan jetzt nicht entgegenzunehmen. Der Bittsteller Bilgic hatte ihn warten lassen – Frechheit, dachte er. Der Plan würde ungelesen abgelehnt werden. »Das ist auch nicht nötig.« Er ärgerte sich, überhaupt geantwortet zu haben, senkte den Kopf über ein neues Dokument und unterschrieb. »Ist noch etwas?«, fragte er, ohne aufzusehen.

»Ich wäre eine gute Wahl.«

Eine Sekunde benötigte Bleeker, um diesen Gedanken einzurenken. Er ließ seinen *Montblanc*-Stift fallen, lehnte sich zurück und blickte Bilgic prüfend an. Was bezweckte dieser Bursche? »Wie meinen Sie das?« Er bemerkte ein Ziehen zwischen den Augenbrauen, als sie sich zusammenzogen. Das wurde noch stärker, als sich der Putzmann in einen seiner roten Sessel setzte. Nicht ohne zuvor mit offensichtlich geübten Handgriffen sein Jackett zu öffnen und danach seine Anzughosen über den Knien etwas emporzuziehen.

»Wollen Sie andeuten ...«

»Ich bin qualifiziert, ich kenne den Betrieb, den Plan haben Sie.« Er deutete auf die Mappe vor Bleeker. »Ich bin die optimale Besetzung für den Posten. Ich bewerbe mich hiermit.«

»Diese Stelle existiert nicht. Sie können sich nicht bewerben.« Bleeker vertiefte sich scheinbar in ein weiteres Papier. Vor seinen Augen tanzten die Buchstaben. Er unterdrückte einen zu raschen Atemrhythmus.

»Sie werden die Stelle schaffen.« Bilgic blieb freundlich im Ton. In seiner Stimme lag eine Bestimmtheit und Gewissheit, die Bleeker Übles ahnen ließ.

»Das werde ich nicht tun. Bitte verlassen Sie nun das Büro, Herr Bilgic.«

Der Putzmann lehnte sich zurück, legte die Hände entspannt auf die runden Lederlehnen des Sessels und schlug ein Bein über das andere. »Dass Herr Jansen auf der Intensivstation liegt, ist Ihnen doch auch bekannt.«

Coord Bleeker schwindelte. »Was reden Sie, Mann.« Er

unterdrückte den Impuls, über die Stirn zu wischen. »Ich habe zu arbeiten. Verschwinden Sie.« Er glaubte selbst nicht an den Erfolg der Aufforderung.

Abakay Bilgic blieb unverschämt freundlich und abenteuerlich gelassen. »Sicher wäre er ein dankbarer Abnehmer gewisser Informationen.«

»Welcher Informationen?«, schnappte Bleeker.

»Da gibt es ein interessantes Projekt – durch Sie angestoßen. Ein Projekt, das gewisse Produktivitätsziele erreichen soll.«

»Das verstehen Sie nicht. Ich lasse mich doch nicht ...« Er verbot sich das Wort ›erpressen‹. »Ich lasse mich doch nicht zum Narren halten.« Er deutete auf die Tür. »Gehen Sie. Augenblicklich.«

»Dann will ich Ihnen«, Bilgic hob die Hände und ließ sie mit einem kleinen Geräusch auf die Sessellehnen fallen, »bevor ich gehe, die Situation genau erläutern.«

»Sie erläutern mir gar nichts. Sie ...«

Bilgic unterbrach Bleeker mit einem Wink der Rechten. »Sehen Sie es doch als Investition. Ich garantiere Ihnen, dass Herr Jansen von mir nichts über Ihr Projekt erfährt.« Er hob die Stimme am Ende des Satzes.

Bleeker führte die Fingerspitzen aneinander und berührte mit der Nase die Mittelfinger. Zwei Atemzüge verharrte er. Dann hob er den Kopf und sagte: »Falls?«

»Falls ich Qualitätsmanager des Krankenhauses werde«, antwortete der Putzmann unmittelbar.

Bleeker kehrte in seine Haltung zurück und dachte nach. Ein Putzer als Qualitätsmanager – unmöglich. Aber er hatte das Fach studiert. Man würde ihn nicht als Raumpfleger erkennen, wenn er im Anzug in Besprechungen saß. Er schloss die Augen eine Sekunde lang. Jansen durfte nichts erfahren, das war die Prämisse. Was konnte Bilgic schaden? Er würde ihn mit Projekten beschäftigt halten, deren Ergebnisse eingestampft würden. Sein Gehalt konnte man mit einer Entlassung bei den Ärzten kompensieren. Er holte tief Luft und sagte: »Gut, Bilgic. Sie bekommen Ihre Chance.« Dass er, Bleeker, der Chef war, musste gleich von Beginn an klargemacht werden. »Wenn Sie versagen, finden Sie sich im Treppenhaus wieder. Ist das klar?«

»Völlig klar.« Bilgic stand auf und streckte die Hand zum Abschiedsgruß aus.

Bleeker erwiderte ihn nicht. »Frau Steiger wird Ihnen ein Büro organisieren. Sie fangen sofort an.« Er schob die Mappe, die Bilgic ihm gegeben hatte, über den Tisch. »Arbeiten Sie das aus. Ein Projektplan für die Umsetzung. Aufschlüsseln, mit Kosten, mit Personal, alle Ressourcen.«

»Ist klar, Chef.«

»Nennen Sie mich nicht Chef, Bilgic. Ich heiße Bleeker. Doktor Bleeker.«

Bilgic nickte und wollte gehen. Nach einem Schritt blieb er stehen. »Doktor Bleeker.« Er stand mit dem Rücken zum Schreibtisch.

Bleeker hielt weiter die Nase auf die ausgestreckten Fingerspitzen gestützt. Er sagte nichts. Dieses Jahr noch, dachte er. Den Jahresbonus, die Abfindung einstreichen, anschließend mit sattem Polster eine Finca auf Fuerteventura beziehen.

»Die Sache mit dem Projekt streiche ich aus meinem Gedächtnis.«

Das sollte er besser tun, dachte Bleeker. Alles andere würde ihm nicht gut bekommen.

Bilgic ging zügig hinaus und die Tür gab beim Schließen ihr zufriedenstellendes Geräusch von sich.

***

Eine solche Schar Anzugträger hatte Peter Hayen bisher noch nicht auf der Intensivstation gesehen. Er erhob sich langsam, während der jüngste der Männer ins Stationszimmer kam, auf dessen Tür ein Schild groß und rot verkündete, dass Patienten und Besucher dort keinen Eintritt hätten. Die restlichen vier waren drahtige Mittfünfziger mit dreiteiligen Anzügen, weißen Hemden und dezenten Krawatten. »Wir besuchen Doktor Ernest Jansen«, stellte der Junge fest und sah Hayen von oben herab an. Sein Gesichtsausdruck teilte mit, dass dem Arzt mit dieser Aussage ausreichend Anweisungen gegeben worden waren.

Hayen verstand die Anweisungen nicht. »Fünf sind zu viel. Das sollten wir ihm nicht zumuten.« Aus den Augenwinkeln nahm er wahr, dass Borcherts, der im hinteren Teil des Stationszimmers Sokoban gespielt hatte, den Telefonhörer an sich nahm und eine Nummer eintippte.

Der Anzugträger erschien gelangweilt. »Nun?«

Hayen wollte seinen Rat wiederholen, aber der Mann unterbrach. »Wo liegt Doktor Jansen?«

»Es geht wirklich nicht, Jansen kann jetzt nicht von fünf …« Er zögerte. »Kollegen? Besucht werden.«

Der Anzugträger wippte auf den Fußballen und sah sich im Raum um, während er sprach. »Die *Allgemeine Krankenversicherung* ist der Träger dieses Krankenhauses.« Er gönnte Hayen einen kurzen Blick und musterte dann Borcherts missbiligend. »Und Sie sehen hier«, er deutete eine Kopfdrehung in Richtung Flur an, »den Vorstand der *Allgemeinen Krankenversicherung*.« Er betonte die beiden letzten Worte wie ein Lehrer, der einem dummen Schüler eine lächerlich einfache Regel erklärt. »Dessen Vorsitzender Doktor Jansen ist.« Jetzt fixierte er Hayen. »Wo liegt Doktor Jansen?«

»Im Zimmer sieben«, sagte Hayen und sah dem Mann hinterher, der ohne Dank zu seinen Vorstandskollegen zurückging und dort knapp »Im Zimmer sieben« mitteilte.

»Frau Steiger«, sagte Carsten Borcherts in den Hörer, »vielleicht interessiert es Herrn Bleeker, dass der Vorstand der *Allgemeinen Krankenversicherung* auf der Intensivstation aufgelaufen ist.« Er pausierte, um zu hören. »Alles klar, danke.« Borcherts legte auf. »Ich bin ziemlich sicher, dass es ihn interessiert«, sagte er zu Hayen, der unbeweglich stehen geblieben war. »Mich aber nicht. Ich spare mir das Schleim-Schauspiel und gönne mir noch einen Kuchen in der Cafeteria. Bis bald.« Er ging hinaus und ließ Hayen ratlos zurück.

Nach ein paar Sekunden entschloss er sich doch, im Zimmer sieben nach dem Rechten zu sehen. Fünf Anzüge praktisch gleicher Farbe und gleichen Schnitts standen mit ihren Trägern gleichmäßig verteilt um das Bett Jansens. Der weißhaarigste der Gruppe hatte ein Kunstlächeln aufgesetzt und sprach auf den Patienten ein, der erschöpft und mit zahllosen Kabeln und Leitungen gefesselt hilflos den Besuch über sich ergehen ließ.

Nach zwei im Ansatz scheiternden Versuchen, die Besucherzahl zu begrenzen, gab es Peter Hayen auf und hielt sich im Hintergrund, um wenigstens drohenden Auswüchsen zu begegnen.

»Meine Herren«, rief eine Stimme, als empfänge sie lange erwartete Gäste. Bleeker stürmte mit ausgebreiteten Armen durch die Tür auf die Besuchergruppe zu. In einer Hand trug er ein zusammengerolltes Geheft Papiere. »Wunderbar, ich freue mich. Was kann ich für Sie tun?« Er streckte beide Arme aus, bereit, eine grüßende Hand zu empfangen, und ging auf den Weißhaarigen zu, der reserviert seine Hand reichte.

»Ich grüße Sie, Herr Bleeker. Wir besuchen unseren Kollegen. Geht ihm ja so weit, wie wir sehen.«

Hayen hob die Hand, begann einen Satz mit »Ich würde sagen …« und schwieg, als niemand auf ihn achtete.

»Ja, wunderbar, unser Doktor Borcherts kümmert sich hervorragend um ihn.«

»Ich …«, versuchte Hayen, sah aber ein, dass es aussichtslos war.

Bleeker deutete aus der Tür hinaus. »Kommen Sie, meine Herren, unser Patient braucht Ruhe. Ich führe Sie herum. Zeige Ihnen Neuerungen.«

Der Junge, der mit Hayen geredet hatte, sagte: »Wie ist denn die Belegung momentan?« Er drehte sich um und machte eine ausholende Armbewegung. »Hier ist Platz für drei Betten.« Er wandte sich an Bleeker. »Nur ein Bett belegt?«

»Selbstverständlich.« Bleeker deutete eine Verbeugung an. »Für Doktor Jansen haben wir selbstverständlich ein eigenes Zimmer reserviert.«

Hayen bemerkte, wie Bleekers Blick zu ihm huschte und sich die Lider einen Moment verengten und die Augenbrauen eine Spur zusammenzogen.

»Kommen Sie, meine Herren. Es ist ja wunderbar, dass wir einmal so hohen Besuch bekommen.« Er legte dem Weißhaarigen den Arm um die Schulter und schob ihn sanft in Richtung Tür. »Ich muss natürlich die Chance wahrnehmen und Ihnen unsere Neuerungen zeigen. Kommen Sie, meine Herren, kommen Sie.« Bleeker blieb zurück und sorgte wie eine Kindergärtnerin für den geordneten Auszug des Vorstands der *Allgemeinen Krankenversicherung*.

Als alle Anzüge das Patientenzimmer verlassen hatten, sprang Bleeker mit drei schnellen Schritten zurück und auf Hayen zu. Er hielt ihm das gerollte Geheft entgegen. »Hayen«, zischte er. »Arbeiten Sie das ab.« Er schlug Hayen die Papiere gegen die Brust. »Lauter unverschlüsselte Patienten. Sie haben eine Woche Zeit.«

Hayen griff zu. »Ja.« Ihm fiel nicht mehr ein.

Bleeker lief den Anzugträgern hinterher, Hayen blätterte durch die Papiere und ging dabei langsam zurück ins Stationszimmer. Er suchte das letzte Blatt. »Dreihundertzwanzig Patienten.« Er schüttelte den Kopf. »Wahnsinn. Wie soll ich das schaffen?«

»Was schaffen?« Borcherts sah sich um, während er ins Stationszimmer kam. »Die Vorstände sind weg? Habe ich mir gedacht. War Bleeker da?« In der Rechten trug er einen Steingutteller mit einem intakten Stück Obstkuchen darauf, die Linke hielt einen Becher Cappuccino.

Peter Hayen ließ sich in Bürostuhl fallen. »Der ist verrückt. Das schaffe ich nie.«

»Was hast du denn?« Auch Borcherts setzte sich und legte die Füße auf den Schreibtisch. »Was schaffst du nicht?«

Hayen warf die Liste auf den Tisch. »Hat mir Bleeker gegeben.« Er gestikulierte in Richtung der Papiere. »Soll ich verschlüsseln. Nachträglich. Sind wohl entlassene Patienten.« Mit einer wütenden Handbewegung griff er sich die Blätter, suchte die Mitte des Stapels, riss die obere Hälfte ab und reichte sie Borcherts. »Du kannst mir helfen. Wir haben eine Woche Zeit. Das schafft kein Mensch alleine.«

»Lass mal sehen«, sagte Borcherts, streckte die Hand aus und ließ sich seine Hälfte geben.

Hayen startete das Abrechnungsprogramm auf dem Rechner. »Ich kann ebenso gut anfangen.« Er seufzte. Er gab den Namen der ersten Patientin auf der Liste ein und wartete, bis die Datenbank den Eintrag gefunden hatte. »Gersthuber, Else«, murmelte er. »Komisch. War vor vier Wochen hier. Ich kann mich nicht erinnern.«

»Gersthuber?«, sagte Borcherts abwesend und blätterte durch seine Papiere.

»Scheiße«, sagte Hayen und ließ die Handflächen auf die Tischplatte fallen. »Ich brauche mindestens eine halbe Stunde für jeden. Wie soll ich da fertig werden?«

Borcherts stand auf, rollte seine Blätter zusammen und ging hinaus, während er die Rolle in die Handfläche schlug. Hayen schüttelte den Kopf. Ich wette, er will mich das alleine machen lassen, dachte er. Diesmal nicht, mein Freund. Das läuft nicht.

***

Eine dreiviertel Stunde später saß Peter Hayen beim zweiten von dreihundertzwanzig Patienten und versuchte, eine vernünftige Kombination von Diagnosen in die Programme einzugeben. Die meiste Zeit musste er damit verbringen, auf die Antworten der verschiedenen Datenbanken zu warten. Auch der Name des zweiten Patienten sagte ihm nichts, obwohl er vor einigen Wochen hier auf Station gewesen sein sollte.

»Du kannst dir genauso gut einfach ausdenken, was du eingibst, Peter«, sagte Borcherts' Stimme. Hayen erschrak, als das halb gerollte Heft auf seiner Tastatur landete.

»Ich weiß schon, das wäre deine Art, das zu machen.« Hayen nahm Borcherts' Papiere und warf sie in die entfernteste Ecke auf dem Schreibtisch. »Aber erstens ist das nicht meine Art und zweitens, verdammt, bin ich noch in der Probezeit und kann mir so eine Scheiße nicht erlauben.« Er hieb mit der Faust auf den Schreibtisch und sah dem stehenden Borcherts in die Augen. »Herr Doktor Borcherts.«

Carsten Borcherts ließ sich auf einen Bürostuhl fallen, schlug die Beine übereinander und schob die Hände in die Taschen seiner weißen Jeans. Hayen empfand sein breites Grinsen als unverschämte Provokation. »Lieber Herr Doktor Hayen.« Der Angesprochene winkte ab. »Lieber Herr Doktor Hayen, jetzt hör mal wenigstens fünf Sätze zu und danach kannst du ja weiter codieren, wenn es dir dann noch Spaß macht, einverstanden?«

Hayen verschränkte die Arme, lehnte sich zurück und nickte knapp.

»Zuverlässige ...« Borcherts drehte eine Hand unbestimmt in der Luft. »... Quellen sagen mir, dass mit dieser Liste etwas nicht stimmt.«

Hayen seufzte. »Erzähl mir was Neues. Dass die Patienten noch nicht im Abrechnungsprogramm erfasst sind, weiß ich auch.«

»Sie waren es, mein Bester, sie waren es.« Borcherts' Grinsen hielt sich frech auf seinem Gesicht.

»Was erzählst du da?«

»Meine Quelle hat eine Stichprobe von zehn Patienten von meiner Hälfte der Liste geprüft.« Er nickte in Richtung der Papiere, die zerfleddert zwischen Telefonbuch und Stiftbecher hingen.

»Mach es nicht so spannend.«

»Alle waren schon mal verschlüsselt«, sagte Borcherts. »Und alle sind abgerechnet und von den Krankenkassen bezahlt worden. Und jemand hat die entsprechenden Daten wieder gelöscht.«

»Aber das ist doch Unsinn.« Warum ließ ihn Bleeker alte, abgerechnete Datensätze neu eingeben?, dachte Hayen.

»Und in allen Datensätzen wurden Aufnahme- und Entlassungsdatum um ein, zwei oder drei Jahre in die Zukunft verlegt.« Borcherts kratzte sich unter dem Arm und sah sehr zufrieden aus. Er hob den Teller auf, nahm den Kuchen in die Hand und biss die Hälfte des Stücks ab.

»Wozu soll das gut sein?« Alte Patienten noch einmal abrechnen, dachte er. Schlicht und einfach betrügen?

»Zähl doch mal eins und eins zusammen, Peter.« Aus Borcherts' Mund fiel ein Stück Erdbeere und hinterließ einen roten Fleck auf seinem Oberschenkel. »Erst wird das Krankenhaus geleert. Die Chefs schmeißen alle Patienten raus und dann werden munter neue erfunden.« Er wischte sich den Mund ab. »Immerhin gut erfunden, denn es gab sie alle schon mal.«

»Dreihundertzwanzig Patienten.« Das könnte der Durchsatz eines Monats auf der Station sein, dachte er. Ein besonders guter Monat. »Keine Ausgaben, weil nichts getan wird. Und dabei volle Einnahmen.« Er hob seine Liste auf und warf sie gegen den Bildschirm, von wo sie auf die Tastatur fiel. »Und noch dazu lässt er uns den Betrug ausführen.« Hayen warf sich zurück in die Lehne seines Stuhls. »Schöne Scheiße.«

»Nimm es nicht so tragisch«, schmatzte Borcherts und schob sich den Rest Kuchen in den Mund. Er schluckte hastig hinunter und sagte: »Erst mal bedeutet es weniger Arbeit, das ist mal gut.«

»Und dieser Unsinn da?« Hayen tippte die Papiere an, die sich aufgefächert über der Tatstatur breitmachten.

»Ich kenne da jemanden, der macht sich sicher gerne

einen Spaß daraus, irgend ein kleines Programm zu schreiben, das automatisch plausible Daten einträgt.« Borcherts bedeutete Hayen mit ausgestreckter Hand, ihm die Liste zu geben. »Ich erledige das.« Er nahm beide Listen. »So, und jetzt machen wir uns eine schöne Woche.«

***

Carsten Borcherts saß seit einer Stunde ungeduldig im Stationszimmer herum, spielte Sokoban, suchte unnütze Seiten im Internet und trank zu viel Kaffee. Schon acht Uhr, dachte er. Hayen hätte schon längst den Nachtdienst übernehmen sollen. Nachdem ihn Borcherts über die Eigenart von Bleekers Listen aufgeklärt hatte, war der Kollege wortlos von der Station verschwunden. Carsten Borcherts begann nervös zu werden. Er hatte sich mit Trenckenbohms Sekretärin für den Abend verabredet. Wenn Hayen nicht bald kam, würde er die Kleine warten lassen müssen. Der Alte hatte seine bisherige Perle abserviert. Borcherts hätte bei Rodriguez einen hohen Betrag verwettet, dass Yvonne dabei ihre Finger im Spiel gehabt hatte.

Er sah auf die Uhr, klopfte einen Rhythmus mit den Fingern der Linken auf den Schreibtisch, während er lustlos die Maus bediente und im Internet von Seite zu Seite sprang. Er nahm einen Schluck kalten Kaffees, sah auf die Uhr, stand auf und dachte über den schnellsten Weg zum Treffpunkt des Abends in der Innenstadt nach.

Das Geräusch der Eingangstür schreckte ihn auf. Er lief zur Tür, blickte den Gang hinab und sah Hayen hereinschlendern. »Peter«, rief er. »Wird Zeit, dass du kommst. Ich mach dir schnell eine kurze Übergabe. Ich muss weg.«

Hayen hob die Hand und grüßte. »Ja, ja, ist klar.«

Borcherts schien es, dass ihm gar nicht zugehört worden war. Er lehnte sich gegen den Türrahmen und verschränkte die Arme. »Ich habe es wirklich eilig. Du bist viel zu spät, Mann.«

Statt eine Antwort zu geben, bog Hayen nach links in ein Patientenzimmer ab. Einige Sekunden später wurde das Fußteil eines Patientenbettes sichtbar. Borcherts richtete sich auf, ließ die Arme sinken. »Peter?«

Hayen erschien am Kopfteil des Bettes, würdigte Borcherts keines Blickes und schob das Bett in wachsendem Tempo den Gang hinab. Vokator schimpfte wüste Drohungen von Enthüllungsartikeln und Strafanzeigen. Hayen gab keinen Laut von sich. Mit einem Donnern und Klirren, das Borcherts zusammenzucken ließ, knallte das stählerne Bettgestell gegen den Metallrahmen der Tür, die mit enormem Schwung geöffnet wurde und gegen die äußere Wand prallte. Borcherts lief in Richtung des Lärms. »Bist du verrückt?«, rief er. Vokator krümmte sich in seinem Bett und hatte die Arme schützend über den Kopf erhoben.

»Schluss jetzt!«, brüllte Hayen. Er gab Vokators Bett einen letzten Stoß mit dem Fuß. Die Tür fiel gemächlich ins Schloss, Vokator blieb mit seinem Bett draußen. »Und wenn du nur daran denkst, ihn wieder reinzuholen, verflucht ...« Hayen drehte sich mit hochrotem Kopf um und zeigte auf Carsten Borcherts, der kurz vor dem ausgestreckten Zeigefinger stehen blieb. »Machst du den Dienst heute und überhaupt alle Dienste. Mir reicht es, verdammt. Hast du kapiert? Diese ganze Scheiße steht mir bis hier.« Er zog seine Hand in einer waagerechten, abgehackten Bewegung kurz vor seiner Nase vorbei. »Bis hier! Kapiert?«, brüllte er und beugte sich vor.

Speicheltropfen trafen Borcherts' Gesicht. Er hob beide Hände und trat einen Schritt zurück. »Ist ja gut. Welche Laus ist dir denn ...« Ein wütender Blick Hayens ließ ihn verstummen. »Okay, okay. Jetzt komm erst mal rein. Nur die Ruhe.« Borcherts drängte sich an die Wand und zeigte verhalten auf das Stationszimmer.

Hayen stapfte an ihm vorbei, Borcherts folgte. Hayen ließ sich auf einen Bürostuhl fallen, griff sich das Telefon und tippte eine Nummer.

»Du, ich muss wirklich schnell los. Machen wir erst Übergabe, ja?«

Hayen reagierte nicht, sondern sprach nach zwei Sekunden in den Apparat. »Pizza Meeresfrüchte, Chefsalat und zwei Flaschen Bier. Hayen ist mein Name. Intensivstation im San Giberto in Leer. Erdgeschoss. Ach, und ein Tiramisu dazu.« Er wartete auf die Antwort aus dem Telefon, nannte noch seine Durchwahl und bestätigte einige Fragen. Dann warf er den Hörer auf die Gabel.

»Du musst nur noch das Labor für morgen ausarbeiten, Peter. Ist nicht viel, jetzt sind es ja nur noch zwei Patienten.« Borcherts glaubte nicht, dass Hayen aufnahm, was er sagte. Dennoch versuchte er: »Und die Sieverts braucht einen neuen Zentralvenenkatheter. Sie hat den alten irgendwie in die Finger bekommen und sich das Ding herausgezogen.«

Peter Hayen schob den Stuhl vor den Rechner, tippte etwas in die Eingabezeile des Internetprogramms, wartete und machte noch einige Eingaben. Schließlich tönte Hardrockmusik aus den eingebauten Lautsprechern des Flachbildschirms. Er schob den Stuhl zurück, legte die Füße auf dem Schreibtisch übereinander und verschränkte die Hände im Nacken. »Das kannst du morgen auch noch machen.« Er wippte den Takt mit den Füßen. »Ich esse gleich, gehe ins Bett und habe nicht vor, mir den Abend versauen zu lassen.« Er hatte den Kopf zurückgelehnt und hielt die Augen geschlossen.

Borcherts konnte sich ein Lächeln nicht verkneifen. Der Junge kam also doch zur Vernunft, dachte er. »Ich muss los. Wir sehen uns.« Hayen gab keine Antwort. Borcherts zögerte nur ein paar Sekunden, dann ging er und verdrängte den Gedanken an die Arbeit, die liegen bleiben würde. Darüber konnte man morgen nachdenken. Er schob die Glastür mit einiger Vorsicht auf, die matte Scheibe war gesplittert, aber noch an ihrem Platz. Er sorgte dafür, dass die Tür möglichst sanft schloss, dann drehte er sich um und wollte gehen, als er Vokator in seinem Bett sah.

»Herr Borcherts.« Vokator saß in Unterwäsche auf der Bettkante und hatte seine Reisetasche neben sich auf die Bettdecke gestellt. Er entnahm ihr eine dunkle Hose und bemühte sich, eines seiner fetten Beine so anzuwinkeln, dass er ein Hosenbein darüber streifen konnte. Er ächzte und schien die Passanten, die ihn ausnahmslos musterten, zu ignorieren. »Das schien wohl endgültig zu sein, was?«

Borcherts nickte. »Ich würde da jetzt nicht mehr reingehen. Meinen jungen Kollegen hat der heilige Zorn gepackt.«

»Selten so viel Ruhe zum Schreiben gehabt. Hat sich gelohnt.« Endlich glitt der Stoff über sein Bein. Er ließ den Oberkörper zurückfallen und atmete schwer. »Ein paar schöne Geschichten über das Krankenhaus werden bestimmt herausspringen.« Er zwinkerte Borcherts zu.

»Ich hoffe, ich spiele keine allzu schlechte Rolle?« Er dachte an die fortschreitende Zeit und machte zwei Schritte.

»Ach nein, mein Lieber. Hier, warten Sie.« Er ließ die Hose halb angezogen, nestelte mit seiner Brieftasche, zog schließlich eine Visitenkarte heraus und reichte sie Borcherts, wobei er sich schwer atmend und schwitzend zu ihm beugte.

*Helmuth Vokator, Journalist, Chefredakteur der Zeitung Der Leeraner Tag*. Eine E-Mail-Adresse, eine Telefonnummer, eine Adresse. Gedruckt auf edel wirkendem, geprägtem Karton. »Danke«, sagte er und schob sie in die Hemdtasche. »Ich muss los. Eine Verabredung. Sie kommen alleine zurecht?«

Vokator winkte ab. »Natürlich.« Er hob einen Zeigefinger. »Schreiben Sie mir, wenn Sie ein hübsches Skandalgeschichtchen haben.«

Borcherts antwortete nicht.

»Ich bin ziemlich sicher, dass da einiges ist, nicht wahr?«, sagte Vokator und zwinkerte erneut.

Borcherts lachte vorsichtig und ging mit einem Gruß.

***

Nach einem Mahl aus Pizza, Salat sowie zwei Flaschen Bier und anschließendem Nickerchen zurückgelehnt auf dem Bürostuhl fühlte sich Peter Hayen herrlich. Warum hatte er in den Nächten früher überhaupt so viel gearbeitet?, dachte er. Man konnte sich das Leben so einfach machen. Rodriguez und Martha waren irgendwo im Krankenhaus unterwegs, Besuche bei bekannten Pflegern und Schwestern machen. Er sah auf die Anzeige des Computerbildschirms: zweiundzwanzig Uhr. Jansen war stabil und schlief anscheinend, die Sieverts hatte wohl endgültig damit aufgehört, irgendwelche Bedürfnisse zu äußern. Peter seufzte und kratzte sich den gefüllten Bauch. Er dachte nach. Bleeker und die Chefärzte betrogen also den Träger des Krankenhauses. Wie lange konnten die das durchhalten? Einen Tag? Eine Woche? Er versuchte zu überschlagen, was eine Woche Einnahmen ohne Ausgaben einbringen konnten. Er kam auf kein Ergebnis. Wie konnte man das geheim halten? Er schürzte die Lippen. Mit solchen Leuten wie Borcherts konnte man. Der durchschaute den Plan und tat nichts dagegen. Warum? Hayen nahm die Füße vom Schreibtisch, und trat heftig auf, um das Kribbeln im Fuß los zu werden. Wollte Carsten nur seine Ruhe? Er schien immerhin nicht ein williger Teil dieser Bürokratie zu sein. Konnte es mit seiner eigenartigen Studie zusammenhängen? Hatte er die Daten gefälscht? Erfunden? Es war ihm zuzutrauen.

Nach einer weiteren Viertelstunde solcher Gedanken konnte Peter Hayen sich einem Einfall nicht verwehren: Was wäre, wenn er diesem Jansen von der *Allgemeinen Krankenversicherung* die Geschichte offenbarte? Je länger er darüber nachdachte, desto brillanter erschien ihm die Idee. Es lag so nahe, es war die logische Konsequenz, es war die einzige Möglichkeit, den Wahnsinnigen in der

Führung des Krankenhauses das Handwerk zu legen. Es erschien ihm als die letzte Chance, Ordnung in das ausgebrochene Chaos seines Lebens zu bringen.

Dreißig Sekunden später stand er am Bett des schlafenden Ernest Jansen und legte ihm die Hand auf die Schulter. »Herr Jansen«, sagte er leise und wiederholte es sofort darauf etwas lauter. »Herr Jansen, hören Sie?«

In Jansens entspanntes, blasses Gesicht kam Leben. Nach zwei Versuchen öffnete er die Augenlider, sah um sich und seine zunächst erschrockenen Augen schienen den Arzt zu erkennen. »Herr Hayen?« Er kniff die Lider zusammen, öffnete sie wieder und fixierte ihn. »Was ist denn?«

Peter wandte sich kurz um, zog einen Hocker zu sich und setzte sich. »Ich habe da etwas, das Sie interessieren wird.«

»Muss das sein?« Er seufzte und schob sich auf die andere Seite seines Bettes.

Hayen zögerte kurz und begann, seine Geschichte zu erzählen. Jansens Interesse wurde mit jedem Wort größer.

Nach einigen Minuten kam er zu einem Ende, Jansen hatte an seinen Lippen gehangen. »Doktor Bleeker selbst hat die Entlassung aller Patienten angeordnet?«, sagte Jansen.

»Die Chefärzte, aber die Anweisung kam von ihm.«

»Und das passiert auf allen Stationen? Im ganzen Krankenhaus?«

Hayen nickte. »Kapiert habe ich es erst, als Bleeker mir die Liste gegeben hat mit den Patienten, die angeblich nachgetragen werden müssen.«

»Die hat er Ihnen selbst in die Hand gedrückt?«

Hayen deutete auf die andere Seite des Raums. »Hier im Zimmer. Als er heute Nachmittag bei Ihnen war. Eigentlich hat mein Kollege mich später aufgeklärt.«

»Ihr Kollege?« Jansen knetete seine Unterlippe. Er sah Hayen unter zusammengezogenen Augenbrauen an. »Und sonst ist da nichts?«

»Wie bitte?« Hayen lachte auf, obwohl er erschrocken

war. »Reicht Ihnen das nicht?« Er spürte den Alkohol, dachte plötzlich daran, dass er eine Bierfahne haben müsste und schob seinen Hocker ein Stück weit zurück. Jansen schien nicht entsetzt, nicht schockiert, nicht wütend. Er schien besorgt zu sein. Besorgt über etwas ganz anderes als das, was Hayen eben erzählt hatte. Wie gut war die Idee gewesen, die Sache zu erzählen?, dachte er, während er aufstand und hinausging. Er nahm dabei den Blick nicht von dem Patienten, der auf die Bettdecke über seinen Beinen starrte und ausdauernd seine Unterlippe knetete. Jansen schien nicht wahrzunehmen, dass Hayen ging.

»Oh, Entschul...« Hayen war gegen eine Person gestoßen, die in der Tür stand. Er taumelte einen Schritt zurück und erkannte Bleeker, der abwechselnd Jansen und Hayen anstarrte. Einen Atemzug später hatte sich der Geschäftsführer wortlos umgedreht und lief den Stationsflur hinab und durch die gesplitterte Glastür hinaus. Hayen blieb stehen und sah ihm nach, bis die Tür hinter ihm zufiel. Er musste alles gehört haben, dachte er und presste die schweißnasse Handfläche auf die Stirn. Plötzlich spürte er keine Wirkung des Alkohols mehr.

***

Das Date mit Trenckenbohms Sekretärin war nicht besonders aufregend gewesen. Borcherts wäre sogar mit ihr nach Hause gegangen, obwohl er das mit Frauen selten tat. Die Kleine war einfach zu kindlich, dachte er. Trenckenbohm liebte anscheinend einfache Gemüter. Der Weg nach Hause hatte ihn in die Nähe des San Giberto geführt und die Erinnerung an Peter Hayens Verwandlung am Abend holte ihn ein. Der Mann war im Stande und machte großen Unsinn, überlegte er. Es war sicher besser, Borcherts sah noch einmal nach dem Rechten. Für einen oder zwei Monate musste dieses Krankenhaus zumindest den Schein geordneten Ablaufs bewahren. Was nach der Unterzeichnung eines Arbeitsvertrages bei *Appresis* mit dem San Giberto geschah, war Carsten Borcherts herzlich und zutiefst egal.

Borcherts kam durch die Hauptpforte, wo der Wachmann selig schlief, und ging durch die Glastür mit intakter Scheibe auf die Station. Es schien niemand hier zu sein. Das gewohnte Klingeln irgendwelcher Alarme, das Klappern von Schüsseln, Lachen oder Reden der Schwestern und Ärzte fehlte. Hatte Peter die letzten beiden Patienten entlassen?, fuhr es ihm durch den Kopf und er lief zunächst zum Zimmer Jansens. Sobald er den Kopf durch die Tür gesteckt hatte, hob der Patient den Arm zum Gruß. Borcherts ging zum Zimmer Sieverts, die zur Begrüßung einen lautstarken Wind fahren ließ. Borcherts zog sich zurück.

Im hinteren Teil des Stationszimmers fand er Hayen auf zwei Bürostühlen liegend. Die Arme hingen seitlich über die Lehnen herab, der Kopf war über die Lehne zurückgefallen, sein Mund stand offen. Er schnarchte leise. Als Borcherts näher kam, roch er eine Bierfahne.

»Peter«, sagte er und bemühte sich um einen normalen Tonfall. Es war wohl das Beste, er trieb Rodriguez und Martha auf, damit die Station nicht ganz verwaist war, und schickte Hayen nach Hause oder zumindest in das Bett im Dienstzimmer. Wenn heute Nacht ein Notfall auftauchte, war mit diesem Wrack hier nichts anzufangen. Er stellte sich vor, wie schnell diese Situation sich zu einem zumindest hausinternen Skandal auswachsen konnte. »Peter.« Er schob den Stuhl mit einem sanften Tritt ein paar Zentimeter zur Seite.

Hayen hob die Arme, als ob er in der Luft vor sich etwas Greifbares finden könnte. Den Tiefen seines Halses entkam ein gurgelndes Geräusch, das wohl ein Ausruf hätte werden sollen. Er hielt die Arme ausgestreckt, schaffte es, die Augen zu öffnen und blickte völlig verständnislos um sich, bis er den Kopf erschrocken zurückneigte und Borcherts sah. »Carsten?« Die Arme fielen auf seinen Schoß herab. »Was willst du?« Er entspannte sich und seufzte.

»Wieviel Uhr ist es? Ist der Dienst vorbei? Ich gehe dann nach Hause.«

»Mitternacht. Kurz davor.« Borcherts setzte sich auf den Schreibtisch. »Du musst schon noch eine Weile hier bleiben.« Er spielte mit einem Locher. »Wo sind Martha und Rodriguez?«

Hayen zuckte mit den Schultern, schob den zweiten Stuhl von sich und setzte sich aufrecht, während er mit beiden Händen sein Gesicht rieb. »Im Haus unterwegs. Die beiden brauchen ja sowieso nichts.«

»Wäre besser, du gehst ins Bett. Hast du das Bier allein getrunken?« Er versuchte eine Überschlagsrechnung, wie viele Promille Alkohol im Blut Hayens zu messen sein mussten.

Hayen winkte ab. Er kratzte sich am Kopf und änderte nach ein paar Sekunden schlagartig seine Körperhaltung. Lächelnd sah er sich um. »Jansen weiß Bescheid.«

Carsten Borcherts zuckte zurück. »Bescheid? Worüber Bescheid?« Konnte Peter so dumm gewesen sein?, dachte er. Er beherrschte sich mit Mühe.

»Bleekers Projekt. Krankenhaus ohne Patienten. Wir basteln uns lustige Abrechnungsdaten.« Peter Hayen schob die Hände in die Taschen, lehnte sich weit zurück, streckte seinen Körper und gähnte ausgiebig.

»Du hast ihm …?!«

»Klar. Die *Allgemeine* ist der Träger des Krankenhauses. Solche Leute wie Bleeker machen das Krankenhaus doch kaputt. Je eher der geht, desto besser.«

Borcherts schwindelte. In seinem Kopf überschlugen sich die Gedanken. Das würde nicht unter der Decke zu halten sein. Die Öffentlichkeit, die Presse. »Du bist verrückt.« Wie würde *Appresis* reagieren? Eine Studie aus so einem Krankenhaus war nicht zu veröffentlichen. Keine Fachzeitschrift der Welt würde die Arbeit annehmen. »Scheiße. Weißt du überhaupt, was du angerichtet hast?«

Hayen verschränkte die Arme. »Natürlich weiß ich das. Jemand musste es tun.«

»Mann, du bist ein paar Monate hier am Haus und weißt schon alles so genau? Hast hier den totalen Durchblick? Verstehst das ganze System?« Er tippte sich an die Stirn.

»Welches System, verflucht?« Hayen war aufgesprungen. »Was soll das für ein System sein? Was soll es da zu verstehen geben? Das ist Betrug. Simpler Betrug. Nichts weiter.«

»Ach ja? Und wer bestimmt das? Du? Bist du der Richter über Recht und Betrug?«

Hayen lief zwei Schritte hin und her. »Du musst dich aufspielen ...! Wer betrügt denn hier mit einer gefälschten Studie für die Pharma-Industrie?«

Borcherts verharrte einen Atemzug, schloss die Augen und befahl sich Ruhe. »Was willst du damit sagen?«

»Das weißt du sehr genau. Ich will sagen, dass du Daten abgegeben hast, die du nie erhoben hast.«

Carsten Borcherts wartete auf die nächsten Worte. Würde Hayen sein Wissen weitergeben? »Und?« Er spürte, wie seine Hände zitterten. Langsam ließ er sich vom Tisch gleiten und ging zum Medikamentenschrank. Zeit, dachte er. Er brauchte Zeit. Hayen musste mit seinem Wüten aufhören. Der Mann war durchgeknallt, musste sich beruhigen.

»Und?«, höhnte Hayen. »Wem soll ich das zuerst erzählen? Ricklefs?«

Borcherts zog den Medikamentenschrank auf.

»Bleeker?«, blaffte Hayen. Er schien hinter Borcherts' Rücken näher zu kommen.

Carsten Borcherts fand in Augenhöhe, was er suchte. Eine verpackte Fertigspritze mit Ketamin. Ein Narkotikum, das für schmerzhafte Verbandwechsel eingesetzt wurde.

»Oder besser gleich deinen Freunden bei dieser Firma? Wie heißt sie? *Appresis*?«

Borcherts riss die Packung auf. »Hör auf.« Er hörte seine Stimme zittern.

»So? Warum sollte ich?« Hayen streckte den Arm nach

Borcherts aus. »Willst du mich daran hindern?« Er stieß Borcherts leicht mit den Fingern gegen die Schultern. »Mit dem Scheiß muss Schluss sein, hörst du? Dieses Krankenhaus ...«

Hayen riss die Augen auf, als Borcherts zustach und die Spritze in die Hüfte seines Kollegen entleerte. »Nichts wirst du. Nicht jetzt.«

Borcherts ließ die Spritze los, Hayen wischte sie weg wie ein Insekt, sie fiel zu Boden, rollte und sprang klappernd unter den Tisch. »Du bist wahnsinnig, was war das?« Er ging auf Borcherts los. »Was war das? Sag!« Er stieß ihn mit beiden Fäusten von sich weg. »Bleib weg, du Schwein. Lass mich.« Er wandte sich um, wollte weglaufen, stieß gegen den Schreibtisch und fiel.

Borcherts blieb stehen, sah zu und war unfähig zu denken.

Peter Hayen richtete sich auf, sah mit aufgerissenen Augen über die Schulter zu Borcherts und taumelte, rannte, lief gegen die Wand des Flurs. Er riss einen billigen Kalender einer Pharmafirma herab und schrammte mit der Schulter an der Mauer entlang Richtung Ausgang.

Borcherts folgte ihm langsam, beobachtete das Schauspiel.

An der zersplitterten Glastür ging Hayen in die Knie. Er wandte sich zu Borcherts um, verdrehte die Augen, sein Kopf knallte gegen den Türgriff. »Bleib weg.« Er lallte, versuchte den Kopf zu heben.

Borcherts zögerte, ging dann doch weiter.

»Weg«, rief Hayen. Seine Stimme versagte ihm. Er hob den Arm, wollte anscheinend drohen, es gelang ihm nur ein müdes Winken.

Borcherts kam näher. Schließlich stand er neben dem Kollegen, aus dessen Körper langsam aber unaufhaltsam die letzte Kraft wich. Borcherts sah erstarrt den Mann zusammensinken. Die Gedanken kamen wieder wie eine sich überstürzende Flut. Was war zu tun? Hayen würde erwachen. Wie lange würde es dauern? Er musste zum Patienten werden. Ein Hirnschlag. Borcherts blickte sich um. Ein Gehirnschlag, ja. Verdachtsdiagnose Gehirnblutung. Dadurch gewann er Zeit. Hayen musste künstlich beatmet, ins Koma versetzt werden. Zumindest bis die Diagnose endgültig war. Bis dahin musste ihm etwas einfallen. Sein Gedächtnis löschen, fuhr es ihm durch den Kopf. Wie? Medikamente, antwortete er sich. Welche? Welche? Seine Hände begannen zu zittern. »Ruhe«, befahl er sich. Ruhe. Hayen war bewusstlos. Ein Notfall wie jeder andere. Was war zu tun? Das Herzalarmteam verständigen. Er wandte sich um, rannte zum Stationszimmer. Bis dahin einen Venenzugang legen, weiter betäuben, Hayens Luftröhre intubieren, ihn beatmen. plötzlich kam es ihm einfach vor. Alles lag deutlich vor ihm. Nur das Jetzt war wichtig. Die Nacht überstehen, der Morgen würde für sich selbst sorgen. Immer weiter, weiter. Zeit gewinnen. Es musste gelingen.

***

Zuerst war da nur ein gedämpftes Licht. Irgendwo weit vorne. Es war rötlich gefärbt, nicht unangenehm. Dann schien sich das Licht zu bewegen, Schatten legten sich darüber, verschwanden wieder. Geräusche kamen dazu, mischten sich auf eigenartige Weise mit dem Licht. Peter Hayen konzentrierte sich darauf, Geräusche und Licht zu sortieren. Es dröhnte, klingelte. Er verzerrte das Gesicht, das Licht wurde dunkelrot, dann wurde es schwarz. Die Augen, dachte er. Nach Sekunden, Minuten – oder waren es Stunden? – gelang es ihm, die Augen zu öffnen. Er schloss sie sofort wieder. Das Licht blendete ihn, schmerzte in den Augen, schmerzte in seinem Kopf. Es schien, als brannte sich das Licht durch seinen ganzen Körper. Er wollte den Arm heben, die Augen schützen, aber es gelang nicht. Etwas hielt ihn fest. Alles Zerren, Rütteln half nichts. Nach einer Weile des Versuchens bemerkte er, dass seine Bewegungen winzig waren. Es war kein Zerren, kein Rütteln, bestenfalls ein Zucken. Er ließ seine Augen geschlossen, entspannte aber die Lider. Das Licht wurde hellrot, erträglich. Etwas zischte. Hinter ihm. Es zischte, hörte auf, zischte, hörte wieder auf. Jedesmal, wenn das Geräusch nachließ, fühlte er, wie sein Brustkorb sich hob. Immer, wenn es zischte, senkte er sich. Aber er atmete nicht. Panik wollte ihn erfassen, dann begriff er plötzlich. Er schien in einem Bett zu liegen. Die Arme waren fixiert. Er war gefesselt. Er bewegte den Mund, die Zunge. In seinem Mund steckte ein Schlauch, der bis in den Schlund reichte. Ein Beatmungsschlauch. Die Panik kam wieder, verging aber im nächsten Augenblick. Es war nicht unangenehm. Sobald er aufhörte, sich zu konzentrieren, spürte er sich wegdämmern, als ob er zu einer undefinierten Seite driftete. Jedesmal bemerkte er dieses Abtauchen im letzten Moment und holte sich erschrocken zurück in das Zwischenbewusstsein.

Dann hörte er Stimmen, erkannte den Tonfall. Wie elektrisiert spannte sich seine Aufmerksamkeit. Bleeker sprach. Es fiel ihm nicht mehr schwer, sich zu konzentrieren. Was war geschehen? Aus der Tiefe der Nacht tauchte die Erinnerung auf. Unwillkürlich zuckten beide Arme, wollten sich über seinem Kopf zusammenlegen, ihn schützen.

»Und können Sie etwas für ihn tun, Professor Trenckenbohm?«

Einen Moment sagte niemand etwas. Dann erkannte Peter die Stimme seines Kollegen. Borcherts. Carsten Borcherts sprach. »Man wird das nicht ohne eine Operation angehen können.« Eine Sekunde brauchte Peter, um das Klappern zuzuordnen. Es waren seine Fesseln, die an den Bettgittern rüttelten. Wie durch Watte nahm er die Bewegungen seiner eigenen Arme wahr.

»Nun sedieren Sie ihn schon«, sagte Trenckenbohms Stimme. »Ja, ich glaube, Sie haben recht, Herr Borcherts. Wir sollten es bald angehen. Heute noch.«

Hayen riss die Augen auf, versuchte zu sprechen, Arme und Beine spannten die Fesseln.

»Tun Sie etwas, er regt sich so auf. Das kann doch nicht gut sein für sein Herz.« Hayen suchte mit den Augen den Ursprung von Bleekers Stimme. Der Mann stand rechts von ihm. ›Betäubt worden‹, wollte er schreien. Die Ereignisse kamen zurück in sein Bewusstsein. ›Ich bin betäubt worden. Borcherts hat mich überfallen. Ich bin gesund.‹ Er versuchte zu rufen, sein Kehlkopf brannte, die Beatmungsmaschine gab Alarm, der Überwachungsmonitor klingelte. Hayens Blick raste umher. Er sah Borcherts, wollte ihn anbrüllen. Dann wurde es dunkel um ihn.

***

Carsten Borcherts sah der Anästhesistin hinterher, die Peter Hayens Bett mit Hilfe eines Mannes vom Transportdienst den Gang der Station hinunterschob. Borcherts hatte Peter mit einem kurzwirksamen Betäubungsmittel schlafen gelegt, als er begonnen hatte, zu randalieren. Bald würde man noch etwas mehr davon geben müssen. Er rieb sich den Kopf mit beiden Händen. Dass Trenckenbohm Hayen gleich in den Operationssaal mitnehmen wollte, war nicht weiter ungewöhnlich. Trenckenbohm operierte alles, was nicht bei drei auf dem Baum war. Aller Wahrscheinlichkeit nach würde Peter anschließend reif für ein Pflegeheim sein. Jansen sollte der nächste Patient sein, so hatte Trenckenbohm angekündigt. Borcherts wandte sich ab. Warum musste Hayen sich auch in Dinge einmischen, die ihn absolut nichts angingen? Er machte zwei Schritte, drehte sich um und sah eben noch die Tür hinter dem Transport-Trio zufallen. Ein Handwerker hatte die gesplitterte Scheibe bereits ausgetauscht.

Warum hatte sich Bleeker so für Hayen interessiert? Er schob die Hände in die Taschen, sah auf den Boden und ging langsam den Flur in entgegengesetzter Richtung entlang. Was konnte Bleeker an Peters Operation gelegen sein? Er legte den Kopf schräg. Eigentlich müsste er sich freuen. Immerhin waren Ekhoff und Hayen unschädlich. Beide hatten die Sache mit der Untersuchung herausgefunden. Aber die Unterlagen waren jetzt in der wohl sichersten Hand, die möglich war – bei *Appresis*. Es würde keinen weiteren Problemfall mehr geben. Unvermittelt stand er vor der anderen Glastür, legte die Hand auf den Türgriff aus Edelstahl und wusste ebenso plötzlich, was er tun wollte.

Drei Minuten später hämmerte er mit beiden Fäusten gegen die blaue Metalltür im zweiten Untergeschoss. Er pausierte, legte das Ohr an die Tür und hörte den dumpfen Rhythmus von Hard Rock. Er erinnerte sich an den Zahlencode: eins-fünf-neun-zwei, aber er verbot sich, ihn zu benutzen. Er trat gegen die Tür, klopfte und drehte sich immer wieder um; er wollte hier unten nicht gesehen werden. Noch einmal horchte er, der Rhythmus ließ plötzlich nach, Borcherts verdoppelte die Frequenz seiner Schläge. Endlich schwang die Tür auf. Borcherts drang hinein und redete auf Maxim ein. »Mann, Sie müssen mir helfen. Schauen Sie mal die Daten von meinem Kollegen nach. Peter Hayen. Er soll …« Borcherts blieb mitten im Raum stehen. Alles war anders. Die Leuchtstoffröhren brannten, in der Mitte des Raumes stand ein halb gefüllter Militär-Seesack aus zerschlissener, olivgrüner Baumwolle.

Viktor Maxim raffte einige vornehmlich schwarze Wäschestücke von seinem Schreibtisch auf und stopfte sie in den Sack, dann riss er wie wahllos eine Handvoll Blätter aus einem von vielen aufgeschlagenen Ordnern und schob sie in den Schlitz eines Reißwolfs, der überlastet jaulte und stockte.

»Was tun Sie denn, Maxim?«

»Abhauen. Es ist nicht mehr sicher.« Er blätterte durch Schriftstücke, riss ein paar Seiten aus, schloss einen anderen Ordner und warf ihn in Richtung des Seesacks.

»Sicher? Was meinen Sie?«

Maxim winkte ab und wühlte sich durch einen Stapel Zeitschriften und Unterlagen neben einem der beiden Flachbildschirme. »Wahnsinn«, murmelte er. »Ich hätte viel früher …«

»Was hätten Sie viel früher?« Borcherts ging langsam auf den Schreibtisch zu, während er sich umsah und den Raum betrachtete, der im Licht völlig verändert wirkte.

»Vergessen Sie es. Fragen Sie mich nichts mehr, ich arbeite hier nicht mehr.«

»Was soll der Unsinn? Jetzt werfen Sie Ihr Programm an und sagen mir, was ich wissen will, dann bin ich weg.«

»Ich bin weg«, blaffte Maxim, ohne Borcherts anzusehen. »Noch vor Ihnen.« Er wischte einige leere Bier- und Coladosen auf den Boden, warf eine schwarze Jeans auf den Haufen um seinen Seesack und durchsuchte das Chaos auf dem Tisch.

Borcherts zog sich einen Schreibtischstuhl heran, ließ sich nieder und verschränkte die Arme vor der Brust. »Ich gehe hier nicht weg, bevor Sie mir gegeben haben, was ich will.« Er versuchte ein Lächeln.

Maxim reagierte nicht, warf einen Stapel Bücher auf den Haufen in der Mitte des Raumes und sah sich anscheinend nach weiteren Habseligkeiten um, die es wert waren, mitgenommen zu werden.

»Also?«, sagte Borcherts.

»Dann bleiben Sie halt«, sagte Maxim und fuhr in seiner Tätigkeit fort.

Borcherts' Lächeln erstarb. »Ihr Drogenkonsum. Meinen Sie nicht, dass das bestimmte Leute interessieren wird?« Er lehnte sich zurück.

Maxim drehte sich um, stemmte die Hände in Hüften und lachte laut.

Borcherts spürte seinen Blick unsicher werden.

»Was reden Sie denn da für einen Unsinn? Das interessiert doch keine Sau, was ich mir reinpfeife.« Er schüttelte den Kopf und schien ehrlich amüsiert. »Aber was glauben

Sie werden diese ominösen ›bestimmten Leute‹ dazu sagen, dass Sie mir die besorgt haben, was?« Er wandte sich wieder seinem Geschäft zu.

Borcherts war äußerlich verstummt, die Gedanken aber überschlugen sich. Er sah Hayen im OP, sich selbst im dunklen Anzug, gleich darauf in blauer Sträflings-Arbeitskleidung. Endlich rang er sich dazu durch, »Also, was wollen Sie?« zu sagen.

Maxim winkte nur ab und begann, seine aufgehäuften Besitztümer in den Seesack zu stopfen. Nach ein paar Sekunden begann er zu reden, ohne Borcherts anzusehen. »Ich verschwinde hier, weil hier was übel aus dem Ruder läuft, Mann.«

»Was meinen Sie, aus dem Ruder?« Borcherts rutschte auf der Sitzfläche des Stuhls nach vorne. Wusste dieser Kerl etwas von der Untersuchung?, dachte er. Zuzutrauen war es ihm. Wie konnte man ihn zum Schweigen bringen?

Maxim seufzte, warf einen Blick nach seinem Gast und sagte: »Auch schon egal.« Er warf die Bücher in den Sack. »Die Liste mit den Menschen, bei denen die *EEF* manipuliert worden ist – wissen Sie noch?«

Borcherts nickte langsam.

»Alle tot.« Maxim zog seinen Zeigefinger mit einem Ruck quer über seinen Hals. »Zwei Tage später.«

»Ich erinnere mich.« Diese Ungeheuerlichkeit schien Borcherts so weit entfernt zu sein, dass es ihm unwirklich, beinahe phantastisch erschien.

»Ich hab ein Auge auf die Daten geworfen.« Er stemmte die Faust in die Öffnung des Sacks und komprimierte den Inhalt. »Immer wieder mal.« Er deutete auf die Bildschirme auf dem Schreibtisch, der nun kaum leerer zu sein schien. »Heute Vormittag, vorhin, hab ich es mit angesehen.«

»Was denn? Sagen Sie schon.«

»Sie haben einen Kollegen Hayen, nicht? Doktor Peter Hayen. Auf Ihrer Station eingesetzt.«

Borcherts nickte. »Und seine *Economic Expected Future* ist geändert worden?« Er schluckte. Wer machte das?, dachte er und ging in Gedanken die Kandidaten durch.

Maxim zog die Kordel zusammen, die den Seesack verschloss und nickte. »Nicht nur, Mann. Ihre ist auch dabei.«

Borcherts wollte eben aufstehen, fiel aber auf den Stuhl zurück. »Meine?«, stammelte er. »Unsinn.« Er sah von den Bildschirmen zu Maxim und zurück. »Wer sollte ...?« Er stemmte sich aus dem Bürostuhl und ging zwei Schritte auf den Mann zu, der sich den Seesack über die Schulter hievte. »Reden Sie keinen Unsinn. Damit macht man keine Witze.«

Maxim ging zur Tür. Er deutete auf den Schreibtisch. »Schauen Sie selbst.« Er winkte ab. »Ich jedenfalls haue ab. Mir ist die Kiste zu heiß geworden. Bye bye, Borcherts.« Er öffnete die innere der beiden Türen. »Ach ja, Borcherts?«

Er stand in der Mitte des Raumes und schien unfähig, sich zu bewegen. »Was?« Das Wort schien ihm plötzlich so harmlos, so unpassend. Er suchte ein anderes, seine Gedanken verloren sich jedoch in Unruhe, Angst und wirbelnden Bildern seines Kollegen im Operationssaal. Mitunter verschwamm das Bild und er sah sich selbst nackt und mit ausgebreiteten Armen auf dem Tisch liegen.

»Dieser Jansen ist doch auch bei euch auf der Station.«

Borcherts blieb stumm.

»Der auch.« Maxim verschwand ohne ein weiteres Wort hinter der geöffneten Innentür. Eine Sekunde später erschien sein Kopf noch einmal. »*What the fuck*, ich sag es Ihnen. Die IP-Adresse des Rechners, an dem die *EEF* geändert worden ist.«

Borcherts sah Maxim mit offenem Mund an.

»Bleekers Büro.«

Einige Augenblicke später schloss das metallisches Schlagen der äußeren Tür Borcherts allein im Serverraum ein.

Langsam ging er zum Schreibtisch, zog den Stuhl heran und setzte sich. Er berührte die Maus, der Bildschirmschoner gab den Monitor frei. Hatte Maxim nicht immer ein Passwort eingegeben, um sich Zugang zu verschaffen?, dachte er, aber der Gedanke verschwand spurlos nach einigen Augenblicken.

Er fand die gewohnten fast unlesbaren langen Listen mit Zahlenkolonnen. Er fand seinen Namen, die dazugehörigen Daten. Ihn schwindelte kurz, als er erkannte, dass seine *EEF* null anzeigte. Wie konnte er selbst in das System geraten sein? Er war nicht als Patient aufgenommen.

Er öffnete das Abrechnungssystem, gab seinen Namen und das Geburtsdatum ein und nach wenigen Sekunden fand er seinen Datensatz. Aufgenommen als Patient mit Herzbeschwerden. Vor einer Stunde. Er ballte die Fäuste.

Ein weiteres Fenster auf dem Bildschirm war ein Textdokument. Er begann zu lesen, es war eine Zusammenfassung der Datenmanipulationen, die Maxim entdeckt hatte. Er stützte die Ellenbogen auf. Daher war der Bildschirmschoner nicht mehr mit einem Passwort geschützt. Maxim wollte, dass er dies hier las. Und was sollte er damit anfangen? Löschen, fuhr es ihm durch den Kopf. Und dann?

Einige Stockwerke über ihm bereitete man Hayen darauf vor, von Trenckenbohm zu Gemüse verarbeitet zu werden. Gegen seinen Wunsch kam Mitleid und Widerwillen gegen dieses Verbrechen in ihm auf. Und sollte er der Nächste sein? Er selbst hatte Hayen betäubt. War er Teil des Systems? Wer steuerte das alles? Bleeker allein? Und wie?

Er sprang auf. Er wusste nun, was zu tun war. Er lief zur Tür, riss sie auf und rannte den Gang entlang. Er lief an den Aufzügen vorbei zum Treppenhaus und sprintete hinauf.

Im zweiten Stock brannten seine Lungen, die Beine schmerzten und er glaubte, stehen bleiben zu müssen oder jetzt sofort zu ersticken. Er zwang sich weiter.

Er lief durch die Umkleide der Operationsabteilung und fand sich in dem langen Flur, von dem in einer langen Reihe von Edelstahltüren die Operationssäle abgingen.

Weit hinten ging einer der Pfleger mit dem Rücken zu Borcherts. Er trabte weiter, gelangte zu dem Saal, der für die Herzchirurgie reserviert war. Keuchend schob er die Stahltür beiseite und fand Peter Hayen im Vorbereitungsraum. Niemand sonst war hier. Der zuständige Anästhesist war wohl im Operationssaal. Eine fast geschlossene weitere Schiebetür trennte den Raum vom Operationssaal. Hayen schlief nackt unter einer dünnen Baumwolldecke. Der Beatmungsschlauch ragte aus seinem Hals und durch ihn wurde von einer Maschine rhythmisch Luft gepumpt und wieder abgelassen.

Borcherts packte Hayen an der Schulter und rüttelte.

Er öffnete die Augen, schloss sie wieder.

Borcherts suchte und fand die Leitung mit dem milchigweißen Betäubungsmittel, das eine Spritzenpumpe laufend in die Venennadel im Handrücken des Patienten spritzte. Er schraubte die Leitung ab und ließ sie auf den Boden fallen. »Augen auf, los«, zischte Borcherts und gab Hayen zwei sachte Ohrfeigen. Er riss die Medikamentenschublade auf, suchte und fand eine Ampulle Flumazenil, den Antagonisten gegen die Schlafmittel Benzodiazepine. Mit zitternden Händen zerbrach er die Ampulle und nahm eine gefüllte Spritze Atropin vom Tablett neben dem Narkosegerät. Er machte sich nicht die Mühe, sie zu entleeren, saugte das Medikament auf; Schlieren bildeten sich in der Flüssigkeit. Er ließ das leere Glasröhrchen fallen, injizierte Hayen die Mischung, während er abwechselnd die Türen sowohl zum Flur als auch zum Operationssaal beobachtete.

Trenckenbohms Stimme aus dem Operationssaal beschwerte sich weinerlich über schlechte Bedingungen und darüber, dass ihn alle nur behindern, niemand ihm helfen würde. Borcherts schaltete die Beatmungsmaschine ab und zog den Verbindungsschlauch vom Beatmungstubus. Er ohrfeigte Hayen, sobald dieser die Augen schließen wollte. »Wach bleiben«, befahl er flüsternd. »Los, wir müssen weg.«

Er schaltete das Überwachungsgerät aus, löste die EKG-Kabel, alle Infusionsschläuche und leerte den Blocker-Ballon, der den Beatmungsschlauch an seinem Platz hielt. Er fasste seinen Kollegen unter den Schultern, hob den Oberkörper an. »Los, los, los, Peter. Atme. Hörst du? Atmen.« Er flüsterte direkt in Peter Hayens Ohr. Ein Ruck und er hatte den Beatmungsschlauch in der Hand. Borcherts zog die Decke zu sich und drückte sie Hayen vor den Mund, um sein Husten zu dämpfen. »Los, komm, wir müssen weg.«

Hayen bemühte sich die Augen offen zu halten. »Was?« Er hustete.

Die Schiebetür zum Operationssaal wurde geöffnet. »Carsten? Was machst du da? Spinnst du?« Eine Anästhesistin kam zwei Schritte in den Vorbereitungsraum. Zwischen Mundschutz und Kopfhaube schien nur Platz für die weit geöffneten, stark geschminkten Augen. »Du kannst doch nicht …«

»Halt den Mund, das kapierst du nicht«, fauchte Borcherts und zog Hayens Beine von der Liege. »Komm schon, komm schon.« Er zerrte an seinem Arm. »Peter, wir müssen verschwinden, mach schon, um Himmels willen.«

»Nein, das geht nicht.« Die Stimme der Ärztin wurde mit jedem Wort lauter. »Hilf mir mal jemand. Hilfe. Hier draußen. Der Patient wird entführt.«

»Was soll der Unsinn, jetzt kommen Sie wieder rein und machen Sie Ihre Arbeit.« Trenckenbohms brüllende Stimme hatte von weinerlich zu wütend gewechselt.

»Kein Unsinn.« Sie kam näher, streckte die Hände nach Hayen aus, der mittlerweile schwankend neben dem Tisch stand, auf dem er hätte operiert werden sollen. »Ich brauche Hilfe hier draußen.«

Die Tür wurde weiter aufgeschoben. Ein Pfleger streckte den Kopf durch den Spalt. »Was ist denn los? Trenckenbohm sagt, Sie sollen reinkommen.« Er sah Hayen und Borcherts. »Verflucht, was machen Sie denn da?«

»Los, los, los.« Borcherts stellte sich zwischen Hayen

und die anderen, wickelte die Decke um seinen nackten Kollegen und schob ihn torkelnd vor sich her. »Er wird nicht operiert und Schluss.«

»Bist du wahnsinnig? Der Mann ist schwerkrank.« Die Ärztin packte ihn bei der Schulter. Die Stimme des Pflegers kam näher.

Borcherts stieß die Hand zur Seite. »Nicht anfassen. Ich warne dich, ich nehme keine Rücksicht mehr.« Er sah nicht, wie sie reagierte, schob Hayen vor sich her den Flur entlang. Zur Umkleide, dachte er, so schnell wie möglich. Hayen musste sich OP-Kleidung anziehen, einen weißen Kittel vom Haken klauen, so fielen sie nicht auf. Und dann nichts wie raus aus diesem Wahnsinnskrankenhaus. Er verdrängte die Frage ›und dann?‹, die sich vorwitzig stellte.

Er zog Hayen mit sich, der ließ sich wehrlos wie in Trance steuern. Ein Blick über die Schulter zeigte ihm, dass die Ärztin ihnen gar nicht, der Pfleger nur langsam und zögernd folgte.

Endlich war die Umkleide erreicht. Er riss grüne OP-Baumwollkleidung aus einem Regal, zerrte an der Decke um seinen Kollegen, bis sie zu Boden fiel. Hayen stand schwankend mit geschlossenen Augen nackt vor ihm. »Los, zieh das an.« Er wartete die Reaktion nicht ab, stülpte ihm den Kasack über den Kopf und nahm eine schlaffe Hand, versuchte sie durch einen Ärmel zu zwingen. »Mann, hilf mir schon.«

Mit einigen Ohrfeigen ließ die Wirkung der Medikamente nach, Hayen wurde wacher und standfester. »Scheiße.« Er rieb sich die Augen. »Was ist denn los?« Er sah sich um. »In der OP-Umkleide? Was ist ...?«

»Nicht reden, anziehen.« Borcherts zerrte für Hayen an der Kordel, die die Hose halten sollte. »Welche Schuhgröße?« Im Regal standen mit Namen beschriftete Plastikschuhe.

Peter Hayen schüttelte den Kopf. »Schuhgröße. Weiß nicht. Zweiundvierzig.« Er schien stolz auf seine Leistung.

Borcherts gab das Lächeln nicht zurück. Von draußen waren Schritte zu hören. Er griff ein Paar, warf sie vor Hayen auf den Boden und griff seine Hand. »Los, komm. Keine Zeit mehr.«

Die Tür wurde aufgestoßen, Trenckenbohms Stimme dröhnte. »Sind Sie von allen guten Geistern verlassen, Mann? Sie bringen ihn ja um.« Er griff sich den Hörer eines Wandtelefons neben der Tür. »Wenn Sie nicht auf der Stelle den Patienten ... Ich rufe den Sicherheitsdienst. Borcherts, nehmen Sie doch Vernunft an. Was ist denn in Sie gefahren?«

Borcherts zerrte an der Hand seines Kollegen, sah sich nicht um und antwortete nicht.

»Mich umbringen?« Hayen klang kindlich besorgt. »Keine Sorge.« Er stolperte unter Borcherts' Zug und schon waren beide draußen auf dem Flur vor dem Operationstrakt.

»Borcherts, das wird Konsequenzen haben«, rief Trenckenbohm, schien sie aber nicht zu verfolgen. »Glauben Sie nicht, dass Sie das einfach so tun können ...«

Die Tür fiel hinter ihnen zu, Borcherts fiel in einen gebremsten Trab, zog Hayen hinterher, der stolperte, strauchelte und taumelte, stieß gegen Wände, Ecken, Heizkörper.

»Komm, wir müssen raus hier.« Borcherts versetzte seinem Kollegen einen Ruck mit der Hand und wurde kurz langsamer. »Nimm dich zusammen, verflucht. Werde wach, verdammt. Hörst du?«

Hayen kicherte und stolperte langsamer. »Was ist denn überhaupt? Was willst du denn? Was war denn los? Was ist denn los?«

Borcherts zog ihn in Richtung Aufzüge. Wohin?, dachte er. Raus. Raus aus dem Krankenhaus. Nur hier drin hatten sie Macht. Wer waren ›sie‹? Wer tat das alles? Er glaubte nicht, dass Trenckenbohm Teil einer Verschwörung war. Der Mann wollte nur operieren und, wenn er es nicht tat, sich um seine Freundinnen kümmern. Borcherts hieb mehrfach mit der Faust auf den Aufzugknopf. »Komm, komm, komm.« Warum waren seine und die Daten Hayens manipuliert worden? Es musste mit der Krankenversicherung zu tun haben. Er schlug sich an die Stirn. Natürlich. Jansens Einlieferung, seine Anwesenheit im Krankenhaus war nicht zufällig gewesen. Hayens idiotisches Gespräch mit dem Krankenkassenmanager hatte etwas ausgelöst.

Ein elektronischer Gong kündigte den Aufzug an. Die Tür glitt auf, Borcherts sah sich um und stieß Hayen in die leere Kabine. »Wer weiß noch davon, dass du Jansen die Sache mit dem leeren Krankenhaus erzählt hast, Peter?«

Hayen lehnte sich gegen die Edelstahlwand, schien nachzudenken und schüttelte den Kopf.

Borcherts drückte den Knopf für das Erdgeschoss.

Hayen rief plötzlich erstaunt aus: »Bleeker war da. Plötzlich. Er muss es gehört haben.« Er kratzte sich mit den Nägeln beider Hände geräuschvoll die Kopfhaut. Auf einmal hielt er inne und sah Borcherts an. »Du warst das doch.« Er ging einen Schritt auf Borcherts zu. »Du hast mir diese Spritze in den Hintern gejagt, Arschloch.« Er hob die Fäuste.

Der Mechanismus öffnete die Schiebetür des Aufzugs, Borcherts sah hinaus und prallte zurück. Er zählte mindestens acht Männer vom Sicherheitsdienst, die den Flur bevölkerten. Er drückte sich an die seitliche Wand der Kabine, stieß Hayen mit der Rechten in eine Ecke und hielt den Finger auf den untersten Knopf der Reihe gedrückt. Weg hier, dachte er. Und dann?, antwortete er sich. Raus, raus aus dem Krankenhaus. Irgendwo durch die Keller, durch die Tiefgarage. Sie konnten nicht alle Ausgänge bewachen. Oder doch? Die Hälften der Aufzugtür schoben sich zusammen, im letzten Moment schien einer der Männer sie entdeckt zu haben, auf sie zuzukommen. Die Anzeige draußen über der Lifttür verriet ihr Ziel, wusste Borcherts. Schnell, sie mussten schnell sein.

»Mistkerl«, sagte Hayen und kam aus der Ecke, während Borcherts versuchte, einen Plan zu erfinden. »Warum hast du …?«

Borcherts winkte ab. »Entschuldigung, okay?« Er sah angestrengt auf die Stahltür, die sich gleich zur Seite schieben würde.

»Spinnst du?« Hayen stieß ihn gegen die Schulter. »Was war das für eine Scheiße? Warum wollte der mich operieren? Warum betäubst du mich?« Er boxte Borcherts heftiger gegen die Schulter. »Schau mich an. Was sollte das?«

»Keine Zeit«, sagte Borcherts. Das unterste Geschoss war erreicht, Borcherts stand in Sprint-Starter-Haltung und winkte Hayen, mitzukommen. So rasch er konnte, suchte er das Gesichtsfeld ab. Niemand war zu sehen. Wohin, verdammt?, dachte er. Die Tiefgarage. »Los, komm.«

»Ich will eine Antwort.« Hayens Stimme war trotzig.

Borcherts drehte sich halb um, griff seine Hand und zog. »Später. Wenn du jetzt nicht freiwillig kommst, dann bleibst du eben da, aber sag nicht, ich hätte dich nicht gewarnt.«

»Gewarnt? Was ist denn jetzt noch? Erst nietest du mich um, lässt mich in den OP karren und dann … Was ist denn das alles?«

Borcherts lief los, als er niemanden sah. »Lange Geschichte. Später. Komm.«

Hayen folgte.

Borcherts sah alle paar Meter über die Schulter. Der Eingang zur Tiefgarage war am Ende des Flurs. Die blaue Metalltür des Serverraumes kam in Sicht. Durch die Tiefgarage, dachte er. Raus hier. Nur im Krankenhaus konnten die ihnen etwas anhaben.

Er bremste mit rutschenden Füßen auf der blätternden Betonfarbe des Bodens. Hayen prallte von hinten gegen ihn. Die Tür zur Tiefgarage einige dutzend Meter vor ihnen war aufgegangen. Drei Männer in den weiß-grünen

Hemden und blauen Hosen des Sicherheitsdienstes kamen in den Flur, sahen sie, zeigten auf sie, rannten auf sie zu.

Borcherts stieß Hayen zur Seite und sprintete auf die blaue Metalltür zu. Hayen brauchte diesmal keine Aufforderung.

Borcherts kam rutschend vor der Tür zu einem Halt, hielt sich am Türknauf fest und tippte mit zitternden Fingern den Zahlencode ein: eins-fünf-neun-zwei.

»Mach schon, mach schon«, keuchte Hayen.

Borcherts antwortete nicht, der Summer gab die Tür frei. Die Wachleute waren keine zehn Meter entfernt, als Borcherts sich von innen gegen die Tür warf und sie ins Schloss schlug.

Zwei Sekunden später wurde außen gegen die Tür gehämmert. »Scheiße«, sagte Borcherts zitternd, zog Hayen zur Seite und warf die innere Tür zu. Das Klopfen wurde gedämpft, die Rufe waren nicht mehr auszumachen. Borcherts sah sich um. Der Seesack und sein Besitzer waren verschwunden.

»Und jetzt?« Hayen stand leicht gebückt, wie zum Sprung bereit. Ein Zucken ging durch seinen Körper, fast sprang er auf, als mit einem Knacken irgendwo über der Deckenverkleidung ein Lautsprecher ansprang.

Die verzerrte Stimme einer Frau sagte: »Achtung, eine Durchsage der Telefonzentrale: Wir bitten alle Mitarbeiter um Mithilfe. Ein offensichtlich psychisch kranker und wahrscheinlich gefährlicher Mann hat einen schwer kranken Patienten aus dem Operationssaal entführt. Beide Männer brauchen dringend ärztliche Hilfe. Bitte verständigen Sie den Sicherheitsdienst, wenn Sie jemanden sehen, auf den die folgende Beschreibung passen könnte.«

Es folgte eine Personenbeschreibung, auf die Carsten Borcherts nicht achten mochte. Er brauchte zwei Sekunden für die Entscheidung. »Schau dir das an«, sagte er zu Hayen und ließ sich auf den Drehstuhl vor dem Rechner Viktor Maxims fallen. Er klickte auf das Fenster mit Maxims Zusammenfassung der Manipulationen und stieß einen Ausdruck an. »Lies das und lass mich arbeiten.« Er wandte sich kurz um. Das Klopfen und Hämmern hatte aufgehört. Nicht für lange, vermutete er. Er tastete in seiner Hemdtasche und fand Helmuth Vokators Visitenkarte. Er dankte einem höheren Wesen, das er in diesem Moment erstmals im Leben existent wusste.

Carsten Borcherts brauchte drei Minuten, um eine E-Mail an den Journalisten zu verfassen, die ihm selbst panisch im Ton vorkam. Die letzte Zeile lautete: *Hilfe. Jetzt. Lebensgefahr! Kommen Sie sofort ins Krankenhaus. Retten Sie mich.* Er kopierte den Inhalt des Textfensters in die Nachricht und schickte sie ab.

»Wahnsinn«, murmelte Hayen, der sich auf den Schreibtisch gesetzt hatte und las. »Unglaublich.«

Borcherts sprang auf. »Ein Telefon.« Er suchte den Tisch ab, sprang einen Schritt zur Seite, warf einen Stapel Zeitschriften um, schob Abfallberge zur Seite. »Hoffentlich liest der seine Post.« Von der Tür begannen die Geräusche erneut. Jemand setzte einen Schlagbohrer ein. »Nicht mehr lange. Hast du ein Testament geschrieben, Peter?«

»Spinnst du? Was soll das?«

Borcherts deutete auf die Blätter in den Händen des Kollegen. »Dann lies weiter. *Economic Expected Future*, hattest du das schon? Was passiert, wenn die auf null gesetzt wird?« Hayen schüttelte den Kopf und Borcherts sagte: »Falls du Wert darauf legst, es zu wissen – deine und meine sind irgendwann heute Nacht auf null gesetzt worden.« Er fand den Apparat unter einem Haufen verwickelter Kabel, hob ab und warf den Hörer wieder auf die Gabel. »Tot. War ja klar. Die sind nicht so dumm. Hoffentlich kommt die Nachricht an Vokator an.«

Hayen ließ die Papiere sinken. »Hast du das geschrieben?« Er sah sich um. »Ist das dein Refugium?«

Borcherts lachte auf. »Maxim. Der System-Admin hier im Haus.« Er breitete die Arme aus. »Der war schlauer als wir. Ist abgehauen.« Er zeigte auf die innere Tür. »Keinen Moment zu früh, wie mir scheint.«

Das Bohren hatte aufgehört. Man hörte Stimmen, die Tür schwang auf, drei Männer vom Sicherheitsdienst drangen ein. Hinter ihnen tauchten zwei Pfleger und ein Arzt auf, Borcherts kannte die Leute vom Sehen.

»Stimmt das, was der schreibt?«, sagte Hayen leise.

Borcherts sah aus dem Augenwinkel, wie er die Blätter hinter seinem Rücken verschwinden ließ und nickte anerkennend.

Die Sicherheitsleute stellten sich in der Nähe der Türe auf. Beide Pfleger kamen mit beschwichtigenden Gesten langsam auf Borcherts zu.

»Ist ja gut. Ich bin brav.« Er hob die Hände. »Alles *easy*, ja? Keinen Unsinn machen.« Er sah, dass der stämmigere der Männer eine Nadel auf eine gefüllte Spritze setzte. »Ich wehre mich nicht. Ruhig bleiben.«

Der Arzt winkte Hayen zu sich. »Kommen Sie. Sie sind in Sicherheit.«

Borcherts sah, dass auch der Arzt halb verborgen eine Spritze in der Rechten trug. »Vorsicht«, rief Borcherts Hayen zu, als ihn einer der Pfleger gepackt und umgedreht hatte und ihm ein stechender Schmerz im Oberschenkel sagte, dass ihm der andere etwas gespritzt hatte. »Peter, hilf mir.« Borcherts' Knie wurden weich. Er ließ sich auf den Schreibtisch sinken, rutschte langsam daran ab, ohne, dass er es verhindern konnte. »Peter.« Er hörte sich selbst lallen. »Peter, du musst das jetzt für uns …«

***

Scheiße, ist mir komisch, war Borcherts' erster Gedanke. Irgendetwas machte ihm einen Rausch. Obwohl er still auf dem Rücken lag, war ihm entsetzlich schwindelig. Was war los? Wo war er? Die Erinnerung überraschte ihn. Er war betäubt worden. Eine intramuskuläre Spritze, so glaubte er. War er operiert worden? Er glaubte, klar denken zu können, aber gleichzeitig zweifelte er daran. Er wollte ein Augenlid öffnen und schaffte es mit Mühe. Nichts war in Ordnung. Der Schwindel, die Müdigkeit. Es musste ein Medikament sein. Er wusste nicht, wie lange er geschlafen hatte. Konnte die Spritze noch wirken? Er ließ die Augenlider in Ruheposition und versuchte die Arme zu bewegen. Das gelang ihm. An der Rechten spürte er ein Pflaster, eine Venennadel, einen Dreiwegehahn und daran einen Schlauch. Erschöpft ließ er die Linke zurückfallen. Er atmete schwer, gleichzeitig bemerkte er, dass er frei atmen konnte. Es steckte kein Beatmungsschlauch in seinem Hals.

Er konzentrierte sich erneut auf seine Augenlider. Es waren keine Stimmen im Raum zu hören. Wenn er alleine im Zimmer war, konnte er es vielleicht schaffen, die Infusion zu stoppen. Er war sich sicher, über den Tropf ein Schlafmittel zugeführt zu bekommen. Das Rot, dass er durch die Lider sah, wurde heller, schließlich kam schmerzendes Licht durch den Lidspalt. Er zwang sich, die Blendung zu ignorieren und wurde belohnt mit einem Gefühl von Wachheit, das ihm das Sehen verschaffte. Er hielt die Augen geöffnet und schob seine Linke erneut über den Körper, um die andere Hand zu erreichen. Er lag in einem Patientenzimmer, er erkannte seine eigene Station. Man würde ihn operieren, er würde zurückkommen als sabberndes Etwas ohne Verstand. Keine Bedrohung mehr für Bleeker und seine Wahnsinns-Klinik.

Aussichtslos, dachte er und die Augen wollten ihm zufallen, seine Hand zurückrutschen. Dann zwang er sich weiter. Er wollte es zumindest versuchen, sich nicht kampflos ergeben. Er musste nicht weit kommen. Nur raus aus diesem Krankenhaus. Die Augen schmerzten, er ignorierte es, zog seine Linke mit raupenhaften Bewegungen der Finger weiter über seinen Körper.

Endlich erreichte er seinen rechten Handrücken und war stolz auf seine Leistung. Er gestattete sich, ein Augenlid für einen Moment zu schließen, dann suchte er den Schraub-Anschluss des Infusionsschlauches. Er fand ihn und drehte. Es schmerzte, wo die Plastiknadel durch die Haut drang.

Nach unendlich scheinenden Sekunden oder Minuten oder Stunden war es geschafft. Ohne hinzusehen schob er das Ende des Schlauchs unter den Unterarm, um ihn zu verbergen und hoffte, dass es unentdeckt bleiben würde. Er schloss die Augen, entspannte sich und wartete.

Von Minute zu Minute fühlte er sich mehr wie er selbst. Er spürte seinen Körper, erinnerte sich an die Ereignisse der letzten Stunden – Wut überkam ihn. Er war Herr über seine Bewegungen, es erschien ihm unglaublich, welche Schwierigkeiten er noch vor Minuten hatte, seinen Arm oder nur seine Finger zu bewegen. Er lag mit geschlossenen Augen auf dem Rücken und nahm sich vor, noch wenige Minuten Geduld zu haben. Dann würde er ungesehen die restlichen Kabel und Schläuche entfernen, die Alarme des Überwachungsgerätes ausschalten und abhauen. Mit einem Finger der linken Hand tastete er nach seiner Hüfte. Scheiße, dachte er. Er war nackt bis auf etwas, das sich wie ein klinikübliches Flügelhemdchen anfühlte. Wie sollte er so über die Flure, durch die Pforte, in die Stadt entkommen? Weg von Bleeker, seinen debilen Sicherheitsleuten, fort aus diesem Irrenhaus.

Peter. Im selben Augenblick wünschte er, er könnte sich den Gedanken verbieten, die Erinnerung an den Kollegen tilgen. War es nicht schwierig genug, für sich zu zu sorgen? Für seine Sicherheit Pläne zu schmieden? Konnte Hayen nicht für sich selber sorgen? Er riss die Augen auf, starrte die Decke an und empfand Wut über seine Skrupel, über Hayen und über sich.

Schließlich gab er sich selbst nach und beschloss, Hayen zu helfen, falls er ihn auf seinem Weg hier heraus sehen würde. Das war fair genug, dachte er. Mehr konnte niemand verlangen.

»Das ist schon erstaunlich, mein lieber Herr Kollege.«

Trenckenbohms Stimme!, schoss ihm durch den Kopf. Schritte. Es mussten mindestens zwei Personen sein. Borcherts zwang sich zur Bewegungslosigkeit, schloss die Augen, achtete darauf, dass sein Gesicht entspannt war und bemühte sich, seine Atmung zu kontrollieren. Nur nicht auffallen, dachte er. Er sah in Gedanken den gelösten Infusionsschlauch und fürchtete, dass ihm der Schweiß ausbrach, was man unweigerlich bemerken musste.

»Jung, zu jung. Und schon der zweite. Das ist schon außergewöhnlich.« Ricklefs sprach langsam und schien jedes Wort zu überlegen. »Dieser Beruf ist einfach zu anstrengend. Die jungen Kollegen sollten sich mehr Ruhe gönnen.«

Borcherts konnte sich kaum beherrschen. Jede Faser in ihm wollte aufspringen, weglaufen, kämpfen – alles, nur nicht liegen und sich schlafend stellen.

»Er wird tachykard«, sagte Trenckenbohms Stimme, was Borcherts zum ersten Versuch autogenen Trainings in seinem Leben veranlasste. Er versagte natürlich. »Das ist ein schlechtes Zeichen«, fuhr Trenckenbohm fort. »Ich werde auch ihn bald operieren müssen. Es wird Zeit.«

Das Wort ›auch‹ beunruhigte Borcherts, aber dass der Herzchirurg zur Eile mahnte, tat es noch mehr. Sein noch schneller schlagendes Herz tat offensichtlich das Gleiche mit Trenckenbohm. Warum ›auch‹?, dachte Borcherts. Hatte er Hayen schon unter dem Messer gehabt? Hatte der das überlebt? Hatte sein Gehirn es überlebt?

»Ich werde persönlich die Narkose machen.« Ricklefs Stimme bebte vor Pathos. »Wie beim Kollegen Hayen.«

Borcherts' Gedanken bebten vor Panik. Ricklefs und Trenckenbohm, das konnte nicht gut gehen. Er musste weg hier. So bald wie möglich. Hayen war demnach nicht mehr zu helfen. Borcherts schämte sich seiner Erleichterung nur wenig und nicht lange.

Die beiden Professoren diskutierten über die geplante Operation und Borcherts wurde immer nervöser. Die

Wirkung auf seinen Herzschlag veranlasste Trenckenbohm zu immer stärkerem Drängen.

Nach einigen Minuten, die Borcherts wie die schlimmsten Wochen seines Lebens empfand, verkündete der Herzchirurg, dass man nicht mehr warten könne und ging von Professor Ricklefs gefolgt aus dem Patientenzimmer.

Carsten Borcherts zählte bis zwanzig, dann lauschte er ein letztes Mal, endlich sprang er auf und setzte sich an die Bettkante. Die EKG-Kabel zerrten an seinem Brustkorb, eine Klebeelektrode löste sich und riss ihm einige Brusthaare aus. Ihm war entsetzlich schwindelig. Er hielt sich den Kopf, als wollte er verhindern, dass er sich auf dem Hals um die eigene Achse drehte. Ohne hinzusehen streckte er den Arm aus, tastete nach dem Überwachungsgerät, wollte den Alarm unterdrücken, aber erwischte nur die falschen Tasten.

»Wetten, dass Sie das nicht schaffen, Doktor?« Borcherts erkannte Rodriguez' Stimme.

»Lass mich bloß in Ruhe, Mann«, stöhnte Borcherts und ignorierte, dass sein Herz raste, ihm kalter Schweiß ausgebrochen und ihm vor Schwindel kotzübel geworden war. »Mach mal das Gebimmel aus.« Er hörte, wie Rodriguez mit quietschenden Schritten gemächlich näher hinter ihn trat.

»Warum, Doktor?«, sagte der Pfleger leise und nur Zentimeter von Borcherts Ohr entfernt.

Er tippte blind auf den Tasten des Gerätes und erwischte endlich die richtige. Der Alarm verstummte. »Warum was, Rodriguez?« Der Schwindel drehte mit halber Geschwindigkeit, die absolute Sicherheit, sich im nächsten Augenblick erbrechen zu müssen, wich einer überzeugenden Ahnung.

»Warum soll ich Ihnen helfen?«

Sein hispanischer Akzent nahm für Carsten Borcherts' Ohren eine bedrohliche Note an. Borcherts musste nicht lange überlegen. »Ich wette mit dir fünf zu eins, dass ich es nicht schaffe.«

»Was?«

»Hundert Euro, dass ich es nicht schaffe.« Borcherts öffnete die Augen. Die Welt stand still. Er versuchte, Gewicht auf die Beine zu verlagern. Es schien sich wieder um Beine, nicht mehr um Spaghetti zu handeln. »Hilf mir, hier rauszukommen. Dann schulde ich dir fünfhundert.« Er stand, gegen die Bettkante gelehnt, und hielt sich am Geländer fest. »Gilt es?« Borcherts hörte es hinter sich rascheln. Es klang, als schrieb Rodriguez etwas mit einem kratzenden Bleistift.

»Gilt«, sagte Rodriguez und drückte Borcherts etwas in die Hand. »Wenn Sie verlieren, sollten Sie Schwierigkeiten haben, die Wettschulden einzufordern. Gutes Geschäft.«

Er wusste, dass es ein Wettschein war, was er in der Hand hielt. »Wo sind meine Klamotten?«

Rodriguez kam um Borcherts herum, der immer fester auf den Füßen stand, und nahm eine Plastiktüte aus dem Bettschränkchen, deren Öffnung zugetackert worden war. Er riss sie auf, zerrte Borcherts' weiße Jeans heraus und hielt sie ihrem Besitzer hin. »Ich bin kein Held, Borcherts. Das müssen Sie alleine schaffen. Aber ich störe Sie nicht. Fünfhundert Euro ist nicht so wahnsinnig viel Kohle.« Seine Augen wurden schmal. »Sie verstehen.«

Borcherts zerrte die Hose an sich, zog sie ohne Unterwäsche unter das Flügelhemd an und winkte Rodriguez, ihm das Hemd zu geben, das er in der Tüte vermutete. »Verbrecher.«

Die Schuhe, sein Handy, auch Vokators Visitenkarte fanden sich in dem Beutel. Borcherts war nach weniger als einer Minute fürs Erste fertig gekleidet und fühlte sich standfest genug, möglichst rasch hier abzuhauen. Trenckenbohms Eile hatte ziemlich sicher zu Aktivitäten geführt, die nicht im Sinne Borcherts' waren. »Was ist mit Hayen?« Borcherts nahm die Tüte an sich, sah hinein, fand nur Unterwäsche und warf sie aufs Bett, während er die ersten Schritte um das Bett herum wagte.

Rodriguez winkte ab.

»Um Himmels willen, sind Sie wahnsinnig?« Trenckenbohms Stimme donnerte ins Zimmer, Borcherts und Rodriguez prallten zurück. »Sie bringen sich um, Mann. Was ist denn in Sie gefahren?«

Borcherts antwortete nicht, sondern bewegte sich auf die Tür zu, in der Trenckenbohm stand und offensichtlich nicht gewillt war, ihn durchzulassen.

»Ziehen Sie eine Spritze auf.« Er zeigte auf Rodriguez und streckte beide Arme abwehrend gegen Borcherts aus. »Diazepam, Ketamin, Methohexital, irgendwas. Der Mann ist ja im Delir. Er muss ruhiggestellt werden.« Borcherts hatte den Professor erreicht. »Los, machen Sie schon!«

»Lassen Sie mich durch. Ich bin nicht krank, ich bin krank gemacht worden. Keine Operation. Weg da!« Borcherts versuchte, den stämmigen Herzchirurgen zur Seite zu drängen. Die Reste der Beruhigungsmittel in seinem Blut, die Konstitution Trenckenbohms und der Türrahmen waren Borcherts' übermächtige Gegner. Der Mann schien den Angriff gar nicht bemerkt zu haben, packte Carsten Borcherts an den Schultern und rief Rodriguez zu: »Los, Sie. Wie lange wollen Sie noch warten?«

Rodriguez trat hinter Borcherts, zerrte an seiner Hose, anscheinend, um einen Injektionsort zu finden und zischte irgendwas, was wohl eine Entschuldigung werden sollte.

Borcherts' Reflexe schienen noch in Narkose, seine abwehrenden Hände wurden von Trenckenbohm gehalten und seine Beine hatten nur genug Geschicklichkeit zurückgewonnen, nicht einzuknicken. Bevor Rodriguez zustechen konnte, tat er genau das. Er ließ sich fallen in der Hoffnung auf einen Überraschungseffekt und ... weiter reichte sein Plan nicht.

Er blieb auf dem Rücken liegen, starrte Trenckenbohm und Rodriguez an, der mit der Spritze in der erhobenen Faust dastand, und hatte keine Ahnung, wie er das nun Kommende abwehren sollte.

Die Stimme Helmuth Vokators erledigte diese Aufgabe für ihn. Borcherts blieb liegen, während die Köpfe von Rodriguez und Trenckenbohm aus seinem Gesichtsfeld verschwanden.

»Fassen Sie den Mann an und Sie bekommen einen exklusiven Verriss im *Leeraner Tag*. Wenn es sein muss, täglich für eine Woche.« Von irgendwo her klickte es, als ob fotografiert wurde. Vokators Organ alleine hätte wahrscheinlich genügt, den beiden einen zunächst ausreichenden Schrecken zu versetzen. Die Drohung, in der Zeitung schriftlich durch den Wolf gedreht zu werden, hatten sie wahrscheinlich nicht verstanden. Vokators schwere Schritte kamen näher. Sein feistes Gesicht erschien am oberen Rand von Borcherts' Gesichtsfeld. »Na, Borcherts, haben Sie denn schon eine schöne Geschichte für mich?«

Borcherts nickte und streckte einen Arm aus. »Helfen Sie mir mal auf, ja?« Schon wieder dieses Klicken.

Vokator antwortete mit einem Winken hinter sich. Ein Mann mit zwei Kameras, die an Riemen um seinen Hals hingen, trat heran, beugte sich zu Carsten Borcherts hinab und streckte eine Hand aus. Plötzlich zog er sie zurück, fasste einen der Apparate, zielte auf Borcherts und drückte ab. Dann erst ergriff er Borcherts' ausgestreckte Hand und half ihm auf. Die Kameras stießen gegen seinen Kopf, als er sich aufrichtete.

»Gestatten, Helmuth Vokator.« Er schien mit Trenckenbohm zu sprechen. »Sie kennen mich?« Niemand antwortete. »Der *Leeraner Tag*?«

Der Herzchirurg räusperte sich.

»Na, also. Dann verstehen wir uns«, fuhr Vokator gereizt fort. Der Fotograf machte ein Bild nach dem anderen.

»Der Mann ist krank. Sie machen einen Fehler. Sie verstehen nicht.« Trenckenbohm näherte sich Borcherts, der sich mittlerweile aufgerichtet hatte und sich, vom Fotografen gestützt, hinter Vokators massive Deckung begab.

»Hören Sie auf zu fotgrafieren.« Seine Stimme nahm den gewohnten Befehlston an.

»Wir holen uns eine zweite Meinung. Nicht wahr, Herr Borcherts?«

Borcherts nickte stumm und ging, begleitet vom knipsenden Fotografen, rückwärts auf den Ausgang zu. Vokator blieb noch einige Sekunden, verneigte sich dann knapp und setzte seine überreichliche Masse in Bewegung.

***

Am nächsten Morgen hatte Borcherts später als gewohnt die Wohnung verlassen. Nicht, um in die Klinik zu fahren, wie er es jahrelang getan hatte, sondern um am Kiosk eine Zeitung zu kaufen – den *Leeraner Tag*.

Vokator und ein hagerer Jüngling, den der Fette als seinen Assistenten vorgestellt hatte, hatten ihm lange zugehört, der jüngere Mann hatte Notizen gemacht, Vokator dazwischen gefragt.

Zunächst hatte Carsten Borcherts sich nicht getraut, die ganze Wahrheit zu berichten, denn er dachte, man würde ihm nicht glauben. Vokators Laune aber hatte sich mit jedem haarsträubenden Detail, das er berichtete, aufgehellt. Schließlich hatte sich Borcherts unterbrochen und gesagt: »Wenn ich Ihnen erzähle, dieser Bleeker fängt und verspeist kleine Kinder, fänden Sie das dann auch so toll?«

Der Assistent schrieb ungerührt weiter, Vokator schürzte die Lippen. »Macht immerhin eine gute Schlagzeile. Was denken Sie?«

»Ich denke, dass es darum geht, die Wahrheit aufzudecken.«

Vokator schien zwei Augenblicke lang völlig verdutzt, dann begann er zu lachen. Der Assistent legte seinen Stift neben den Block auf den Tisch, verzog keine Miene und machte den Eindruck, als warte er. Der Leib des Chefredakteurs vibrierte, der Hals sah aus, als ob er sich in einer resonanten Schwingung selbst zerstören wollte, die

Wangen bliesen sich unter den Atemstößen auf, fielen zusammen, schwangen nach unten durch und wurden elastisch zurück nach oben gezogen. Eine Träne lief aus dem Augenwinkel und wurde auf halbem Weg von einer Schwingung erfasst und davon geschleudert.

Borcherts wurde unruhig. Er überdachte, was er gesagt hatte, fand aber nichts daran derart witzig. Er lehnte sich zurück, verschränkte die Arme vor der Brust und bemühte sich um einen steten Blick.

Vokators Anfall ging so plötzlich, wie er gekommen war. Er gab seinem Adlatus einen Wink, der darauf den Stift aufnahm und in Bereitschaft zu gehen schien. »Wissen Sie, wo ich diesen Maxim finden kann?«

Borcherts hatte seine Haltung nicht verändert und zog nur die Schultern hoch.

Der Redakteur ließ die Unterlippe herabhängen und verharrte einige Sekunden. Er schien nachzudenken. »Finde ich schon.« Er deutete an, die Arme auszubreiten, bewegte sich aber kaum dabei. »Gut. Danke. Morgen früh können Sie den ersten Teil im *Leeraner Tag* lesen.«

»Erster Teil?« Borcherts stand auf.

»Wir machen eine kleine Serie draus.« Vokator hob das fette Kinn. »Eine Woche Skandal im Krankenhaus. Lokale Sauereien machen immer Umsatz. Das muss man doch ausnutzen.«

Borcherts hatte nicht mehr viel gesagt, sich mit einigen Floskeln verabschiedet und war nach Hause gegangen, wo er die Tür doppelt abgesperrt und darauf geachtet hatte, dass alle Fenster geschlossen waren.

Jetzt stand er vor dem Kiosk, nahm ein Exemplar des *Leeraner Tages*, dachte kurz nach und zog ein zweites aus dem Gestell an der Seite des Fensters, in dem der tätowierte Verkäufer die Hand zum Empfang der Bezahlung ausgestreckt hatte.

Er las sich die fette Schlagzeile in Weiß auf Schwarz vor: »*Krankenkassen-Chef im Krankenhaus gestorben – Mord?*«

»Wie?«, sagte der Verkäufer, wedelte mit der empfangsbereiten Hand und gähnte ausgiebig.

»Der geht ja ran«, murmelte Borcherts und überflog die drei Zeilen Artikel, die zu der monströs großen Überschrift gehörten. Einen kurzen Moment kreiste es in seinem Kopf, er las ein zweites und ein drittes Mal, dann ließ er die Zeitung sinken.

»Was ist nun. Erst löhnen, dann lesen, mein Bester.« Der Ton des Verkäufers wurde unangenehm.

Borcherts versuchte mit einer Hand die erste Seite vom Rest der Zeitung abzuschütteln, während er nach Geld in der Hosentasche kramte. Er fand eine Banknote, drückte dem Mann die fünf Euro in die Hand und fand auf der zweiten Seite des *Leeraner Tages* den halbseitigen Bericht über das Krankenhaus, der vornehmlich aus einem Bild Carsten Borcherts', einem unkenntlichen Archivfoto Jansens und einem weiteren des Klinikgebäudes bestand. *Hat dieser Mann zu viel gewusst?*, prangte in ausgefransten, roten Lettern über Jansens Bild. Carsten Borcherts war auf dem Foto gut erkennbar, dennoch schien es ihm, es bilde nicht ihn, sondern einen Schwerverbrecher ab. Er war mit halb geschlossenen Augen und schräg von unten abgelichtet worden. Sein Haar war wirr, die Augen umrahmten dunkle Ringe, die retuschiert sein mussten, so schwarz waren sie. Seine Zähne waren verfärbt, Schatten ergaben den Eindruck eines unvollständigen Gebisses. *Ist dieser Arzt ein Todesengel?* lautete die Bildüberschrift in drei Zentimeter hohen, weißen Buchstaben auf schwarzem Grund.

Der Text bestand aus zwei kurzen Absätzen, deren zweiter nur Andeutungen über die Enthüllungen der folgenden Ausgaben des *Leeraner Tages* enthielt. Der eigentliche Inhalt des Artikes bestand im Wesentlichen aus Fragen und Andeutungen, welche die Überschriften der ersten und zweiten Seite wiederholten.

Vom Kiosk ging er erst in Richtung seiner Wohnung,

kehrte um, wollte zur Redaktion des *Leeraner Tages* und erinnerte sich im Vorbeigehen an sein Wechselgeld. Der Tätowierte stritt jede Erinnerung an fünf Euro ab, verlegte sich dann auf die Behauptung großzügigen Trinkgelds und knallte nach kurzer Diskussion sein Schiebefenster vor Borcherts zu.

Vokator war nicht zu erreichen. In der Redaktion wurde behauptet, er sei unterwegs, am Telefon verleugnete ihn die Sekretärin und fünf sich im wütenden Tonfall steigernde E-Mails blieben bis zum nächsten Tag unbeantwortet.

Um sieben Uhr am nächsten Tag stand Borcherts am Kiosk, nahm sich eine Zeitung und ignorierte die Proteste des Inhabers, der halbherzig nach Bezahlung und der Polizei rief.

*Kollege des Carsten B. hirntot – Die Tat des Todesengels?*. Im Vorbeigehen stopfte Borcherts das Blatt in einen Papierkorb. Die wenigen Zeilen Text hatten das schwere Schicksal der Familie des ›Peter H.‹ bedauert und die Frage gestellt, ob es Zufall sein konnte, dass zwei gesunde, junge Männer in so kurzer Zeit auf der Station des ›Dr. Carsten B.‹ ihr Leben verloren hatten.

Am nächsten Tag kam die fristlose Kündigung. Bleeker hatte den Brief unterschrieben. Es wurde ihm in vier Sätzen mitgeteilt, dass die Fortsetzung des Arbeitsverhältnisses unzumutbar war, nachdem er vertrauliche Informationen der Presse zugespielt hatte. Es wurde Hausverbot ausgesprochen, seine Unterlagen und persönlichen Gegenstände würden ihm per Post zugestellt werden.

Der nächste Tag brachte in der Schlagzeile die Frage, ob der ›Justitiar des Krankenhauses, Hinrich R.‹, welcher vor kurzem auf der Station des ›Dr. Carsten B.‹ verstorben war, ein weiteres Opfer des ›Todesengels von Leer‹ sei.

Carsten Borcherts hörte auf, dem Tätowierten Zeitungen abzukaufen und verlegte sich darauf, mit ihm Kräuterschnaps aus kleinen Flaschen zu trinken. Nach einigen Tagen, an denen Borcherts viele Runden ausgegeben hatte, legten beide ihren Streit um das Wechselgeld bei und tranken Brüderschaft.

»Hör mal zu, Carsten«, sagte Bert und legte seine tätowierte Hand durch das Fenster auf Carsten Borcherts' Unterarm. »Da musst du was gegen tun. Das kannst du nicht auf dir sitzen lassen.« Seine Stimme bebte vor Entschlossenheit und Alkoholgehalt seines Blutes.

»Da hast du recht«, sagte Carsten, stürzte den Rest Schnaps hinunter, wischte sich den Mund ab und beschloss, das nicht auf sich sitzen zu lassen.

»Ich geb dir jetzt mal einen aus, Carsten.« Die Hand zog sich zurück. »Wozu hat man schließlich Freunde.«

»Wozu hat man schließlich Freunde, Bert«, wiederholte Doktor Carsten Borcherts und war sehr zufrieden, dass er nicht alleine war und dass er einen Entschluss gefasst hatte, obwohl er nach kurzer Zeit nicht mehr ganz genau wusste, was er beschlossen hatte. Vielleicht war das auch gar nicht so wichtig, denn sehr bald schon würde er von dieser Pharmafirma das Jobangebot seines Lebens bekommen. Er nahm sich vor, Bert davon zu erzählen, sobald der mit dem versprochenen Schnaps zurückgekommen war. Er kramte in seinem Gedächtnis nach dem Namen der Firma. Irgendetwas mit A.

***

Nach allem, was Coord Bleeker diskret in Erfahrung hatte bringen können, war mit Borcherts in etwa das geschehen, was er für ihn vorgesehen hatte. Er rührte in der Tasse schwarzen Kaffees und genoss den Duft. Steiger machte den besten Kaffee, von dem er wusste. Er nahm Tasse nebst Untertasse auf die Handfläche der Linken und ließ sich mit seinem Sessel gemächlich zum Fenster drehen. Die Sonne schien aus wolkenlosem Himmel, es war ein Freitagnachmittag und nach der Aufregung der letzten beiden Wochen konnte er ein ruhiges Wochenende gut gebrauchen.

Er lehnte sich zurück. Dieser Borcherts war gesellschaftlich gestorben. Der *Leeraner Tag* hatte gute Arbeit geleistet. Borcherts schien das so mitgenommen zu haben, dass er seine Zeit offensichtlich nur noch mit dem Konsum alkoholischer Getränke zubrachte. Egal, was Borcherts jetzt oder in Zukunft zu sagen hatte, niemand würde darauf hören. Bleeker lächelte.

Er lehnte sich zurück und nahm eine Nase voll Kaffeegeruchs. Kurz schwindelte ihn und er spürte ein Brennen hinter dem Brustbein. Es hätte auch schief gehen können. Warum sich dieses Revolverblatt wohl ausgerechnet Borcherts als Opfer ausgesucht hatte?

Das Signal der Sprechanlage riss ihn aus seinen Gedanken. Er ignorierte es und roch an seinem Kaffee. Langsam wurde die Tasse kälter, der Geruch weniger intensiv.

Das Gerät auf dem Schreibtisch summte erneut und Julia Steigers Stimme meldete sich – entgegen seiner Anweisungen zum Gebrauch der Sprechanlage.

Seine Stirn runzelte sich und er zog die Augenbrauen zusammen. Er ließ seinen Sessel herumfahren, schob die Tasse auf den Schreibtisch, die braune Flüssigkeit schwappte auf die Untertasse. »Was?«, blaffte er in den Apparat im gleichen Moment, als er die Faust auf den grünen Knopf geknallt hatte.

»Verzeihen Sie, Herr Doktor Bleeker, ich …«, tönte die verzerrte Stimme Julia Steigers.

»Ich hatte klare Anweisung gegeben, dass ich nicht gestört werden will, wenn ich nicht gleich antworte.«

»Selbstverständlich.«

»Also?«

»Herr Vokator vom *Leeraner Tag* ist hier.«

Bleeker ließ den Knopf los, sprang auf, lief um seinen Schreibtisch und hielt kurz vor der gepolsterten Tür an. Er schüttelte den Kopf, drehte um, bremste und wechselte erneut die Richtung, bis er sich endlich entschloss. Er ging zurück zu seinem Sitzplatz, drückte sorgfältig den

Sprechknopf und räusperte sich. »Dann wollen wir ihn nicht warten lassen, nicht, Frau Steiger?«

Er ließ sich gemessen nieder, ohne zu vergessen, seinen Bügelfalten den kleinen Ruck mit Daumen und Zeigefinger zu geben.

Einige Sekunden später schwang die Tür mit jenem sanften Schleifen auf, dem unweigerlich der satte Ton des Schließens folgte, den Bleeker stets so genoss. Er senkte den Kopf über ein Schriftstück, bevor man ihn von draußen sehen konnte, und wartete, bis die schweren Schritte etwa den halben Weg zu den Sesseln zurückgelegt hatten.

»Herr Vokator, Sie überraschen mich.« Er hatte den Kopf zögerlich gehoben und lehnte sich zurück, während er auf einen der roten Sessel deutete. Er erwartete einen vergnüglichen Anblick, wenn sich der Koloss in eines der hohen, engen Designerstücke zwängen würde. Das Rot des Leders würde sich vorzüglich mit dem rosa Zelt beißen, das Vokator wahrscheinlich für einen unmöglichen Betrag als Hemd seinem Schneider abgekauft hatte. Immerhin schloss der Kragen korrekt, anerkannte Bleeker.

»Das hatte ich vor.« Der Journalist war leicht außer Atem. Er sah zweifelnd nacheinander die Sitzmöbel an.

»Aber bitte«, sagte Bleeker, erhob sich leicht und wiederholte seine gestische Aufforderung, Platz zu nehmen.

Kurz zögerte Vokator und sein Gegenüber begann, seine Überlegenheit zu spüren, dann schob er mit einer energischen Fußbewegung den Sessel seitlich und setzte sich auf die Lehne. Bleeker fügte das Geräusch der schabenden Hartholzfüße auf dem Parkett beinahe körperliche Schmerzen zu. »Herr Bleeker, Sie haben sicher die Berichterstattung der Tageszeitung verfolgt, deren Redaktion ich zu leiten das Vergnügen habe.«

›Tageszeitung‹ nannte der diesen gedruckten Müll. Bleeker schob sich auf seinem Stuhl zurecht und ruckte am Krawattenknoten. Er suchte nach einer freundlichen Beleidigung. ›Berichterstattung‹ konnte man kaum nennen, was praktisch vollständig an der Wahrheit vorbei geschrieben war. Nicht, dass ihm die Artikel ungelegen gekommen wären, nur hätte er gerne den Grund für die Tendenz gewusst. Er hätte sich gerne vergewissert, was Vokator noch alles wusste und ob er mit seinem Wissen irgendwo in die Nähe der Wahrheit gekommen war. Unmöglich, beruhigte sich Bleeker. Woher sollte der das Wissen haben? Es schien sich alles zu fügen für seine Zukunft. Ekhoff und Jansen waren nicht mehr, Hayen würde nie mehr werden und Borcherts war zum saufenden Idioten mutiert. »Nun, ich gehöre nicht zu Ihren regelmäßigen Lesern, Herr Vokator«, sagte er möglichst zuckersüß.

»Schade«, warf der Dicke ein. Sein Atem hatte sich beruhigt.

»Aber in diesem Fall hatte ich durchaus Interesse an Ihrem ...« Er holte tief Luft. »... Blatt.«

»Das ist gut.« Der Mann zupfte sich sein enormes Doppelkinn. »Sie sollten Folgendes verstehen.«

Bleeker verschränkte die Arme vor der Brust. Er bekam ständig weniger Lust, sich die fast obszöne Körperlichkeit dieses Menschen anzusehen.

»Sie sollten verstehen, was die Berichterstattung letzte Woche zu bedeuten hatte.« Vokator hörte auf, seine Hautfalten zu traktieren, hob einen feisten Zeigefinger und hielt ihn sehr stetig erhoben.

Bleeker erstarrte. Was die Berichte zu bedeuten hatten, wiederholte er bei sich. Bedeutung, welche Bedeutung? Was würde nun kommen? Er nahm sich vor, sehr vorsichtig zu sein. Er räusperte sich einmal, dachte über seine Worte nach, räusperte sich ein zweites Mal und streckte dann in einer auffordernden Geste die Hand nach dem Journalisten aus, während er »Ach ja?«, sagte.

Vokators Zeigefinger krümmte sich, die Hand wurde zur Faust, die nun auf einen Oberschenkel gestützt wurde, der leicht das Volumen einer größeren Robbe beherbergen mochte. »Einerseits«, begann der Mann und legte den Kopf mit einem breit lächelnden Mund mitten in Fleischfalten zur Seite. »Einerseits hat die Geschichte enorm Umsatz gebracht.«

»Auf unsere Kosten«, warf Bleeker ein.

Vokator schürzte für einen Moment die Lippen, nickte schräg und sagte: »Andererseits macht das unseren Lesern Appetit auf mehr.«

»Mehr?« Bleeker spürte seine Achseln feucht werden. Was gab es noch? Was wusste dieser fette Journalist?

Vokator zupfte ein Ohrläppchen, dass die Ausmaße einer Weintraube hatte. »Und – nun – wie soll ich sagen. Ich habe mehr.«

»Sie haben mehr«, sagte Bleeker mechanisch und hoffte, seine aufsteigende Panik würde nicht offensichtlich.

»Vielleicht interessiert es Sie ja.« Der Chefredakteur ordnete seine Krawatte. »Das würde sicher eine ganz außerordentlich erfolgreiche Serie über ...« Er machte offensichtlich eine Effektpause, während der Bleekers Schweißausbruch Zeit hatte, sich zu einem ersten Höhepunkt zu entwickeln. »Herzchirurgie«, fuhr Vokator fort. »Über eine Krankenversicherung, die mehr Daten sammelt, als sie dürfte. Über einen Geschäftsführer, der seine angestellten Ärzte operieren lässt, obwohl ...« Er betrachtete seine Fingernägel mit ausgestrecktem Arm. »Sehen Sie, ich habe gar kein unüberwindliches Interesse, diese Serie auch wirklich zu machen.«

»Nicht«, keuchte Bleeker.

»Wobei natürlich der Stoff sicher ein oder zwei Jahre lang frisch bleibt. Sie verstehen.« Vokator faltete die speckigen Hände in seinem ausladenden Schoß. »In dieser Zeit ...«

»Was wollen Sie?« Bleeker hatte sich gefangen. Er hielt die Armlehnen umklammert, der Schweißausbruch ebbte ab, nur sein Herzschlag raste weiterhin. Geld?, dachte er. Geld hat der Kerl wahrscheinlich genug. Macht, Ruhm, Erfolg. Erfolg mit seiner Zeitung? Vielleicht besaß er

Aktien des Verlages. Er fragte sich, ob der Verlag des *Leeraner Tages* eine AG war. Gab es einen Aufsichtsrat, einen besseren Posten?

»Informationen«, unterbrach Vokator die Gedanken.

»Sie haben Informationen.« Unmöglich, ihm auch nur ein weiteres Wort anzuvertrauen, dachte er. Wie konnte er glauben, dass er noch mehr aus ihm herausholen würde?

»Nicht zu diesem Fall.« Vokator winkte mit einer sparsamen Bewegung ab. »Verstehen Sie mich richtig, ich bin bereit, diese Geschichte auf sich beruhen zu lassen, wenn Sie mir als Informationsquelle zur Verfügung stehen würden.« Das erste Mal während des Gespräches schien Vokator völlig konzentriert zu sein. Die feuchten Augen blickten ihn aus Tränensäcken und Speckfalten unbewegt an.

Informationsquelle, wiederholte Bleeker bei sich. Ein bis zwei Jahre bliebe seine Geschichte verwertbar, hatte der Kerl gesagt. Und wenn es vier oder fünf waren? Wer konnte es wissen? Er sollte sich diesem bluttriefenden Boulevardblättchen für die nächsten Jahre ausliefern. Informationsquelle. Das hieß, er solle Klatschkorrespondent werden. Wer kam ins Krankenhaus? Welches Sternchen, welche lokale Politgröße, welcher Schauspieler? Wer war schwanger und von wem? Wer ließ abtreiben? Und all das ohne eine Garantie des Schweigens. Immer erpressbar, immer ausgeliefert. Bleeker beschloss in dieser Sekunde den Tod seines Gegenübers.

Sein Herz schlug langsamer, der Schweiß lag feucht auf seiner Haut, tränkte das Hemd, aber es wurde kein Nachschub produziert. Er lockerte seinen Griff um die Armlehnen und sah seinen Besucher an. So klar hatte er seit langem nicht gedacht. Natürlich, dieser Mensch musste sterben. Das war ein neuer Gedanke für ihn. Er staunte über seine Ruhe. Er war mit dem bedauernswerten Jansen mitverantwortlich für einige Tode in diesem Krankenhaus. Alles rational gut begründete Ableben von ohnehin schwerkranken Menschen, die die Solidarität der Gesellschaft jahrelang überstrapaziert hatten. Die Entscheidung war nicht schwierig zu treffen gewesen. Das Programm hatte ihnen geholfen, hatte objektive Daten geliefert. Dies hier war etwas anderes. Etwas neues. Er entschied autonom. Er fühlte ein Gefühl der Macht in sich aufsteigen und genoss für einen Moment den Rausch, bevor er sprach. »Ein gutes Verhältnis zur Presse war mir immer wichtig. Ich denke, das wissen Sie, Herr Vokator.« Er stützte das Kinn auf eine Faust und lächelte ehrlich.

Vokators Blick blieb hart. Zwei Sekunden verharrte er. »Das freut mich.«

Einige Momente saßen sich beide gegenüber. Der Chefredakteur unbewegt und konzentriert sein Gegenüber anblickend. Der Geschäftsführer des San-Giberto-Krankenhauses Leer schweißnass, aber entspannt und lächelnd.

»Ach ja«, sagte Bleeker und streckte seine Linke locker gegen den Redakteur aus. »Sie sagten vorhin, ich sollte verstehen, was die Berichterstattung letzter Woche zu bedeuten habe.« Er räusperte sich und hob die Augenbrauen.

»Natürlich.« Vokator senkte kurz den Blick und sah Bleeker dann wieder konzentriert an. »Es ist definitiv in meinem und ich glaube, ebenfalls in Ihrem Interesse, wenn Doktor Borcherts möglichst kein öffentliches Gehör mehr findet.« Sein Blick wurde fragend.

»Selbstverständlich.« Bleeker stimmte innerlich zu. »Sehr vorausschauend. Wirklich. Ich bin Ihnen dankbar.«

Vokators Augenbrauen schnellten für einen Augenblick in die Höhe. Er räusperte sich. »Es wäre vielleicht von Vorteil«, sagte Vokator und stand auf, »wenn wir die Details unserer Geschäftsbeziehung nicht aussprechen und unser Verhältnis damit belasten.«

Bleeker hob das Kinn und winkte gönnerhaft in Richtung des Dicken. »Ganz in meinem Sinne.« Er kehrte zu seiner Haltung und dem freundlichen Gesichtsausdruck zurück.

»Wir verstehen uns sicher auch, ohne unerfreuliche Details auszusprechen?« Der Mann wuchtete seine drei oder mehr Zentner um den Sessel und knöpfte sein Jackett zu, wobei er die Arme ausstrecken musste.

»Unbedingt, mein Bester. Völlig einverstanden.« Er stand auf, ging um den Schreibtisch und brachte seinen Besucher zur Tür, ohne ein weiteres Wort zu verlieren.

Sie verabschiedeten sich nickend und Bleeker schloss die schwere Tür hinter dem Walross. Er genoss das Geräusch des Schließmechanismus, sein Lächeln wurde schwächer, verschwand aber nicht aus seinem Gesicht.

Ein ganz und gar ungewohntes Gefühl der Ruhe erfüllte Bleeker, während er eine Runde durch sein Büro ging und kurz an jedem Bild stehen blieb, um es zu betrachten. Schließlich erreichte er seinen Schreibtisch, nahm den Telefonhörer und setzte sich, während er die Kurztaste für Julia Steiger drückte.

»Sehen Sie doch mal nach, ob Sie die private Telefonnummer von Doktor Borcherts auftreiben können, Frau Steiger. Danke.« Er hörte auf ihre Antwort. »Richtig, Doktor Carsten Borcherts. *Der* Doktor Carsten Borcherts.« Er legte auf, verschränkte die Arme im Nacken und lehnte sich zurück.

***

Dass Borcherts einen Kiosk für das Treffen vorgeschlagen hatte, fand Bleeker während der Fahrt dorthin abwechselnd idiotisch und genial. Er musste aus Bleekers Tonfall geschlossen haben, dass dieser etwas Ungewöhnliches wollte. Im Krankenhaus konnten sie sich natürlich nicht treffen und eine private Wohnung kam auch nicht in Frage.

Er war zehn Minuten vor der vereinbarten Zeit mit dem Bus gekommen. Das schien ihm das sicherste Transportmittel. Er wollte verhindern, dass sein Nummernschild auf einer Überwachungskamera festgehalten wurde, oder dass ein anderer Nachweis seiner Anwesenheit in Borcherts'

Nähe dokumentiert wurde. Zudem würde seine Limousine in diesem Teil der Stadt wohl ziemlich auffallen. Jetzt stand er an der Bushaltestelle mit einer aufgeschlagenen Zeitung – dem *Leeraner Tag* – in der Hand und beobachtete die Straßenseite schräg gegenüber. Borcherts stand an einem der runden Stehtische unter dem aufgespannten Dach vor der Bude. Er hatte eine Wurst gegessen, nichts dazu getrunken und schien einfach nur zu warten. Er blickte sich nicht um und bot auch sonst keine Anzeichen von Nervosität. Außer dem Mann, der am Kiosk bediente, ein tätowierter Brutalo, hatte sich niemand länger dort aufgehalten. Bleeker konnte sich nicht vorstellen, dort freiwillig länger zu bleiben, als nötig war, um eine Zeitung zu kaufen. Selbst das würde er vorzugsweise irgendwo anders erledigen.

Schließlich war es dreißig Sekunden vor drei Uhr und er faltete den *Leeraner Tag* zusammen und ging hinüber.

Er warf die Zeitung auf den Plastiktisch, stellte sich mit etwas Abstand neben Borcherts und blickte die Straße hinab. »Moin, Borcherts.«

Er sah aus dem Augenwinkel, wie Borcherts die Zeitung von sich wegschob. »So. Da sind Sie also wieder.«

Bleeker wurde nicht schlau aus dem Gesagten, räusperte sich und sah Borcherts von der Seite an. Er war unrasiert und trug ein Hemd mit fleckigem Kragen. Es schien zu stimmen, was man von ihm hörte. Arbeit schien er auch nicht zu haben, sonst hätte man ihn um diese Zeit kaum erreichen und treffen können. Bleeker sprach und sah dabei geradeaus. »Erstens, ich bin nicht hier, um mich zu entschuldigen. Ich musste Sie feuern.« Borcherts reagierte nicht. Nach zwei Atemzügen fuhr Bleeker fort. »Ich mache keine Umschweife. Sie brauchen einen Job, Sie brauchen Geld. Ich kann Ihnen beides beschaffen.« Borcherts antwortete nicht gleich und Bleeker nahm sich vor, sich ein letztes Mal die Chance zu geben, die ganze Sache zu beenden, bevor sie angefangen hatte. Gleich würde er es ihm sagen müssen. Borcherts hatte ein Motiv, wie es kein besseres geben konnte. Die Verbindung zwischen ihm und Borcherts war mit der Kündigung abgebrochen. Dies hier müsste das erste und letzte Treffen sein. Er schloss die Augen einen Moment. Es musste getan werden.

»Nicht umsonst, nehme ich an. Was, Bleeker?«

Er glaubte, den Geruch von Alkohol in Borcherts' Atem zu riechen. Langsam nickte er. »Es gibt nichts umsonst im Leben.«

»Er hat mir übel mitgespielt.«

»Der *Leeraner Tag*?«

»Der *Leeraner Tag*, dieser Vokator.« Borcherts Stimme hatte im Satz zwischen weinerlich zu aggressiv gewechselt.

Bleeker fand, das Gespräch ging in exakt die gewünschte Richtung. »Haben Sie nicht vor, ihm das heimzuzahlen?« Die Alkoholfahne war eindeutig.

»Hab mehr als einmal drüber nachgedacht.« Borcherts seufzte. »Aber was sollte das nützen?« Er trat einen Schritt zurück, drehte sich um und ging zum Verkaufsfenster des Kiosks.

Bleeker zog die Zeitung zu sich und tat, als vertiefe er sich in die Lektüre. Es lief besser, als er es sich vorgestellt hatte. Vielleicht konnte man Borcherts zu einer Rachetat drängen, ganz ohne ihm etwas dafür zu bieten.

Borcherts kam mit zwei Flaschen Kräuterschnaps zurück, stellte eine vor Bleeker auf die Zeitung, öffnete die andere und nahm einen Schluck.

Bleeker nahm das grüne Fläschchen vor sich als gutes Zeichen, ignorierte es ansonsten, sah hinüber zur Bushaltestelle und sagte: »Es könnte Ihnen durchaus nützen.« Reichte die Andeutung? Er hoffte, dass dieses Treffen nicht länger als eine Viertelstunde dauern würde. Den Rest konnte man von verschiedenen öffentlichen Telefonen aus erledigen. War Borcherts soweit? War es überhaupt möglich, einen Menschen soweit zu bringen, wenn er es nicht selbst schon wollte? Es war demnach keine Anstiftung zu einer Straftat. Borcherts wollte es tun und würde es tun. »Wenn dieser Vokator nichts mehr schreibt – Sie verstehen.« Bleeker senkte die Stimme und vergewisserte sich, dass niemand in Hörweite war. »Wenn er nichts mehr schreiben kann ... Mir wäre sehr daran gelegen.« Er hoffte, eine wirkungsvolle Pause hinzubekommen. »Und ich könnte durchaus etwas für Sie tun.«

Borcherts trank seine Flasche aus und griff sich die zweite. Bleeker machte eine zustimmende Handbewegung, ohne dass darauf geachtet wurde. Borcherts trank die Hälfte, wischte sich über den Mund und zog Luft durch die Zähne; es schien, als ob ihm das Zeug zu scharf wäre. Der Rest der Flasche war getrunken, bevor er sich mit beiden Händen durch die fettigen Haare und über das Gesicht strich. Er holte Luft, schien sprechen zu wollen, überlegte es sich anders und prüfte, ob noch Reste von Schnaps verfügbar waren. »Sie wollen, dass ich ...«

Bleeker unterbrach ihn mit einer plötzlichen Handbewegung. Es schien ihm besser, die entscheidenden Dinge nicht auszusprechen. »Man kann eine Kündigung rückgängig machen.« Er wedelte sachte mit einer Hand. »Wenn die Begründung nicht den Tatsachen entsprochen hat.« Er zuckte mit den Schultern. »Kein Problem.«

»Ich müsste dazu ...«

Er wiederholte die Handbewegung. »Er hat Ihnen ausreichend Grund gegeben, nicht wahr?« Bleeker trat zurück, knöpfte sein Jackett zu und trat auf die andere Seite seines Gespächspartners. »Ich rufe Sie an. Melden Sie sich nicht bei mir«, sagte er leise in der Nähe von Borcherts' Kopf mit zwei Seitenblicken. »Kein Telefon, keine E-Mail, nichts. Das ist wichtig. Ich melde mich.«

Bevor Borcherts etwas gesagt hatte, war Bleeker auf den Bürgersteig getreten. Er sah einen Bus auf die Haltestelle gegenüber zufahren, sprang auf die Straße, lief hinüber und stieg ein, ohne zu wissen, welches Ziel angefahren wurde. Er setzte sich so, dass er den Imbiss nicht sehen konnte, während der Wagen anfuhr.

Er war zufrieden mit sich. Borcherts hatte den Köder geschluckt und er selbst hatte kaum etwas angedeutet. Selbst wenn man die Unterhaltung aufgenommen hätte, wäre ihm daraus womöglich kein Strick zu drehen gewesen.

* * *

Am folgenden Montagmorgen war Coord Bleeker kaum in sein Büro getreten, als das Telefon mit einem Blinken einen externen Anruf meldete. Julia Steiger war noch nicht da und Bleeker beschloss daher und weil er es für zu früh hielt, nicht abzuheben. Er ließ seine lederne Aktenmappe auf einen der roten Sessel fallen und ging um den Schreibtisch. Seine *Omega* zeigte viertel vor sieben. Er hatte sich auf einen sehr ruhigen Morgen gefreut, den er mit dem Schmieden von Plänen verbringen wollte. Vieles hatte sich geändert in den letzten Wochen.

Das Telefon blinkte. Das Klingeln an Steigers Platz wurde von der gepolsterten Tür ferngehalten. Er ließ sich in seinen Sessel nieder und lehnte sich zurück. Vokator konnte man hinhalten. Entweder man fütterte ihn mit Belanglosigkeiten oder sagte ihm, niemand von Bedeutung sei im Krankenhaus. Und irgendwann würde es einen bedauernswerten Unfall geben – wenn Borcherts geschickt genug sein würde. Andernfalls landete der gescheiterte Arzt wegen eines Racheaktes im Gefängnis. Vielleicht war ihm sogar die Todesengelgeschichte aus dem *Leeraner Tag* anzuhängen. Bleeker lächelte. Das Telefon blinkte. Eine Verbindung zu ihm selbst war lächerlich. Es gab kein Motiv. Das Telefon blinkte. Er weigerte sich, um diese Zeit Telefongespräche zu führen. Sollte man doch zu normalen Zeiten anrufen. Er beugte sich vor, stützte die Unterarme auf die Schreibunterlage und überschlug, wie viel Gewinn das Krankenhaus täglich machte, solange keine Patienten, nur deren erfundene EDV-Schatten anwesend waren. Das Ergebnis trieb ein Lächeln auf sein Gesicht. Das Telefon blinkte.

Plötzlich hatte er den Telefonhörer in der Hand und meldete sich. Im gleichen Moment wollte er das Gerät von sich werfen, bereute, ins Büro gekommen zu sein, bereute sein Treffen mit Borcherts, bereute seine Idee, Borcherts zu benutzen.

»Ich tue es, Bleeker, ich werde ihn ...«

»Borcherts, Sie sollen nicht anrufen, habe ich Ihnen gesagt«, zischte er in die Muschel. ›Auflegen‹, befahl ein Teil seines Gehirns, ›er soll es tun‹ ein anderer. »Mann, so geht das nicht, rufen Sie nicht mehr an. Ich melde mich bei Ihnen, verstanden?«

»Er hat es doch verdient. Der Mann ist ein Schwein, man muss ihn aufhalten, bevor er andere so behandelt.«

Bleeker warf den Hörer auf die Gabel, fluchte und sprang auf. Der Mann war völlig durchgeknallt, nicht unter Kontrolle zu bringen. Die Anrufe, wirbelte es durch seinen Kopf, wurden diese Anrufe aufgezeichnet? Konnte man das zurückverfolgen? Er lief einige Runden um den Schreibtisch, zerrte seine *Omega* ungezählte Male rund um sein Handgelenk und versuchte, sich einzureden, dass weder das eine noch das andere der Fall war. Nur langsam brachte er sich unter Kontrolle. Schließlich beruhigte er sich mit dem Gedanken, dass Borcherts' Anrufe natürlich als hilfloser Versuch dargestellt werden konnten, seine Stelle wiederzuerlangen. Selbst wenn man ihm den Kontakt zu Borcherts vorhalten würde, was konnte er schließlich gegen die Wirrnisse eines Trunkenboldes unternehmen?

Er nahm sich vor, Steiger anzuweisen, Borcherts nicht mehr durchzustellen. Seinen eigenen Anruf am Freitag würde er erklären als beiläufigen Versuch, sich ungebetenen Kontakt zu verbitten.

***

Eine Woche später lag die Montagsausgabe des *Leeraner Tages* vor Bleeker auf dem Schreibtisch und er starrte sie an wie ein Delinquent sein schriftliches Urteil. Er knallte die Faust auf den grünen Knopf der Sprechanlage, entschied sich anders und griff sich den Telefonhörer. Den Zeigefinger über dem Tastenfeld schwebend, versuchte er, die Nummer einer Auskunft zu erinnern. Steiger sollte nicht zu viel von all dem erfahren.

Schließlich war es ihm gelungen, die Zentrale des Verlages anzuwählen und Vokator zu verlangen.

»Sind Sie denn wahnsinnig?«, bellte Bleeker ins Telefon, als sich der Chefredakteur meldete. Er hieb mit dem ausgestreckten Zeigefinger immer wieder auf das billige Papier der Titelseite der Zeitung. »Auf der ersten Seite verbreiten Sie Lügen über mich und das Krankenhaus, ich werde Sie vor Gericht zerren damit, ich werde Ihnen zeigen, mit wem Sie es zu tun haben, ich ...«

»Keine Lügen, Herr Bleeker.« Die Stimme des Fetten war freundlich und ruhig, was Bleeker noch mehr in Rage brachte. »Wir sind nicht so dumm, Lügen zu drucken. Lesen Sie genau und beachten Sie besonders die Fragezeichen.«

»Hören Sie doch auf mit Ihren Spitzfindigkeiten. Sie wissen genau, dass da nichts dran ist.« Das Blut pochte in Bleekers Schläfen. Er ließ die Hand auf die Zeitung fallen und knüllte das Papier zusammen. »Ich verlange, dass Sie eine Gegendarstellung bringen. Wir hatten eine Abmachung, Mann.«

»Daran wollte ich Sie erinnern.«

»Was? Sie wollten mich erinnern?«

»Von mir aus bekommen Sie Ihre Gegendarstellung. Morgen. Kein Problem.« Man hörte ein Schmatzen am anderen Ende der Leitung. »Richtig gemacht, bringt das sogar noch Auflage. Na ja, egal. Hören Sie, Bleeker, da hat ein Irrer sich an den Bremsen meines Wagens zu schaffen gemacht.« Eine Pause. »Sie haben damit nichts zu tun?«

Borcherts, schoss es Bleeker durch den Kopf. »Wie können Sie? Was erlauben Sie sich?« Seine Wut musste nicht gespielt werden.

»Natürlich ist der Artikel aus der Luft gegriffen. Und Sie bekommen morgen Ihre Gegendarstellung. Dass da allerdings noch durchaus zutreffende Informationen wohlverwahrt bei einem Notar zu finden sind, darf ich Ihrer werten Vorstellungskraft getrost überlassen.« Vokator lachte und Bleeker fand, dass sogar dieses Geräusch adipös klang. »Ich hatte nur das Gefühl, Sie bräuchten eine Erinnerung an unser Geschäft.«

»Ihr Gefühl hat Sie getrogen. Lassen Sie den Unsinn. Sie bekommen Ihre Informationen. Sie müssen mir schon überlassen, wann und wie ich …«

»Das überlasse ich Ihnen nicht, mein Bester.« Er wollte protestieren, aber der Redakteur unterbrach ihn. »Sie haben natürlich nichts mit meinen Bremsen zu tun. Selbstverständlich. Aber vielleicht interessiert es Sie doch, dass ich erstens so viele Drohungen in meiner Karriere erhalten habe, dass sie mich mittlerweile völlig kalt lassen. Zweitens hat Ihr – Verzeihung – hat dieser Mensch es so ungeschickt angestellt, dass ich nicht losfahren konnte, weil die Bremsen blockiert haben. Ich wünsche Ihnen einen guten Tag, Herr Doktor Bleeker.« Vokator legte auf.

***

Die Gegendarstellung erschien am nächsten Tag an gleicher Stelle wie die erfundene Geschichte zuvor. Bleeker überflog die Titelseite am Kiosk der Klinik. Er verstand, was das Walross mit ›geschickt gemacht bringt das Auflage‹ gemeint hatte. Er wusste, dass er nichts dagegen ausrichten konnte, ließ das Blatt im Zeitungsständer zwischen Dutzenden Paaren meist kaum verhüllter Brüste und fuhr mit dem Aufzug in den achten Stock.

Julia Steiger schaltete zu seiner Zufriedenheit eben die Kaffeemaschine ein und Bleeker ließ die schwere, gepolsterte Tür hinter sich zufallen, um das wunderbare Geräusch zu hören.

Drei Minuten später waren ihm der Kaffee, das Geräusch der Tür sowie alles andere um ihn herum egal. Wenn nur nicht diese E-Mail in seinem Postfach wäre. Mit geballten Fäusten saß er vor seinem Rechner und sehnte sich danach, etwas kaputt zu machen.

›Carsten Borcherts‹ stand da als Absender. Er sollte sie ungelesen löschen, ungeschehen machen. Nie hatte er eine Nachricht von dem Mann bekommen, ihn nie gesehen, nie gesprochen. »Scheiße«, sagte er, öffnete die Nachricht und las.

Einige Augenblicke später hatte er sie gelöscht, den Ordner ›gelöschte Nachrichten‹ geleert und zitterte bei dem Gedanken, wo dieser Text überall gespeichert worden war. Borcherts' Rechner enthielt eine Kopie. Auf den Rechnern des Krankenhauses waren mehrere Kopien, der Netzbetreiber besaß weitere. Ungelesen, unbewusst, nicht wahrgenommen lag dieser Text bereit, um von Ermittlern, von automatischen Suchprogrammen, von der ganzen Welt gelesen, verstanden, veröffentlicht zu werden. Er stützte die Ellenbogen auf, legte sein Gesicht in die Hände und hoffte aufzuwachen.

Kein Traum, befand er schließlich und lehnte sich in seinem Stuhl zurück. ›Alles erledigt‹, hatte dieser Vollidiot geschrieben. ›V. wird einen Unfall haben. Defekt der Bremsen.‹

Wie konnte ein einzelner Mensch so viel Schwachsinn auf sich vereinen? War Borcherts im Dauerrausch? Schon im Delir? Oder einfach nur bescheuert?

***

Helmuth Vokator hatte eine halbe Stunde gebraucht, um Viktor Maxims neue Arbeitsstelle herauszufinden. Nebenbei erfuhr er sein Monatsgehalt und welcher sexuellen Orientierung Maxim anhing. Leider nichts Spektakuläres. Ein Foto des Mannes war durch eine einfache Internet-Suchanfrage zu beschaffen gewesen. Recherche war seit jeher Vokators liebste Arbeit gewesen. Die achthundert

Kilometer Weg würden es sicher mehr als wert sein. Maxim hatte offensichtlich keinen Wert darauf gelegt, leicht aufzufinden zu sein, aber ein Profi im Spurenverwischen schien er nicht zu sein.

Es gab Vokator ein Gefühl der Macht, als er schließlich im Universitätsklinikum München im zweiten Untergeschoss zum Institut für Biometrie ging. Maxim ahnte nichts davon, dass Vokator ihn gefunden hatte. Der Mann hatte so überstürzt Leer verlassen, ein starkes Gefühl musste ihn getrieben haben. Angst, vermutete Vokator. Er lächelte. Das würde ihm nützen.

Bevor er die Glastür zum Institut aufschob, blieb er stehen, wischte sich mit einem Taschentuch den Schweiß vom Gesicht und ließ seinen Atem ruhiger werden. Er wollte Ruhe und Überlegenheit vermitteln.

Wenn man einen Menschen suchte, waren die letzten Meter manchmal die schwersten, aber nicht hier. Schließlich war dies eine Einrichtung des öffentlichen Dienstes – es herrschte Ordnung. *Viktor A. Maxim* arbeitete hinter dieser verschlossenen Tür, verkündete der Zettel hinter dem Plexiglasschild. Laute Musik drang durch die Tür.

Vokator ließ sich noch einmal zur Ruhe kommen, klopfte einmal und trat ein.

Es gab drei Arbeitsplätze in dem total überfüllten Raum. Maxim war allein. Er saß hinter einem monströsen Bildschirm. Er war sofort zu erkennen an seinen langen Haaren, dem Bart, der ihm bis auf die Brust reichte. Sogar der Musikgeschmack, den Vokator recherchiert hatte, schien zuzutreffen. Aus dem satanistischen Publicity-Quatsch einiger von Maxim bevorzugten Bands ließe sich sicher ein pikantes Detail einer Geschichte stricken. Aus mindestens vier Lautsprechern, die rund um ihn platziert waren, quoll unbeschreiblicher Lärm.

Vokator zog sich einen freien Bürostuhl heran, setzte sich an die Ecke von Maxims Schreibtisch und lächelte. Dieser junge Mann würde ein leichtes Opfer werden.

Maxim schien weder überrascht noch erschrocken. Er schien sich sicher zu fühlen, dachte Vokator. Umso besser würde die Wirkung seiner Worte sein. Er war zufrieden mit sich. Hervorragende Vorarbeit, die beste Ergebnisse zeitigen würde.

Der Mann unterbrach seine Arbeit, drehte die Musik leise und wandte sich seinem Besuch zu. »Meine Kollegen sind in der Mittagspause.« Er machte eine unbestimmte Handbewegung von sich weg. »Ich glaube nicht, dass Sie zu mir wollten. Vielleicht kommen Sie einfach in einer halben Stunde noch mal.« Er machte Anstalten, sich wieder seinem Rechner zuzuwenden. Dieses winzige Zögern gefiel Vokator.

»Sie sind ziemlich plötzlich aus Leer verschwunden, Herr Maxim.« Wohl gesetzte erste Worte, dachte er. Ungeplant, spontan und wie immer würden sie ihre Wirkung nicht verfehlen.

Maxims Gesicht zeigte keine Reaktion. Er wandte sich ab, drehte einen Knopf am Lautsprecher rechts von ihm und die Musik spielte noch quälend lauter denn zuvor. Seine Finger huschten wie rasend über die Tastatur, nur unterbrochen von kurzem Nachdenken oder einem leichten Zögern.

Vokator war verwirrt. Das war nicht die Reaktion, die er erwartet hatte. Er wäre auf Abstreiten, Panik, Vorwürfe oder Flucht vorbereitet gewesen. Aber was Maxim zeigte war – nichts. Er tat, als ob nichts gesagt worden wäre.

Vokator erreichte den Knopf, den Maxim eben benutzt hatte, drehte, die Musik verebbte. »Sie würden mir einen großen Gefallen tun, wenn Sie die Musik leise ließen, während wir uns unterhalten.«

»Das hatte ich nicht vor«, sagte Maxim, verschränkte die Arme, lehnte sich zurück und drehte sich frontal zu Vokator. »Aber wenn Sie mich dazu zwingen.« Er zuckte die Schultern. »Was wollen Sie?«

»Informationen.«

»Habe ich nicht«, sagte Maxim sofort, wandte sich ab, erhöhte die Lautstärke der Anlage über das vorige, bereits unerträgliche Niveau und tippte weiter.

Vokator war verblüfft. Sollte er die harte Tour fahren? Oder lieber einen Freund mimen? Er entschied sich für die Härte. Versuchsweise drückte er auf den Knopf neben dem Lautstärkerregler, die Musik erstarb wie gewünscht. »Sie haben Kenntnis von einer Straftat, Sie haben die Verfolgung behindert, damit haben Sie sich auch strafbar gemacht. Vielleicht sollten wir doch reden.«

Maxim nahm die Haltung von eben wieder ein. »Sie sind kein Polizist, sonst hätten Sie sich ausgewiesen. Sie sind nicht vom San Giberto in Leer, sonst müsste ich Sie kennen. Was bleibt?« Er ließ eine winzige Pause für die Antwort, die er selber gab. »Also sind Sie von der Presse. Ich rede nicht mit Ihnen.«

Bemerkenswert, dachte Vokator. Der Bursche war nicht leicht zu knacken. Jetzt konnte er noch den freundlichen Onkel geben. Immerhin war die Musik ausgeblieben, das war doch ein hoffnungsvoller Anfang. Vokator zweifelte nicht, dass er diesen Maxim aufweichen würde, wie er bisher jeden seiner Kunden aufgeweicht hatte. »Hören Sie, ich habe gute – sagen wir sehr gute Verbindungen zur Polizei.« Er versuchte, einen selbstzufriedenen Laut von sich zu geben und war stolz auf das Ergebnis. »Das ergibt sich so, in meinem Beruf. Das ist sehr hilfreich. Und ich bin durchaus nicht geizig. Diese Verbindungen habe ich schon oft für andere Menschen benutzt.« Er legte die Hände aufeinander auf die Schreibtischplatte. Das gab immer einen ehrlichen Eindruck, fand er. »Andere Menschen, die auch mir geholfen haben.«

Maxim begann zu tippen, Vokator fühlte einen Anflug von Verwirrung. War der Mann schwerhörig? Oder begriffsstutzig? Er tippte auf ersteres. »Herr Maxim?«, sagte er leiser.

»Ich habe Ihnen doch gesagt, dass ich mit Ihnen nicht rede.«

»Nun, ich dachte nicht, dass Sie das so wörtlich meinten.« Vokator kämpfte ein Lächeln auf sein Gesicht.

»Meinte ich so wörtlich.« Ein neuer Schwall Anschläge brach aus seinen Fingerspitzen.

Vokator dachte über seine Möglichkeiten nach. Borcherts hatte ihm viel erzählt, aber seine Quelle war Maxim gewesen. Wenn er Bleeker für längere Zeit unter Druck halten wollte, so musste er unbedingt alles wissen, was es zu wissen gab. Und Bleeker war die Garantie für Spitzenauflagen in den nächsten Jahren. Nirgends waren die Seelen so offen wie im Krankenhaus. Extremsituationen machten gesprächig. Ein guter Zugang zu einem großen Krankenhaus war pures Gold – besser – reine Druckerschwärze. »Sehen Sie, eine Hand wäscht die andere, ich kann …«

»Meine Hände sind sauber«, unterbrach Maxim schroff. »Ich brauche Ihre Hilfe nicht. Vielen Dank. Leben Sie wohl.«

»Also, ich will ehrlich zu Ihnen sein.«

»Waren Sie bisher also nicht. Dachte ich mir«, sagte Maxim schnell, ohne seine Arbeit zu unterbrechen.

Vokator schluckte die Beleidigung und fuhr fort. »Ich will ganz ehrlich zu Ihnen sein.« Maxim schnaubte. »Ich will eine Story über dieses Krankenhaus machen. Borcherts hat mir eine Menge erzählt. Aber ich brauche noch mehr Informationen.« Vokators Redefluss stockte, als er Maxim den Zeigefinger über die Lippen legen sah. »Wie? Was ist?« Er wartete. Maxim tippte wieder. Nach dreißig Sekunden Schweigen, das von hektischem Tastaturgeklapper unterlegt war, sagte Vokator: »Also, wie gesagt, ich brauche mehr Informationen. Sie haben diese Informationen. Und ich werde wissen, wem ich sie zu verdanken habe.« Viel ehrlicher konnte er nicht mehr werden, ohne sein eigentliches Ziel zu verraten.

Maxims Antwort bestand aus einem über die Lippen gelegten Zeigefinger.

»Wissen Sie was, Herr Maxim, wir spielen ein Spiel.« Vokator spielte eine seiner letzten Karten. »Ich sage Ihnen, was ich weiß und dann sage ich Ihnen, was ich vermute und Sie können nicken oder den Kopf schütteln. Dann haben Sie nichts gesagt und brauchen sich nichts vorzuwerfen. Einverstanden?«

Maxim schüttelte den Kopf und tippte.

»Das wird langweilig, Maxim.« Vokator achtete nun auf einen aggressiven Tonfall. »Ich kann auch anders.« Maxim stand auf und er folgte ihm mit den Augen. »Ich kann auch mit der Polizei wiederkommen und ich verspreche Ihnen, dass Sie reden werden.«

Maxim war zur Tür gegangen, öffnete sie und deutete mit einer Hand hinaus, während er mit der anderen die Klinke festhielt. Er sagte kein Wort.

Vokator drehte sich auf dem Stuhl um. Es war Zeit für die Drohung, die sie alle knackte. »Ich kann auch eine Geschichte über Sie in den *Leeraner Tag* bringen.« Er deutete mit einer Hand über seinem Kopf die Schlagzeile an. »Wie wäre es mit *Wer steckt wirklich hinter dem Krankenhausskandal?*« Er ließ die Hand sinken. Maxim hatte seine Haltung nicht verändert. »Würde Ihnen das gefallen?«

»Ich würde es nicht bemerken. Ich lese den *Tag* nicht. Gehen Sie jetzt.«

Vokator blieb sitzen. »Oder was?«

Maxim antwortete nicht, legte nur noch einmal den Zeigefinger auf seine Lippen und deutete dann zur Tür hinaus.

Eine Stunde später saß Vokator im Intercity-Zug nach Leer und wunderte sich immer noch. Es war ihm noch nie passiert, dass er überhaupt keine Informationen von einer Recherche-Reise nach Hause brachte. Was hatte Maxim zu verbergen? Es musste höchst interessant sein. Seine gesteigerte Neugier verstärkte die Verletzung seines Stolzes noch. Hatte sich Maxim mit Bleeker zusammengetan? Unwahrscheinlich, glaubte er, aber nicht unmöglich. War es einfache, platte Pressefeindlichkeit Maxims? Er legte den

Kopf schräg und ließ Bäume, Häuser und Strommasten durch sein Gesichtsfeld rasen.

Er konnte natürlich nicht mit der Polizei wiederkommen, das schien Maxim gewusst zu haben. Ihn wegen Strafvereitelung anzuzeigen, war genauso langweilig wie unproduktiv. Eine Geschichte im *Tag* über ihn war auch unmöglich. Das würde den Druck von Borcherts nehmen und das war das Letzte, was er brauchen konnte.

Ein Asiate schob einen Wagen mit hoch gestapelten Nahrungs- und Getränkevorräten vorbei und sah Vokator hoffnungsvoll an. Seit dem Frühstück war er hungrig und er glaubte, er sollte die kühnsten Hoffnungen des Verkäufers übertreffen. Er winkte den Mann zu sich und begann, ausführlich zu bestellen.

Er spülte ein Paket Erdnüsse mit Limonade herunter und öffnete eine Tafel Schokolade. Mit einem sich füllenden Bauch sah die Lage angenehmer aus. Der Druck auf Bleeker hatte sich nicht verringert. Er hatte kein Material gewonnen, um ihn zu verstärken, aber das würde sich womöglich doch noch finden. Vielleicht brauchte dieser Maxim noch ein oder zwei Einladungen. Irgendwann gab jeder nach. Borcherts war nach wie vor mundtot. Vokators Recherchen sagten, dass der Arzt sich im freien sozialen Fall befand. Nicht nur Arbeitslosigkeit und gesellschaftliche Ächtung – bei der er etwas nachgeholfen hatte – sondern zudem ein Alkoholproblem. Er schmunzelte. So schnell und durchgreifend war bisher keine seiner Kampagnen gewesen. Beinahe war es schade um das verbrauchte Rohmaterial. Er lebte von diesem Rohstoff – menschliche Schwäche. Der Zug fuhr in einen Tunnel und er zerrte die Klarsichtfolie von einem Mozzarella-Tomaten-Baguette.

Als sie das Tageslicht wiedererlangten, waren die Hälfte des Sandwiches und seine Unsicherheit verschwunden. Die Quelle im Krankenhaus würde zuverlässig und lange sprudeln. Dafür würde er sorgen.

***

Coord Bleeker stellte den Motor seines Wagens ab, drückte den Knopf der Fernbedienung des Garagentors und lehnte sich seufzend in die Lederpolster. Er schloss die Augen und versuchte, diese verdammte Verspannung aus der rechten Hälfte seiner Stirn zu bekommen, die ihn seit ein paar Tagen ohne Unterlass quälte.

Nach einigen Sekunden der Ruhe, die ihm wie Minuten vorkamen, gab er es auf, stieg aus und schloss die Autotür mit zu viel Schwung. Er verschob den Versuch der Entspannung auf ein Saunabad und den anschließenden Genuss einer halben Flasche Rotwein aus seinem Keller.

Die Stahltür von der Garage in sein Treppenhaus knallte hinter ihm zu, er fühlte die Anspannung des Tages ein wenig von sich abfallen, aber die Gedanken an den fetten Journalisten, an diesen verblödeten Borcherts, an die ganze verfluchte Geschichte ließen sich seit Wochen nicht vertreiben, geisterten jede Sekunde durch sein Bewusstsein. Es war die grandioseste Fehlentscheidung seines Lebens gewesen, Borcherts die Idee der Ermordung Vokators zu geben. Auf dem Treppenabsatz blieb er stehen, rieb sich das Kinn und hörte dem Raspeln der Bartstoppeln zu.

Den Journalisten ermorden. Er fühlte keine Angst, keine Schuld bei dem Gedanken. Das war neu. Zuerst die ausgesuchten Patienten, das war einfach gewesen. Es hatte sich wie eine gute Tat an Schwerstkranken angefühlt. Jansen, Hayen, Borcherts hatte er geplant und entschieden, auch wenn es nur bei Jansen wirklich funktioniert hatte. Das hatte ihm Schwierigkeiten gemacht, aber auch jetzt fühlte er keine Schuld, höchstens Bedauern.

Würde Borcherts sich selbst beiseite schaffen? Er ging einige Stufen weiter nach oben und lockerte seinen Schlips, rieb die Haut unter dem Kragen. Das würde zu lange dauern und man konnte nicht sicher sein, dass er sich nicht wieder fing. Im Flur hinter dem Haupteingang warf er seine Mappe auf einen der Ledersessel, zog die Schuhe aus und ließ sie stehen, wo sie hinfielen. Die Entscheidung war bereits gefallen, dachte er und ließ das Jackett seines Maßanzugs von den Schultern gleiten, legte es auf den anderen Sessel. Borcherts musste weg. Das würde nicht schwer werden und hatte keine Priorität. Zunächst war Vokator dran. Er wusste zu viel und war bereit, es zu veröffentlichen. Das musste verhindert werden, schnell verhindert werden.

Der Klingelton seines Mobiltelefons verursachte ihm ein Stolpern des Herzschlags und verstärkte die Verkrampfung in seiner Stirn. Er lief die drei Schritte zurück zu der kleinen Sitzgruppe neben der Garderobe und tastete das Jackett nach dem klingelnden Telefon ab. Nur sehr wenige Menschen hatten diese Nummer und er wollte, dass dem so blieb. Es klingelte nur selten und wenn, dann war es ein wichtiges Gespräch. Ein Blick auf die *Omega* überzeugte ihn von der Bedeutung des Anrufs. Um acht Uhr abends wurde kein Geplänkel mehr verhandelt.

Er hob ab, meldete sich, hörte, wer am anderen Ende war und beschloss, dieses Gerät nie wieder zu verwenden, den Vertrag aufzulösen und keinen neuen abzuschließen. »Borcherts, Sie völlig Wahnsinniger, was fällt Ihnen ein, ich hatte Ihnen gesagt – um Himmels Willen, hören Sie denn jemals zu? Ich … Nein, Borcherts es reicht. Schluss. Aus. Wir beenden unsere nicht vorhandene Abmachung. Nie – hören Sie? Nie wieder werden Sie mich auf irgendeine Weise kontaktieren. Ende des Gesprächs.«

»Hören Sie doch erst mal zu. Ich hatte ein bisschen Pech mit den Bremsen.«

»Nein, nein, nein. Ich will nichts hören. Schluss. Woher haben Sie überhaupt diese Nummer?«

»Einfach. Von Ricklefs.«

»Der redet noch mit …« Er unterbrach sich selbst. »Ich werde jetzt auflegen und das Telefon ausschalten. Keine E-Mail, kein Telefon, kein nichts. Nie wieder. Ich bin Luft für Sie, haben Sie mich verstanden?«

»Sie können mir schon mal einen Arbeitsvertrag zuschikken«, jubelte Borcherts.

»Haben Sie mich verstanden?«

»Das mit den Bremsen war nichts, aber jetzt klappt es garantiert. Also – wie verabredet.«

»Nichts ist verabredet.« Borcherts' Worte drangen zu Bleekers Bewusstsein durch. »Was klappt garantiert? Hören Sie, aus. Schluss. Ende. Tun Sie, was Sie wollen, das hat nichts mehr mit mir zu tun.«

»Genial, sage ich Ihnen. Geschmacklos, geruchlos und die gleiche Konsistenz wie Zucker. Das merkt der nie. Der Fettsack frisst sicher ein Pfund am Tag von dem Zeug.«

Bleeker fühlte sich, als ob er sich den Apparat vom Ohr abreißen musste. Er starrte auf den kleinen Bildschirm, während er wie manisch die rote Taste wieder und wieder drückte. »Scheiße, Scheiße, Scheiße«, murmelte er und zerbrach vor Hast den Schließmechanismus des Akkus, während er ihn löste. Er riss die SIM-Karte heraus, sah sich nach einem passenden Ort um, sie wegzuwerfen, fand keinen und schmetterte sie mitsamt Batterie und Gerät in die Ecke des Flurs. Das Gefühl, etwas zerstört zu haben, verschaffte ihm nur für Sekunden Erleichterung. Er stampfte in die Küche und suchte im Kühlschrank nach Bier und etwas Fettem und Kalorienreichem.

Fünf oder sechs weitere Flaschen Bier, mehrere Tüten Chips und einen obszönen Film später lag er mehr bewusstlos als schlafend auf seiner Couch und verursachte Speichelflecken, die seiner Putzfrau große Sorgen machen würden.

***

Am nächsten Morgen ließ er seine schwere Limousine langsam auf dem Klinik-Parkplatz ausrollen. Das Automatikgetriebe hatte er auf neutral geschaltet. Es war später als gewöhnlich, er dachte darüber nach, wie Vokator zu beseitigen war. Der Gedanke amüsierte ihn und dass er ihn amüsierte, erstaunte ihn. Er fühlte sich besser als gestern Abend. Besonders sein Entschluss, Borcherts ab sofort aus seinen Gedanken zu streichen, hatte ihm geholfen. Egal, wie der Kontakt aufnehmen würde – falls der Säufer es noch einmal wagen würde – Bleeker würde es ignorieren.

Mit dem letzten Schwung des Wagens bog er scharf ab auf den Stellplatz, der mit einem Blechschild markiert war. *Dr. Bleeker* stand da in großen, schwarzen Lettern eingeprägt. Er schob den Wählhebel auf Parkposition, löste den Gurt und nahm aus dem Augenwinkel eine Bewegung war.

Sein Magen krampfte sich zusammen, die rechte der Seite der Stirn tat es ihm gleich. Borcherts kam auf ihn zugelaufen.

Er rammte den Rückwärtsgang hinein, trat das Gaspedal durch, ließ das Lenkrad herumwirbeln. Der Wagen wurde in eine scharfe Kurve katapultiert, er bremste scharf, das Auto schaukelte wie ein Fischerboot. Ein panischer Blick in den Rückspiegel zeigte Borcherts auf den Wagen zulaufend. Er hielt etwas Weißes in der Hand, winkte damit. Bleeker riss den Wählhebel der Automatik nach unten und stampfte auf das Gaspedal. Der Motor heulte auf, Reifen quietschten, die Karosse verlor die Führung der Hinterräder, schlängelte sich den Weg durch die Reihen geparkter Autos. An der Ausfahrt des Parkplatzes hatte der Antrieb wieder festen Kontakt zum Boden gefunden, die zweihundertfünfzig Pferdestärken peitschten die zwei Tonnen Automobil am Stop-Schild vorbei auf die Straße. Von irgendwoher kam Hupen, Bremsen quietschten. Bleeker behielt den Fuß auf dem Gaspedal. Das Heck brach aus, die Räder drehten durch, der Motor pumpte weiter alle Kraft zur Hinterachse. Der Wagen vollführte eine halbe Drehung, Rauch stieg von den hinteren Pneus auf. Sein Herz raste. Er trat eine Sekunde auf die Bremse, der Wagen tauchte tief in die Federung, schaukelte zurück. Borcherts rannte auf die Ausfahrt zu, vor Bleeker stand ein Kleinbus auf der Straße, dessen Fahrer mit einer Hand wütend gestikulierte und die andere fest auf der Hupe hielt. Erneut trat er das Gaspedal auf den Boden durch, wieder schwänzelte das Heck, während er Fahrt aufnahm. Wenige Zentimeter trennten sein Blech von dem des Kleinbus, dann war er außer Sicht. Hundertfünfzig Meter fuhr er geradeaus, kam mit einer Vollbremsung vor einer roten Ampel zum Stillstand und beschleunigte sofort wieder wie zuvor, als er sah, dass kein Verkehr kreuzte. Er verbot sich den Blick in den Rückspiegel. »Ignorieren«, sagte er zu sich und wiederholte es wieder und wieder. »Borcherts ignorieren. Es gibt ihn gar nicht. Er hat nichts mit mir zu tun.«

Fünf Kilometer von der Klinik entfernt beruhigte sich sein Fahrstil. Er nahm die Autobahnauffahrt Stadtmitte und fuhr einige Kilometer, ohne zu wissen, wie lange oder wohin er fahren wollte. Die Reklame eines Schnellrestaurants lenkte ihn ab. Er fuhr ab, ließ sich vom Autofenster aus eine enorme Menge Pommes Frittes und drei Milchshakes in Vanille- Erdbeer- und Schokoladegeschmack geben und aß und trank, während er einige zig Kilometer in Richtung Süden fuhr.

Fett und Zucker in seinen Eingeweiden taten ihre wohltuende Wirkung, Bleeker fühlte sich fähig, an der nächsten Ausfahrt umzukehren und nach Leer zurückzufahren. Der Parkplatz war völlig sicher, sagte er sich. Der Mann hatte Hausverbot, der Parkplatz gehörte zum Grundstück des Krankenhauses. »Vom Sicherheitsdienst entfernen lassen«, sagte er und umfasste das Lenkrad fester. »Natürlich. Das ist mein Gebiet. Ich habe das Hausrecht.« Seine Worte überzeugten ihn nicht völlig, aber er fuhr dennoch ohne Umwege zurück. Er sah auf die Uhr im Armaturenbrett und umfasste dabei seine *Omega* am Handgelenk. Die dritte Besprechung des Vormittags würde er nicht versäumen.

Das erste Mal fuhr er an seinem Ziel vorbei, ohne sich

zu gestatten, den Kopf zu weit zu wenden. Keine Spur von Borcherts zu sehen. Er wendete auf dem Besucherparkplatz und fuhr zügig und dominant, wie es seine Gewohnheit war, auf seinen Stellplatz zu. Er versuchte sich zu erinnern, wie er sich normalerweise verhielt, wenn er parkte, wollte es auch jetzt exakt so tun. Jede Kopfbewegung, jeden Handgriff prüfte er auf Normalität. Er gab dem Lenkrad einen knappen Fausthieb. Nein, dachte er, dieser Kerl würde ihn nicht beeindrucken.

Er ließ den Motor laufen, behielt den Fuß auf der Bremse und legte den Rückwärtsgang ein, während er sich umsah. Alle Plätze schienen belegt, er konnte niemanden sehen. Zögernd zog er die Handbremse an, stellte die Automatik auf Parken und zog den Schlüssel ab.

Er öffnete die Tür, behielt einen Fuß im Innenraum des Wagens und blickte noch einmal in die Runde. Er erinnerte sich an den Vorsatz, sich unauffällig zu geben und zu benehmen, wie er es jeden Morgen tat. »Also gut«, murmelte er. Er nahm seine Mappe vom Rücksitz, warf die Tür möglichst achtlos zu und drückte im Weggehen auf die Fernbedienung der Zentralverriegelung. Einen Blick wollte er sich doch noch genehmigen und überzeugte sich rasch, dass es durchaus unauffällig war, wenn man sich noch einmal vergewisserte. Er blieb stehen, drehte sich um, hielt den Kopf in Richtung seines Wagens, aber suchte mit den Augen den Parkplatz ab. Niemand da. Eben wollte er sich abwenden, da nahm er etwas Weißes vor der Kühlerhaube seines Wagens wahr.

Er ging zurück und fand einen Briefumschlag eingeklemmt hinter dem Namensschild, das seinen Stellplatz kennzeichnete. Auf der Vorderseite war sein Name in Druckbuchstaben geschrieben. In der linken oberen Ecke standen die Buchstaben ›C.B.‹ »Carsten Borcherts«, murmelte er und er lehnte sich einen Augenblick mit geschlossenen Augen gegen die erhitzte Kühlerhaube seines Wagens. »C B, Coord Bleeker. Carsten Borcherts.« Aus den Innereien des Motors kamen klickende Geräusche der Abkühlung. Viele konnten den Kerl beobachtet haben, viele konnten einen Blick auf den Umschlag geworfen haben. Er sah sich um, fand den Parkplatz menschenleer. Er untersuchte den Umschlag, er war zugeklebt. Loswerden, dachte er. Nicht öffnen, vernichten. Er atmete tief ein und ließ die Luft gebremst und beruhigend ausströmen. So war es gut, lobte er sich. Borcherts hatte keine Macht über ihn. Ignorieren. Einfach ignorieren. Er schob den Umschlag in seine Innentasche.

Einen Moment lang wollte er den Brief in den Abfallkorb am Eingang ins Krankenhaus werfen, aber die enthaltene Nachricht musste natürlich vernichtet werden. Ein Aktenvernichter, dachte er, Steiger hat einen im Sekretariat. Das war sicher.

Seine Nervosität fiel nicht völlig von ihm ab. Erst als er wie gewohnt, nur etwas verspätet, durch das Sekretariat ging, Steiger begrüßte und einen Kaffee bestellte, fühlte er sich besser.

»Hatte unerwartet ein auswärtiges Meeting«, sagte er und blieb in der Tür zu seinem Büro stehen. »Haben Sie mich passend entschuldigt?«

»Selbstverständlich, Herr Doktor Bleeker.«

Er konnte einen Blick in ihren heute besonders tiefen Ausschnitt nicht verhindern. »Was ist auf dem Plan?« Er wandte ihr sicherheitshalber den Rücken zu und ging einen Schritt weiter ins Büro.

»Der Stadtkämmerer hat abgesagt, will es morgen nachholen. Ich habe den freien Termin an Herrn Vokator vergeben.«

Bleeker erstarrte. »Der Chefredakteur?«, sagte er und schalt sich innerlich wegen der offensichtlichen Dummheit der Bemerkung. Er fühlte mit einer Hand nach dem Brief in der Tasche.

»Ist Ihnen das recht?« Steigers Stimme schien besorgt.

Er winkte ab. »Ja, ja. Bringen Sie mir den Kaffee, ja?«

Es war ihm natürlich nicht recht, aber das sollte Steiger nicht wissen. Er würde Vokator verbieten, hier noch einmal aufzutauchen. Er blieb in der Mitte des Raumes stehen und lauschte auf das leise Schleifen der Tür, das dem sagenhaften Schließgeräusch vorausging. Es ertönte, verging und hinterließ das erste Mal in zwei Jahren keinen wohltuenden Eindruck auf Bleeker. Er senkte den Kopf, räusperte sich, warf seine Mappe auf einen der roten Sessel und setzte sich hinter den Schreibtisch.

Fünf Minuten später gab die Tür ihr herrliches Geräusch erneut von sich, aber Bleeker konnte es wieder nicht genießen. Sie hatte sich hinter dem Koloss von Redakteur geschlossen und Bleeker schob den Mangel an Begeisterung auf diesen Anblick.

»Herr Vokator, es ist ja immer eine Freude, Sie hier begrüßen zu dürfen.« Er gab sich alle Mühe, die Lüge als solche erscheinen zu lassen. »Aber wir sollten uns zukünftig nicht mehr hier treffen.« Er tat, als denke er nach und entschiede sich momentan. »Wie wäre ein etwas – einsamerer Platz?« Er kratzte sich das Kinn und dachte tatsächlich nach. Ein Waldstück tausende Kilometer entfernt von jeder Zivilisation erschien ihm richtig, um Vokator dort zu erschießen, erstechen, erschlagen oder anders zu Tode zu bringen. Erwürgen schied ob des Umfangs des Halses des Opfers zunächst aus.

Bleeker hatte den Eindruck, er hatte laut gedacht, als der Journalist antwortete. »Ach, wissen Sie, Bleeker.« Der Angesprochene vermisste Anrede und Titel. »Ich denke, wir sollten an einem möglichst belebten Ort zusammenkommen.«

Bleeker war weit davon entfernt, eine Niederlage einzugestehen. Es würden sich Gelegenheiten ergeben, belebt oder einsam. Zunächst galt es, so viel Vertrauen zu erwerben, wie unter den Umständen eigentlich unmöglich war. Einen Versuch gestattete er sich dennoch, indem er den belebtesten Ort der Stadt zur belebtesten Zeit der

Woche vorschlug, in der Hoffnung, Vokator würde sich dann doch für einen abgelegeneren Treffpunkt erwärmen können. »Dann besprechen wir uns am Freitagnachmittag zwei Uhr an der Uferpromenade bei der Freitreppe. Bei den Schachbrettern.« Vokator schaute skeptisch und er legte daher noch etwas drauf. »Ich bringe ein Schachspiel mit und wir spielen. Zwei ältere Männer, die sich beim Schachspielen treffen, was könnte unauffälliger sein?«

»Wie Sie wünschen«, sagte der Dicke. Seine fleischigen Lippen glänzten, da er sie beständig mit einer Zunge befeuchtete, die dem Betrachter als beinahe obszön erschien. »Aber ›ältere Herren‹? Ich bitte Sie.«

Er hatte wohl einen Witz machen wollen und Bleeker lächelte vorschriftsmäßig. Innerlich schäumte er. Die Uferpromenade mit ihren Spaziergängern war definitiv der falsche Ort für seinen Plan. Nichts überstürzen, beruhigte er sich. Ein paar alberne Kleinigkeiten würde der Fettwanst bekommen für seine Unterschichtzeitung. Alles nur Vorspiel für die wirkliche Schlagzeile: *Chefredakteur ermordet. Keine Spur vom Täter*. Oder: *Perfekter Mord in Leer – Ein Phantom geht um*. Die Gedanken zauberten ein ehrliches Lächeln auf seine Züge, sogar die Verspannung in der Stirn wurde leichter.

Zu Bleekers Erstaunen wuchtete sich Vokator in die Höhe. War das alles? Warum war das Monstrum hier erschienen? Nur, um ein Treffen zu vereinbaren? So einfach hatte er sich das nicht vorgestellt. Seine Laune wollte sich eben in Richtung milderer Depression verschieben, als Vokator seinen Besuch näher erklärte.

»Ich bin sozusagen nur zufällig vorbeigekommen.« Er hielt sich den Bauch und verzog das Gesicht mit mangelhafter schauspielerischer Kunst. »Ich habe einen Termin in der Ambulanz der Inneren Medizin.« Er sah auf die Uhr, deren Armband tief ins Fleisch schnitt. »Magen verdorben, oder so.« Er wandte sich ab, ging ein paar Schritte, wobei Bleeker angst um sein Parkett wurde, und wandte sich noch einmal um. »Sagen Sie, gibt es so etwas? Unverträglichkeit von Zucker?« Bleeker wurde heiß und kalt. »Oder ist das –« Er lächelte verlegen. »Zuckerkrankheit?« Er schüttelte den Kopf. »Unsinn, nicht?«

Bleeker hob die Schultern. »Zucker? Ich weiß nicht.« Auch er stand auf und ging um den Schreibtisch.

Als die Tür endlich hinter Vokator ins Schloss fiel, glaubte er, dass er das Geräusch nie wieder würde genießen können.

***

Am Freitag um zwei Uhr nachmittags saß Coord Bleeker auf der obersten Stufe der großen Freitreppe neben der Tourismuszentrale in Leer. Er hatte sein Schachspiel mit den weißen und schwarzen Figuren aus *A Midsummer Night's Dream* mitgebracht und aufgestellt. Bleeker schob Könige und Damen auf ihre Plätze und sah sich erfolglos nach der enormen Silhouette des Journalisten um. Läufer und Springer beider Seiten gelangten auf ihre Plätze. Er sah auf die Uhr und suchte sein Gesichtsfeld ab. Keine Spur von Vokator. Sein Blick ruckte zurück auf einen Mann, der über die Holzplanken der Uferpromenade ging. Der Mann ging unstet, etwas zu schnell, er schien ihn anzusehen. Borcherts?, dachte Bleeker und schalt sich sofort dafür. Leicht erklärbar. Natürlich. Er vermutete den Arzt hinter jeder Ecke, in jedem Schatten. Der Mann hatte sich abrupt umgedreht und lief weg. Diese torkelnde Figur war nicht Borcherts, nur einer der zahlreichen, harmlosen Trunkenbolde, die stets an der Freitreppe und auf dem nahen Kinderspielplatz herumlungerten. Aber der Mann war bartlos gewesen im Gegensatz zu den üblichen Säufern. War die Frisur nicht die von Borcherts und die aufrechte Haltung ganz untypisch für die eines chronischen Alkoholikers?

Nein, gebot er sich. Ruhe. Ruhe im Kopf. Kein Borcherts heute. Nie wieder Borcherts.

Er setzte eben die schwarzen Türme auf die Felder a und

h der Reihe acht, als er eine massige Hand auf seiner Schulter spürte. Er widerstand dem Bedürfnis, die Berührung durch heftige Abwehr ungeschehen zu machen. »Setzen Sie sich, Vokator, spielen Sie mit mir.« Er ließ die Anrede weg, wie es der Redakteur getan hatte. »Weiß oder Schwarz?« Ohne es verbergen zu wollen, nahm er zwei schwarze Bauern in beide Fäuste und hielt sie seinem Gegenüber entgegen. Er wollte gegen die Wut, die in ihm aufkam, vorgehen, aber es gelang ihm nicht. Dieser schreckliche, dicke Mann, der ihn in der Hand zu haben glaubte. Und auf dem besten Weg war, seinen Willen zu bekommen. Er hasste ihn. Er hasste ihn mit jedem Augenblick mehr.

Zumindest tat Vokator so, als habe er nichts bemerkt, setzte sich ächzend und tippte dabei auf eine geschlossene Hand. »Sehr passend. Schach ...«

Bleeker zog den Königsbauern auf e4. »Ich habe ein paar Neuigkeiten für Sie.« Er beherrschte sich mühsam, freundlich zu bleiben. Vokator musste bei Laune gehalten werden, bis es zur Sache ging.

Vokator beugte sich weit nach vorne und setzte seinen Damenbauern auf d6. »Ich wusste, dass wir uns sehr gut verstehen würden.«

»Es gibt da einen Leeraner Stadtrat, der liegt bei uns im Krankenhaus.« Bleeker zog seinen Springer ganz nach links auf a3. »Wie geht es übrigens Ihrem Magen?«

»Kein dauerhafter Schaden.« Die Falten seines Leibes gerieten in bedrohliche Schwingung, als er lachte. Er zog seinen Königsspringer auf f6. »Springer am Rand ... Na, Sie wissen schon.«

Bleeker konnte keinen Zug zu Ende denken. Ständig sah er Vokator sterbend vor sich. Die Macht, dachte er, die Macht, die dieses Ekel über ihn hatte, machte ihn krank. Lange konnte er es nicht mehr aushalten. Er zog seinen Läufer auf b5, ohne zu wissen, was darauf folgen würde. »Schach.« Der Journalist musste weg, schoss es durch seinen Kopf, heute noch. Wie konnte er ihn von hier weglocken?

Und wie würde er es tun? Gedanken wirbelten durcheinander. Klar denken, befahl er sich, aber kam gegen den Strom aus Hass, Wut und anstürmenden Fragen nicht an.

Vokators breite Finger zogen einen Bauern auf c6 in den Weg des Läufers.

Bleeker nahm die Bedrohung irgendwo in einem Spalt restlicher Vernunft wahr und zog den Läufer auf die Damenlinie zurück. »Naja, und dieser Stadtrat im Krankenhaus ... Ich meine, seine Frau ...« Er wusste nicht, wie er den Satz beenden wollte.

»Verschonen Sie mich mit Kinkerlitzchen, Bleeker. Ich will etwas Saftiges. Es muss schon eine Klasse besser sein. Bürgermeister, wenigstens.« Er lächelte mit seinen feuchten Lippen, beugte sich vor und schob den Königsbauern auf das Feld e5.

Bleeker nahm die erstbeste Figur in die Hand, bemerkte, dass es der Springer war und setzte ihn auf f3. Saftig, dachte er, was für ein Arschloch.

»Und wenn ich mir es richtig überlege«, der Journalist setzte sich auf. »Die Geschichte, die ich da in der Hinterhand habe, die müsste Ihnen doch viel mehr wert sein als ein paar lumpige Geschichten aus Ihrem verlotterten Krankenhaus, nicht?« Er zwängte erneut seinen Wanst ein, indem er sich weit vorbeugte, um den Damenbauern zu erreichen und auf d5 zu stellen.

Was will er?, dachte Bleeker, sah, dass er schlagen konnte und stieß den Bauern auf e5 mit seinem Springer beiseite. Während er den schwarzen Bauern nahm und an den Rand stellte, hörte er eine Männerstimme ein Lied der Beatles singen. »*Joan was quizzical* ...« Er kannte die Stimme. Er sah auf und erstarrte. Borcherts stand hinter Vokator, beide Arme über den Kopf erhoben, in den Händen hielt er einen schweren, kurzstieligen Hammer. »... *studied pataphysical* ...« Bleeker war unfähig zu einer Bewegung. Borcherts verzerrte das Gesicht, schlug zu. »... *science in the home* ...«

In diesem Moment beugte sich Vokator nach vorne und stellte seinen Läufer von f8 nach d6.

Borcherts' Schlag ging ins Leere, der Hammer fiel ihm aus den Händen und blieb zwischen Bleekers Füßen liegen. Der Stiel schien auf Bleekers Gesicht zu zielen. Als ob er keine Wahl hatte, nahm er den Hammer auf. Schwer, massiv, alt und oft gebraucht lag er in seinen Händen.

Er sah auf. Borcherts war verschwunden.

Vokator richtete sich auf. »Sie scheinen nicht bei der Sache zu sein, Bleeker. Wollen Sie aufgeben?« Er leckte sich die Lippen.

Das hätte er nicht tun sollen, dachte er und stand auf. Vokator verfolgte ihn mit riesigen Augen. Jemand, der sich so die Lippen leckte, dachte Bleeker, schüttelte den Kopf und hob beide Arme mit dem Hammer am Ende.

Vokator sagte kein Wort. Nach dem ersten Schlag hätte er durchaus noch reden können , dachte Bleeker, als er eine halbe Minute später gebückt über ihm stand, ein letztes Mal den Hammer auf den zerschmetterten Kopf des Redakteurs niedergehen ließ und sich dann aufrichtete, um das Schachbrett neu aufzubauen. Anschließend würde er sich nach einer Möglichkeit umsehen, endlich diesen Brief loszuwerden, den er in der Innentasche trug. Ob er ihn doch öffnen sollte? Er verschob die Entscheidung.

***

Viktor Maxim hatte sich nach dem Besuch des Chefredakteurs entschlossen, alle Verbindungen nach Leer abzubrechen. Leider bedeutete das eine letzte Reise in die Stadt, um ein paar Amtsgänge zu erledigen. Freitag war ein guter Tag dafür. Er glich ein paar Überstunden aus, konnte ohne Hast die Rückreise planen und hatte noch ein gutes Wochenende vor sich.

Die letzten Stunden, die er je in Leer verbringen würde, dachte er und betrachtete im Vorbeigehen all die Details der Ausstellung im Rathaus. »Nach fünf Jahren Bauzeit wurde das Rathaus am 29. Oktober 1894 eingeweiht«, las er von einer Wandtafel ab. Früher hatte er keine Augen gehabt für die Schönheiten dieser Stadt. Das Rathaus, die Waage, der Hafen mit seinen neuen und alten Bauten. Portraits von Bürgermeistern, ein Wandteppich, ein Geschenk der polnischen Partnergemeinde Elblag, eine Büste Albrecht Janssens, ein Bild Focko Ukenas, beide vom gleichen Künstler. Die Bekanntheit des Künstlers, so fand Maxim, teilte ihre Grenzen zu Recht mit denen der Stadt.

Er trat aus dem Portal in einen sonnigen Juni-Nachmittag, sah auf die Uhr und dachte einen Moment darüber nach, wie er die drei Stunden zubringen sollte, die bis zur Abfahrt seines Zuges blieben. Er beschloss, darüber nachzudenken, während er einen Spaziergang durch die Fußgängerzone unternahm. Unterwegs würde sich schon irgendwo ein Tee oder ein Espresso finden lassen.

Eine Stunde später war er die Fussgängerzone zweimal langam auf- und abgelaufen, hatte zwei Espressi und zwei Stück Kuchen hinter sich und bog Richtung Hafen ab.

Vokator hätte er aus mehr als den fünfzig Metern erkannt, die ihn jetzt von ihm trennten. Maxim blieb stehen, strich den Spaziergang entlang der Hafenpromenade aus seinen Plänen und wollte sich umdrehen, um möglichst viel Entfernung zwischen sich und den Journalisten zu bringen.

Die Szene, die sich abspielte, hielt ihn davon ab. Der Dicke saß an auf den Stufen der Freitreppe, ihm gegenüber ein Mann im Anzug – Maxim glaubte, Bleeker zu erkennen. Der Anzugträger stand auf, hob die Arme über den Kopf. Er trug etwas. Einen Hammer! Maxim riss die Augen auf und rannte auf die beiden zu. Er winkte, stolperte über eine Bordsteinkante, rief »Halt!« und »Vorsicht!«. Es war zu spät. Bleeker – es war der Geschäftsführer des Krankenhauses, jetzt war er sich sicher – hieb auf Vokators Kopf ein. Maxim war bis auf dreißig Meter herangekommen. Er konnte Vokator sehen, der nur erstaunt nach oben blickte, keinen Arm hob, sich nicht zu wehren schien. Maxim brüllte, gestikulierte. Bleeker schlug erneut zu, und nochmal, nochmal. Er hatte die beiden fast erreicht. Bleeker stand gebückt über dem zusammengebrochenen Journalisten. »Nein!«, rief Maxim und konnte nicht verhindern, dass Bleeker ein letztes Mal zuschlug. Der Geschäftsführer richtete sich auf, ließ den Hammer fallen und wandte sich dem Schachbrett zu.

Maxim blieb einige Schritte entfernt stehen und zog sein Mobiltelefon aus der Tasche. Der Kopf des Journalisten war in einem Zustand, der ihn zweifeln ließ, ob noch ein Krankenwagen notwendig sein würde. Er tippte die Notrufnummer ein, blieb stehen und behielt Bleeker im Auge, der augenscheinlich eine Partie Schach gegen sich selbst begann.

***

Coord Bleeker ging in die Einzelzelle, in die der Vollzugsbeamte mit dem Schlüsselbund in der Hand deutete. Eine Liege mit Decke und Kissen. Blau kariert. In der Ecke eine Edelstahltoilette ohne Brille. Ein Stuhl, ein Tisch mit Essgeschirr aus Metall darauf. Der Raum war vielleicht zweieinhalb Meter breit und vier Meter tief. An der Stirnseite eben über Augenhöhe ein vergittertes Fenster. Er fasste an sein Handgelenk und spürte nur die glatte, leicht feuchte Haut, die ein Uhrenarmband hinterließ. Seine *Omega* hatte man ihm abgenommen. Ebenso wie den Ledergürtel und die *Zegna*-Krawatte. »Wieviel Uhr ist es?«, sagte er und besah sich den Raum.

»Das haben Sie mich vor zwei Minuten gefragt.« Der Mann trat zurück und schob die Tür zu. »Abendessen gibt es um halb sechs, Wecken ist um sieben. Benehmen Sie sich, dann können Sie tagsüber raus.«

»Ach ja«, sagte Bleeker abwesend, betastete sein Handgelenk und blieb stehen.

Der Beamte schob die Tür zu und schloss ab.

Ein Lächeln ging über Coord Bleekers Gesicht. Das herrliche Geräusch der schließenden Tür würde er sehr oft hören dürfen.

ENDE

# MARTIN KLEEN

geboren 1965 in Erlangen und in Franken aufgewachsen. Studium der Medizin.
Anästhesist, Krimiautor; nach einem Abstecher in die Industrie als geheilt von dort entlassen.
Nach den Anfängen in Franken musste es größer sein: München und Berlin waren die Stationen. Vom Metropolen-Leben entwöhnt, lebt Martin Kleen nun in Luxemburg.
Seine Medizinkrimis begeistern nicht nur Thrillerfans, sondern ebenso Ärzte und alle, die sich mit dem wahren Krankenhausalltag auskennen. Sein Debütroman ***Anästhesie*** (2004, TB 2007) liegt mittlerweile in der vierten Auflage vor. Außerdem erschienen im Leda-Verlag ***Zehn Stunden*** (2005), ***Psychiatrie*** (2007) sowie die Thrillerpersiflage ***SuperHertha*** (2006).

Martin Kleen:
**Anästhesie**
Kriminalroman
978-3-939689-05-8
224 S.; 8,90 Euro

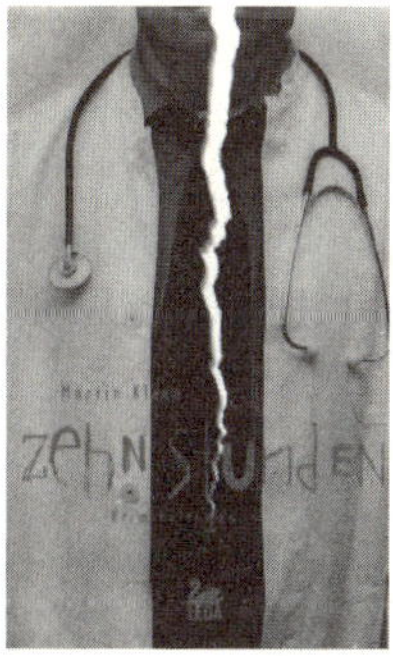


Martin Kleen:
**Zehn Stunden**
Kriminalroman
978-3-934927-64-3
208 Seiten; 9,90 Euro

Martin Kleen:
**Psychiatrie**
Kriminalroman
978-3-934927-92-6
272 S.; 9,90 Euro

Wolfgang Burger
**Der Mord**
**des Hippokrates**
Kriminalroman
978-3-939689-36-2
208 Seiten; 9,90 Euro

W. W. Domsky
**Ehre,**
**wem Ehre ...**
Kriminalroman
978-3-939689-33-1
9,90 Euro

Bernd Flessner
**Knochenbrecher**

Ostfrieslandkrimi
978-3-934927-88-9
8,90 Euro

Barbara Wendelken
**Berbertod**
Ostfrieslandkrimi
Leer
978-3-93968925-6
9,90 Euro

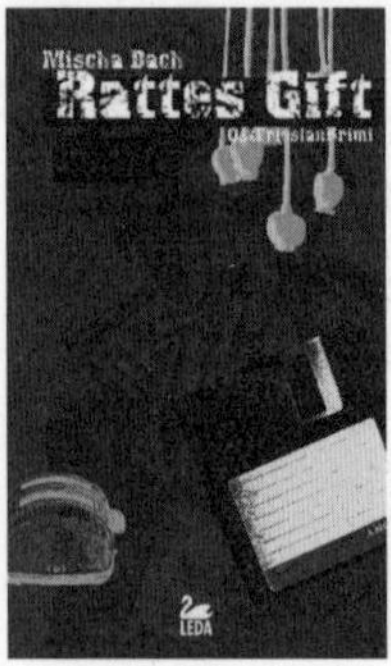


Mischa Bach
**Rattes Gift**
Ostfrieslandkrim
Leer
978-3-939689-23-2
9,90 Euro

Wolke de Witt
**Sturm im Zollhaus**
Ostfrieslandkrimi
Leer
978-3-934927-77-3
8,90 Euro

Kerstin Körte
**Dass ich dich besser fressen kann**
Ostfriesland – Leer
978-3-939689-37-9
8,90 Euro

Peter Gerdes
**Sand und Asche**
Inselkrimi
Langeoog/Leer
978-3-939689-11-9
9,90 Euro

Peter Gerdes
**Wut und Wellem**
Inselkrimi
Langeoog/Leer
978-3-939689-34-8
9,90 Euro

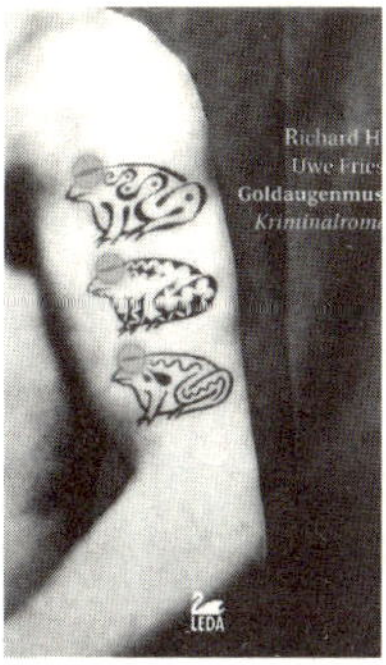

Hey/Friesel
**Goldaugenmusik**
Kriminalroman
978-3-934927-74-2
9,90 Euro

Klaus Nührig
**Penny Lane**
Braunschweig-Krimi
978-3-939689-08-9
9,90 Euro

Regine Kölpin
**Otternbiss**
Inselkrimi
978-9-939689-35-5
9,90 Euro

Tatjana Kruse
**Nur ein toter Maler ist ein guter Maler**
Inselkrimi – Norderney
978-3-939689-26-3
8,90 Euro

Ulrike Barow
**Baltrumer Bärlauch**
**Inselkrimi – Baltrum**
978-939689-31-7
9,90 Euro

Regula Venske
**Bankraub mit Möwenschiss**
Inselkrimi – Juist
978-939689-18-8
8,90 Euro

Lothar Englert
**Friesische Freiheit**
Historischer Roman
978-3-934927-55-3
12,90 Euro

Corina C. Klengel
**Todesrune**
Harzkrimi
978-3-939689-32-4
ca 480 S.; 11,90 Euro

Manfred C. Schmidt
**Gut Schuss**
Ostfrieslandkrimi
978-3-939689-39-3
256 S.; 9,90 Euro

Hanna Dunkel
**Mordsache Ulsnis**
Schleswig-Holstein
978-3-939689-30-0
9,90 Euro

Ulrich Hefner
**Das Lächeln der toten Augen**
978-3-93968917-1
9,90 Euro

Maeve Carels
**Zur ewigen Erinnerung**
978-3-939689-08-9
9,90 Euro